ON N'EMPÊCHE PAS
UNE ÉTOILE DE BRILLER

De la même autrice

Saga Grands boulevards :
Grands boulevards, Jean-Claude Lattès, 2013
Si tu m'oublies, Charleston, 2019
La Chanson du Rayon de lune, Charleston, 2021
On n'empêche pas une étoile de briller, Charleston, 2022
Une folle envie de liberté, 2023

Romans indépendants :
En scène, les audacieuses !, Michel Lafon, 2011
Coups bas et talons hauts, Jean-Claude Lattès, 2008
La Sieste (c'est ce qu'elle fait de mieux), Atelier de presse, 2007
et Jean-Claude Lattès, 2015 (ebook)
Nouvelles, avec la #TeamRomCom :
Si maman si, Charleston, 2022
Petits réveillons entre amis, Charleston, 2021
Noël Actually, Charleston, 2020
Noël et préjugés, Charleston, 2019
Y aura-t-il trop de neige à Noël ?, Charleston, 2017

Document :
Le rap est la musique préférée des Français, avec Laurent Bouneau
et Fif Tobossi, DonQuichotte, 2014

© Charleston, une marque des éditions Leduc, 2023
76, boulevard Pasteur
75015 Paris - France
www.editionscharleston.fr

ISBN : 978-2-38529-029-0
Maquette : Patrick Leleux PAO

Charleston s'engage pour une fabrication écoresponsable !
Amoureux des livres, nous sommes soucieux de l'impact de notre passion et choisissons nos imprimeurs avec la plus grande attention pour que nos ouvrages soient imprimés sur du papier issu de forêts gérées durablement.

Pour suivre notre actualité, rejoignez-nous sur Facebook (Éditions.Charleston), sur Twitter (@LillyCharleston) et sur Instagram (@editionscharleston) !

Tonie Behar

ON N'EMPÊCHE PAS UNE ÉTOILE DE BRILLER

Roman

CHARLESTON
POCHE

*À Perla,
Ma mère, mon trésor*

« L'absence diminue les médiocres passions
et augmente les grandes,
Comme le vent éteint les bougies et allume le feu. »
François de La Rochefoucauld

*« La femme pouvant être mère, on en a déduit
qu'elle devait l'être et ne trouver son bonheur
que dans la maternité. »*
Élisabeth Badinter

SACHA

Vendredi 9 juillet 2021, 11 h 02

Au quatrième étage, la sonnette carillonna mais personne n'ouvrit la porte.
Dehors, les grands boulevards frémissaient sous un soleil matinal voilé par quelques nuages. Au troisième, Doria préparait sa valise en chantonnant. Demain elle verrait la mer ! Ils partaient en vacances ! Pour une fois, elle avait pris une journée supplémentaire afin de tout préparer sans stresser ni courir, et se sentait très organisée. Elle ajouta deux shorts en jean et plusieurs tuniques de plage au magma de ses affaires à emporter. De l'autre côté du lit, son mari Léo s'occupait de son propre bagage. Elle admira l'efficacité avec laquelle il rangeait ses polos, ses bermudas, ses maillots, en piles parfaites et bien repassées. Comme toujours lorsqu'il était concentré sur une tâche, son visage affichait un air sérieux et appliqué. Son attention était focalisée au

maximum sur l'action qu'il était en train d'accomplir. Une mèche rebelle lui tomba sur le front. Il souffla dessus pour la relever. Ses yeux bleus s'emplirent de soleil quand ils croisèrent le regard de Doria. Une bouffée d'amour la submergea. Cela ferait bientôt dix ans que Léo la faisait fondre. Avec son sérieux à lui et sa folie à elle, ils s'étaient construit une bulle à eux. Elle s'approcha et posa la tête contre sa poitrine, juste au niveau des battements de son cœur, son bruit préféré au monde avec celui du babillage de son fils Elias, âgé de cinq ans. Justement, celui-ci pénétra dans la chambre de ses parents, une paire de bottes en caoutchouc à la main.

— On les prend s'il pleut au soleil ? À quelle heure il arrive, Max ? demanda-t-il enchaînant comme à son habitude les questions sans rapport les unes avec les autres.

— Tu as raison, on n'est jamais trop prudent, répondit Léo en lui prenant les bottes des mains.

— Ton grand-père viendra te chercher à l'heure du déjeuner, et ensuite vous irez à la fête foraine des Tuileries, ajouta Doria.

— C'est dans longtemps ? Je peux avoir un coca ?

— Pas de coca, mais un verre d'eau si tu veux.

En se dirigeant vers la cuisine, Doria entendit des coups de sonnette insistants provenir de l'étage supérieur. Quelqu'un sonnait chez son père, Max, mais celui-ci était absent pour la matinée. Pendant que son fils se désaltérait, Doria tendit l'oreille. La personne s'acharnait sans se lasser, alors qu'il devenait évident qu'on ne viendrait pas lui ouvrir.

— Dis donc, c'est quoi ce boucan ? demanda Elias en se bouchant les oreilles.

— J'aimerais bien le savoir…

Doria avait beaucoup de qualités. Elle était loyale, drôle, empathique, créative, pleine de fantaisie et toujours partante pour faire la fête. Elle était également dotée d'une curiosité dévorante qui pouvait en agacer certains. Tout ce qui concernait ses amis, ses collègues et ses voisins l'intéressait passionnément. Et plus encore quand le voisin en question était son père. N'y tenant plus, elle ouvrit la porte et grimpa les marches qui menaient au quatrième étage. Sur le palier, elle découvrit une femme coiffée d'un chapeau de paille à larges bords, le regard dissimulé par d'immenses lunettes de soleil.

— Bonjour, mon père n'est pas là. Je peux vous renseigner ?

L'inconnue se retourna pour la dévisager. Quelque chose dans son attitude parut familier à Doria, sans qu'elle puisse en être certaine.

— On se connaît ?

Un sourire malicieux étira les lèvres carmin de la femme.

— Vous ne me connaissez pas, mais moi, je sais qui vous êtes ! Vous devez être Doria. J'ai très bien connu la première du nom : madame Mère. Vous lui ressemblez beaucoup. En plus… ébouriffée.

Doria porta la main à sa chevelure vaguement maintenue par une pince sur le sommet de son crâne.

— Qui êtes-vous ? demanda-t-elle, estomaquée.

Son cœur s'était mis à battre tambour. Sa grand-mère inconnue était un mystère, une source de regrets et de frustrations.

— Une amie de Max.

— Il n'est pas là. Voulez-vous que je lui laisse un message ?

— À vrai dire, je préfère attendre. Vous savez s'il en a pour longtemps ?

Doria examina l'inconnue de pied en cap. Elle portait des vêtements d'été sobres mais coûteux et dégageait un magnétisme indéniable, comme si l'air crépitait autour d'elle.

— Il ne devrait pas tarder, s'entendit-elle répondre.

— Dans ce cas, autant patienter confortablement chez Max. Vous avez la clé ?

Une alarme de type sirène de pompiers se mit à hurler dans le cerveau de Doria. Ce que demandait cette inconnue était absolument et définitivement hors de question. Pourtant, la petite voix doucereuse de la curiosité murmurait à son oreille qu'il serait délicieux d'en savoir plus sur les rapports de Max avec cette mystérieuse chapeautée. Était-elle une de ses ex ? Elle savait que Max avait eu de nombreuses aventures, mais il restait toujours très discret sur son passé amoureux. D'un autre côté, si elle laissait cette femme entrer, elle se ferait peut-être égorger et dépouiller à peine le seuil franchi. Doria avait l'imagination hyperactive.

Voyant son hésitation, l'inconnue recula d'un pas, comme pour lui indiquer qu'elle n'empiéterait pas sur son territoire sans son accord. D'un grand geste lent, sous le regard médusé de Doria, elle ôta son chapeau, puis une perruque brune qu'elle laissa tomber sur le sol, laissant apparaître une épaisse chevelure de neige aux reflets d'or qui se répandit souplement sur ses épaules.

Toujours très calmement, elle retira ses lunettes de soleil, révélant des yeux très clairs, entre bleu et vert, un regard d'aigue-marine sous des sourcils en accent circonflexe. C'était à peine croyable ! Devant Doria se tenait une authentique star américaine, une véritable légende. Sacha Volcan en chair et en os ! Son visage architecturé par des pommettes haut placées était harmonieux et souriant, et son fameux regard pouvait tour à tour sembler malicieux ou autoritaire. Elle était belle, d'une beauté patinée par les ans, mais soigneusement entretenue. D'après ce que Doria avait lu dans les journaux, elle devait avoir à peu près l'âge de Max…

— Vous ne risquez rien avec moi. Si je vous embête, vous n'aurez qu'à appeler la presse. Ils seront là en dix minutes.

— J'imagine…

— Évidemment, ça m'arrangerait que vous vous absteniez.

— Euh… oui, bien sûr.

Doria brûlait maintenant de curiosité. Max connaissait Sacha Volcan ! Il était même son ami, et ne lui en avait jamais rien dit. Cette femme aurait été assez intime avec lui pour avoir rencontré sa mère ! Comme était-ce possible ? Elle devait impérativement en savoir plus. Oubliant toute précaution, Doria fit entrer la célèbre inconnue chez Max. Celle-ci regardait attentivement autour d'elle, sans faire de commentaire.

— Vous voulez un café ?

— Je préférerais quelque chose de plus fort, si possible. De la vodka serait merveilleux.

Doria ne lui fit pas remarquer qu'il n'était que 11 heures du matin. Au contraire, elle fila dans la cuisine et remplit un verre bien tassé de Zubrowska à l'herbe de bison que son père gardait toujours au congélateur, en se disant que cela pourrait délier la langue de la star assise dans le salon.

L'inconnue but une gorgée d'alcool givré et consulta sa montre.

— Je peux appeler mon père pour lui dire de se dépêcher, proposa Doria.

— Surtout pas ! Inutile de le presser. Je vais l'attendre tranquillement.

Sacha Volcan s'enfonça dans le canapé Art Déco comme si c'était la chose la plus naturelle du monde.

— Mais vous avez peut-être des choses à faire ? Je ne veux pas vous retenir.

Doria réfléchit. Si elle voulait des informations sur la relation de Max avec la star, c'était le moment ou jamais. Elle aurait dû être en train de terminer sa valise et effectuer ses achats de dernière minute. Au lieu de ça, elle se cala dans le fauteuil préféré de Max et planta son regard dans celui de cette femme qui se prétendait son amie.

— Racontez-moi. Comment avez-vous connu mon père ?

Sacha Volcan sourit.

— C'était en 1966 au Café d'Angleterre, juste sous le Golf-Drouot...

1

Toutes les jeunes filles modernes se rêvaient en secrétaire

Vendredi 30 septembre 1966

L'École française des secrétaires se situait au fond de la cour du 19 bis boulevard Montmartre, un vieil immeuble haussmannien des grands boulevards. Les salles de classe se tenaient au rez-de-chaussée, l'administratif à l'entresol. Mme Meunier, directrice de cet établissement réputé pour former les secrétaires les plus appréciées de Paris, déambulait majestueusement entre les bureaux à caisson de bois sur lesquels étaient posées des machines à écrire portables, les plus légères du marché.

Alexandra consulta la fine montre Lip qu'elle portait au poignet. Il lui restait à peine dix minutes avant la fin de l'épreuve de vitesse. Ses doigts crispés lui faisaient mal. Autour d'elle, trente filles âgées de seize à dix-huit ans tapaient à la machine comme si leur vie en dépendait, ce qui, au fond, était l'exacte vérité. Au bout de cette dernière année d'études se profilait le CAP de sténodactylographie, avec à la clef un métier, un salaire, l'indépendance ! Toutes les jeunes filles modernes se rêvaient en secrétaire. La voix de Mme Meunier s'éleva dans le fracas des machines à écrire.

— On se dépêche, mesdemoiselles, je ramasse vos copies dans cinq minutes.

Dans un sursaut, Alexandra trouva l'énergie de terminer les dernières lignes du texte rébarbatif qu'elle devait taper en trois exemplaires nets et sans bavures : « ... *en conséquence de la conjoncture économique favorable de l'année 1965, nous pouvons prévoir une forte croissance en 1966.* »

Elle fit glisser le chariot dans un tintement mécanique, arracha les feuilles et le papier carbone, et vérifia que les copies n'avaient ni pli, ni traînées noirâtres (son cauchemar).

— Mademoiselle Volkowski, articula la directrice en tendant la main.

Alexandra lui remit son travail avec un sourire poli, élément indispensable à l'obtention d'une bonne note.

— Mesdemoiselles, vous pouvez sortir calmement. Et n'oubliez pas notre devise. Une bonne secrétaire doit être : efficace, souriante, propre, modeste et sobrement vêtue. Rien ne doit ralentir sa production. Pas de long collier, pas de bague, pas d'ongles trop longs ni de vernis à ongles. Et pas de minijupe ! À demain.

Les élèves se levèrent dans un brouhaha de voix aiguës, grincements de chaises, claquements de talons. Pour aujourd'hui, l'école était finie.

Dans la cour de l'immeuble, Alexandra retrouva Bertrand Jouve. Le jeune homme, blond et bien peigné, était son flirt du moment. Trois mois plus tôt, il l'avait abordée à la sortie des cours. Sa copine Martine l'avait poussée du coude.

— Tiens, voilà encore ton amoureux qui n'arrête pas de te regarder.

— Arrête, tu dis des bêtises !

Il s'était approché en murmurant « Mesdemoiselles, vous êtes ravissantes » et les avait invitées à boire un lait fraise à la Petite Pinte, un café-charbon sale à souhait qui se tenait à droite en sortant sur le boulevard Montmartre. Elles avaient pouffé de rire avant d'accepter. Depuis, Alexandra et Bertrand se fréquentaient. Toujours élégant avec ses vestons bien coupés et ses cravates étroites, Bertrand portait les cheveux courts et la raie sur le côté des garçons bien élevés. Étudiant en droit, il se préparait à la profession d'avocat. C'était une tradition familiale : les Jouve étaient avocats de père en fils depuis 1850, lui avait-il expliqué. Le cabinet « Beaulieu, Jouve et associés » se situait dans l'immeuble, au quatrième étage de l'escalier A. C'était ainsi que Bertrand, bourgeois des beaux quartiers, avait repéré Alexandra, apprentie dactylo : en l'observant par la fenêtre qui donnait sur la cour. Même s'il ne lui plaisait qu'à moitié, elle ne pouvait s'empêcher d'être flattée de l'intérêt qu'il lui portait.

Quand elle arriva à sa hauteur, il passa un bras autour de sa taille et planta un baiser sur sa joue.
— Es-tu heureuse d'aller au cinéma ?
— Oui, très.
Ils avaient rendez-vous au Café d'Angleterre avec des copains de Bertrand pour aller voir au Grand Rex *Et pour quelques dollars de plus* avec Clint Eastwood, qui sortait le jour même.
— Attendez-moi ! lança Martine en courant pour les rejoindre.
— Pierrot a rencontré des types très amusants au Golf-Drouot vendredi dernier et les a invités à se joindre à nous. J'espère que cela ne vous dérange pas.

2

Un grand sourire heureux, éblouissant comme un soleil

Les types amusants en question étaient des gars de la bande du square Louvois, des anciens blousons noirs à la réputation de mauvais garçons, bagarreurs et bruyants. Ils portaient les cheveux longs et des blousons courts, des chemises bariolées, des gros ceinturons à boucle carrée. Alexandra les avait souvent croisés dans le quartier sans jamais leur parler et les admirait en secret. Aujourd'hui, ils étaient attablés à la terrasse du Café d'Angleterre devant des Cacolac. Leur allure décontractée tranchait avec les manières plus guindées des garçons et filles qui les accompagnaient. Elle vit Bertrand faire la grimace. Pour un minet des beaux quartiers comme lui, ces quasi-voyous des boulevards étaient infréquentables. Pierre, le meilleur ami de Bertrand, bondit de sa chaise pour faire les présentations.

— Salut les copains. Je vous présente Gérard, Maurice, Joseph et Max.

— Mes amis m'appellent Gégé.

— Et les miens, Joe. Ça fait américain.

Le garçon qui venait de parler avait des cheveux noirs et frisés et un visage ouvert, éminemment sympathique. Quelques mots à peine avaient suffi à révéler son accent pied-noir aux intonations chaleureuses. Depuis 62, on voyait beaucoup de rapatriés d'Algérie dans le quartier. Celui qui se faisait appeler Gégé avait les cheveux roux et le regard orageux. Sa mâchoire effilée comme un couteau lui donnait l'air dangereux. Quant au dénommé Maurice, il était d'une beauté spectaculaire, le teint pâle et des yeux bleus mélancoliques derrière des lunettes à monture d'écaille. Mais ce fut Max qui captiva l'attention d'Alexandra. Ses cheveux bruns s'égaillaient en longues mèches indisciplinées et brillantes. Son regard de velours noir pétillait d'une gaieté contenue qui donnait envie de s'amuser avec lui. Nonchalamment assis, un bras posé sur le dossier de la chaise et une cheville sur le genou inverse, il fumait une cigarette américaine, tenant le filtre entre le pouce et l'index. Il la regarda attentivement, souffla la fumée entre ses lèvres mi-closes et lui sourit. Un grand sourire heureux, éblouissant comme un soleil, qui lui chauffa brusquement le cœur et lui brûla les joues.

— Salut, je suis Alexandra, fit-elle en voyant que Bertrand rechignait à leur adresser la parole.

— Bonjour, marmonna Bertrand.

— On parlait musique, les informa Pierre. Le dernier trente-trois tours des Who est épatant.

Bertrand et ses amis étaient férus des nouveaux groupes anglais aux sonorités acidulées, The Beatles, The Birds, The Who qui, à les entendre, avaient détrôné Elvis, Bill Haley et Jerry Lee Lewis et toutes les idoles américaines. Alexandra, elle, préférait le rock'n'roll, le vrai, celui qui venait des États-Unis. Elle jouait même de la batterie dans la cave de son immeuble rue Le Peletier.

— Oui, il est bath. Mais pour moi, personne n'égalera jamais Chuck Berry, déclara Max.

Sa voix était profonde et douce à la fois, un mélange détonnant comme le whisky-coca qu'elle avait goûté à la surprise party de Martine.

— Laissez-moi rire, le rhythm and blues, c'est démodé ! grinça Bertrand.

— C'est ce que disent les snobs qui n'y connaissent rien ! Mais n'oubliez pas que même les Beatles ont chanté « Roll Over Beethoven » ! répondit Max.

— Je m'y connais suffisamment pour apprécier les chansons dans le vent. Aujourd'hui, Paris est à l'heure anglaise, que ça plaise ou non aux blousons noirs et autres loubards nostalgiques.

— Vous appelez ça être dans le vent, moi je dis plutôt faire la girouette, lança nonchalamment Gégé.

Sa façon lente de mâcher son chewing-gum, son regard noir et fixe, le faisaient paraître menaçant. Peut-être l'était-il ? Martine se leva précipitamment.

— Je pense qu'il est l'heure d'aller au cinéma, sinon nous allons rater la séance !

— Tu as raison, nous avons juste le temps de monter jusqu'au Grand Rex, renchérit Pierre qui devait regretter d'avoir réuni ces deux bandes apparemment incompatibles.

— On ne va pas partir sans régler les consommations. C'est peut-être dans leurs habitudes, mais pas dans les miennes, dit Bertrand en posant un billet de 10 francs sur la table.

— Tout est déjà réglé, sauf vos boissons, précisa Pierre.

Alexandra repoussa son lait fraise, soudain agacée par les manières désagréables de Bertrand.

— Je n'ai plus envie d'aller voir ce film, lança-t-elle, boudeuse.

— Mais enfin, qu'est-ce que tu racontes ? Cela fait des semaines que nous attendons sa sortie, s'énerva Bertrand.

Max avait allumé une nouvelle cigarette et l'observait avec intérêt.

— Puisque je te dis que je ne veux pas y aller ! J'ai envie de voir *Un homme et une femme* qui est donné au Max-Linder.

— En voilà une idée ! Un film français en noir et blanc plutôt qu'un western en technicolor... Franchement, je me demande ce qui te passe par la tête, Alexandra.

— C'est le film qui a remporté la palme d'or à Cannes. Je suis curieuse de le découvrir, c'est tout.

Bertrand se leva en faisant brutalement grincer sa chaise.

— Ne compte pas sur moi pour t'accompagner.

— Tant pis, j'irai seule ! crâna Alexandra.

— Ne fais donc pas d'histoires, une fille ne va pas au cinéma toute seule ! Allez, quoi, on va voir Clint Eastwood ! encouragea Martine.

Alexandra était en train de se demander comment se sortir de ce bourbier. Il était vrai qu'elle se faisait une joie de découvrir ce nouveau western de Sergio Leone, mais l'attitude méprisante de Bertrand l'avait écœurée. Elle ne pouvait plus le voir en peinture !

— Et pourquoi pas ? Je fais ce que je veux. Nous sommes en 1966.

— J'espère que tu plaisantes !

Max se leva à son tour, écrasa sa cigarette et épousseta son blouson en daim Camel.

— Ne nous énervons pas. J'irai avec Alexandra. Ça fait une paye que je meurs d'envie de voir *Un homme et une femme*.

Maurice, Gégé et Joe le dévisagèrent avec des yeux ronds.

— Sans blague, Max ?

Max ne plaisantait pas. Le plus sérieusement du monde, il se tourna vers Alexandra.

— On y va ?

C'était un défi. Allait-elle vraiment planter son petit ami pour aller voir un film d'amour en tête à tête avec un parfait inconnu ? Alexandra pesa le pour et le contre. Tout son être brûlait d'envoyer valser les conventions pour s'en aller avec le trop séduisant Max et son sourire ravageur. Mais le désir de ne pas être mal jugée la retenait. Qu'allaient-ils tous penser d'elle ? Bertrand serait furieux et ne souhaiterait sans doute pas poursuivre leur relation. Ses copains la mépriseraient, Martine s'empresserait de colporter ce ragot croustillant dans toute la classe. Les amis de Max la prendraient pour une fille facile.

Et puis zut ! Elle était libre, après tout. Son père n'en saurait rien, sa mère n'était plus là pour lui dire quoi que ce soit.

Elle s'approcha du beau brun qui la fixait intensément, attendant sa décision, et, sans prononcer un mot, se mit à marcher en regardant droit devant elle, le cœur battant, sidérée par sa propre audace. Max lui emboîta le pas. Côte à côte, ils remontèrent le boulevard Montmartre en direction du Max-Linder, sous le regard médusé de leurs copains.

3

Une brume opaque qui donnait envie de découvrir ce qui se cachait derrière

Max marchait en silence à un mètre d'elle et Alexandra commençait à regretter sa décision. Elle ne pouvait pas croire qu'elle allait réellement rater un western avec Clint Eastwood, le plus bel acteur du monde. Max enfonça les mains dans les poches et se rapprocha de quelques centimètres. Elle se demanda ce qu'il avait en tête. Regrettait-il, lui aussi ? Pourquoi avait-il proposé de l'accompagner ? Pour la tirer d'embarras ? Parce qu'il avait vraiment envie de voir *Un homme et une femme* ? Pour mieux la connaître ? Pour la séduire ? À cette idée, les joues d'Alexandra se mirent à cuire, les battements de son cœur accélérèrent. Elle lui jeta un coup d'œil à la dérobée et vit qu'il souriait.

— Ton petit ami n'avait pas l'air très heureux.
— Tant pis pour lui.
— Eh bien, comme ça, c'est clair.
— Quoi donc ?
— Tu n'es pas attachée à lui.

Comme ils approchaient du Max-Linder, elle ne jugea pas utile de répondre. Max voulut prendre les deux billets ; elle insista pour payer le sien et lui montrer qu'elle n'était pas ce genre de fille. Elle n'allait pas lui tomber toute crue, enamourée, dans le bec. Ils trouvèrent deux places au fond de la salle. Max alluma une cigarette et lui en proposa une, qu'elle refusa. Il hocha la tête.

— Quel âge as-tu ?
— Dix-huit ans. Et toi ?
— Vingt. Tu es étudiante comme tes amis ?
— Pas tout à fait. Je prépare un CAP de dactylo. Toi, tu n'as pas l'allure d'un étudiant. Je me trompe ?

Il sourit comme si elle venait de dire quelque chose de très pertinent et plongea son regard brûlant dans le sien. Elle eut l'impression que la salle s'illuminait.

— Je suis garçon de courses pour mon oncle qui tient un atelier de peaux et fourrures rue d'Hauteville. Il insiste pour m'apprendre le métier, me donner des responsabilités dans son affaire, mais je ne suis pas très pressé de me ranger.

— Moi, je suis pressée de partir de chez moi.

Il passa un bras derrière le dossier de son fauteuil.

— J'aime beaucoup tes petites chaussures à brides. C'est élégant.

Alexandra lui jeta un regard glacial pour lui signifier qu'elle n'approuvait pas ses travaux d'approche, trop rapides. Il continua à fumer sans rien dire puis, après un moment, retira son bras l'air de rien pour le reposer sur ses genoux. Sur l'écran défilaient les informations. Le général de Gaulle s'était rendu à Colombey pour le week-end. Le personnage de Jean Mineur publicité quitta l'écran, plongeant la salle dans le noir total. Max se pencha vers elle et murmura :

— Pourquoi es-tu si pressée de partir de chez toi ?

Il lui parlait de si près que ses lèvres touchèrent le lobe de son oreille, provoquant un frisson piquant qui la fit éclater de rire.

— Arrête ! Tu me chatouilles.

— Oh ! C'est dégoûtant ! s'indigna une femme assise derrière eux.

Ils s'enfoncèrent dans leur fauteuil pour pouffer à leur aise. Leurs jambes se frôlèrent par mégarde.

— Chut ! murmura quelqu'un dans le noir.

Le film commença dans une brume opaque qui donnait envie de découvrir ce qui se cachait derrière. Une femme racontait l'histoire du petit chaperon rouge à une petite fille. En arrière-plan, un voilier rentrait au port. Puis on vit un homme souriant apparaître sous un grand ciel bleu. Il s'adressa à un petit garçon qui conduisait une voiture décapotable. Soudain la musique les enveloppa, un air lancinant, troublant qui mourut à la fin du générique.

Alexandra plongea à pieds joints dans ce monde plein de subtilité et de mystère. Un film sans scène d'action, ni bagarre ni cavalcade, ni duel ni vengeance. Juste un homme et une femme, Paris, la Normandie, des trajets en voiture, des mots de tous les jours, un chien qui saute dans les vagues et une musique mélancolique, obsédante, qui prenait au cœur. Le bras de Max se posa à nouveau sur le dossier du fauteuil d'Alexandra. Sur l'écran, les deux amoureux couraient l'un vers l'autre sur la plage de Deauville, la caméra les enveloppait, dansait autour d'eux, la musique déferlait sur le couple enlacé dans un crescendo éminemment romantique. Alexandra, subjuguée, se laissait emporter par les images, l'intensité amoureuse. Son cœur battait la chamade, ses mains étaient moites. Le jeune homme assis à côté d'elle lui paraissait aussi charmant et troublant que l'acteur sur l'écran. Son sourire aussi lumineux, ses lèvres aussi attirantes. Là, dans la sécurité troublante du noir, elle était prête à se laisser embrasser. Elle attendit que Max se penche doucement vers elle. Mais il retira son bras et alluma une cigarette.

À la fin du film, Alexandra était presque soulagée de savoir que le couple s'était séparé. L'amour n'existait pour personne. Puis, à la toute dernière scène, on découvrit l'homme qui attendait sur le quai de la gare. La femme se jeta dans ses bras alors que la musique s'emballait dans une apothéose d'un sentimentalisme écœurant.

Les lumières se rallumèrent. Alexandra ne comprenait pas pourquoi elle avait cette boule dans la gorge et cette envie de pleurer. Que s'était-elle imaginé ? Des *chabadabada* langoureux avec un mauvais garçon rencontré deux heures plus tôt ? Elle quitta son siège et se dirigea rapidement vers la sortie. Max la rejoignit sur le boulevard, toujours aussi tranquille et décontracté, alors qu'elle tremblait encore de frustration et de rage.

— Tu as aimé ? demanda-t-il.

Elle secoua sa queue-de-cheval.

— J'ai détesté. J'aurais mieux fait d'aller voir le western.

4

Dans un coin, un flipper en folie faisait claquer ses parties

Pour Alexandra, novembre était le mois le plus terrible de l'année. C'était la période où elle se réveillait en pleine nuit, la bouche hurlante de cauchemars, ne mangeait plus, ne parlait pas. Son cœur et son corps meurtris se souvenaient. Elle devait attendre patiemment que le mois passe pour retrouver un semblant d'oubli et de tranquillité.

Cette année, à sa grande surprise, ni l'approche de la date fatidique, ni le ciel dégoulinant de chagrin n'étaient encore parvenus à lui donner le cafard. Max avait mis du soleil dans sa vie et ses tempêtes intérieures ne s'étaient pas levées...

Depuis *Un homme et une femme,* tout avait changé. Elle avait revu Max pour découvrir *Et pour quelques dollars de plus* et ils s'étaient accordés pour le trouver épatant. Au Grand Rex, Max s'était fait pincer le doigt par le contrôleur des billets. Il en avait lâché sa cigarette qui était tombée sur sa chaussure en toile et lui avait brûlé le pied. Devant sa mine ahurie et douloureuse, Alexandra était partie dans un fou rire contagieux qu'elle avait transmis à Max. Ils s'étaient réfugiés au dernier balcon pour continuer à rigoler à leur aise. Tout en haut, seuls au milieu des gradins déserts, Alexandra avait à nouveau attendu que Max se penche vers elle et fasse le premier pas. En vain. Les yeux écarquillés, il semblait tellement happé par ce qui se déroulait sur l'écran qu'il en avait oublié d'allumer sa cigarette. Il avait également oublié de l'embrasser.

Ils avaient redescendu le boulevard Poissonnière en échangeant les répliques du film qu'ils avaient retenues par cœur, Alexandra jouant le colonel Mortimer et Max, le bossu. En quelques phrases, ils étaient catapultés dans le sud-ouest des États-Unis, à proximité de la frontière mexicaine, au temps des chasseurs de primes. Elle avait découvert que Max était aussi obsédé qu'elle par l'Amérique, celle du rock'n'roll et des westerns. Leur fascination commune pour la mythologie de l'Ouest avait scellé leur entente. Depuis, ils chevauchaient côte à côte, comme deux cow-boys marchant d'un même pas le long des grands boulevards. Les États-Unis, Alexandra en rêvait dans le secret de son cœur depuis toujours. Dans sa tête, elle vivait déjà là-bas, s'imaginait déambuler dans les rues de New York ou découvrir les grands espaces.

— Un jour, j'irai en Amérique, je ne sais pas encore comment, mais je trouverai un moyen, avait-elle farouchement prononcé, tremblante de lui révéler son rêve le plus secret.

Il avait doucement collé ses poings contre les poings crispés d'Alexandra, comme un pacte.

— Moi aussi !

« Un jour on ira en Amérique » était devenu leur cri de ralliement, leur serment, leur leitmotiv. Ils s'étaient promis de tout faire pour y arriver.

Max venait chaque soir l'attendre à la sortie des cours. Dès qu'elle l'apercevait, Alexandra oubliait les conseils crispants de Mme Meunier, sa copine Martine qui avait mis le grappin sur Bertrand et ses mains ankylosées d'avoir trop tapé à la machine.

Ils se retrouvaient, heureux comme deux oiseaux échappés de leur cage, et partaient en virée. Son père étant occupé jusqu'au soir par sa tournée de courses, elle avait toujours été libre de son temps. Leurs pas les entraînaient dans une salle d'arcade jouer aux machines électroniques ou chez Wimpy manger un hamburger. Ils s'arrêtaient dans les cafés pour mettre un franc dans le jukebox, ou alors ils partaient voir un film américain au cinéma. En fin de semaine, ils allaient au Golf-Drouot.

Quand ils étaient ensemble, l'air semblait chargé d'un gaz hilarant, un rien les amusait : le sourire édenté de la marchande des quatre saisons, le pantalon trop court d'un employé du Crédit lyonnais, un enfant qui se curait rêveusement le nez, une femme élégante qui coinçait son talon aiguille dans une grille de métro.

Avec Max, Alexandra n'avait pas besoin de se faire plus fragile, plus coquette ou plus bête qu'elle n'était. Elle pouvait se montrer mal lunée ou mal coiffée, elle pouvait rire bruyamment, parler fort, fumer dans la rue ; il ne s'en offusquait pas plus que si elle était Maurice, Joe ou Gégé. Cette absence de chiqué était tellement libératrice qu'elle en oubliait presque son attirance pour le jeune homme. Certes, ses yeux noirs l'aimantaient, son grand sourire la réchauffait et elle brûlait de poser ses lèvres sur la peau mate de son cou, de ses mains, de ses joues... Mais ils étaient si bons copains que finalement, c'était certainement mieux comme ça.

Malheureusement, l'accalmie ensoleillée avait peu duré. Ce matin, Alexandra s'était réveillée l'âme naufragée : la tempête redoutée s'était levée. Elle savait que même Max ne parviendrait pas à lui rendre le sourire, car le 21 novembre était le jour le plus noir de l'univers.

À 18 heures, il pleuvait comme vache qui pisse et il l'attendait sous un grand parapluie noir, un cache-col écossais enroulé autour de son cou. Ils décidèrent de se réfugier à la Petite Pinte. Le café enfumé était bondé. Dans un coin, un flipper en folie faisait claquer ses parties. Ils passèrent devant une table où s'entassaient des filles de l'école pour se terrer sur une banquette au fond de la salle et commandèrent deux chocolats chauds. Les mains serrées autour de la tasse brûlante, Alexandra se força à boire une gorgée de lait en rêvant plutôt à un verre de vodka descendu cul sec. Elle savait qu'en rentrant, elle retrouverait son père ivre mort, une bouteille de Stolichnaya entamée à la main, le regard perdu dans le vague. Même si évoquer la catastrophe était formellement interdit à la maison, la date anniversaire avait marqué au fer rouge le cœur brisé de Léon Volkowski. Elle aurait parfois aimé en parler avec lui, porter à deux le fardeau de leur peine, mais le silence qu'il lui imposait rendait son chagrin plus terrible encore. À l'idée de la soirée à venir, les larmes montèrent aux yeux d'Alexandra. Alarmé, Max lui demanda ce qui lui arrivait. Elle se passa une paume rageuse sur les yeux et serra les lèvres sur cette douleur qu'elle n'avait jamais partagée avec personne. Max la fixait de ses yeux profonds, attendant une réponse. Alexandra étouffa un sanglot. Elle n'aurait pas dû le voir aujourd'hui, elle aurait mieux fait de rentrer chez elle et de se fourrer au lit.

— Mais enfin, que se passe-t-il ? Tu as un problème ? Est-ce que je peux faire quelque chose ? Tu peux tout me demander, tu sais.

Elle se moucha bruyamment. Les grandes eaux étaient lancées.

— On est le 21 novembre, articula-t-elle.

— C'est ton anniversaire ? Tu es triste parce que je ne te l'ai pas souhaité ?

— Ma mère est partie le 21 novembre 1959. Il y a sept ans jour pour jour.

Le visage de Max refléta tour à tour l'effroi, l'incompréhension, la compassion.

— Partie ? Comment ça ? Elle est morte ?

— Non. Je suis rentrée du lycée, elle n'était plus là. Mon père m'a annoncé qu'elle nous avait abandonnés. J'avais onze ans.

— Mais comment est-ce possible ? Pourquoi ?

— Je n'en sais rien. J'ai demandé à mon père, il a répondu qu'il ne voulait plus jamais entendre parler d'elle.

Elle s'essuya les yeux.

— J'ai besoin de prendre l'air.

— Bien sûr, répondit Max.

Il déposa quelques pièces sur la table en formica et la suivit alors qu'elle quittait précipitamment le café.

— Tu veux marcher un peu ?

Elle haussa les épaules.

— Si tu veux.

Ils prirent machinalement la rue de Richelieu en direction du square Louvois. C'était le lieu de ralliement de Max et ses copains, une petite parenthèse de verdure dans un quartier de vieilles pierres noircies. Alexandra venait parfois se joindre à eux. La nuit était tombée et le square quasi désert. Heureusement, la pluie avait cessé. Alexandra respirait à pleins poumons pour calmer ses pleurs. Étonnamment, après avoir prononcé l'indicible, elle se sentait mieux. Assise dans le noir sur le dossier d'un banc public, elle parla à Max de sa mère Odette, qui était jolie et coquette. La jeune Bourguignonne qui rêvait de Paris avait rencontré Léon Volkowski pendant la guerre. Il fuyait la capitale et s'était arrêté dans son village. Attirée par cet artiste peintre ténébreux de douze ans son aîné, elle lui avait demandé de venir la chercher une fois la paix revenue. Il avait tenu sa promesse et ils s'étaient mariés en 1947. Alexandra était née en 1948 et Léon avait abandonné la peinture, qui ne rapportait rien, pour devenir chauffeur de taxi. Odette aimait danser, boire du vin pétillant et s'amuser. Leur petit appartement était propre comme un sou neuf et soigneusement décoré. C'était une maman attentionnée qui achetait de jolis vêtements à sa fille et lui chantait des chansons d'amour d'avant-guerre pour l'endormir. L'été, elle emmenait Alexandra en Bourgogne, dans sa ferme natale. Elles y retrouvaient sa vieille grand-mère, la campagne, les vaches et leur bon lait crémeux. En revanche, Odette détestait tout ce qui rappelait la Russie de son mari.

Après le départ de sa femme, Léon Volkowski était devenu encore plus ombrageux et taciturne. Alexandra avait dû apprendre à grandir et se débrouiller toute seule, sans avoir d'autres comptes à rendre à son père que celui de lui préparer son dîner. Il lui interdisait de sortir le soir, mais comme il ne posait pas de questions et qu'elle était plutôt solitaire, cela n'avait jamais posé problème. Et puis, heureusement, elle avait sa batterie.

— Quoi ? Tu joues de la batterie ? C'est sensas ! s'exclama Max. Comment ça se fait ?

— Un jour, mon père a trouvé l'instrument tout cassé sur un trottoir devant un magasin de musique du boulevard Beaumarchais. Il l'a mis dans son taxi pour le réparer et le vendre, mais j'ai commencé à taper sur la grosse caisse comme une forcenée. Il a compris que ça me faisait du bien. Il l'a installé à la cave et j'ai continué à m'entraîner.

— Je voudrais bien voir ça !

— Si tu veux. Mon rêve serait de jouer dans un groupe. Mais c'est difficile quand on est une fille.

Elle consulta sa montre et sauta du banc d'un bond léger. Un frisson la parcourut en pensant à son père.

— Quand je vais arriver à la maison, mon père sera ivre mort et me dira : « Viens boirrre avec moi, Sacha, on va oublier cette salope ! »

Elle avait pris une grosse voix rocailleuse à l'accent russe pour imiter Léon Volkowski.

— Sacha ? demanda Max, amusé par son interprétation.

— Le diminutif d'Alexandra en russe.

— C'est joli.

Elle secoua sa queue-de-cheval.

— J'aurais aimé dire comme tes copains, « Mon prénom est Alexandra mais mes amis m'appellent Sacha ». Malheureusement, je n'ai pas vraiment d'amis.

Max alluma une cigarette. La flamme du briquet éclaira son beau visage dans la nuit. Il lui sourit, de son sourire soleil.

— Moi, je peux t'appeler Sacha.

Quand elle rentra chez elle, son père n'était pas là. Elle prépara deux sandwichs au gruyère avec ce qui restait dans le garde-manger, s'assit à la table de la cuisine et dévora le sien avec appétit, accompagné d'un verre de lait. La chaise vide de son père lui brisa le cœur. Elle ne voulait pas rester seule ce soir et se demanda s'il lui était arrivé quelque chose. Inquiète, elle prit l'escalier de service et monta jusqu'à la chambre de bonne qui servait d'atelier à Léon Volkowski. De la lumière filtrait sous la porte. Elle soupira de soulagement et toqua, sans réponse. Elle frappa plus fort.

— Sacha, c'est toi ?

— Oui, ouvre !

Elle entendit un grand remue-ménage, comme si on poussait des meubles ou froissait du papier, puis son père ouvrit, les cheveux hirsutes et la moustache noire en bataille.

Comme prévu, une bouteille à moitié vide était posée par terre, à portée de main, à côté de son vieux fauteuil en velours marron. Il se poussa pour la laisser entrer. Sur le chevalet était posé le tableau qu'il était en train de peindre : une femme au long cou, la tête penchée sur le côté, les yeux vides. Sur le sol s'entassaient de vieux tableaux, ses tubes et sa palette de couleurs. Sacha frissonna, émue.

— C'est magnifique, papa ! Tu as tellement de talent.

Il ébaucha un sourire triste, comme s'il allait se mettre à pleurer.

— Je ne peux pas peindre ce soir !

Elle s'approcha doucement et s'empara de la vodka. Il avait assez bu comme ça. Il lui reprit la bouteille des mains.

— Bois avec moi, Sacha, on va oublier cette salope !

— Je n'ai pas soif. Tu as mangé ? Je t'ai apporté un sandwich.

Léon Volkowski prit l'assiette qu'elle lui avait préparée et l'invita à s'asseoir sur un vieux pouf à l'assise fatiguée. Elle se posa face à lui et tendit ses mains gelées vers le poêle ronflant qui dégageait une odeur de pétrole. Elle aimait cette pièce délabrée avec sa lucarne en œil-de-bœuf qui donnait sur les toits de Paris. Son père lui tendit la bouteille.

— Za vashé zdorovie !

Elle but une gorgée au goulot. L'alcool chaud et généreux la consola un peu de son chagrin. Son père sourit, les yeux flous.

— Où étais-tu ? demanda-t-il d'une voix pâteuse.

— Avec mon ami Max.

5

Quatre syllabes mythiques, synonymes de bonne musique

De l'autre côté du boulevard, juste en face de l'École française des secrétaires, se trouvait le Golf-Drouot. Son nom s'étalait en grandes lettres de néon juste au-dessus du Café d'Angleterre. Quatre syllabes mythiques, synonymes de bonne musique.

C'était ici, dans ce salon de thé équipé d'un improbable minigolf à neuf trous, qu'à la fin des années 1950, le barman Henri Leproux, amateur de rock'n'roll, avait eu l'idée de mettre un juke-box. Le bruit s'était répandu comme une traînée de poudre dans le quartier : il y avait un endroit où écouter Elvis Presley, Jerry Lee Lewis, Little Richard ! Les mauvais garçons avaient rappliqué, les bandes des squares de La Trinité, Louvois, Batignolles... Ceux qu'on appelait les blousons noirs avec un soupçon de terreur dans la voix. Certains de ces jeunes voulaient faire du rock'n'roll. Le généreux Henri Leproux leur avait aménagé une scène pour qu'ils puissent se lancer. Là, sur cette petite estrade de bois, étaient nées les idoles que toute une génération appelait par leurs prénoms : Johnny, Eddy, Sylvie…

Ce soir de décembre 1966, quand Alexandra et Max s'y rendirent en habitués, le Golf était devenu une institution et accueillait désormais non seulement les artistes français mais également des rockers américains et des groupes anglais.

L'entrée était située au coin de la rue Drouot et du boulevard Montmartre. Il fallait se pointer devant le 2 rue Drouot et grimper quarante marches pour atteindre le paradis du rock'n'roll. Mme Leproux tenait la caisse. Elle regardait si les filles étaient bien habillées, si les garçons portaient un veston et une cravate. Elle voulait que son établissement ait de la tenue. Ils se frayèrent un chemin jusqu'à la scène. Des centaines de jeunes hommes accompagnés de quelques filles assez dégourdies pour sortir le vendredi soir se démenaient dans un nuage de fumée. Ce soir-là, Les Variations se produisaient pour le fameux Tremplin du Golf-Drouot. Alexandra les écouta avec envie. Ces types aux cheveux longs avaient son âge. Ils étaient passés par Londres avant de revenir à Paris et semblaient sortir tout droit de Carnaby Street. Leur musique était pleine de sonorités anglaises et d'énergie rock. À côté d'elle, Max, Maurice, Gégé et Joe se déhanchaient comme des diables. Elle admira le jeu démentiel du batteur Jacky Bitton en s'imaginant être à sa place. Mais comment faire quand on n'appartient pas à une formation ? Comme des milliers de jeunes de sa génération, Alexandra voulait faire partie d'un groupe de rock et passer sur la scène mythique du Golf-Drouot. Depuis ses douze ans, elle faisait de la batterie, ce qui n'était pas un jeu d'enfant. Avant toute chose, c'était une affaire de coordination et de rythme. À chaque main sa baguette, chaque pied sa pédale. Pied droit la grosse caisse, pied gauche la caisse claire, les baguettes pour les toms, et c'était un long travail d'apprendre à les utiliser simultanément pour faire corps avec cet instrument multiforme. Après six années d'entraînement, elle se considérait comme une des meilleures de sa génération. Malheureusement, elle était la seule à le penser, car aucun groupe de rock n'avait jamais accepté de l'engager : elle était une fille.

Agacée, elle entraîna Max vers le mur où étaient punaisées toutes les petites annonces. On recherchait des batteurs, des guitaristes, des chanteurs, des bassistes. Toutes les demandes étaient rédigées au masculin.

— Tu vois, hurla-t-elle à son oreille. Il n'y en a que pour les garçons ! J'en ai ras le bol !

Max examina attentivement les petites annonces. Sur la scène, Henri Leproux annonça que Les Variations avaient remporté le tremplin, déclenchant des hurlements de joie chez les membres du groupe qui ne pouvaient croire à leur bonheur. Les vainqueurs étaient automatiquement engagés à passer en vedette la semaine suivante, les vendredi, samedi soir ainsi que le dimanche après-midi, et touchaient même un salaire pour leurs prestations.

Max décrocha une affichette qu'il glissa dans sa poche.

— Les Électrons sont bons. Je connais Daniel, c'est un cousin de Frankie Jordan. On va les appeler.

— Mais ils ne voudront jamais d'une batteuse. Je me suis fait recaler des dizaines de fois.

— On dira que tu es un batteur.

6

Quand elle se revit dans le miroir, elle était brune

L'annonce précisait : « Recherche batteur aux cheveux noirs » et Max avait emmené Alexandra chez Jacques de Closets, le coiffeur attitré des rockers et des stars. Dès l'âge de quinze ans, Max et ses copains fréquentaient son salon de la rue Taitbout pour y faire teindre leurs cheveux en noir corbeau comme Elvis Presley et affiner leur banane. Aujourd'hui, la jeunesse aux cheveux longs se précipitait chez lui pour se donner un style anglais.

Le coiffeur examina longuement le visage d'Alexandra, tenant son menton entre les mains pour le tourner vers la lumière des spots.

— Il lui faut une coupe de garçon, expliqua Max.

Jacques de Closets la fit asseoir sur un fauteuil face à un grand miroir et attrapa ses longs cheveux emmêlés à pleines poignées.

— Ce ne sera pas du luxe de couper tout ça, les pointes sont toutes fourchues.

La chevelure lâchée retomba sur Alexandra comme une grande cape. Elle secoua la tête, agacée qu'il parle d'elle comme si elle était une vache exposée au salon de l'agriculture.

— Alors allez-y ! Coupez !

Il agita ses ciseaux.

— Mais ça ne se passe pas comme ça, jeune fille. Il faut réfléchir, calculer, mesurer, imaginer, anticiper le résultat. Et ensuite seulement, on coupe !

— Ce n'est pas compliqué, je veux une tête de batteur.

— Réfléchissons… Charlie Watts des Stones, Keith Moon des Who, Ringo Starr des Beatles ? Non, pas Ringo. Trop de cheveux, trop de pattes, trop de moustache. Ce n'est pas pour vous.

Sans prévenir, il coupa d'un coup dix bons centimètres de cheveux. Elle poussa un cri. Max éclata de rire.

— Pardonnez-moi, mais ces pointes en queue d'asperges sucées, ça me perturbait.

Alexandra se sentait mal à l'aise. Elle ne voulait pas avouer que c'était sa première visite chez le coiffeur. Quand elle était enfant, sa mère posait une serviette sur ses épaules et coupait ses cheveux humides au niveau des épaules d'un trait de ciseaux bien net. Depuis son départ, Alexandra les avait tout simplement laissés pousser. Son père, partant du fait établi qu'une fille avait des cheveux longs, ne s'était pas préoccupé de l'emmener dans un salon de coiffure, et elle-même n'avait jamais osé lui demander de l'argent pour y aller. Alors que toutes les filles de sa classe arboraient de belles choucroutes laquées, coupées au carré, elle attachait simplement ses longs cheveux épais en queue-de-cheval et les laissait pendre dans son dos. Les critiques du coiffeur la mortifiaient.

— Il faudra aussi la teindre en noir, précisa Max.

Le coiffeur fit tournoyer les cheveux d'Alexandra en une grosse torsade qu'il contempla longuement avant de les relâcher sur ses épaules. Il jouait de sa chevelure avec une dextérité surprenante, comme une matière qu'il pouvait modeler à sa guise.

— Quel dommage de couvrir une couleur pareille. On dirait du vieil or, un soleil couchant, du miel de châtaigne !

— Ils ont dit un batteur brun sur l'annonce, dit-elle, déstabilisée.

Après la critique, voilà qu'il lui cirait les pompes.

— Le noir lui donnera un air plus viril, argumenta Max.

— En effet.

Jacques de Closets la regarda attentivement dans le miroir puis fit claquer ses ciseaux avec enthousiasme.

— On va partir sur un mélange Keith Moon pour la longueur et Charlie Watts pour la mèche. Ça va être extra.

Sourcils froncés, concentré, il se mit à couper, tailler, tirer, effiler avec une rapidité confondante. De longues mèches mordorées tombaient sur le sol. Bientôt elles formèrent un tas soyeux comme un petit renard roulé en boule sur le carrelage. De temps en temps, il lui faisait pencher la tête en avant et elle sentait le froid des ciseaux sur sa nuque. Max les observait en silence, en fumant une cigarette. Plus le coiffeur coupait, plus elle sentait sa tête devenir légère, ce qui lui donnait un sentiment étrange de vide et de vertige. Jacques de Closets s'arrêta brusquement, en nage. Il colla sa tête près de celle d'Alexandra pour contempler l'effet de son travail dans le miroir, puis tira simultanément sur deux mèches au niveau des oreilles pour vérifier si elles étaient bien de la même longueur.

Alexandra, fascinée, observa le nouveau visage qui avait émergé dans la glace. Ses yeux paraissaient plus grands, son menton plus volontaire, son visage plus affirmé. C'était comme si une nouvelle Alexandra, moins floue, plus nette, lui faisait face. Elle se regarda dans les yeux et se sourit.

— On passe à la couleur, annonça le coiffeur avec un rien de grandiloquence.

Comme s'il avait pressenti que quelque chose d'important s'était joué sous ses coups de ciseaux. À présent, Alexandra était en confiance. Elle laissa une coloriste appliquer une teinture noir corbeau sur ses cheveux et ses sourcils. Une forte odeur chimique la fit pleurer et éternuer. Max était sorti faire une course et avait prévu de revenir une heure plus tard, le temps que la couleur prenne. Elle se plongea dans la lecture d'un vieux *Salut les copains* jusqu'à ce qu'on vienne la chercher pour son shampoing.

Quand elle se revit dans le miroir, elle était brune. Sous ses sourcils noirs, ses yeux verts étincelaient.

Jacques de Closets était dithyrambique. Son art avait transformé une petite apprentie dactylo en un batteur plus vrai que nature. La soufflerie du séchoir acheva la métamorphose.

— Quand tu seras en garçon, tu plaqueras bien tes cheveux sur la nuque. Quand tu seras en fille, tu pourras faire rebiquer les mèches vers l'extérieur et crêper comme ça sur le haut pour leur donner du volume.

— Non ! Pas de choucroute ! le pria-t-elle.

Il aplatit illico les mèches qu'il avait fait bouffer.

— Tu as raison, c'est beaucoup mieux comme ça. Plus moderne.

Alexandra s'observa avec complaisance. Avec son regard d'aigue-marine et ses sombres cheveux courts, elle se sentit devenir autre, puissante, presque virile.

— La première coupe unisexe ! s'exclama le coiffeur alors que Max passait le pas de sa porte.

Elle crut que les yeux de Max allaient sortir de leurs orbites.

— Qu'est-ce que t'es belle !

Il l'avait dit. Et même si elle voyait bien qu'il avait envie de ravaler ces mots qui lui étaient sortis tout crus de la bouche, c'était trop tard, il les avait prononcés et elle les avait entendus. Son cœur se mit à brûler d'espoir. Cette fois-ci, il se rendrait compte qu'elle n'était pas juste un bon copain mais une femme, une vraie, toute prête à se lover dans ses bras, à se coller contre lui et à jouer toutes sortes de jeux dangereux et amusants. Elle bondit sur ses pieds comme pour se jeter dans ses bras, mais Max s'était déjà ressaisi.

— Il faut maintenant te trouver une tenue.

— Je veux un *Lewis** et un blouson !
— Et un nom d'homme.

Elle paya le coiffeur avec l'argent des courses de la semaine. Elle demanderait à l'épicier de lui faire crédit.

Sur le boulevard, Max réfléchissait.

— Mais tu as déjà un prénom de garçon ! Sacha !
— Ah oui. Sacha Volkowski, ça fait bien, je trouve.
— Non, pas Volkowski. Ce n'est pas rock'n'roll.

Alexandra écoutait à peine, trop occupée à s'admirer dans toutes les vitrines. Pour la première fois de sa vie, elle se trouvait épatante et intéressante et sautillait sur place, comme montée sur ressorts.

— Sacha le batteur. Il te faut un nom sensas, un nom qui casse la baraque.
— Volkof ?
— Volcan ! Sacha Volcan.

---

* C'est ainsi qu'on prononçait « Levi's » dans les années 1960 !

7

Les pères ne savent pas
ces choses-là

Avant de rentrer, Sacha passa à la triperie pour acheter un foie de veau pour son père, qui adorait ça. Même si elle n'en avait pas parlé à Max, elle appréhendait la réaction de Léon Volkowski en découvrant sa nouvelle coiffure. Son père était imprévisible. Il vivait dans son propre monde, où les souvenirs prenaient plus de place que le présent, et semblait toujours en voyage dans quelque lieu secret de sa mémoire. Elle ne savait pas grand-chose de ce passé encombrant et tentait parfois d'en percer les mystères, mais son père n'était pas communicatif et elle devait se contenter de connaître les grandes étapes de son parcours : son enfance en Russie, sa jeunesse misérable dans le Paris d'avant-guerre, la guerre, puis son mariage avec Odette et la naissance de Sacha, qui constituaient les épisodes les plus heureux de sa vie. La suite, elle la partageait au jour le jour avec lui dans leur petit deux pièces sombre de la rue Le Peletier.

Le foie de veau pesé et emballé, elle prit le chemin du retour en se demandant si son père serait là. Sa tournée de taxi ne se terminait jamais à heure fixe. Il suffisait qu'un dernier client lève la main et c'était parti pour une nouvelle course. Quand elle tourna la clé dans la serrure, il n'était pas encore rentré. Elle en profita pour faire la vaisselle qui croupissait dans l'évier, balayer le linoléum et passer un coup d'éponge sur la toile cirée. L'unique ampoule qui pendait du plafond répandait dans la cuisine une lumière jaune et nue depuis que l'abat-jour en opaline s'était cassé, il y avait des années de cela. Elle déballa le foie de veau en retenant une envie de vomir. Elle imaginait les tendres petits veaux de sa grand-mère, leurs yeux doux de grand chien et leurs pattes fragiles. Les larmes lui brûlèrent les yeux et elle se jura que c'était la dernière fois qu'elle achetait du veau. Son répertoire était plutôt constitué de nouilles au beurre, de concombres marinés, de harengs à l'huile et de bortch en boîte que son père ramenait de l'épicerie russe de la rue Daru, dans le 8e arrondissement.

Sacha sursauta en entendant la porte s'ouvrir et jeta un rapide coup d'œil dans la vitre pour voir de quoi elle avait l'air. Elle prit soin de faire rebiquer ses mèches vers l'extérieur pour donner à sa coiffure un aspect plus féminin. Son père posa son manteau sur le dossier de la chaise et s'assit lourdement à table. Elle posa une assiette pleine devant lui et prit place en face. Ils commencèrent à manger en silence, les regards rivés sur la nourriture.

— Mmm... C'est très bon, ce que tu as cuisiné.

— Oui, je t'ai pris du foie de veau parce que tu aimes ça.

Cette fois il avait posé les yeux sur elle, mais il continua à manger sans rien remarquer. Son assiette terminée, il la repoussa devant lui et elle se leva pour débarrasser.

— Tu as fait quelque chose à tes cheveux ?

— Oui, répondit-elle, le cœur battant. Je suis allée chez le coiffeur.

— Avec quel argent ?

Sacha le fixait les yeux écarquillés, sans pouvoir répondre. Son esprit cherchait une idée, un mensonge plausible, mais rien ne venait. Elle vit avec inquiétude son père se lever. Il plongea la main dans la poche de son pantalon et prit quelques billets. Il les lui tendit.

— Tiens, j'ai vendu un tableau.

Elle prit l'argent d'une main tremblante.

— Merci papa.

— Tes cheveux sont courts comme ceux des jeunes filles d'aujourd'hui. Ça fait longtemps que tu aurais dû aller chez le coiffeur, mais je n'y avais pas pensé... Les pères ne savent pas ces choses-là.

— Comment tu me trouves ? demanda-t-elle.

Un sourire trembla sous la grosse moustache noire de Léon Volkowski.

— J'aime cette couleur. Au moins, maintenant, tu me ressembles.

Il but un verre d'eau et se dirigea vers la sortie.

— Je monte peindre. La prochaine fois que tu as besoin de quelque chose, demande.

8

Le rire de fille d'un beau gaillard aux yeux verts et aux cheveux noirs

Toute la semaine, Alexandra s'entraîna à entrer dans la peau de Sacha Volcan, le batteur. Max lui avait prêté un de ses blousons, ainsi qu'une chemise noire qu'elle portait à même la peau, après s'être bandé la poitrine. La première fois qu'elle avait enfilé ce vêtement, Alexandra s'était sentie bouleversée sans comprendre ce qui lui arrivait. Le tissu conservait un léger parfum d'after-shave et de tabac et l'avait transportée en un lieu où elle rêvait de se trouver : dans les bras de Max, tout contre sa peau nue. Le soir, avant de s'endormir, elle respirait profondément le coton souple et posait ses lèvres sur le col en rêvant du cou de Max Dahan. Si cela avait été possible, Alexandra aurait porté cette chemise jour et nuit. Elle se contentait de sa caresse quelques heures par jour.

Pour parfaire son personnage, elle s'était également acheté un Levi's chez Cady's et une paire de desert boots Clarks qui lui changea la vie. C'était comme se balader en pantoufles dans la rue. Elle comprit pourquoi la démarche des hommes semblait toujours plus affirmée que celle des filles : ils portaient des chaussures plates et confortables ! La jeune fille avait d'ailleurs remarqué qu'on ne s'adressait pas à elle de la même façon quand elle était un garçon. Vêtue de son pantalon et de son blouson, personne ne la dévisageait, ne commentait sa tenue, ses jambes ou ses yeux, personne ne l'abordait dans la rue, personne ne la complimentait, ne la sifflait, personne ne l'appelait « ma petite fille ». Les conducteurs de bus et les commerçants lui parlaient naturellement, sans user de leur habituel ton protecteur ou condescendant. C'était reposant et assez grisant.

Après les cours, Alexandra passait en vitesse se changer chez elle avant de retrouver Max et ses copains au square Louvois. Assise avec eux sur les vieux bancs de bois, sans souci d'abîmer sa robe ou sa jupe, avec le col de son blouson relevé, elle se sentait vraiment faire partie de la bande. Bercés par le ruissellement de la grande fontaine qui trônait au centre du jardin public, ils discutaient de tout et de rien sous la lumière des réverbères qui perçaient la nuit humide de leur halo doré. Les quatre copains avaient pour mission de la transformer en un garçon crédible. Tout y passait : sa façon de parler, de sourire, de fumer, de marcher, de rire.

Le rire était d'ailleurs ce qui était le plus difficile à contrôler. Quand quelque chose l'amusait, Alexandra partait d'une grande risée claire, une cascade à la tonalité définitivement féminine. Il fut décidé que Sacha Volcan serait un batteur d'humeur sombre, un type qui ne riait jamais et souriait rarement. Et pourtant, ils rirent tous beaucoup cette semaine-là, surtout quand les passants étonnés écoutaient, surpris, le rire de fille d'un beau gaillard aux yeux verts et aux cheveux noirs.

Quand la nuit devenait trop sombre et que l'humidité lui glaçait les os, Alexandra quittait la bande pour rentrer préparer le dîner de son père. Puis, dès que celui-ci montait peindre à son atelier, elle descendait jouer de la batterie à la cave. Elle ne voulait pas laisser au groupe une chance de lui dire non.

L'audition eut lieu le samedi après-midi. Alexandra avait lavé et repassé ses affaires. La chemise de Max sentait désormais la lessive et c'était mieux ainsi. Elle ne serait pas déconcentrée. Max l'accompagna rue des Petites-Écuries où le groupe avait loué une cave pour répéter. Les Électrons étaient deux cousins, Daniel et Alain Benzaken. Le leader se faisait appeler Dan et le bassiste, Al.

— Je vous présente mon bon copain Sacha Volcan, dit Max.

— Sacha ! Comme ce ringard de Sacha Distel ? rigola Al.

Max lui jeta un regard noir.

— La ferme ! Il n'y a pas de meilleur batteur dans tout Paris.

— Fais-nous voir ce que tu sais faire, demanda Dan.

— « My Generation » des Who ? lança Alexandra de sa voix la plus grave.

— C'est parti.

Dan prit le micro, Al brancha sa guitare, Alexandra s'installa à la batterie. L'instrument était en bien meilleur état que le sien, plus sophistiqué. Elle craignit un instant de ne pas y arriver. Max leva les pouces en l'air en signe d'encouragement. Les baguettes bien en main, elle marqua le tempo. Ils se lancèrent sur le titre emblématique de The Who, celui qui avait électrisé toute une génération.

People try to put us d-down (Talkin' 'bout my generation)
Just because we get around (Talkin' 'bout my generation)
Things they do look awful c-c-cold (Talkin' 'bout my generation)
I hope I die before I get old (Talkin' 'bout my generation)

La voix de Dan était moins nasale que celle de Roger Daltrey, mais elle était ferme et bien posée. Possédée par l'esprit de Keith Moon, le génial batteur du groupe, Alexandra fondit sur le morceau avec des mouvements amples et une rythmique implacable. Dan et Al s'accrochèrent pour la suivre. Elle ne leur laissa pas une chance.

MAX

Vendredi 9 juillet 2021, 10 h 54

Max quitta le Café Drouot très satisfait. Son rendez-vous avec les deux autres marchands intéressés par les bronzes Art Déco s'était déroulé au mieux ; ils s'étaient mis d'accord sur le partage des lots. Si un inconnu ne surgissait pas pour enchérir en ligne, la vente était pliée. Il marchait donc d'un bon pas, heureux d'être disponible à temps pour emmener Elias déjeuner au kebab.

Max avait découvert l'art d'être grand-père avec ce petit bonhomme de cinq ans. Pour lui, il savait se montrer attentif, patient, pédagogue. Elias avait fait tomber toutes ses défenses. Le voir grandir et changer jour après jour avait été le grand bonheur de ces dernières années. Ainsi qu'il le proclamait sans complexe, Max était bien meilleur en grand-père qu'en père.

Un vent frais s'engouffra dans la rue Drouot. Max enfonça ses mains dans les poches et rentra le cou dans le col de son blouson. Ce mois de juillet était vraiment pourri, et il fallait avoir la bonne humeur chevillée au cœur, comme lui, pour ne pas se laisser envahir par le blues. Heureusement que la météo annonçait des éclaircies pour l'après-midi, car il avait promis à Elias de l'emmener manger des churros aux Tuileries.

En traversant le boulevard Montmartre, il vit une silhouette féminine coiffée d'un chapeau de paille surgir de la rue de Richelieu juste en face de lui. La femme était vêtue d'une longue jupe blanche et d'une saharienne resserrée à la taille, avec des baskets. Quelque chose dans sa démarche, sa façon de bouger, attira son attention. Elle leva le menton vers le ciel pluvieux, et ce geste fit remonter un essaim de souvenirs qui tournoyèrent autour de lui comme un envol de papillons. La femme tourna sur le boulevard Montmartre. Il pressa le pas pour s'approcher et la vit se diriger droit vers le 19 bis, cet immeuble où il vivait depuis près de cinquante ans.

Max eut un étourdissement, comme un voile devant les yeux, suivi d'un vertige... Il porta la main à son cœur pour calmer les battements qui s'emballaient. Ce n'était pas possible ! Après tout ce temps ! Ça devait être un mirage, un rêve... ou un cauchemar.

Au même moment, la femme tourna la tête pour appuyer sur la sonnette. Malgré les énormes lunettes de soleil qui lui mangeaient le visage, malgré le chapeau, malgré les années, Max la reconnut. C'était ELLE.

La femme se tenait si près de lui, à quelques mètres à peine, à portée de main, à portée de voix. Tétanisé sur le boulevard, il observa son profil, maintenu intact par il ne savait quel miracle, et se sentit à nouveau défaillir. Elle poussa la lourde porte cochère et pénétra dans l'immeuble, le laissant interdit, figé comme une statue de glace.

Il attendit un moment qu'elle daigne ressortir. Puis, voyant qu'elle s'éternisait, ce qui n'était pas bon signe, Max fit courageusement demi-tour et s'enfuit.

9

Tout était très grave, mais rien ne pouvait l'abattre

Samedi 15 avril 1967

Max se demanda comment il avait pu penser, même une minute, qu'inviter Sacha à déjeuner chez lui était une bonne idée. Que lui était-il passé par la tête ? Le mois dernier, dans l'euphorie des répétitions avec les Électrons, il avait lancé l'idée sans trop réfléchir. Mais Sacha avait bien enregistré l'information et remis le sujet plusieurs fois sur le tapis... jusqu'à ce que Max se sente obligé d'en parler à sa mère, qui avait aussitôt proposé une date. L'idée en l'air s'était soudain transformée en invitation officielle et l'événement avait pris des proportions qui le dépassaient. Résultat, sa mère cuisinait depuis deux jours et Sacha ne lui parlait que de ça. Il devenait fou, sans comprendre ce qui se jouait là.

À 12 h 30 précises, Sacha sonna à la porte de l'appartement du Faubourg-Poissonnière astiqué de fond en comble pour l'occasion.

— *Ah Dio, la novia* !* s'exclama sa mère.

— Maman, je t'ai déjà dit un million de fois que c'est juste une bonne copine, pas ma fiancée ! Pas de quoi te mettre dans tous tes états.

— C'est quand même la première fille que tu invites à la maison !

— Ce n'est pas une fille ! lança-t-il, exaspéré. C'est Sacha.

Nerveux malgré lui, il plaqua sur son visage son sourire le plus nonchalant et ouvrit la porte. Son cœur bondit dans sa poitrine. Accoutumé à voir Sacha vêtue en garçon ou toujours plus ou moins débraillée et décoiffée, il avait toujours un choc en réalisant combien elle pouvait être belle. Ce jour-là, elle avait rehaussé ses yeux d'un trait d'eye-liner qui rendait son regard aigue-marine encore plus spectaculaire. Un soupçon de gloss faisait briller ses lèvres roses et rebondies comme des berlingots et ses cuisses fines émergeaient d'une minijupe en tweed, vraiment très mini. Ses joues rosirent de manière adorable en le découvrant dans l'entrée. Elle tenait un bouquet de dahlias à la main et le lui tendit en souriant. Max s'effaça pour la laisser passer. Déjà sa mère accourait, curieuse de découvrir cette jeune fille dont il lui avait tellement parlé. Elle dévisagea Sacha d'un air ébloui.

---

* Un lexique ladino est disponible en fin d'ouvrage, p. 463.

— *Preciada ! Esta luzia !* s'exclama-t-elle en lui ouvrant les bras. Entre ! Max, *pacha*, ne reste pas planté là, prends sa jaquette et occupe-toi des fleurs.

— Bonjour, madame Dahan, merci de m'avoir invitée.

— Appelle-moi Doria, je te prie !

Sacha se retrouva entre les bras de Doria Dahan sans comprendre ce qui lui arrivait. Elle regarda Max par-dessus l'épaule de sa mère, abasourdie et totalement désarmée par cet accueil exubérant. Il lui fit un clin d'œil amusé ; elle n'était pas au bout de ses surprises.

Dans le petit salon-salle à manger, la table était dressée comme pour un soir de fête. Doria avait sorti la nappe blanche, les jolies assiettes et même les couverts en argent achetés au bazar d'Istanbul qui avaient fait le voyage avec eux.

Sans doute pour se donner une contenance, Sacha s'empara d'une photo posée sur le buffet dans un cadre de bois vernis. C'était un grand portrait en noir et blanc du fils et de la mère. Une femme mince et gracieuse assise dans un fauteuil club en cuir, les jambes croisées en biais, les pieds chaussés d'élégants escarpins, tenait une cigarette entre ses doigts. Sous ses yeux de velours noir flottait un sourire tendre. Ses cheveux étaient relevés en chignon et, de sa main libre, elle tentait de rattraper une mèche folle qui s'en était échappée. Le jeune homme se tenait à demi assis sur l'accoudoir, jambes tendues, bras croisés, le dos légèrement appuyé contre l'épaule de sa mère. Sacha sourit à Max.

— Tu avais une sacrée banane !

En temps normal, elle l'aurait charrié sans état d'âme, mais aujourd'hui, elle semblait tétanisée par la timidité.

— Ah, tu as trouvé la photo ! Je l'adore. Max est si beau avec son costume. *Pacha por ijo* !

— C'est surtout vous qui êtes magnifique ! murmura Sacha.

— J'étais encore jeune. C'est l'année où on est arrivés à Paris. Un ami de mon frère, intéressé par la photographie, nous a tiré le portrait.

— Il était surtout intéressé par toi, maman !

— Ne dis pas de bêtises ! gronda sa mère. Tu dois avoir faim, Sacha. Passons à table.

Max vit son amie pâlir à la vue de tous les plats inconnus disposés sur la nappe. Pour sa part, il mourait d'envie de s'attaquer à ces délices qui lui rappelaient son enfance. Doria entraîna la jeune fille pour lui présenter tout ce qu'elle lui avait préparé.

— Nous avons du tarama, du caviar d'aubergine, du fromage blanc, des dolmas de feuilles de vigne, des olives et des *börekitas*, pour commencer.

— Pour commencer ? s'étrangla Sacha.

— Oui, en Turquie, on appelle ça des mezzés. Des amuse-bouche, en quelque sorte. Donne-moi ton assiette.

Sacha goûta une feuille de vigne farcie de riz aux épices avec appréhension, avant d'engloutir les suivantes en souriant. Rassuré, Max se servit copieusement. Sa mère lui lança un regard pétillant par-dessus la table avec une mimique d'appréciation qui signifiait qu'elle trouvait Sacha à son goût. Il sentit son cœur se gonfler d'un soulagement inattendu et comprit qu'il avait redouté son jugement.

Il se resservit du caviar d'aubergine avec entrain et sourit tendrement à sa mère pour la remercier du mal qu'elle s'était donné. Il nourrissait pour elle un amour ardent dont il ne parlait jamais. Elle était son jardin secret, son refuge, son rocher. Le monde extérieur pouvait bien se monter hostile, les obstacles pouvaient bien se dresser sur son chemin, Max ne se sentait jamais en danger car l'amour de sa mère était le plus puissant des boucliers. Avec elle, rien ne pouvait l'atteindre. Et pour Max, personne ne pouvait l'égaler. À quarante-deux ans, Doria Dahan était toujours aussi ravissante et quiconque la rencontrait tombait immédiatement sous son charme. Elle parlait un français truffé d'expressions stambouliotes en roulant joliment les *r*. Max la trouvait follement drôle, souvent malgré elle. C'était la reine du drame, avec elle tout était très grave, mais rien ne pouvait l'abattre. Il eut soudain envie de la prendre dans ses bras. Doria s'était levée et revenait avec un grand plat odorant à la croûte dorée tout juste sorti du four.

— C'est un *börek* ! À Istanbul, aucun repas digne de ce nom ne peut se passer d'un bon *börek*. Celui-ci est au fromage.

Elle servit une portion du feuilleté à Sacha qui le trouva délicieux.

— Mmmm ! Pourquoi avez-vous quitté un pays où on mange si bien ? demanda-t-elle après avoir dégusté une bouchée croustillante et fondante.

— Il n'y a pas que la bouffe dans la vie, répliqua Max en souriant.

Il avait appréhendé de montrer à Sacha son environnement familial, mais maintenant qu'elle était là, il trouvait cela presque naturel. Il était heureux qu'elle goûte de tout sans a priori et plus encore qu'elle apprécie la cuisine de sa mère, la meilleure du monde à ses yeux. Doria prit la parole :

— C'était ça ou mourir de faim dans la rue, mangés par les chats ! Mon frère m'a offert du travail ici. Alors on a pris l'avion avec Max et on est venus à Paris pour avoir la vie merveilleuse que nous méritons.

— Et vous avez très bien fait !

Doria se resservit pensivement un peu de riz. Dehors, la pluie battait contre les carreaux. Il faisait sombre dans la salle à manger mais Max ne voulait pas allumer. Peut-être cette semi-pénombre était-elle rassurante pour sa mère. Il sentait qu'elle avait envie de parler, elle qui se livrait rarement.

— Et puis, tu vois, continua-t-elle à l'attention de Sacha, ici personne ne m'emmerde. J'ai découvert la liberté d'être une femme seule. Comme tu le sais peut-être, je suis veuve. Là-bas, à Istanbul, dans notre communauté, tout va bien tant que tu marches dans les clous. Avec mari et enfants, la vie est belle. Mais gare à toi dès que tu sors du cadre. Je suis tout à coup devenue une pestiférée pour mes meilleures amies qui ne voulaient même plus m'inviter à dîner de peur que je leur vole leurs maris. Les couples que nous avions l'habitude de fréquenter avec mon Sami – Dieu ait son âme – m'ont tourné le dos. Soudain tout le monde s'est mis en tête de me recaser et on m'a présenté des tas de vieux veufs édentés. Que Dieu me garde !

Sacha éclata de son rire cristallin.

— Ah oui ! C'est épouvantable.

— J'avais donc le choix entre vivre cloîtrée à la maison ou épouser un vieux croûton pour avoir le droit de sortir de nouveau, mais ni l'un ni l'autre ne me convenait.

— C'est pour ça que vous avez voulu partir.

— Évidemment.

Max resta silencieux, ému par les confidences de sa mère. Il était surpris de voir combien la présence de Sacha était un événement pour elle. Elle devait s'imaginer des choses, des fiançailles ou un mariage comme dans l'ancien temps à Istanbul où on ne pouvait fréquenter une jeune fille sans penser à l'épouser. Il faudrait qu'il lui dise de ne pas se faire ce genre d'illusion. Ils n'entretenaient pas du tout une relation amoureuse, mais une simple et belle amitié.

Une bourrasque de pluie vint frapper contre la vitre. Doria tourna la tête vers ses carreaux fraîchement nettoyés qui se prenaient la douche de leur vie.

— *Ah Dio ! Se avieron los cielos !*

— Qu'est-ce que ça veut dire ? demanda Sacha.

— « Les cieux s'ouvrent. » On dit ça quand il pleut des cordes.

— Mais c'est du turc ? On dirait de l'italien !

Max éclata de rire.

— C'est du judéo-espagnol, qu'on appelle aussi le ladino.

— Les juifs de Turquie sont arrivés après avoir été chassés d'Espagne par l'Inquisition en 1492. Et pendant cinq siècles dans l'Empire ottoman, on a gardé notre langue. Nous parlons l'espagnol de Cervantes, ma chère, précisa Doria.

Sacha piqua une feuille de vigne de sa fourchette et la porta à sa bouche. Doria lui sourit.

— Je vais chercher la suite ! dit-elle en se levant.

— Quoi ? Ce n'est pas fini ? demanda Sacha en se tenant le ventre.

La suite c'était un sauté de bœuf à la sauce tomate et aux poivrons appelé « tas kebab », accompagné d'un délicieux riz pilaf auxquels personne ne résista. Sacha mastiquait avec appétit en disant qu'elle n'avait rien mangé d'aussi bon.

— Raconte-moi un peu ce que tu fais dans la vie Sacha, demanda Doria.

Inquiet, Max fit les gros yeux à Sacha pour lui rappeler de ne surtout pas évoquer leurs projets musicaux devant sa mère.

— Je prépare un CAP de sténodactylo. Et quand j'aurai mon diplôme, je suppose que je vais commencer à travailler.

— Extra ! Max, *pacha*, tu devrais prendre exemple sur ton amie. Tu as vingt ans, il est temps de penser à ton avenir.

— Maman !

— Mon frère est prêt à te donner une bonne situation. Tu vas finir par le vexer. N'est-ce pas, Sacha ? Dis-lui, toi, peut-être qu'il t'écoutera.

— Euh...

Et voilà ! Il le savait, c'était toujours comme ça avec sa mère : elle commençait en douceur, on pensait que tout allait bien se passer, et puis elle repartait dans ses marottes et parlait trop. Il lui avait pourtant expliqué mille fois qu'il ne souhaitait pas s'engager avec son oncle, mais elle ne pouvait l'accepter. Dans son monde, on intégrait l'affaire familiale, c'était écrit et tracé. Salomon leur avait tendu la main quand ils avaient quitté la Turquie. Aujourd'hui, il avait besoin de Max, et son refus était une offense à ce frère si généreux. Max aimait sa famille, mais l'idée de travailler dans l'atelier de son oncle était l'exact contraire de ce qu'il attendait de la vie. Lui, il rêvait d'Amérique ! Il demanda :

— Pourquoi moi ? Pourquoi pas mes cousines qui n'attendent que ça ?

— Parce que tu es un garçon !

— Écoute, même si j'aime bien porter des blousons de cuir déjà tout cousus, je déteste voir les peaux et les fourrures à l'atelier. On voit encore la forme des corps des animaux, avec les pattes et les têtes, j'ai l'impression d'être un boucher.

— Tu craches dans la soupe !

Agacé, Max se leva d'un bond pour débarrasser les assiettes sales et les rapporter dans la cuisine. Il gémit en voyant la vaisselle sale entassée dans l'évier. Tout laver et essuyer leur prendrait des heures. Dans le réfrigérateur, il prit les trois mousses au chocolat qui attendaient dans des coupelles en verre taillé avant de retourner à table.

— Max m'a dit que tu aimais le chocolat.

— Je trouve que ce n'est pas juste que Max vous laisse travailler à l'atelier sans participer aux frais de la maison, lança Sacha.

— *Brava* ! Tu as entendu ce qu'elle a dit, Max ?

Il avait entendu et se demandait bien ce qui lui avait pris de donner son avis !

— Mais je trouve tout aussi injuste de l'obliger à faire quelque chose qui ne lui plaît pas. Il doit trouver un métier qui l'intéresse.

Doria, qui buvait de l'eau, faillit s'étouffer de surprise. Elle toussa, éternua, et finit par se moucher dans un petit mouchoir en dentelle extirpé de la poche de sa jupe.

— *Ah Dio Santo !* Mais comment tu parles, *aspana* !

Max partit d'un éclat de rire très joyeux. Il retrouvait sa Sacha la grande gueule, son volcan en ébullition. Il avait bien cru qu'elle avait disparu, engloutie sous les montagnes de nourriture judéo-espagnole. Sa mère se mit à manger sa mousse au chocolat en silence, le front plissé de mécontentement.

— La mousse est délicieuse, prononça timidement Sacha.

Doria reposa sa cuillère et la regarda bien en face. La jeune fille soutint son regard sans faiblir.

— Tu sais que tu es incroyable, toi ! Je comprends que Max soit fou de toi.

Cette fois, ce fut au tour du fils de recracher son verre d'eau. Il se mit à tousser bruyamment en espérant la faire taire.

— Tu es une insolente, mais tu as raison. Je ne veux pas que mon fils soit malheureux dans son travail. Je parlerai à mon frère. Et toi, tu vas te trouver un emploi ! ajouta-t-elle en se tournant vers Max.

— D'accord.

Doria se leva et embarqua les coupes sales à la cuisine.

— Venez m'aider pour la vaisselle. Elle ne va pas se faire toute seule.

Sacha se leva précipitamment pour débarrasser les verres mais poussa un gémissement de douleur.

— Aaah ! Mon ventre ! Au secours, j'ai trop mangé, je ne peux plus bouger !

Doria se tourna vers son fils :

— Ne me dis pas qu'elle fait ça pour ne pas nous aider !

— Je vous jure, je n'ai pas l'habitude de manger autant ! Je vais mourir !

Sacha était vraiment toute pâle et de la sueur perlait à son front.

— Elle se sent vraiment mal. Viens t'allonger.

Ils soutinrent Sacha pour qu'elle s'installe sur le canapé. Doria lui posa une compresse d'eau de Cologne sur l'estomac et la força à boire un verre d'eau, ce qui était, selon elle, le remède à tous les maux. Peu à peu, Sacha reprit des couleurs et put se lever.

— Tu es fragile de l'estomac, on dirait, commenta Doria.

— Euh… Peut-être.

— Je ne comprends pas. Tout était pourtant très léger.

Ils se dirigèrent ensemble vers la cuisine pour ranger les reliefs du déjeuner, bavardant et riant, lavant, rinçant et essuyant, avant de tout remettre en place. L'atmosphère entre eux était légère comme les bulles de liquide vaisselle qui s'échappaient de l'évier plein de mousse. Pendant des années, en se remémorant ce déjeuner, Max se dirait qu'il avait vécu ce jour-là, entre sa mère et Sacha, un des moments les plus heureux de sa vie.

10

Une virtuose aux grands gestes pleins de fureur

Max, Maurice, Joe et Gégé étaient assis à la terrasse du Café d'Angleterre à leur table préférée, à l'angle du boulevard Montmartre et de la rue Drouot. L'air était doux, le ciel clair et, au-dessus de leurs têtes, les platanes bourgeonnaient. Attablés devant des demis, ils regardaient passer les filles.

— Ba ba ba ! Dieu bénisse celui qui a inventé la minijupe ! lança Joe Boutboul en admirant une jeune femme blonde chaussée de bottes en vinyle beige qui sortait du métro.

— Celle ! C'est une femme qui l'a inventée, une Anglaise, précisa Max.

— Mais non, c'est Courrèges ! dit Gégé.

— Laissez tomber ! La vérité, la minijupe a été inventée dans le Sentier par un fabricant qui n'avait plus assez de tissu !

Ils éclatèrent de rire. C'était vendredi soir, la semaine était finie et Joe payait son coup avant d'aller dîner chez ses parents. Maurice se leva pour rejoindre sa petite amie, ouvreuse au Paramount Opéra, qui le faisait entrer par les coulisses pour assister gratuitement à la projection.

— On se retrouve plus tard pour le poker chez moi ?

— Désolé, impossible ce soir. J'assiste à la répétition des Électrons, ça va être long.

Il y eut un concert de protestations. Le père de Joe les avait initiés au jeu quand ils avaient quatorze ans et le poker du vendredi soir dans l'appartement des Boutboul était sacré. Ces soirs-là, après le traditionnel couscous, ils recouvraient la table d'un tapis vert, sortaient les jetons, fumaient, buvaient du whisky et jouaient en se prenant pour Steve McQueen dans *Le Kid de Cincinnati*, leur film fétiche. Ensuite, ils allaient tous ensemble au Golf-Drouot.

— Les copains, l'heure est grave ! Max nous trompe avec Sacha, lança Gégé Giacobbi.

— N'importe quoi ! C'est du boulot.

Maurice prit une voix nasillarde de commentateur de bande-annonce.

— Découvrez la nouvelle production des films Paramount : l'histoire incroyable de Max Dahan, le garçon de courses qui rêvait de faire carrière dans le show-biz avec un groupe dont le batteur était une batteuse.

— Riez, riez ! Vous verrez quand je serai imprésario en Amérique.

Joe termina son demi et posa un billet de 20 francs sur la table.

— Rendez-vous chez moi quand même. Je demanderai à mon père de remplacer Max.

— On se retrouve au Golf après.

À force d'entraînement, Sacha était devenue une virtuose aux grands gestes pleins de fureur. Ses baguettes semblaient être le prolongement de ses bras et de ses mains. Ses pieds, animés d'une vie propre, s'activaient furieusement sur les pédales. Sous son impulsion, les Électrons avaient maintenant plusieurs chansons originales à leur répertoire. Ce soir, Max avait une bonne nouvelle à leur annoncer. Il les écouta interpréter « Esprits libres », leur toute nouvelle création. Un titre quasi psychédélique dont Dan avait écrit les paroles et Al composé la musique. Sacha battait à s'en démonter les épaules. Il aimait sa concentration, son absence de retenue dans le jeu. À elle seule, elle leur donnait une énergie vertigineuse. Dans la cave, ça sentait la sueur, le joint et le rock'n'roll, il adorait ça. Il laissa le groupe enchaîner les morceaux.

— C'est de mieux en mieux, les gars, dit-il en applaudissant.

— Merci, prononça Sacha de sa voix grave de batteur.

Dan se versa une carafe d'eau sur la tête et secoua ses longs cheveux bouclés. Grand et très mince avec son pantalon rayé à pattes d'éléphant et sa chemise ouverte, il avait fière allure.

— Les gars, j'ai du nouveau... annonça Max.

Trois têtes se tournèrent vers lui. Alain alluma un joint qu'il fit tourner. Max aspira une longue bouffée en silence avant de parler. Il savait ménager ses effets. Il laissa l'herbe agir sur son organisme et souffla lentement la fumée odorante en même temps qu'il sentait tout son corps se détendre. La marijuana circulait de plus en plus dans Paris qui copiait ce qui se passait aux États-Unis. Au Golf-Drouot, tout le monde planait, et il était facile de s'en procurer dans la salle des slows, derrière le bar. Il tira une dernière bouffée et passa le joint à Dan.

— J'ai parlé à Henri Leproux. Les Électrons sont sélectionnés pour le Tremplin de vendredi prochain.

Des cris de joie. Des bonds. Des hurlements. Des bourrades. Des embrassades. Sacha sauta sur le dos de Dan, Al bondit sur eux, ils roulèrent par terre. Les Électrons étaient devenus fous. Fous d'espoir, ivres de joie. Participer au Tremplin du Golf-Drouot était le rêve de toute une génération, et ils le touchaient du doigt, ils allaient le vivre ! Sacha se remit debout la première et épousseta rapidement ses vêtements.

— Attendez ! J'ai quelque chose à vous dire ! hurla-t-elle d'une voix beaucoup trop aiguë au goût de Max.

Dan et Al se tournèrent vers leur batteur. Le cœur de Max battait trop fort. Grâce aux effets de l'herbe, il voyait exactement ce qu'elle ressentait, ce qu'elle allait dire. Son attitude, son visage, tout la trahissait.

— Je suis une fille ! balança-t-elle avec un sourire bravache.

Les deux Électrons la dévisagèrent, ébahis, tâchant de comprendre d'où venait cette voix féminine inconnue sans imaginer qu'elle sortait de la bouche de leur copain Sacha avec lequel ils répétaient depuis des mois. Devant leurs mines ahuries, Sacha partit de son grand rire limpide. Une cascade de notes aiguës résolument féminine. Max serra les poings. Elle était en train de faire tout capoter au moment même où il avait obtenu leur première prestation. À quoi jouait-elle ?

— Tu te fous de notre gueule ?

— Pas du tout. Personne ne voulait ne voulait d'une fille à la batterie. Alors je me suis fait passer pour un garçon. Et ça a marché !

— Comment tu t'appelles, alors ? Sarah ? demanda Dan.

— C'est toujours Sacha.

— Bon ben, salut, Sacha. Les Électrons n'ont plus besoin de toi.

Sacha pâlit sous le choc. Ses yeux se plissèrent de fureur.

— Vous ne trouverez jamais un meilleur batteur que moi !

— Peut-être, mais on ne veut pas d'une menteuse dans le groupe, répondit Al, faisant bloc avec son cousin.

Folle de rage, Sacha attrapa son blouson qui était roulé en boule sur l'unique chaise de la cave. Max se dit qu'il était temps de faire quelque chose pour ne pas tout foutre en l'air. Il passa les bras autour des épaules des deux garçons le plus amicalement du monde.

— Vous voulez toujours passer au Golf ?

— Bien sûr ! On est toujours partant, ça ne change rien à rien, répondit Al.

— C'est nous les Électrons, et on est libres !

Max accentua son accolade.

— Eh bien, ça ne se fera pas sans elle, déclara-t-il froidement.

D'un coup d'épaule brutal, Dan se dégagea de l'emprise de Max.

— Mais on va être ridicules avec une fille dans le groupe ! s'exclama-t-il.

— C'est hors de question, ajouta l'autre.

Max vit les yeux de Sacha se remplir de larmes. Elle avait répété à se faire des ampoules plein les paumes. Il eut envie d'étrangler les deux types de ses propres mains, mais resta très calme.

— C'est à prendre ou à laisser. Je connais Henri depuis très longtemps. Si je lui dis que ça tombe à l'eau, il ne vous laissera pas participer.

C'était du bluff. Henri Leproux avait calé sa programmation, il n'en changerait pas parce qu'un groupe n'avait pas de batteur. Ils n'avaient qu'à en trouver un autre pour la soirée, ce genre de chose arrivait tout le temps. Max ne laissa rien paraître de ses doutes ; au contraire, il raffermit son expression et afficha un air impassible, résultat d'années de poker.

— C'est dégueulasse ! cria Dan.

Max perçut un fléchissement dans sa voix. Il était à deux doigts de céder. Sacha avait enfilé son blouson et se mettait du gloss en les regardant d'un air provocant. Elle fit une fit claquer une grosse bulle de chewing-gum rose. Il craignit que les gars, énervés, ne la laissent partir. Elle leva le menton et se dirigea vers la porte. Coincé, Max lui emboîta lentement le pas.

— Attendez !

Max et Sacha se tournèrent vers eux d'un même mouvement.

— OK ! On tente le coup pour vendredi.

— Alors à mercredi pour la répète, lâcha Sacha avant de claquer la porte.

Ils marchèrent en silence dans la nuit noire. Max bouillait de colère. Sacha avançait sans le regarder. Quand ils atteignirent le boulevard de Bonne Nouvelle, il lui demanda, furieux :

— Mais enfin, qu'est-ce qui t'a pris ? Tu es cinglée ? Tu as failli tout gâcher, tout près de la ligne d'arrivée !

— Si je ne le disais pas ce soir, j'allais rester coincée pour toujours dans la peau d'un garçon. Je suis une fille, Max. Comment veux-tu que ma mère me reconnaisse quand je serai célèbre si je suis un homme ?

11

Un rêve au parfum d'herbe et de shampoing pour bébé

Pour le grand soir, Sacha portait un pantalon pattes d'éléphant blanc et des gogo boots en vinyle de la même couleur. Avec ses yeux pâles, ses cheveux sombres et son corps mince, elle dégageait un charisme palpable. Ses deux acolytes, très cools avec leurs chevelures bouclées et leurs tenues de scènes inspirées des hippies californiens, étaient également impressionnants. Henri Leproux, toujours élégant en complet veston et cravate, annonça le groupe et réclama un tonnerre d'applaudissements pour les encourager. Les Électrons envahirent la scène pour interpréter plusieurs titres originaux, dont « Esprits libres », ainsi que quelques reprises. Durant les trente minutes du show, ces trois présences, la voix de Dan, la guitare d'Al, la rythmique de Sacha, formèrent un accord parfait. Au moment du solo de guitare d'Al, Sacha se leva pour danser avec une énergie vitale ahurissante, électrisant les jeunes dans la salle. À cet instant précis, aussi nettement que si c'était écrit dans un livre, Max vit la star qu'elle serait un jour et frissonna.

À la fin de leur tour de chant, Henri Leproux remonta sur scène pour rappeler au public que c'était lui qui choisissait le gagnant à l'applaudimètre. Il leur demanda de tout casser s'il voulait voir les Électrons remporter ce Tremplin.

Sacha descendit de scène, les yeux étincelants et un sourire extatique aux lèvres. Dan et Al la suivirent pour demander au patron ce qu'il avait pensé de leur performance.

— C'est très bon, mais si je peux me permettre un conseil, elle devrait chanter, hurla Leproux pour se faire entendre en désignant Sacha.

Elle haussa les épaules.

— Mais je suis batteuse, pas chanteuse.

— Ce n'est que mon avis. Tu as du charisme. C'est dommage de rester en retrait, ajouta-t-il avant de s'éloigner.

Le groupe suivant s'était lancé dans une imitation acidulée de rock anglais à laquelle le public sembla bien accrocher.

— Vous avez été sensas, les félicita Max.

Al et Dan se dirigèrent vers le bar pour aller boire un coup. Sacha lui prit la main pour l'entraîner derrière, dans la salle des slows.

Max la suivit, intrigué. Il ne l'avait encore jamais vue dans un état pareil. Elle était comme en transe, shootée à l'adrénaline de la scène. Collée contre lui, elle posa la tête sur son épaule, si près qu'il sentait son souffle au creux de son cou. « When A Man Loves A Woman » de Percy Sledge répandait sa complainte langoureuse à travers les enceintes crachotantes disposées aux quatre coins de la petite salle sombre, comme dans une simple surprise party. Près du juke-box, il vit un vendeur de drogue glisser un sachet d'herbe dans la main d'un jeune homme en veston cravate et ferma les yeux. Les cheveux de Sacha sentaient le shampoing Johnson pour bébé. Ses mains enserrèrent malgré lui sa taille fine et brûlante. Elle frémissait encore de l'énergie dépensée pendant le show. Elle tourna son visage vers lui et plongea ses yeux dans les siens. Ils brillaient comme deux étoiles dans la nuit du Golf-Drouot. Sa bouche rose et bombée prononça quelque chose qu'il n'entendit pas. Il avait le vertige. Tout son être luttait pour ne pas être aspiré par ces lèvres sucrées qu'il rêvait de dévorer comme des bonbons. Max ferma les yeux pour ne pas voir ce que lui disaient ses yeux verts. Que lui arrivait-il donc ? C'était Sacha, son amie, son bon copain, son batteur d'élite. Sacha, fille et garçon à la fois, la relation la plus parfaite de sa vie. Il ne pouvait pas jouer avec elle. Un flirt avec Sacha se transformerait immédiatement en quelque chose de beaucoup plus sérieux, beaucoup plus dangereux. Il pourrait la perdre. Ce serait trop douloureux.

Il retira les mains de sa taille, les faisant glisser un instant le long de ses hanches avant de se détacher d'elle, et l'embrassa fraternellement sur le front. Il vit deux larmes perler sous ses paupières fermées. Ils s'éloignèrent l'un de l'autre sans un mot. Puis Sacha releva le menton et s'enfuit en courant, le laissant seul dans la pénombre, perdu dans un rêve au parfum d'herbe et de shampoing pour bébé.

Gégé, Maurice et Joe lui tombèrent dessus en lui tapant sur l'épaule pour le féliciter. Ils l'avaient vu danser avec Sacha. Comme ils étaient adorables, « les amoureux du Golf-Drouot » !

— Mais enfin, pourquoi vous ne comprenez pas qu'on est juste amis ? hurla-t-il.

À bout de nerfs, il les repoussa et retourna dans la salle principale. Devant la scène, Sacha, les yeux fermés, embrassait Dan à peine bouche. Il crut devenir fou. Dix minutes plus tôt elle se pendait à son cou, et voilà qu'elle roulait des patins à ce bellâtre ! N'avait-elle donc pas de cœur ? Il eut un instant envie de bondir sur eux pour les séparer. L'incohérence de sa conduite le retint. Ne venait-il pas de la repousser ? Alain surgit devant lui, à moitié ivre.

— Tu as vu ? Sacha sort avec Dan. Qu'est-ce qu'elle lui trouve ? Qu'est-ce qu'il a de plus que moi ? Hein ?

C'en était trop ! Max se fraya un chemin dans la foule. Il lui fallait quitter cet enfer. Sur la scène, Henri Leproux demandait un tonnerre d'applaudissements pour le gagnant du Tremplin : les Électrons. Max regarda Sacha monter sur scène, entourée d'Al et Dan. Ses joues étaient rouges, son maquillage avait coulé, elle le cherchait du regard, mais il continua vers la sortie et rentra chez lui.

Sa mère était revenue de son dîner chez son frère. Allongée sur le canapé du salon, elle lisait un roman de Françoise Sagan.

— Comment ça s'est passé ? demanda-t-elle.

— Très bien ! Les Électrons ont gagné. Sacha a eu beaucoup de succès, sur scène comme avec les garçons.

— Avec les garçons ? Ne me dis pas que tu l'as laissée te filer sous le nez !

Décidément, sa mère ne comprenait rien à rien.

— Je n'ai pas envie d'en parler ! lança-t-il avant de s'enfermer dans sa chambre.

Doria lui annonça la nouvelle le lendemain : elle lui avait trouvé du travail à l'hôtel des ventes Drouot. Un client du magasin acceptait de le prendre comme apprenti. Il commençait lundi.

SACHA

Vendredi 9 juillet 2021, 12 h 11

— Mon père m'a déjà raconté cette histoire ! s'exclama Doria.
— Laquelle ?
— Une batteuse nommée Alexandra qui s'était fait passer pour un garçon afin d'être prise dans un groupe de rock.
— Et qu'a-t-il raconté d'autre ?
— Rien. Il s'était arrêté là. Je lui avais demandé ce qu'était devenue cette Alexandra, mais il n'en savait rien.

Sacha Volcan leva très haut ses sourcils en accent circonflexe.

— Et vous l'avez cru ?

12

Aujourd'hui, il faut produire ou mourir

Lundi 4 septembre 1967

Elles étaient cinq dactylos dans la même pièce et tapaient le plus vite possible les pages disposées à côté d'elles. Tout était toujours urgent chez « Mad Publicité ». Mad comme Madeleine et Mad comme *fou* en anglais, le comble du calembour chic à la sauce publicitaire. Les employés semblaient vivre dans une course perpétuelle contre-la-montre. Les secrétaires devaient épouser ce rythme infernal et régurgiter d'énormes quantités de textes manuscrits, analyses de marché, stratégies publicitaires, notes internes, ordre du jour et compte rendu de réunion, sous forme de feuillets dactylographiés.

Sacha avait trouvé cet emploi quelque temps après avoir obtenu son CAP en juin. À peine l'école finie, elle s'était empressée de chercher du travail dans les petites annonces de *France Soir* et avait répondu à la recherche de secrétaire d'une agence de publicité boulevard de la Madeleine. Vu de l'extérieur, le monde de la réclame lui avait paru créatif et amusant. Les locaux de l'agence bénéficiaient d'une décoration dernier cri, avec des meubles futuristes et colorés qui semblaient provenir directement de la lune ! Sacha avait très fort croisé les doigts pour rejoindre cet univers sophistiqué et avait réussi son entretien. Malheureusement, une fois embauchée, elle avait vite déchanté. Son travail, comme à l'école, consistait à fournir le maximum de feuillets dactylographiés en un minimum de temps ainsi qu'à apporter le café et supporter les regards lubriques de son patron.

L'œil fixé sur la pendule, Sacha tapait un ennuyeux rapport sur l'évolution de l'industrie laitière en attendant que la grande aiguille rejoigne la petite pour qu'il soit midi pile et qu'elle puisse s'évader de ces quatre murs étouffants pour aller déjeuner avec ses collègues. Laissant ses doigts accomplir machinalement leur travail, son esprit s'évada vers ses préoccupations coutumières.

La carrière des Électrons ne décollait pas assez vite à son goût. Suivant le conseil d'Henri Leproux, Sacha était devenue chanteuse du groupe et se partageait l'interprétation des chansons avec Dan. Depuis, le groupe avait pu enregistrer une bande démo en studio, mais aucune maison de disques n'était pour le moment décidée à leur signer un contrat.

Mais ce qui contrariait le plus Sacha était l'éloignement de Max. Depuis qu'il travaillait pour un marchand d'art à l'hôtel des ventes Drouot, il semblait avoir oublié leurs rêves, leurs promesses et leurs projets. Elle regrettait amèrement de lui avoir avoué ses sentiments le soir de ce premier concert au Golf-Drouot. Depuis, tout allait de travers entre eux. Max lui manquait.

Perdue dans ses pensées, Sacha se rendit compte avec horreur qu'elle avait sauté une ligne de ce satané rapport. Il fallait tout recommencer alors qu'elle était presque arrivée au bout de la page ! Elle enleva rageusement la feuille inutilisable et en introduisit une nouvelle dans la machine. Décidée à rester concentrée, elle se plongea dans le texte pour le mémoriser avant de taper. Un paragraphe sur le développement de la production laitière lui fit froncer les sourcils. Elle était en train de se remettre au travail quand son patron entra dans la pièce. Les maquettes de la prochaine campagne France-Lait sous le bras, il se dirigea vers elle d'un pas assuré. Jean-Pierre Grandier était un homme chauve et droit comme un *i* qui portait toujours des complets-vestons bien coupés. Il lui sourit avec bonhomie.

— Avez-vous bientôt terminé, Alexandra ? La réunion client avec France-Lait commence à 15 heures, et j'ai absolument besoin de ce rapport sur mon bureau avant 14 heures.

— Ce sera fait, monsieur. Mais avez-vous bien lu ce texte ?

— Pardon ?

— Il y a des choses qui me paraissent étonnantes et je voudrais être bien sûre qu'il ne contient pas d'erreur.

Jean-Pierre Grandier remonta ses lunettes sur son nez et demanda d'un air amusé :

— De quoi parlez-vous, ma petite fille ?

— Il est indiqué que, dans certaines exploitations, les vaches sont enfermées dans des hangars où elles sont nourries et traites sans jamais sortir.

— C'est tout à fait exact. Ainsi, les fermiers gagnent une place et un temps précieux. Toutes les actions sont concentrées en un seul et même lieu. Un peu comme dans une usine de voiture. Cela s'appelle l'industrialisation de la production.

Sacha se força à sourire, ainsi que le lui avait appris Mme Meunier à l'École française des secrétaires.

— Mais les vaches ne sont pas des voitures, monsieur, elles ont besoin de sortir. Quand j'étais petite, ma grand-mère me disait toujours que pour avoir du bon lait, il faut que la vache soit heureuse et aille au pré. Comment voulez-vous que ces vaches soient heureuses si elles ne peuvent pas aller brouter et ruminer dehors ? Et les veaux ? Que font-ils des veaux ?

— Ben quoi les veaux ?

— Vous savez qu'une vache ne produit du lait que quand elle vient d'avoir un veau…

— Les veaux mâles sont les déchets de l'industrie laitière. Ils vont à l'abattoir, voyons !

Sacha sursauta.

— Des déchets ?

Jean-Pierre Grandier pianota sur son bureau avec agacement.

— N'usez donc pas votre jolie cervelle avec des considérations qui vous dépassent et tapez-moi ce rapport dans l'heure.

— Ah mais ça ne me dépasse pas ! Je connais bien la campagne. Ma grand-mère avait une ferme et…

Le publicitaire inspira bruyamment.

— Où se trouve votre grand-mère actuellement, mademoiselle Volkowski ?

Sacha sentit ses lèvres trembler en prononçant la réponse.

— Elle est morte.

— Exactement ! Comme ses méthodes d'un autre temps. Le monde a changé. Aujourd'hui, il faut produire ou mourir. Comment pensez-vous que nous soyons passés d'une production de 100 000 litres de lait par jour en 1960 à 1 500 000 litres en 1966, ainsi qu'il est indiqué dans ce rapport ?

Elle pinça les lèvres et glissa une nouvelle feuille dans la machine en se forçant à se calmer. Dieu comme elle haïssait son air suffisant et sa façon de lui parler comme à une demeurée. Chauffée à blanc par l'humiliation, Sacha ne put s'empêcher d'en rajouter une couche.

— Ce sera donc une campagne de publicité mensongère ? demanda-t-elle de son air le plus innocent en désignant le projet d'affiche représentant un troupeau de vaches paissant paisiblement dans un paysage bucolique : « France-Lait, le bon lait des campagnes françaises ».

Son numéro de ravissante idiote eut le don de faire perdre patience à son patron.

— Vous n'êtes pas payée pour penser mais pour taper à la machine ! Alors faites votre travail ou ça va très mal se passer ! hurla-t-il avant de quitter la pièce.

Sacha soupira rageusement. Le contraste entre l'intensité de sa vie d'artiste et l'ennui de son emploi de dactylo lui sauta une fois de plus au visage. Elle se sentait comme une de ces malheureuses vaches enfermées, contrainte à produire toujours plus de feuillets dactylographiés. Heureusement qu'elle pouvait s'échapper une fois sa journée terminée. D'ailleurs, c'était décidé. Aujourd'hui même, elle irait chercher Max à la sortie de son travail. On verrait bien s'il persisterait à la fuir.

La porte s'ouvrit à nouveau sur le visage grimaçant de Grandier.

— Vous m'apporterez un café en même temps que le rapport !

Elle ne put résister au plaisir de lui balancer une insolence supplémentaire.

— Avec du lait, monsieur ?

13

Mes amis m'appellent Sacha

Sacha se rendit au Drouot, le café où se donnaient rendez-vous tous les habitués de l'hôtel des ventes, s'installa seule à une petite table en vitrine, juste en face de la porte d'entrée du bâtiment, et attendit. Elle savait que les ventes se déroulaient chaque jour jusqu'à 18 heures et voulait surprendre Max au moment où il quitterait les lieux. Elle commanda un café qu'elle but l'œil fixé sur le bel hôtel qui abritait toutes les ventes aux enchères de Paris depuis le xixe siècle. Une foule d'hommes élégants en costumes sombres se déversait sur le trottoir en petits groupes. L'œil aux aguets, elle cherchait la haute silhouette de Max, se disant qu'avec son allure juvénile et ses cheveux longs il ne devrait pas être difficile à identifier. Elle commençait à désespérer quand elle sentit qu'on lui tapait sur l'épaule. Elle se retourna. C'était lui !

— Je t'ai vue dans la vitrine l'air de chercher quelqu'un, je me suis dit que c'était moi !

Sacha se leva avec précipitation, en se demandant comment il avait bien pu échapper à son œil de lynx. Max s'était légèrement coupé les cheveux et portait un complet veston et une cravate. Il était accompagné d'un homme plus âgé au regard perçant sous des sourcils en broussaille.

— Je te présente mon patron, M. Valmy. Monsieur Valmy, Alexandra Volkowski.

— Mes amis m'appellent Sacha.

Le patron de Max lui serra chaleureusement la main.

— Sacha, comme c'est charmant. Dans ce cas, appelez-moi Franklin. Mais dites-moi, seriez-vous apparenté à Léon Volkowski ?

— C'est mon père.

Le visage de Franklin Valmy s'éclaira d'un grand sourire.

— Quel heureux hasard ! Votre père a énormément de talent. Passez-lui le message de ma part, voulez-vous ? Dites-lui que je suis très intéressé par ses tableaux. Je suis prêt à lui en offrir beaucoup d'argent. Qu'il n'hésite pas à m'appeler. Tenez, voici ma carte.

Le cœur de Sacha palpita d'espoir en s'emparant du bristol. Elle savait que son père était doué, et voilà qu'un professionnel s'intéressait à son travail. Il en serait tellement heureux !

— Je vous laisse. À demain, Max, soyez à l'heure !

— Comptez sur moi, monsieur.

Max s'assit en face d'elle et lui adressa un de ses sourires éblouissants.

— Ouf, libéré ! Quelle plaie d'avoir un patron ! J'ai l'impression d'être un singe savant : « Oui, monsieur. Bien sûr, monsieur. Comptez sur moi, monsieur ». Que fais-tu ici ?

Elle ne se laissa pas démonter.

— Je t'attendais.

— Ça, c'est la meilleure nouvelle de l'année !

— Je suis bien obligée de venir à toi, puisque tu m'oublies et tu oublies les Électrons. Il n'y en a plus que pour tes vieilleries.

— On appelle ça des antiquités. Tu es venue me faire une scène ?

Sacha se ferma comme une huître. Elle pinça les lèvres et leva les yeux au ciel pour empêcher les larmes de jaillir. Pourquoi, mais pourquoi s'obstinait-elle à courir après ce type odieux ? Max lui prit la main avec affection.

— Eh ! Relax, je plaisante. Je suis très heureux de te voir, tu m'as manqué. Et puis, tu es injuste de dire que je ne m'occupe pas des Électrons. Qui est allé trouver la moitié des producteurs de Paris pour faire écouter votre démo ?

— C'est vrai, renifla-t-elle.

Il leva la main pour commander un demi et lui demanda ce qu'elle prenait. Elle choisit un thé. Elle avait froid dans ce café et se sentait seule, même face à lui. Pourquoi ne la prenait-il pas dans ses bras ? Quand la bière arriva, Max la but à longs traits et soupira de contentement.

— Tu m'as coupé l'herbe sous le pied. J'allais venir te voir.

— Ah bon ?

— Malgré ce que tu dis, je continue à m'occuper de vous, mademoiselle. Les Électrons vont passer au Golf en première partie des Black Train.

Elle n'en crut pas ses oreilles. Les Black Train étaient un groupe tout droit venu de San Francisco, la patrie des beatniks et des hippies, là où le monde était en train de changer. C'était ce qui se faisait de plus pointu en matière de rock.

— Il y aura tout le gratin du show business, des producteurs, des directeurs artistiques. Peut-être même Eddie Barclay ! Les Électrons auront une carte à jouer.

— C'est fantastique ! Max, je n'ai pas les mots.

— C'est grâce à mes vieilleries, comme tu dis. Henri cherchait un pistolet pour l'offrir à Johnny qui collectionne les armes du Far West. Je lui ai trouvé un Colt Baby Dragoon très rare, et pour me remercier, il a accepté de vous prendre.

Elle serra très fort la main de Max.

— Merci !

Une heure plus tard, Sacha volait en rentrant rue Le Peletier. En un claquement de doigts, ils avaient retrouvé leur complicité magique et avaient passé leur temps à rire et échanger des nouvelles. Elle lui avait parlé des Électrons et lui avait bien précisé qu'elle maintenait les deux cousins à distance pour ne pas créer d'histoire dans le groupe en sortant avec l'un d'eux. Elle espérait qu'il avait capté le message.

Son père était déjà à la maison quand elle rentra vers 20 h 30. Il avait dressé le couvert et maugréa qu'il mourait de faim. Comme chaque soir, elle se demanda pourquoi elle ne s'était pas encore pris un petit appartement, mais la réponse était simple : tout son argent passait dans la carrière des Électrons. Location de studio de répétitions et d'enregistrement, duplicata de bande démo et achat de matériel, tout cela revenait cher. Et puis... Sacha n'avait pas encore le cœur à abandonner son père à sa solitude, même s'il se montrait de plus en plus désagréable et taciturne. Elle ouvrit une boîte de bortsch en conserve achetée à l'épicerie russe et la fit réchauffer sur la gazinière. Son père croqua dans un cornichon Malossol en la regardant s'activer. Elle servit la soupe aux choux et betteraves fumante dans deux assiettes creuses et ajouta deux cuillerées de crème aigre. Ils commencèrent à manger sans un mot.

— J'ai une bonne nouvelle à t'annoncer, papa.

Il leva le nez de son assiette pour la regarder d'un air interrogateur.

— J'ai rencontré le patron de Max aujourd'hui. Quand il a appris que j'étais ta fille, il m'a dit qu'il était très intéressé par tes tableaux. Il m'a même donné sa carte pour toi.

Léon Volkowski prit le bristol qu'elle lui tendait et l'observa attentivement.

— Il m'a dit que tu avais beaucoup de talent.

Son père froissa rageusement la carte et la balança par terre.

— Ne t'approche pas de ce type ! gronda-t-il d'un ton bourru.

— Mais...

Il repoussa son assiette et se leva.

— Ne t'occupe pas de mes affaires. J'ai tout ce qu'il me faut.

Sacha soupira en le voyant ouvrir la porte de service et sortir sans ajouter un mot. Elle ramassa la carte de visite et la fourra dans sa poche, puis commença à débarrasser. Il était temps de se tirer d'ici.

14

L'espace d'un instant, tout fut parfait

Plantée devant le miroir de la salle d'eau, Sacha vérifia que ses racines claires n'étaient pas encore visibles sous la teinture noire qu'elle devait entretenir toutes les trois semaines. Elle appliqua sur ses paupières un épais trait d'eyeliner et du fard nacré, puis alluma le petit joint que Dan lui avait roulé à l'avance. La vieille radio du salon passait une chanson de Georges Brassens qu'elle fredonna en s'habillant. Sa tenue de scène avait été choisie avec soin : son nouveau pantalon brodé et une incroyable tunique indienne achetée chez Anastasia à Saint-Germain-des-Prés.

Elle enfila ses gogo boots et se rendit au Golf à grandes enjambées.

Ce soir-là, Sacha brûla la scène. Tantôt au micro, tantôt derrière la batterie, elle emmena son groupe au plus haut de ses capacités. Max se tenait au premier rang, tout près, juste devant elle, la dévorant de ses yeux brûlants. Cette fois, elle ne commettrait pas l'erreur de faire le premier pas. Elle le laisserait venir à elle. Et il viendrait, elle en était sûre. Enfin, elle l'espérait. Le groupe termina sa session dans un dernier hurlement de guitare. Puis tout devint noir et les applaudissements crépitèrent comme des feux d'artifice. Oubliant tout ce qu'elle s'était promis, Sacha, électrisée, sauta de la scène dans les bras de Max. Il les referma sur elle, enfouit son visage dans son cou et la fit tournoyer avec passion. L'espace d'un instant, tout fut parfait. Leurs corps emboîtés, la puissance des bras de Max, ses cheveux qui tombaient en pluie soyeuse sur leurs visages tout proches, leurs souffles mêlés et leurs cœurs battant à l'unisson. Cela dura quelques fractions de seconde, puis Max la reposa sur le sol.

— Tu as été géniale ! Bravo mon Sacha !

Henri Leproux s'approcha d'eux.

— Pat Brigden, le producteur des Black Train, veut vous rencontrer. C'est un type très important sur la côte Ouest.

— Je préviens les autres ! lança Sacha.

Il l'arrêta dans son élan.

— Non, juste vous deux. Je vous accompagne.

Pat Brigden avait des cheveux longs et bouclés et une moustache tombante qui le faisait ressembler à un Sergent Garcia hippie. Il était assis à une table au fond de la salle, en compagnie des Black Train au complet qui semblaient planer dans un nuage de marijuana. Sacha s'approcha d'eux, les jambes tremblantes, beaucoup plus impressionnée qu'elle ne voulait le laisser paraître. Henri Leproux fit les présentations de manière très formelle, introduisant officiellement Max comme l'imprésario de l'artiste. Les membres du groupe les saluèrent vaguement de la main. Brigden se leva pour les accueillir.

— YOU are a star ! dit-il à Sacha en pointant le doigt vers elle. Do you speak English ?

— Yes, répondit-elle, parce que c'était tout ce qu'elle savait dire.

L'homme se mit à parler à une vitesse folle, avec de grands gestes enthousiastes. Max et Sacha se regardèrent, complètement perdus. Ni l'un ni l'autre ne comprenaient un traître mot de ce qu'il racontait. Henri Leproux joua les interprètes : M. Brigden travaillait dans une maison de disques et voulait les faire venir à San Francisco. Il était persuadé que Sacha avait un potentiel énorme et souhaitait la prendre dans son écurie. Il les attendait en Californie dès que possible pour commencer à travailler en studio avec les meilleurs musiciens du moment. Au fur et à mesure que le patron du Golf-Drouot parlait, Pat Brigden hochait la tête avec enthousiasme. Il leur remit une carte de visite à chacun en montrant l'adresse de ses bureaux.

— I am waiting for you !
— Il vous attend, confirma Leproux.

Max et Sacha se regardèrent avec une émotion incrédule. L'Amérique les attendait ! Quand les

Black Train montèrent sur scène, le producteur les invita à s'asseoir et commanda du champagne. Sacha vida sa coupe d'un trait et se mit à danser sur la table, ivre de joie, d'amour et de rock and roll.

MAX

Vendredi 9 juillet 2021, 12 h 31

— Allô Joe, tu ne me croiras jamais ! Je viens de voir Sacha !

— ...

— Je te jure ! C'est elle.

— ...

— Elle est rentrée dans mon immeuble ! C'est de la folie.

— ...

— Mais comment veux-tu que je sache ce qu'elle veut ?

— ...

— Non, je ne lui ai pas parlé. Je ne veux pas la voir.

— ...

— Non, ce n'est pas ridicule ! Après ce qu'elle m'a fait !

— ...

— Je suis à une terrasse de café juste en face. J'attends qu'elle se tire !

15

Ça ne changera rien pour lui, et tout pour nous

Depuis le concert, Max exultait. Son rêve de gosse se réalisait : l'Amérique ! Il allait découvrir la patrie d'Elvis, de Chuck Berry, de Clint Eastwood ! Il se voyait devenir un grand impresario à San Francisco, signer des contrats à des jeunes groupes prometteurs en fumant le cigare dans une villa avec piscine. Sacha, devenue une star, plongerait dans l'eau turquoise, simplement vêtue d'un bikini…

— Max, vous m'écoutez ?

— Euh, oui monsieur ! Bien sûr !

— Demain matin vendredi, aux Puces de Saint-Ouen à la première heure. À l'ouverture des camions. C'est là qu'on fait les meilleures affaires. Et n'oubliez pas votre lampe de poche. Il fait nuit à 5 heures. Tiens, voilà la petite Volkowski.

En effet, Sacha, les ayant aperçus à travers la vitrine du Drouot, leur adressait un petit signe de la main. Elle poussa la porte de l'établissement et se dirigea vers eux.

— Je vous laisse. Bonjour, mademoiselle. N'oubliez pas ce que je vous ai dit au sujet de votre père.

Elle s'assit sur la chaise libre à côté de Max et demanda un demi. Ils se regardèrent en souriant. Comme lui, depuis le concert, elle planait sur un nuage sans même avoir besoin de fumer. Désormais ils se retrouvaient chaque soir après le travail pour organiser leur départ. Il y avait beaucoup de choses à régler, comme prévenir les Électrons que Sacha quittait la formation, acheter des billets d'avion, préparer une cassette pour Pat Brigden, préparer leurs lettres de démission, et lire tout ce qu'ils pouvaient trouver sur San Francisco dans les pages de *Rock & Folk*. La ville venait de vivre un été délirant que la presse appelait le *summer of love*. La jeunesse du monde entier y affluait pour célébrer l'avènement de l'ère du Verseau dans une vibration de paix, d'amour et de musique, tout un charabia auquel ils ne comprenaient pas grand-chose mais qu'ils brûlaient d'envie d'embrasser. Bientôt, ce serait leur tour. Ils ne tenaient plus en place.

Restait la partie la plus délicate, surtout pour Max : annoncer leur départ à leurs parents respectifs. Chaque jour, il reculait le moment où il dirait à sa mère qu'il quittait la France. Il préférait attendre que tout soit réglé. Le serveur arriva avec leurs deux bières. Ils trinquèrent à leur départ.

— C'est grâce à toi et à ton talent ! lança Max.

— Je n'y serais jamais arrivée sans ton soutien, tes idées et ton culot !

— On fait une bonne équipe ! Mais on a toujours le même gros problème.

— L'argent.

Ils burent leurs bières en silence. Cela faisait plusieurs jours qu'ils tournaient en rond en se heurtant au même mur. Ils n'avaient pas assez d'argent pour payer le voyage, la location d'un appartement ou simplement de quoi manger pour les premiers temps. Il leur fallait une mise de départ. Leurs deux salaires ne suffisaient même pas à payer les billets d'avion, qui coûtaient une véritable fortune. Ils avaient déjà envisagé de se rendre en bus jusqu'à Calais et de prendre un bateau pour traverser l'Atlantique. Mais il leur faudrait encore traverser le continent américain en stop ou en bus avant d'atteindre la Californie. Cela leur prendrait des mois pour arriver à San Francisco, et ils avaient peur de débarquer devant un producteur qui les aurait complètement oubliés. Ils savaient tous deux qu'il fallait battre le fer tant qu'il était chaud.

— J'ai une idée, mais elle est un peu risquée, lança soudain Sacha.

— Parle !

— On devrait piquer un tableau de mon père pour le vendre à ton patron. Il a dit qu'il le paierait cher.

— Tu es complètement folle ! Voler ton père ? C'est hors de question.

— Il ne s'en rendra même pas compte ! Des tableaux, il en a plein. Un de plus, un de moins... Ça ne changera rien pour lui et tout pour nous.

Sacha s'échauffait au fur et à mesure qu'elle parlait. Elle déroula son plan à Max. Le jeudi suivant, ils avaient prévu d'aller au cinéma avec son père voir le nouveau *James Bond, On ne vit que deux fois,* qui sortirait la veille sur les écrans français. Le film serait projeté au Paramount Opéra. Pendant la séance, Max volerait un tableau. Le lendemain, ils iraient le vendre à Franklin Lamy et empocheraient l'argent. Léon Volkowski ne pourrait jamais la soupçonner, vu qu'elle serait au cinéma avec lui. Quant à Max, il ne le connaissait même pas. C'était un plan sans risque, d'une facilité enfantine.

— N'importe quoi ! lança Max.

— Tu as une meilleure solution ?

Max croisa les bras sur sa poitrine. C'était de la folie pure. C'était immoral. Cela ne ressemblait pas à l'homme qu'il voulait être. Sacha le regardait, ses yeux bleu-vert brillants d'espoir et de larmes. Elle joignit les mains en un geste de prière qui le fit fondre. Il savait au plus profond de lui qu'elle était une grande artiste, pétrie de talent. Soudain, il n'eut pas le cœur de la priver du destin qu'elle méritait. La chance ne frappe pas deux fois devant la même porte. Quand elle se présente, il faut vite lui ouvrir et la laisser entrer. S'il lui fallait être la personne qui aiderait Sacha à la saisir, il le ferait.

— J'accepte. Mais on doit se promettre une chose, au cas où ça tourne mal : on est deux dans ce coup. Quoiqu'il arrive, aucun de nous ne dénoncera ou ne laissera tomber l'autre. On fait un pacte, dit-il en crachant dans sa paume.

Sacha cracha également dans la sienne. Ils se serrèrent solennellement la main en se regardant dans les yeux, les cœurs battants à l'unisson. L'Amérique valait bien un mauvais coup.

16

Une odeur de soupe aux poireaux et de pipi de chat

Tremblant de peur, Max attendait Sacha, caché dans la petite cour grise de son immeuble. Il avait vu son amie partir avec son père. La porte d'entrée s'était refermée sur leurs deux silhouettes. Si tout se passait bien, dans quelques mètres, elle annoncerait à son père qu'elle avait oublié son gilet et courrait lui remettre les clés. Il se demandait si elle avait eu le cran d'accomplir la première partie du plan, c'est-à-dire subtiliser la clef de la chambre de bonne sans que son père ne s'en aperçoive. Il commençait à trouver le temps long et consulta sa montre pour savoir depuis combien de temps elle était partie. À peine quelques minutes. Il respira profondément en s'ordonnant de se calmer. La porte s'ouvrit enfin sur une Sacha sagement vêtue d'une petite robe droite et d'escarpins en cuir. Elle courut vers lui et lui glissa la clé dans la main en lui indiquant que l'atelier de son père se situait dans la chambre numéro 4, puis elle attrapa un cardigan plié derrière un pot de fleurs et repartit en courant.

C'était à lui de jouer.

Un vieux drap plié sous le bras, il grimpa les six étages de l'escalier de service dans le noir en priant pour ne croiser personne. Arrivé au sixième étage, il trouva facilement la chambre 4 et introduisit la grosse clé dans la serrure. La porte s'ouvrit sur une petite pièce éclairée par une fenêtre en œil-de-bœuf. Sur le chevalet reposait une toile inachevée. Les yeux de Max firent le tour de la pièce. Il découvrit un tableau posé par terre contre le mur, s'en empara rapidement puis l'enroula dans le drap et quitta la pièce sans verrouiller la porte, ainsi que le lui avait recommandé Sacha. Elle ne voulait pas simuler un cambriolage avec effraction pour ne pas abîmer la porte ni le matériel de son père qui lui coûtait très cher. Léon Volkowski devait simplement croire qu'il avait oublié de fermer son atelier à clef.

Le tableau sous le bras, Max redescendit les escaliers le cœur battant. Commençait la dernière partie du plan, la plus périlleuse : monter l'escalier principal jusque chez Sacha et glisser la clef sous le paillasson. Ce serait ensuite à elle de la récupérer et la remettre à sa place sans attirer l'attention de son père.

Le front moite de sueur, Max pensait que son cœur allait s'arrêter de battre tellement il cognait fort dans sa poitrine. Là encore, il s'agissait de ne croiser ni la concierge ni les voisins qui trouveraient bizarre de voir un jeune homme inconnu, un étrange paquet sous le bras. Il songea un instant à cacher le tableau dans la cour mais préféra ne pas s'en séparer et monta les trois étages le cœur battant. Il flottait dans l'escalier une odeur de soupe aux poireaux et de pipi de chat qui le prit au cœur. Sacha lui avait précisé qu'elle vivait dans l'appartement de gauche et que son paillasson serait le plus usé des deux. Max glissa la clef en dessous, dévala les escaliers en sens inverse et vola jusqu'à la sortie. Il longea précipitamment la rue Le Peletier en se forçant à prendre un air naturel. Arrivé sur le boulevard des Italiens, il s'adossa contre un mur et s'autorisa enfin à respirer. L'animation familière des grands boulevards le rassura. Soulagé d'être noyé dans la foule, il les remonta tranquillement jusqu'au boulevard Poissonnière et arriva enfin dans sa rue. Il avait l'impression d'être dans un film de gangsters, lancé dans une aventure palpitante que rien ne pourrait arrêter.

Chez lui, sa mère était dans la cuisine et chantonnait un air de Dalida en préparant quelque chose de certainement délicieux. Max s'aperçut qu'il mourait de faim. Il fonça dans sa chambre, cacha le tableau sous le lit et rejoignit Doria. Elle avait cuisiné un gratin de macaronis.

17

Un grand lustre endormi pendait du plafond

Le lendemain, Max vint chercher Sacha à la sortie de son travail pour la conduire chez Franklin Valmy qui vivait rue de Vaugirard, dans le 15ᵉ arrondissement. Il avait emballé le tableau dans du papier kraft solidement noué d'une grosse ficelle. Ils descendirent au métro Convention et sonnèrent timidement chez le marchand. Valmy habitait un vaste appartement aux murs sombres recouverts de tableaux. Il les fit entrer avec un grand sourire et tendit impatiemment les mains vers le paquet.

— Entrez, je vous prie, suivez-moi !

Le tableau sous le bras, il les entraîna vers une grande pièce encombrée d'objets d'art d'époques et d'origines diverses. Un grand lustre endormi pendait du plafond. Max regardait autour de lui, les yeux brillants. Partout où se posait son regard, il y avait des merveilles surgies des siècles passés. Sa courte expérience du métier de marchand lui soufflait qu'il avait fallu des années de recherches et de travail pour aboutir à ce résultat.

— Pardonnez ce désordre, mon appartement me sert quasiment d'entrepôt. Voulez-vous boire quelque chose ? Un verre de vin ?

— Non merci, murmura Sacha.

Max devina qu'elle était comme lui intimidée par toutes les richesses étalées sous leurs yeux. Jamais il n'aurait soupçonné que des gens apparemment normaux puissent avoir des œuvres d'art chez eux. Il pensait qu'on n'en trouvait que dans les musées. Valmy les invita à s'asseoir, puis déballa le tableau avec des petits ciseaux. Il le tendit à bout de bras, le dirigea sous la lumière d'une lampe, et siffla d'admiration. C'était le portrait d'une femme en robe bleue assise dans un fauteuil.

— Extraordinaire !

— Elle a les mains un peu tordues, mais je pense qu'il est bien quand même, s'excusa Sacha.

— Il est parfait. Quel talent ! Léon Volkowski est vraiment le meilleur. Vous direz à votre père que s'il en a d'autres, je suis prêt à les lui prendre.

Max détourna le regard du tableau. Il l'oppressait. Cette femme assise avait l'air tourmentée, voire désespérée, et il avait l'impression d'avoir sous les yeux l'âme torturée de celui qui l'avait peinte. Le père de Sacha avait mis son malheur à nu. Sa gorge se serra.

— Nous devons y aller, monsieur Valmy. Pouvez-vous nous payer, s'il vous plaît ?

— Bien sûr. Je reviens tout de suite.

Il disparut dans les profondeurs de l'appartement. Sacha et Max se regardèrent, le cœur battant, tendus et silencieux. Elle avait l'air tellement angoissée qu'il lui prit la main pour lui communiquer un peu d'apaisement. Valmy revint bientôt, une grosse enveloppe dans la main. Il la remit à Sacha qui s'en empara en tremblant et l'ouvrit. Elle contenait une épaisse liasse de billets.

— Il y a 30 000 francs. Vous pouvez compter, si vous voulez. C'est le prix du marché, vous pouvez me faire confiance.

— Merci, c'est bon.

Ils se dirigèrent vers la sortie, aussi pressés que s'ils venaient de commettre un hold-up.

— Attendez ! Quel nom dois-je inscrire sur le certificat ?

— Quel certificat ?

— Le nom du vendeur. Je ne peux pas mettre Volkowski !

— Non ! Écrivez Sacha Volcan ! lança précipitamment Sacha.

— Comme vous voulez. À bientôt.

Max la regarda d'un air interrogateur.

— C'est pour brouiller les pistes, chuchota-t-elle.

Il leva les yeux au ciel. Elle vivait encore plus dans un film que lui.

Dans l'ascenseur, ils se regardaient sans parler, sans pouvoir y croire. Ils avaient réussi ! Ils avaient l'argent. Ils pouvaient partir. Sacha ouvrit son sac et en sortit la liasse de billets.

— Je préfère que tu gardes ça chez toi, chuchota-t-elle. Si mon père le trouve, il comprendra que c'est moi qui ai fait le coup.

Max prit l'enveloppe et la glissa à l'intérieur de son blouson, tout contre son cœur.

SACHA

Vendredi 9 juillet 2021, 13 heures

Le portable de Doria tinta, annonçant un texto de son père.

« Tu peux me descendre Elias ? Je l'emmène déjeuner au kebab. »

« Il arrive tout de suite. »

Doria pianota rapidement un message à l'attention de son mari.

« Léo, tu pourrais descendre Elias stp ? Papa l'attend en bas. »

« OK »

« Mets-lui une casquette, il commence à faire chaud. »

— C'était Max ? demanda Sacha.

— Oui. Il ne devrait plus tarder. Encore un peu de vodka ?

— Vous n'auriez pas plutôt quelque chose à grignoter ? Je commence à avoir faim.

18

Pourquoi ? Pourquoi ? Pourquoi ?

Quand Sacha rentra chez elle, épuisée par un trop-plein d'émotions, elle eut la surprise de trouver la porte d'entrée entrouverte et avança avec précaution en se demandant ce qui se passait.

Son père était assis dans la cuisine, le dos voûté et le visage dans les mains. Il poussait des gémissements et balbutiait des mots incompréhensibles. Elle approcha et posa doucement la main sur son épaule.

— Papa ?

Léon Volkowski se retourna et Sacha poussa un cri de terreur. Le visage de son père était couvert de sang et tuméfié, comme s'il avait été passé à tabac. Il avait un œil au beurre noir, son arcade sourcilière droite était fendue. Du sang en coulait le long de sa joue et lui emplissait la bouche, donnant à ses dents une terrifiante couleur rouge. Sa joue gauche avait doublé de volume. Tout son visage était complètement déformé et ses yeux éteints exprimaient un désespoir sans nom. Le cœur de Sacha se serra de pitié et d'effroi.

— Que s'est-il passé ? Raconte !
— C'est ma faute ! gémit-il. Mais pourquoi ? Pourquoi ? Pourquoi ?

Elle se dirigea vers le tiroir du buffet pour essayer de trouver un chiffon propre, en dénicha un qui devrait faire l'affaire et le passa sous le robinet d'eau froide. Elle revint vers son père, lui souleva délicatement le menton et entreprit de le nettoyer. Léon se laissa faire sans réagir, continuant à répéter comme un disque rayé « C'est ma faute ! Pourquoi ? Pourquoi ? Pourquoi ? »

— Que s'est-il passé ? Tu t'es fait attaquer ?
— C'est ma faute ! Pourquoi...
— Papa ! cria-t-elle du ton le plus autoritaire possible.

Léon Volkowski sembla revenir à lui. Il regarda sa fille à travers ses larmes et lui prit la main.

— J'ai laissé la porte de l'atelier ouverte. Je ne laisse jamais la porte ouverte. Pourquoi j'ai oublié de la fermer ?

Le cœur de Sacha se mit à battre à grands coups. Elle se sentit devenir rouge alors que des picotements de terreur s'emparaient de sa nuque et la brûlaient tout le long de la colonne vertébrale.

— Qu... quel rapport avec ton visage ?

Son père posa ses coudes sur la toile cirée à carreaux et se prit la tête dans les mains. Il parla sans oser la regarder, de sa grosse voix grave étouffée par le chagrin.

— Sacha, je ne suis pas un peintre comme les autres. Les toiles que je peins ne sont pas nées de mon imagination. Je suis un faussaire. Un copieur. Je travaille pour un marchand de la rue de Seine. Il me commande des faux. Chagall, Modigliani, Soutine… Ce sont des grands peintres, ajouta-t-il devant son air interrogateur.

— Oh ! Mais je croyais que c'étaient tes tableaux !

— Je les peins, et il les vend comme si c'étaient des vrais. J'ai voulu arrêter, mais cet homme me tient… J'ai des dettes, continua Volkowski. Hier soir, quand nous sommes allés voir le *James Bond*, j'ai oublié de fermer la porte de l'atelier… On m'a volé le Soutine que je venais de terminer. J'ai été obligé de le dire à mon patron. Il était furieux, il a cru que j'avais voulu le voler, le vendre à quelqu'un d'autre.

— Oh non !

— Et quand je suis rentré à la maison, deux types me sont tombés dessus dans la cour. Ils m'ont battu, frappé, menacé.

Son père éclata en sanglots déchirants.

— C'est ma faute. Pourquoi j'ai laissé la porte ouverte ? Je ne laisse jamais la porte ouverte ! J'étais pressé d'aller voir *James Bond* avec toi. Je suis un imbécile. Un idiot. Un pauvre idiot depuis toujours. Un pauvre con.

Tétanisée, complètement hébétée, Sacha écoutait son père pleurer et se lamenter, catastrophée par l'étendue des dégâts qu'elle avait causés. Elle avait vendu un faux tableau à un escroc et son père s'est fait tabasser par sa faute. Chacun de ses mots, chacune de ses larmes lui brisait le cœur, comme si c'était elle qui avait été rouée de coups. Elle voulait qu'il arrête de s'accuser, de se haïr. Elle voulait tout arranger, revenir en arrière. En pleurant, elle se jeta sur son père et le serra entre ses bras minces.

— Arrête, papa ! Ce n'est pas de ta faute. Tu n'y es pour rien. Tu avais bien fermé la porte !

Léon Volkowski releva lentement la tête. Un éclair de compréhension traversa son regard embué.

— C'est toi ? C'est toi qui as fait ça ? Tu m'as volé le tableau pour le vendre à ce voleur de Valmy ? Je t'avais dit de ne pas lui parler !

Sacha le fixait, affolée, laissant s'écouler de longues secondes sans prononcer un mot. Léon Volkowski prit son silence pour un aveu et poussa un rugissement rageur. Terrifiée, elle leva les bras devant elle pour parer les coups, mais déjà la main de son père s'était abattue sur sa joue. Le choc faillit la faire tomber. Elle s'agrippa à la table pour se maintenir debout.

— Toi, ma fille ? Mon sang ? Tu m'as volé, tu m'as trahi ?

Une nouvelle gifle s'abattit sur elle. Elle eut envie de vomir et se réfugia derrière le réfrigérateur.

— Papa, arrête ! Je vais tout arranger !

Son père avança vers elle, le visage ravagé, la chemise ensanglantée, la main levée, le regard fou.

— Pourquoi tu as fait ça ?

Sacha se laissa choir sur le sol, jambes repliées, les bras croisés au-dessus de la tête pour se protéger. Acculée. Le cerveau vide, elle ne trouva rien d'autre à lui dire que la vérité.

— Pour partir en Amérique ! hurla-t-elle.

Léon s'arrêta net, comme s'il avait reçu une balle de revolver dans le cœur, et laissa retomber son bras. Toute sa fureur et toute sa peine semblaient l'avoir quitté d'un coup. Il regarda froidement sa fille.

— Eh bien, va-t'en. Pars. Que je ne te revoie plus jamais.

Il se dirigea vers la porte de service et la claqua derrière lui.

Toujours recroquevillée sur le sol, tremblante, Sacha enfouit la tête entre ses bras et se mit à pleurer en balbutiant : *Pourquoi ? Pourquoi ? Pourquoi ?*

19

L'air d'un pirate ou d'un moujik sanguinaire

Le lendemain matin, Sacha se réveilla le cœur lourd et la tête douloureuse, torturée de remords. Elle avait trahi son père, elle l'avait blessé et il lui en voulait. Elle se demanda ce qui avait bien pu lui passer par la tête pour imaginer ce plan stupide. Sacha bénit le ciel d'être samedi et de ne pas avoir à travailler. Elle devait arranger les choses dans la journée. La cuisine était encore maculée de traces de sang. Elle fit chauffer du café sur la gazinière et se mit à tout nettoyer avec ardeur. Le lit de son père n'était pas défait ; il avait dû dormir dans son atelier. Elle ouvrit la fenêtre pour aérer la pièce et tapota les draps. Puis, chose inhabituelle, elle balaya la totalité du petit logis, les deux chambres et le séjour, et passa une serpillère sur le sol toujours un peu collant de la cuisine. Dans la cour, deux moineaux pépiaient. Elle se demanda si son père les entendait de son sixième étage. Elle versa du café chaud dans une tasse et monta à l'atelier pour la lui donner mais il ne répondit pas quand elle toqua à la porte et elle présuma qu'il était déjà parti travailler.

Ne tenant plus en place, elle s'habilla et quitta l'appartement pour se rendre chez Max. Doria lui ouvrit la porte en robe de chambre, un petit verre de thé fumant à la main. Le visage dépourvu de tout maquillage, elle était encore plus jolie que d'habitude. Voyant Sacha sur le pas de la porte, elle la serra contre son cœur.

— Je peux voir Max ?

— Il dort encore, mais entre ! Tout va bien, *cherika* ? Tu es toute pâlotte. Toujours tes maux d'estomac ?

— Euh, non...

Elle lui prépara une tartine de confiture de griottes et partit réveiller son fils. Sacha patienta dans la petite cuisine impeccable. Sur Europe n° 1, Maurice Biraud et Anne Perez animaient « De 9 heures à Bibi ». Elle but une gorgée de thé et mordit dans le pain croustillant nappé de la délicieuse confiture. Max arriva quelques minutes plus tard et l'interrogea du regard. Elle bondit sur ses pieds.

— On y va ? demanda-t-elle.

— Prends au moins ton petit déjeuner ! s'exclama Doria.

Il enlaça sa mère et colla un gros baiser sur sa joue.

— Je le prendrai au café !

Ils dévalèrent les escaliers. Doria secoua la tête en souriant et referma la porte.

— Que se passe-t-il ? demanda Max quand ils furent dehors.
— Mon père sait tout, il me hait. C'est une catastrophe. C'est la fin du monde.

Sacha lui raconta les aveux incroyables de Léon Volkowski et la scène violente qui avait suivi. Encore sous le choc de ce qu'elle avait vécu, elle claquait des dents et faisait un effort pour ne pas s'effondrer en larmes. Son cœur était si lourd qu'elle avait l'impression d'avoir basculé dans un monde de malheur dont elle ne reviendrait jamais.

— Il faut qu'on aille chez Valmy récupérer le tableau et rendre l'argent. Comme ça mon père pourra le donner à son patron et il ne sera plus fâché.
— On y va tout de suite. Ne t'inquiète pas, tout va s'arranger, la rassura Max.

Il remonta chez lui prendre l'enveloppe qu'il avait cachée sous son matelas et fila en esquivant les questions de Doria qui trouvait son attitude très bizarre. Ils prirent à nouveau le métro jusqu'à la station Convention. Tout le long du trajet, complètement paniquée, Sacha serrait la main de Max, en priant pour que Franklin Valmy soit bien chez lui.

Celui-ci entrouvrit la porte, drapé dans une robe de chambre en soie bordeaux, ses sourcils touffus assombrissant son regard.

— Que faites-vous là ? demanda-t-il sans leur proposer d'entrer.

Sacha lui tendit l'enveloppe.

— Je veux récupérer le tableau, monsieur. Mon père a changé d'avis. Il... a des ennuis.

Valmy la regarda en secouant la tête.

— C'est trop tard, ma petite, le tableau est déjà vendu. Mon client est ravi de son Soutine.

— Oh non ! Non ! Mais c'est un faux !

— Bien sûr que c'est un faux. Votre père est le meilleur pour les Soutine et les Modigliani. Vous ne le saviez pas ?

— Pouvez-vous nous dire à qui vous l'avez vendu, monsieur ? Nous aimerions le récupérer, demanda Max.

Le marchand émit un petit rire cynique.

— C'est absolument hors de question ! Écoutez, vous avez eu votre argent, je ne me suis pas moqué de vous, c'est une bonne somme. Maintenant, fichez-moi le camp !

— Mais... c'est malhonnête ! s'exclama Max.

Le visage de Valmy se durcit.

— Dois-je vous rappeler que vous êtes mon employé ?

Max bouillait de colère. Colère contre ces adultes qui mentaient et escroquaient les autres sans vergogne : Léon Volkowski le faussaire qui n'avait rien dit de ses activités à sa fille, Franklin Lamy qui vendait des faux tableaux pour des vrais et avait abusé de leur naïveté. Et surtout, Max était en colère contre lui-même qui avait agi comme eux, qui leur ressemblait. Il avait envie de tout casser pour sortir de ce cauchemar.

— Je ne le suis plus, monsieur ! Je ne travaillerai pas pour un escroc ! Je vous présente ma démission.

— Acceptée ! Ne vous avisez pas de parler de cette affaire à qui que ce soit, si vous ne voulez pas que M. Volkowski ait encore plus d'ennuis. Et maintenant, disparaissez !

Il claqua la porte. Ils se retrouvèrent abasourdis sur le palier, tout espoir de réparer leur erreur envolé.

Sur le chemin du retour, Sacha envisageait sa prochaine entrevue avec son père. Elle l'attendrait dans l'appartement propre et bien rangé, lui préparerait un bon dîner, peut-être du bœuf Stroganov en bocal qu'ils gardaient pour les grandes occasions. Elle lui demanderait pardon, puis lui donnerait l'argent. La petite lueur d'amour qu'elle avait appris à détecter brillerait dans ses yeux et lui dirait de son air bourru en empochant l'enveloppe : « La prochaine fois que tu as besoin de quelque chose, demande. » Elle n'avait pas demandé, elle avait préféré se servir, le voler. Une plainte monta de sa poitrine serrée et se coinça dans sa gorge. Pourrait-il lui pardonner ? Ou bien, encore furieux, la frapperait-il à nouveau ? Cela lui était arrivé deux autres fois et elle s'en rappelait encore avec terreur. Son père était très grand, avec une chevelure et une moustache noires toujours en bataille qui lui donnaient l'air d'un pirate ou d'un moujik sanguinaire. Quand il se mettait en colère, tout son être semblait possédé d'une rage infernale. À deux reprises dans le passé, il avait laissé sa grosse paluche s'abattre sur la petite figure de Sacha sans mesurer sa force, et elle en gardait un souvenir cuisant.

En rentrant chez elle, Sacha trouva un mot de son père : il lui laissait quinze jours pour quitter l'appartement et disparaître de sa vie. Jusqu'au 7 octobre.

Le lendemain, elle retrouva Max au square Louvois et lui montra la lettre.
— C'est le signe qu'il faut partir. Mon père ne veut plus me parler. On garde l'argent et on se tire.
— En plus je n'ai plus de travail, dit Max.

MAX

Vendredi 9 juillet 2021, 13 h 38

Max regarda Elias dévorer son kebab avec attendrissement. Özlem préparait le meilleur döner de Paris, et cette enclave turque de la rue des Petites-Écuries était devenue leur QG, le lieu de leurs déjeuners en tête à tête. Le petit bonhomme aspira bruyamment son coca et regarda son grand-père.

— Dis Max, tu sais que j'ai une amoureuse à l'école ?

— Ah bon ? Mais c'est génial, ça !

— Maman m'a dit que toi t'as eu plein d'amoureuses. C'est vrai ? T'en as eu combien ?

— En vérité... je n'en ai eu qu'une.

20

Des graines de Parisiens, gouailleurs et rêveurs

La date du départ était fixée au jeudi 5 octobre 1967 avec une arrivée prévue le 6. Max avait réservé et acheté leurs billets dans une agence de voyages du boulevard de Bonne Nouvelle. Deux allers sans retour Paris-San Francisco via New York, vol Pan American Airways AC55. Il répétait ces mots avec fièvre comme un poème, comme une prière, et chacun d'eux le faisait trembler d'excitation. Profitant de son nouveau temps libre, Max avait également acheté dans un surplus aux puces de Clignancourt deux gros sacs à dos militaires en toile kaki ainsi que des ceintures portefeuille à fixer sous la chemise pour garder argent, passeports et billets sur soi en toute sécurité. Il avait hâte de les montrer à Sacha.

Maurice, Joe et Gégé étaient prévenus du grand départ. Max avait vu leurs yeux briller d'envie et leurs sourires pâlir de chagrin. Depuis cinq ans, ils se voyaient presque chaque jour, quatre adolescents déracinés qui s'étaient reconstruits ensemble pour devenir des graines de Parisiens, gouailleurs et rêveurs. Ils étaient les inséparables, les quatre mousquetaires des grands boulevards, et voilà que leur d'Artagnan partait en Amérique ! Une grosse soirée couscous-poker était prévue chez les Boutboul la veille du départ.

Ce samedi après-midi, une semaine avant le voyage, Max attendait Sacha qui était chez le coiffeur pour refaire sa couleur. Profitant du fait que Doria travaillait à l'atelier, ils avaient prévu de faire un point et de régler les derniers détails. Vers 15 heures, elle sonna à la porte avec une nouvelle coiffure. Il la découvrit sur le palier, ses longs cheveux noirs agrémentés de nouvelles boucles et d'une frange tombant en rideau soyeux sur ses sourcils parfaits comme des ailes d'oiseau déployées. Ses longs cils sombres faisaient ressortir ses yeux d'aigue-marine. Elle lui balança un regard étincelant ; il recula d'un pas, secoué une nouvelle fois par sa présence. C'était comme s'il était condamné à redécouvrir infiniment la splendeur de son physique. Sacha n'était pas d'une beauté classique, elle était grande, presque maigre, se mouvait avec de grands gestes agiles et avait une façon étonnante de manger l'espace qui pouvait rebuter. Pour d'autres, elle aurait pu manquer de finesse ou de féminité, mais Max devait s'avouer qu'à ses yeux, son amie était ce qui s'approchait le plus de la perfection. Elle le suivit jusqu'à sa chambre et il lui montra son butin de la semaine : les sacs à dos, les ceintures portefeuille, ainsi que des pantalons pattes d'éléphant. Il avait également choisi pour elle une paire de maxi lunettes de soleil à montures blanches qui la firent ressembler à une Marianne Faithfull brune. Sacha, pieds nus, bondissait sur le lit, déchaînée, en proie à la joie et la peur mêlées. Il éprouvait la même impatience et la même terreur à l'idée de tout quitter pour s'envoler vers l'inconnu. Sacha s'écroula sur le dessus-de-lit froissé, bras écartés comme si elle voulait embrasser le ciel.

— Cette fois ça y est. On part vraiment, murmura-t-elle.

— Oui. On ne peut plus reculer.

Il s'allongea à côté d'elle, les yeux fixés au plafond, en se disant que dans une semaine, ce seraient d'autres murs qui l'entoureraient, d'autres fenêtres qui s'ouvriraient sur d'autres horizons. Une angoisse le saisit. Il tendit la main vers elle et agrippa ses doigts avec ferveur.

— On sera ensemble.

Max se tourna vers Sacha sur le petit lit étroit. Elle fit de même. Il se retrouva face à ses yeux trop brillants et y plongea comme dans un lac. D'un geste lent, il écarta une de ses longues mèches qui s'était collée à ses lèvres laquées de gloss. Sa bouche rose entrouverte laissait passer un souffle léger comme une brise. Il ne pouvait en détacher les yeux, elle semblait l'appeler, espérer un baiser qu'elle attendait depuis très longtemps. Le sang battait à ses tempes. Il se demanda pourquoi il avait interminablement résisté à leur douceur. Il devait la serrer contre lui, c'était l'évidence même. D'un mouvement vif, Max effaça l'espace entre eux. Il l'embrassa et tout son corps s'embrasa. Sacha s'accrocha à lui, leurs lèvres se happèrent, s'aspirèrent en un baiser éperdu. Le monde autour d'eux s'était tu. Plus rien n'existait que leurs deux bouches réunies qui semblaient se reconnaître et se boire à l'infini. Il glissa délicatement la main sous son pullover, ses doigts rencontrèrent la peau vertigineusement douce de sa poitrine. Il poussa un gémissement de délice. Sacha haletait doucement, ses grands yeux écarquillés de surprise, les pupilles dilatées de désir. Elle retira prestement son pull pendant qu'il ôtait sa chemise et colla sa peau contre la sienne. Peu à peu, geste après geste, élan après élan, unis par le même désir irrépressible, Max et Sacha firent l'amour pour la première fois.

21

C'est des illusions ! Des rêves ! De la fumée ! Ça n'existe pas !

Doria Dahan rentra chez elle après une longue journée de travail. Les fêtes de Noël approchaient et les élégantes prévoyaient de se faire offrir le manteau de vison ou l'étole de renard de leurs rêves. Avec sa belle-sœur et ses nièces, Doria coupait, cousait et piquait à la machine du matin au soir. C'était quasiment du travail à la chaîne. Heureusement, elle adorait voir naître sous leurs doigts les beaux vêtements de peau et de fourrure que son frère dessinait et préparait sur des patrons impeccables qu'elles n'avaient plus qu'à suivre. Salomon était un excellent tailleur qui aurait pu faire fortune à Istanbul si les Juifs, comme toutes les minorités, n'y étaient pas si injustement traités. La nuit du 6 au 7 septembre 1955, le beau magasin que son frère tenait à Beyoglu avait été mis à sac, comme des dizaines de commerces appartenant à des Grecs, des Juifs ou des Arméniens. Salomon avait contemplé sa vitrine brisée, son stock pillé, dévasté, ses étalages renversés sur le trottoir, et avait décidé sur-le-champ de quitter la Turquie. Doria se rappelait encore le jour où il avait annoncé la nouvelle à leurs parents. Leur mère avait poussé de longs gémissements de souffrance, s'était pincé les joues en signe de douleur, s'était lamentée, mais Salomon n'avait rien voulu entendre. Il était parti avec sa femme et leurs deux filles, et Doria était restée seule face à l'effroyable chagrin de sa maman.

L'appartement était plongé dans le noir. Elle ôta ses chaussures, enfila ses élégantes petites pantoufles en cuir et alluma la lumière. Au milieu du salon trônait un énorme sac à dos de grosse toile plein à craquer. Elle porta la main à son cœur et appela son fils.

Allongé sur son lit dans la pénombre, Max entendit le hurlement de sa mère. Le moment de vérité était arrivé. Il devait lui parler. Il se leva, passa rapidement un coup de peigne dans ses cheveux, rentra sa chemise dans son pantalon et redressa les épaules. Elle était debout dans le salon, campée sur ses jambes fines gainées de nylon, et les pieds dans ses pantoufles à talons qu'elle se faisait envoyer d'Istanbul.

— Qu'est-ce que c'est que ça ? demanda-t-elle, la main tendue vers le bagage.

Max toussota.

— Je pars en Amérique demain, déclara-t-il d'une voix assurée.

Il ne fallait pas lui laisser la possibilité de discuter, la mettre devant le fait accompli. Sinon elle pouvait lui retourner le cerveau.

— J'ai mon billet. Le vol est à 7 heures du matin, je fais escale à New York et de là, direction San Francisco, ajouta-t-il pour bien lui montrer que tout était déjà réglé.

Elle fronça les sourcils pour tenter de comprendre ce qu'il racontait et se laissa tomber sur le petit sofa.

— Je suis très fatiguée, annonça-t-elle. La journée a été longue et je ne comprends rien à ce que tu dis. Viens, assieds-toi et raconte-moi ce qui se passe.

Il se posa à contrecœur sur une bergère, face à elle.

— Je vais vivre en Amérique. J'ai mon billet d'avion pour San Francisco demain matin et ma valise est prête. Je t'appellerai de là-bas.

— Qu'est-ce que cette histoire ? Depuis quand tu as décidé de partir ? Qu'est-ce que tu vas faire là-bas ? Pourquoi tu ne m'en as pas parlé avant ?

— Je ne t'ai rien dit pour que tu ne tentes pas de me retenir. Je pars avec Sacha. On va travailler dans la musique.

Doria se prit la tête dans les mains, et Max se dit que c'était parti pour la grande scène du deux.

— Tu pars avec Sacha ! Vous êtes fiancés ? Vous allez vous marier ?

Il poussa un soupir d'impatience.

— Maman, je t'annonce que je pars pour l'Amérique, que je réalise mon rêve, et tout ce que tu trouves à me demander, c'est si je vais me marier avec Sacha ?

— Et pourquoi tu pars avec elle, sinon ?

— Sacha est une chanteuse, une grande artiste, et moi je suis son imprésario.

Sa mère se leva et se mit à tourner en rond dans le petit salon, en faisant claquer les talons de ses pantoufles.

— Une chanteuse ! *Ah Dio Santo* ! Mais ça ne tient pas debout ! Vous courez après des chimères ! Moi qui pensais que c'était une fille sérieuse qui te mettrait du plomb dans la tête. Elle est encore plus *loca* que toi.

Max leva les yeux au ciel.

— Qu'est-ce que c'est, des chimères ?

— Regarde dans le dictionnaire, espèce d'ignorant ! Des chimères, c'est des illusions ! Des rêves ! De la fumée ! Ça n'existe pas !

— Il y a un producteur qui nous attend ! hurla-t-il en lui collant la carte de visite de Pat Brigden sous les yeux.

Elle la lui arracha des mains et la jeta par terre.

— Un imbécile te donne sa carte, et toi tu pars au pays des beatniks et des drogués pour être l'imprésario de Sacha ! *Bovo* !

Il ramassa la carte et la remit dans sa poche, tremblant de colère.

— Voilà pourquoi je ne voulais pas en parler avec toi. Tu ne comprends rien à la musique d'aujourd'hui. Tu ne sais rien de ce qui se passe là-bas. Le monde est en train de changer ! Je veux y être ! Je pars demain.

Doria s'écroula sur le sofa et se mit à geindre sans retenue.

— Mais pourquoi veux-tu abandonner ta mère ? Après tous les sacrifices que j'ai faits pour toi ? Qu'est-ce que j'ai fait au Bon Dieu ? Ça ne te suffit pas que j'aie déjà perdu mon mari ? Je dois aussi perdre mon fils ? Mon seul enfant ? Si ton pauvre père savait que tu veux me laisser seule, il aurait honte de toi !

C'était une mélopée sans fin, des plaintes et des gémissements, des menaces, du chantage, le lamento de la mère juive. Max sentait de grosses gouttes de sueur couvrir son front.

— Je n'ai que toi, Max. Qu'est-ce que je vais devenir si tu pars ? Ma vie n'aura aucun sens. Je ne verrai même pas mes petits-enfants.

— Pourquoi tu ne te remaries pas ? Tu as plein de prétendants. Tu pourrais avoir un nouveau foyer, un mari aimant. Tu pourrais être heureuse.

— Aucun mari ne pourra remplacer mon fils unique, mon adoré, ma chair, mon sang. Je ne veux pas me marier pour devenir la bonne d'un nouveau mari. Je veux rester libre !

— Et moi, je ne veux pas être le prisonnier de ta liberté !

Max retourna dans sa chambre, claqua la porte et se jeta sur son lit, le cœur en miettes, tremblant de rage et de remords. Il ferma les yeux et colla l'oreiller au-dessus de sa tête pour ne plus entendre sa mère pleurer.

Le 5 octobre 1967, à 5 heures du matin, Max retrouva Sacha à l'aéroport d'Orly. Pâle et déterminée, elle poussait un chariot sur lequel était posé le sac à dos kaki où elle avait entassé tout ce qui lui appartenait. Il marchait lentement vers elle, dans le décor moderne et futuriste de cet aéroport qui était la vitrine et la fierté de la France. Autour de sa taille, il avait attaché la ceinture portefeuille contenant tout l'argent de la vente du tableau. Max arriva à sa hauteur et lui sourit.

SACHA

Vendredi 9 juillet 2021, 14 h 17

— Ça alors ! Max est parti aux États-Unis ? Je ne savais pas !
— Que savez-vous de sa vie, au juste ?

Doria leva les yeux au ciel. Depuis le temps qu'elle vivait dans le même immeuble que son père, elle avait appris à le connaître.

— Alors voyons… Il vit dans cet appartement depuis presque cinquante ans, il est marchand d'art, joueur de poker et compte un peu trop sur son charme pour se sortir de toutes les situations. Il a rencontré Gégé, Joe et Maurice en 1962 au Golf-Drouot et depuis il ne peut pas respirer sans eux. Il est beaucoup sorti la nuit, quand il écoute du rock and roll c'est toujours trop fort, il fait très bien la cuisine. Il a connu beaucoup de femmes mais n'a jamais vécu avec aucune. Son grand amour c'était sa mère, Doria. Et même s'il a longtemps fui la vie

de famille, il est très heureux aujourd'hui de nous avoir tous autour de lui.
— C'est bien ce que je pensais.
— Quoi ?
— Vous ne connaissez que la partie émergée de l'iceberg.

22

Un accord de guitare s'étira
dans l'air du soir

Vendredi 6 octobre 1967

Une Pontiac Bonneville 1966 écarlate s'arrêta devant Sacha alors qu'elle faisait du stop à la sortie de l'aéroport. À Paris, Max avait préparé un carton sur lequel il avait inscrit « San Francisco » avec un gros marqueur noir.

— Haight-Ashbury ? demanda le conducteur.
— San Francisco ?

Il sourit et lui indiqua de monter à l'arrière. Le *driver* et son coéquipier étaient deux jeunes new-yorkais aux cheveux longs. Ils s'appelaient Franckie et Jimmy et descendaient la voiture d'un riche homme d'affaires qui avait préféré venir en avion. Jimmy roula un petit joint serré et en fuma un peu avant de le lui passer. Elle aspira une large bouffée et se laissa partir en arrière, contre le dossier en cuir rouge, moelleux comme un oreiller.

Elle étouffa un sanglot. Ce n'était pas possible, elle ne pouvait pas démarrer sa nouvelle vie en pleurant. Dans le rétroviseur, Franckie lui jeta un coup d'œil inquiet. Sacha s'essuya les yeux d'un geste rageur et mit ses lunettes de soleil. Trente minutes plus tard, la Pontiac déboula en haut d'une de ces rues en toboggan qu'elle apprendrait bientôt à connaître et San Francisco s'offrit à sa vue, noyée dans une brume dorée. Son cœur se gonfla d'un sentiment de puissance. La voiture dévala la pente et s'engagea dans un quadrillage de rues qui se croisaient et s'élançaient de manière parfaitement symétrique. Ils arrivèrent bientôt dans un quartier bordé de vieilles maisons de bois aux toits pointus et aux façades ornées de bow-windows. Franckie arrêta la voiture.

— Haight-Ashbury. *Just in time for the funeral!*

Elle le remercia sans comprendre et descendit de voiture.

Sacha se retrouva dans une rue bondée de monde. Une foule en mouvement remontait la rue. Certains marchaient pieds nus, d'autres portaient des sandales bibliques ou des boots de cow-boy, silhouettes androgynes et dansantes vêtues de jeans effrangés ou de longues jupes de gitanes, de tuniques brodées venues de tous les folklores et de colliers multicolores, parfois enveloppées dans des ponchos mexicains ou des couvertures de l'armée. Au milieu de la foule, un groupe de personnes portaient un brancard en bois aux portants très longs, comme on en voyait lors des processions religieuses, sur lequel était allongé un homme brun et barbu, portant des lunettes. Noyée dans ce flot humain, Sacha marchait sans savoir où aller, son gros sac sur le dos. Elle leva les yeux pour tenter de se situer. Un panneau de signalisation indiquait Haight Street.

— Que se passe-t-il ? demanda-t-elle en anglais à une jeune femme aux pieds nus qui marchait à côté d'elle en frappant du tambourin.

— On enterre « les hippies ».

— Pourquoi ?

— En signe de protestation. Les hippies n'existent pas ! C'est une invention de la presse pour nous glisser tous dans le même sac.

Sacha regarda autour d'elle et ne vit que ce qu'elle croyait être des hippies. Mais peut-être était-ce une illusion. La jeune femme sourit en voyant sa confusion.

— Il n'y a pas de « hippies », il n'y a que des êtres libres et indépendants qui ont décidé de vivre selon leur choix. On refuse d'être classés dans des petites boîtes avec une étiquette « hippie » collée dessus. C'est pourquoi aujourd'hui on enterre LE hippie, tel que la presse et la société nous voient.

Elles s'écartèrent pour laisser passer le cortège « funèbre ». C'était quand même un drôle de karma de débarquer juste le jour de la mort du mouvement, se dit Sacha en regardant autour d'elle d'un œil halluciné. L'été 67 avait été le *summer of love*, l'acmé du phénomène. Dès le mois de juin, plus de cent mille jeunes venus des quatre coins du pays et du monde s'étaient rués à San Francisco pour vivre d'amour, d'acide et de musique. Et voilà qu'à l'automne, la fête était finie ? Elle dut faire une drôle de tête car la fille la rassura :

— Ne t'inquiète pas, nous serons toujours là demain ! *Be cool !*

Elle lui fit un geste de la main avant de disparaître, happée par la cohue. La foule remontait la rue vers le Golden Gate Park. Sacha suivit le cortège qui se dirigea vers une petite colline nommée *Hippie Hill*. Bientôt, un grand feu de camp fut monté. Les joints se mirent à tourner pendant que le Hippie brûlait. Un à un, les participants balancèrent dans le feu des posters, des bracelets, des colliers, des fleurs, tout un bric-à-brac d'objets vendus dans les boutiques de Haight Street par les entrepreneurs du *hip capitalism*. Un jeune homme coiffé d'un chapeau de cow-boy lui tendit un petit morceau de buvard, grand comme un timbre-poste, orné d'une fleur de lotus aux pétales multicolore. Il ouvrit la bouche pour lui montrer celui qu'il avait sur la langue. Du LSD.

— Tu vois, dit-il en souriant béatement, c'est ça le véritable esprit du Haight-Ashbury. On est tous ensemble, *together* dans le même truc, interconnectés grâce à la musique et à l'acide.

Il jeta au feu un stock de faux foulards indiens imprimés en Caroline du Nord. Plus tard, dans la soirée, serait brûlée l'enseigne de la première *Psychedelic Shop* créée par les frères Thelin qui ne voulaient pas se transformer en capitalistes. Sacha le remercia et s'éloigna, le buvard dans la poche et son gros sac toujours sur le dos, lui cisaillant les épaules.

Elle se posa sur l'herbe près du feu, se laissant griser par la fumée des joints. Tout le monde planait, chantait et dansait la ronde autour du feu. Elle était saoule de fatigue, ahurie par le changement radical d'horizon. Paris semblait si lointain, comme une autre planète, une autre vie. Son cœur se déchira en imaginant combien l'expérience aurait été différente si Max avait été assis à côté d'elle, près de ce grand feu de joie.

Elle se leva brutalement, fit quelques pas dans la foule, agrippa le bras de quelqu'un et prononça le mot hôtel. Une femme avec un bébé attaché sur son dos tendit le doigt vers un vieux bâtiment dont les fenêtres luisaient dans la nuit. C'était le Stadium Hotel, calé au coin de Haight et Stanyan Street. Elle marcha vers lui et prit une chambre. Soudain épuisée comme si toutes ses forces avaient été aspirées dans un gouffre, Sacha s'écroula sur le lit aux barreaux de cuivre, glissa le buvard dans sa bouche et ferma les yeux, ne pouvant toujours pas croire qu'elle était à San Francisco, sans Max. Le matin même elle était à Orly, le cœur battant d'excitation pour l'aventure de leur vie. En quelques secondes, sa joie avait été réduite en cendres.

Max avait marché vers elle, sans bagage, un pauvre sourire aux lèvres.

— Je ne peux pas l'abandonner, avait-il murmuré.

Sacha avait eu l'impression que l'aéroport s'effondrait sur elle dans un fatras de béton soufflé et de verre brisé. Incapable de prononcer un mot, elle avait fait demi-tour d'un pas mécanique, en direction de l'enregistrement. Il avait couru derrière elle.

Pendant une fraction de seconde elle avait imaginé qu'il lui avait fait une vaste blague complètement pourrie, mais non, Max lui avait simplement remis sa ceinture portefeuille, remplie comme la sienne de billets de 100 francs. Il l'avait fixée de ses grands yeux désolés, conscient de l'étendue de sa trahison, puis il était parti retrouver sa maman chérie.

Cette première nuit à San Francisco, perdue dans un sommeil halluciné, Sacha crut mourir. Toutes les personnes qu'elle aimait l'avaient abandonnée, comme si elle n'avait pas assez d'intérêt pour les retenir. Elle se revit la veille de son départ, frappant à la porte de la chambre de bonne où son père passait ses nuits en attendant qu'elle parte. De la lumière filtrait sur le sol, indiquant qu'il était là. Sacha lui avait annoncé son départ pour le lendemain à travers la cloison, les mains poussant le vieux bois dans l'espoir vain qu'il cède, les yeux fixés sur peinture écaillée qui formait des paysages désolés. Il avait fini par ouvrir et l'avait regardée sans prononcer un mot. Ses cheveux étaient emmêlés, sa grosse moustache en bataille et son regard désespéré. Sacha avait eu envie de se jeter dans ses bras, de lui demander pardon, mais il lui avait brusquement claqué la porte au nez. La lumière du studio s'était éteinte. Elle avait senti l'odeur d'une gitane qui grillait, puis plus rien, que la nuit et le silence. Son père avait attendu dans le noir qu'elle sorte de sa vie. Sa mère l'avait oubliée depuis bien longtemps et Max l'avait trahie. À présent, tous trois dansaient une ronde tourbillonnante autour de son lit, tendaient leur bras vers elle en murmurant des mots d'amour et disparaissaient en fumée dès qu'elle tentait de les toucher. Le cauchemar continua, interminable, plein de visions, de formes étranges qui avaient toutes les couleurs désespérantes de sa solitude.

Au terme de la nuit la plus longue de sa vie, Sacha se réveilla, le dos dégoulinant de sueur, un goût de métal dans la bouche. Par la fenêtre, une nappe de brouillard humide bouchait l'horizon. Elle était en Californie, elle avait réalisé son rêve, et pourtant elle était seule, seule, complètement seule au monde.

23

Free music, free drugs, free love

Au bout de quelques jours, Sacha sut se repérer dans San Francisco, ou plutôt dans le Haight-Ashbury, le quartier des adeptes de la non-violence, du rock, des drogues et de l'amour libre, « *free music, free drugs, free love* ». Il était composé de deux rues perpendiculaires, Haight Street et Ashbury Street, bondées à toute heure du jour, bordées de bars et de petites boutiques d'objets hippies, colliers de perles, posters, pipes à eau, papier à rouler, peinture fluorescente, tissus indiens, ponchos mexicains, encens, bouquins de sagesse hindoue, stickers, parfums ou vêtements… La mendicité y était chose courante. Le Grateful Dead, groupe emblématique du rock psychédélique, vivait dans une maison victorienne au 710 Ashbury, une adresse devenue légendaire. Tel était son nouvel environnement et elle comptait bien s'y faire une place.

Et tout d'abord, Sacha avait rendez-vous avec Pat Brigden, dont les bureaux se trouvaient sur Fulton Street, face au Golden Gate Park, non loin du manoir des Jefferson Airplane, autre groupe mythique de la scène franciscaine. Elle l'avait appelé de l'hôtel et une secrétaire lui avait fixé rendez-vous pour le 10 octobre.

Ce jour-là, toutes les radios annonçaient la mort du Che Guevara. Sacha revêtit un jean, une blouse en dentelle et un béret basque rapporté de Paris, en hommage discret au révolutionnaire dont le visage de star de cinéma s'étalait sur tant de posters. Pat Brigden l'accueillit avachi dans un canapé au ras du sol, posé sur un tapis à poils longs parsemé de cendres de cigarette. Il l'invita à prendre place à côté de lui, mais Sacha préféra s'asseoir sur un fauteuil. Pieds nus, une chemise à motifs psychédéliques grande ouverte sur son torse, l'œil éteint, elle le trouva nettement moins enthousiaste qu'au Golf-Drouot. Il lui demanda si elle avait quelque chose à lui faire écouter. Elle lui tendit la cassette des Électrons qu'il glissa dans un lecteur. Au bout de quelques minutes à peine, il arrêta son écoute.

— J'ai déjà entendu ça à Paris ! Tu n'as rien de nouveau ?

— Non... C'est le travail de ces derniers mois.

Il tira sur un joint et souffla la fumée dans sa direction.

— Préviens-moi quand tu auras des nouveaux morceaux. Si tu joues quelque part, je viendrai t'écouter.

— *What* ? s'entendit-elle glapir en même temps qu'elle sentait une colère immense monter en elle.

Quoi ? Elle avait volé son père, elle avait quitté la France... pour ça ? Le poids de sa naïveté lui tomba d'un coup sur les épaules, comme une chape de plomb. Qu'elle avait été bête de le croire ! Révoltée, elle se mit à lui crier dessus :

— Vous vous moquez de moi ? Vous aviez promis de me signer un contrat ! Vous vous rendez compte que j'ai tout quitté pour venir ?

Il afficha une moue consternée.

— Vraiment ? Bah... je devais être vraiment *high* ce soir-là. Désolé. Je te signerai un contrat quand tu me feras écouter quelque chose de bon. Pour l'instant, on est loin de Janis Joplin !

Pat Brigden tapota sur le bout de son joint et regarda les cendres se répandre sur le tapis comme des rêves éteints.

— Tu veux baiser ?

— Non ! répondit-elle en se levant d'un bond.

Il se mit à rire, sans doute amusé par sa candeur.

— Tant pis pour toi ! Si tu n'es pas capable d'assumer ta sexualité, tu vas te faire piétiner dans cette ville.

Elle rentra à l'hôtel écumante de rage. Elle allait montrer à San Francisco de quel bois elle se chauffait ! Le lendemain, grâce à une petite annonce trouvée sur le panneau du Drogstore, un bar du Haight, Sacha dégota une place dans une de ces communautés qui pullulait dans le quartier. Elle se trouvait sur Waller Street, dans une vieille maison en bois peinte en rose écaillé, charmante et décrépie.

La première personne qui lui ouvrit la porte fut une jeune femme aux longs cheveux noirs et aux pieds nus.

— Bonjour, je suis Domino. Et toi ?

MAX

Vendredi 9 juillet 2021, 14 h 43

— Il était bon ton kebab, Elias ?
— Trop bon !
— On va se prendre le dessert aux Tuileries ?
— Ouaaais ! Tu sais, mon amoureuse, elle s'appelle Pia. Et la tienne, elle s'appelle comment, ton amoureuse ?

24

L'essentiel était de faire partie de cet élan

Vendredi 10 mai 1968

Max salua la maîtresse de maison et la porte de l'appartement des Renard se referma d'un claquement feutré. Satisfait, il desserra le nœud de sa cravate et alluma une cigarette sur le palier. Il venait d'examiner un lot de meubles Louis XVI, dont certains de toute beauté. Un legs conséquent que les héritiers souhaitaient vendre rapidement. Le nouveau patron de Max l'avait envoyé en éclaireur dans cet appartement très cossu du boulevard Raspail pour évaluer le potentiel de la marchandise. Max inhala un nuage de fumée et consulta sa montre. Il était 19 heures ; il avait juste le temps de traverser Paris et retrouver la bande pour la soirée poker chez les Boutboul. Au moment où il appelait l'ascenseur, la porte de l'appartement s'ouvrit sur un jeune homme aux cheveux courts agrémentés d'une longue mèche lui tombant sur les yeux.

— Salut, t'aurais pas du feu ? demanda-t-il.

Max lui tendit son briquet. L'autre alluma une cigarette française. L'odeur forte du tabac brun se répandit sur le palier.

— Merci. Au fait, je m'appelle Jean-Pierre. Tu es l'expert qui est venu pour les meubles, c'est ça ?

Il acquiesça. Expert était un bien grand mot pour un jeune marchand qui apprenait le métier sur le tas, mais il jugea inutile d'apporter trop de précisions.

— C'est exact. Vous avez une bien belle collection XVIIIe.

— Oh ! Mes parents veulent tout bazarder pour acheter du contemporain.

— On fait des choses étonnantes aujourd'hui. S'ils achètent bien, dans quelques années, ça pourra valoir cher. Tu es étudiant ?

— Oui, en philo à la Sorbonne.

Ils s'engouffrèrent tous deux dans l'ascenseur, clope au bec, Max avec sa Marlboro, l'autre avec sa Gauloise. Arrivé devant la porte d'entrée, Jean-Pierre se tourna vers lui.

— Je vais place Denfert-Rochereau à la manifestation pour libérer les étudiants emprisonnés. Tu veux m'accompagner ?

Il avait entendu parler des jeunes de Nanterre et de la Sorbonne qui se révoltaient contre l'ordre établi. Pour Max, qui avait passé un CAP commerce après son certificat d'études, la colère des étudiants, c'était d'abord un truc de fils de bourgeois. Autour de lui, tous les gens de son âge avaient déjà un emploi. Vus de la rive droite, les événements du Quartier latin semblaient appartenir à une autre planète. Quand sa mère regardait le journal télévisé, les jeunes étaient systématiquement présentés comme des enragés dangereux pour la France. À l'inverse, la radio Europe n° 1 tendait volontiers ses micros aux étudiants. D'une manière générale, Max s'intéressait peu à l'actualité. Il réalisa qu'il avait suivi avec beaucoup plus de passion le mouvement hippie aux États-Unis que ce qui se déroulait sous son propre nez à Paris. Or, les petits Français étaient peut-être en train de préparer leur propre *summer of love,* et l'occasion de voir ça de plus près était trop belle. Max accepta.

Alors qu'ils remontaient la rue Raspail vers la place Denfert-Rochereau, il demanda à son compagnon de lui faire un résumé de la situation.

Celui-ci lui expliqua que tout avait commencé le 22 mars dernier quand des étudiants libertaires de Nanterre avaient protesté contre la guerre du Vietnam... et demandé la libre circulation entre les chambres des garçons et des filles dans les résidences universitaires ! Ils souhaitaient simplement qu'on les laisse vivre leur sexualité comme ils l'entendaient. La police avait arrêté six étudiants. Une manifestation de soutien avait eu lieu le 3 mai à la Sorbonne. Ce jour-là, les CRS avaient embarqué près de 600 étudiants, dont quatre se trouvaient encore sous les verrous.

— Aujourd'hui, on manifeste pour que ces camarades soient libérés.

— D'accord. Ils sont où ?

— À la prison de la Santé*, enfermés comme des criminels ! On en a marre de la chape de plomb morale qui pèse sur nous, on n'est plus au XIXe siècle ! On veut une nouvelle société qui nous laisse penser par nous-mêmes, aimer qui on veut et faire l'amour librement.

En l'écoutant, Max pensait à Sacha, sa libertaire à lui. Que faisait-elle en ce moment même ? Où vivait-elle ? Était-elle en studio ou sur scène ? Lui en voulait-elle ? Avait-elle un homme dans sa vie ? Un beau hippie ? Un musicien chevelu ? Max alluma une cigarette pour chasser ces pensées qui le hantaient jour après jours depuis sept mois. N'empêche, elle aurait adoré manifester avec ces jeunes qui voulaient changer le monde.

À Montparnasse, il s'arrêta dans une cabine téléphonique pour prévenir les Boutboul qu'il ne pourrait jouer au poker pour cause de manifestation. La place Denfert-Rochereau était noire de monde quand ils y arrivèrent vers 19 h 30. Les rayons du soleil faiblissaient mais l'air était encore chaud. Les orateurs se succédaient, perchés sur le piédestal de la statue du *Lion de Belfort*. Les manifestants, majoritairement des lycéens et des étudiants, scandaient des slogans : « Tous des enragés », « Libérez nos camarades », « Libérez la Sorbonne ». Dans la foule grondante, un nouveau mot d'ordre circulait : direction la prison de la Santé pour demander la libération des étudiants prisonniers.

---

* En fait, ils étaient enfermés à Fresnes, mais tout le monde pensait qu'ils étaient à La Santé.

Max et son acolyte décidèrent de suivre le mouvement et empruntèrent lentement le boulevard Arago. Quand ils arrivèrent devant la prison, les prisonniers aux fenêtres applaudissaient les manifestants et les CRS casqués entouraient le quartier. Max avait l'impression que plus l'heure tournait, plus la foule grossissait. De nombreux jeunes avaient des transistors branchés sur Europe n° 1 ou RTL qui couvraient les événements de la soirée en direct. Envoyée depuis les ondes, une nouvelle directive courait maintenant parmi les manifestants : envahir le Quartier latin.

La foule se mit lentement en branle pour se déverser sur la rue Gay-Lussac ou le boulevard Saint-Michel. Les CRS attendaient l'ordre de charger. Des milliers de Parisiens aux fenêtres encourageaient les manifestants. Il faisait nuit noire quand Max et Jean-Pierre déboulèrent sur le boulevard Saint-Michel. Une petite bande d'étudiants dégageait les pavés à coups de pioche ou de barres de fer pour monter une barricade. D'autres couraient partout pour récupérer grilles d'arbres, panneaux d'affichage ou même de vieux meubles abandonnés, dans une atmosphère de fête et de fraternité. L'euphorie du moment avait gagné Max qui empilait allègrement tout ce qui lui tombait sous la main. Soudain, tout lui semblait justifié et évident. La jeunesse ne voulait plus courber le dos, se taire, rentrer dans le rang. Les barricades devenaient le symbole de la liberté. L'essentiel était de faire partie de cet élan.

De leur côté, les forces de l'ordre avaient encerclé les manifestants. Le Quartier latin était verrouillé de toutes parts.

L'assaut fut donné à 2 h 15 du matin. Soudain, ce fut la guerre. Max vit les CRS déferler au pas de charge sur le boulevard Saint-Michel. La première barricade fut promptement nettoyée à coups de grenades lacrymogènes et de matraques alors que des jeunes répondaient avec des jets de pavés, de cocktails Molotov et de poignées de sable, en criant « CRS SS » et « De Gaule assassin ». Quelques minutes plus tard, un escadron casqué fonça droit sur eux, bouclier au poing. Affolé de les voir à moins d'un mètre de lui, Max se cacha instinctivement derrière un panneau de signalisation démantelé, mais Jean-Pierre lui cria de courir. L'heure était au repli. Max attrapa un pavé et le balança en direction des policiers qui chargeaient maintenant la barricade en feu. Il se prit un jet de lacrymos qui le fit pleurer et suffoquer. Un projectile le frappa violemment sur la tempe. Il s'étala de tout son long sur la chaussée et resta étendu, incapable de bouger. Jean-Pierre, un foulard lui couvrant le nez et la bouche, l'attrapa par le bras et le força à se relever.

— Viens, suis-moi !

Les CRS avançaient, prêts à les embarquer. Ils se mirent à courir en direction du boulevard Saint-Germain. Arrivés au carrefour de l'église Saint-Germain-des-Prés, ils bifurquèrent dans la rue du Four et s'engagèrent, à bout de souffle, dans une petite rue étroite étonnamment calme. Jean-Pierre frappa de toutes ses forces contre une porte rouge. Quelqu'un ouvrit, le jeune homme parla dans un hygiaphone et Max se retrouva soudain projeté dans un monde brillant et feutré. La musique jouait à fond, lui vrillant le crâne. Un homme de haute taille aux yeux bleus et au crâne dégarni l'attira dans une petite salle enfumée où des noctambules s'offraient un dîner tardif. On passa une serviette mouillée sur sa plaie. Quelqu'un lui offrit un verre de whisky, qu'il descendit cul sec.

Il était chez Castel.

25

Tu veux ou tu veux pas ?

En un clin d'œil, Max, abasourdi, passa des barricades à la discothèque la plus huppée de Paris, des cocktails Molotov aux cocktails alcoolisés, des gaz lacrymogènes à la fumée des cigares, des révolutionnaires aux playboys. Très à l'aise, Jean-Pierre l'entraîna au sous-sol du club chic et déluré créé par Jean Castel. Sur la piste, des filles magnifiquement belles en minijupe se déhanchaient en levant les bras au ciel, accompagnées par des minets à mèche qui les déshabillaient des yeux. Il lui sembla voir des têtes connues, peut-être même Françoise Hardy et Jacques Dutronc.

On était loin du Golf-Drouot et de son décor brut. Ici tout était brillant, soyeux, coloré, confortable.

Il suivit Jean-Pierre qui avait rejoint une petite bande élégante installée autour d'une table basse, aussi naturellement que Max retrouvait ses copains au Café d'Angleterre. Une bouteille de whisky était calée dans un seau à glace. Deux filles aux yeux noircis de khôl discutaient avec animation, installées sur la banquette de velours, leurs longues jambes croisées moulées dans des bottes en vinyle vernis. Ils furent accueillis en héros et sommés de raconter leurs exploits. Jean-Pierre présenta Max comme un « expert » de Drouot. Très à l'aise avec son pansement sur la tempe et ses mains noircies de fumée, Max raconta leur folle équipée qui s'était terminée dans le fracas des combats contre les CRS. Il connaissait son talent de conteur, mais était heureux de constater qu'il fonctionnait également de ce côté-ci de la Seine.

— Sensas ! J'aurais tellement aimé être là. Malheureusement, j'étais obligé d'assister au dîner rasoir organisé par mes parents ! se lamenta un jeune homme.

— J'espère que ça recommencera demain !

Une des filles lui coula un long regard en coin et se leva pour aller danser. Elle se planta non loin de lui et se mit à agiter des bras avec élégance. Il la rejoignit sur la piste et se déhancha face à elle. Plus tard, elle se pencha vers lui.

— Tu peux me ramener chez moi ? J'ai peur que ce soit encore dangereux dehors.

— Bien sûr.

Enfoncé dans une banquette à côté d'un garçon avec lequel il semblait mener une discussion passionnée, Jean-Pierre le regarda partir avec un petit sourire.

Chantal habitait tout près, dans une petite chambre de bonne près de la place Saint-Sulpice. En marchant dans la rue des Canettes, ils entendirent des explosions de cocktails Molotov et des sirènes de police. Non loin de là, les affrontements continuaient. Elle lui proposa de monter boire un dernier verre.

En arrivant dans sa chambrette, la jeune fille alluma la radio. Il était 5 h 30 du matin. La dernière barricade, rue Thouin, dans le quartier Mouffetard, venait de tomber. D'après le journaliste, le Quartier latin n'était plus qu'une vaste scène de désolation : vitres brisées, voitures retournées, façades incendiées…

— Tu bois quoi ?

— Un whisky ?

Elle ouvrit un minuscule placard peint en orange au-dessus de l'évier et en sortit deux verres et une bouteille. Max s'assit au bout du lit double qui occupait quasiment tout l'espace. Placardés au mur, un poster de Che Guevara, un autre des Rolling Stones. Sur la table de chevet en plastique, une lampe à lave projetait ses lueurs rouges et mauves. Des manuels scolaires et des cahiers s'entassaient sur une étagère. Chantal lui tendit un verre.

— Tu es étudiante ? demanda Max pour meubler la conversation.

— Oui. En lettres modernes à la Sorbonne. Mes parents vivent dans le 16e à l'autre bout de Paris, mais j'ai insisté pour vivre dans le quartier. Là-bas, c'est la mort. Mon père est notaire, ma mère passe son temps à organiser des réceptions, je n'en pouvais plus de leur mentalité de bourgeois étriqués.

Tout en parlant elle s'était déshabillée et avait balancé ses affaires sur une impressionnante montagne de vêtements de luxe en vrac. La demoiselle vivait peut-être dans une chambre de bonne mais possédait une garde-robe de princesse. Ahuri, Max la regarda vider son verre et le rincer dans l'évier, en slip et soutien-gorge. Elle dégrafa tout naturellement ce dernier, dévoilant des petits seins pointus qui lui firent courir un frisson de désir tout le long de l'échine.

— Que fais-tu ? demanda-t-il tout en ayant conscience de l'absurdité de sa question.

Elle le dévisagea avec candeur.

— Je me couche ! Tu dors avec moi ?

Et comme il ne disait rien, ébahi par sa bonne fortune, elle demanda :

— Tu veux ou tu veux pas ?

Il voulait, bien sûr ! Max détacha rapidement sa cravate, enleva ses vêtements noircis de boue et de fumée et se glissa entre les draps. Il ne pouvait croire à ce qui lui arrivait. Normalement, il y aurait dû avoir de longs travaux d'approche, des sorties en soirée ou au cinéma avant d'en arriver là. Ce mois de mai était décidément plein de bouleversements...

Malheureusement, l'image de Sacha se faufila dans la mémoire de Max au moment même où il se penchait sur Chantal. Elle lui apparut, comme chaque fois, telle qu'elle était à l'aéroport. Son énorme sac sur les épaules, son passeport bien serré dans sa main et son regard quand elle avait compris qu'il ne partait pas avec elle. Il revit comme dans un film la tension de sa nuque étroite, l'effort qu'elle avait fait pour ne pas l'incendier, pour ne pas s'effondrer. Sacha avait simplement réuni ses forces pour avancer vers l'enregistrement sans lui jeter un regard, et Max s'était senti devenir en une fraction de seconde le type le plus lamentable de l'univers. Il ouvrit grand les yeux sur le visage et le corps de Chantal. Pourquoi Sacha revenait-elle le hanter maintenant, juste au moment où il pensait pouvoir lui échapper ? Pourquoi pensait-il à la douceur de son sein sous sa main, à la saveur de son baiser, à l'incroyable tendresse de son corps, quand il en tenait une autre dans ses bras ? Il poussa un gémissement d'exaspération que Chantal prit pour un encouragement. Elle se colla contre lui. Max lui sourit. Ses mains glissèrent sur son buste ferme, sa bouche se colla lentement sur la sienne, tout son corps se tendit de désir. Bientôt, plus rien n'exista que la peau de cette fille inconnue, son souffle qui accélérait et le plaisir qui montait en lui. Il s'y noya et oublia tout. Enfin.

26

Une nuit longue de sept mois

L e lendemain, Max découvrit que Chantal vivait l'oreille vissée à la radio. À peine avait-elle ouvert l'œil que l'étudiante avait allumé son transistor, au grand dam de Max qui aimait avoir son content de sommeil le samedi matin. En fin de matinée, le préfet Grimaud égrena à l'antenne de RTL les chiffres de la nuit : 251 policiers et 102 étudiants blessés, 188 voitures endommagées, 460 arrestations. Par miracle, aucun mort n'était à déplorer. Du côté du gouvernement, aucune réaction. Le général de Gaulle se taisait et le Premier ministre, Georges Pompidou, était en voyage en Afghanistan. Sur Europe n° 1, « Choqué par la brutalité de la police », Daniel Cohn-Bendit lança un appel à la grève générale à partir du lundi suivant. Survoltée par l'annonce, la jeune fille se jeta sur Max pour de nouveaux ébats enthousiastes.

Il quitta la chambrette sous les toits vers midi, débraillé, épuisé, mais content. Après une nuit longue de sept mois, Max avait soudain l'impression d'être en plein soleil. Gagné par l'effervescence de cette jeunesse qui faisait souffler un vent de liberté sur la ville, il avait envie de faire partie de la fête. Il appela ses copains et leur donna rendez-vous au Café d'Angleterre en fin de journée pour leur conter ses aventures et leur proposer de retourner chez Castel avec lui. Attablés en terrasse devant des demis, les trois amis de Max se regardèrent avec soulagement. Enfin, après des mois à se morfondre sans sortir de chez lui sauf pour jouer au poker, Max semblait reprendre du poil de la bête. Néanmoins, l'entreprise proposée semblait risquée.

— On ne va jamais rentrer ! grimaça Joe.

— Mais si ! Hier, c'était comme dans du beurre !

— Parce que tu étais avec un fils à papa. Ce soir, même pas ils vont te regarder !

— Désolé, ce soir je travaille avec mon père, déclina Gégé.

— Qu'est-ce que tu peux bien faire un samedi soir ? demanda Maurice.

— Des affaires ! répondirent Max, Joe et Gégé en chœur.

— Moi je viens, lança Maurice.

— Tope là ! rugit Max en lui tapant dans la main.

Joe ne voulut rien entendre. Il avait rendez-vous avec une louloute au Golf-Drouot. Max, lui, n'y avait pas remis les pieds depuis le départ de Sacha.

Évidemment, quand ils se pointèrent rue Princesse vers minuit, Max et Maurice se virent opposer une fin de non-recevoir. Ce soir, la porte rouge de chez Castel ne s'ouvrirait pas pour eux. Ils s'apprêtaient à repartir vers la rive droite, penauds, quand Chantal apparut au coin de la rue, entourée de quelques jeunes dandys et demoiselles des beaux quartiers.

— Mon blessé des grands boulevards ! Comment vas-tu ?

— Très bien, sauf qu'on n'a pas voulu nous laisser entrer.

— Comment ça ?

Elle sonna vigoureusement et pénétra dans le petit sas d'entrée. Le visage d'une femme aux traits ronds apparut derrière l'hygiaphone.

— Huguette ! S'il te plaît, ouvre-leur, ce sont des héros ! Ils étaient sur les barricades hier. Grâce à eux, le gouvernement a plié. Pompidou vient d'annoncer que les étudiants emprisonnés seront libérés.

— Si ces messieurs ont fait la révolution, alors…

Huguette appuya sur le bouton pour les laisser entrer. Max passa triomphalement devant elle, Chantal à sa droite, une de ses amies à sa gauche.

27

Tu parles d'une révolution !

L e lundi 13 mai, répondant à l'appel de Daniel Cohn-Bendit, les syndicats de travailleurs appelèrent à la grève générale et une manifestation monstre submergea les rues de Paris. La France entière s'arrêta. Commença pour Max une période folle. Après Chantal, il y eut Nicole, puis Monique et Marie-Anne. Même si les yeux de Sacha revenaient le hanter, il avait appris à les fuir, les noyant dans le whisky, la musique et les bras des filles.

Inspiré par Chantal, Max s'installa au sixième étage, dans la chambre de bonne dévolue à leur appartement. Il se débarrassa de tout son bric-à-brac, la repeignit de blanc et la meubla d'un grand lit. Outrée, sa mère lui demanda pourquoi il comptait s'exiler sous les toits, dans un cagibi trop chaud en été et trop froid en hiver, alors qu'il pouvait bénéficier de tout le confort dans l'appartement.

— J'ai besoin d'un endroit à moi, maman. Mais rien ne va changer. Je continuerai à prendre mes repas avec toi et à me servir de la salle de bains.

Le visage de Doria Dahan s'éclaira :

— Tu as une nouvelle fiancée ?

— Pas besoin de fiancée ! Le monde a changé. Tu écoutes la radio toute la journée, tu dois être au courant : c'est la révolution ! Le temps de l'amour libre. Les filles veulent coucher avec qui elles veulent, sans se marier.

— En somme, tu veux une garçonnière.

— Oui.

— Tu parles d'une révolution !

Pourtant, c'était bel et bien la révolution. Le théâtre de l'Odéon fut investi par des étudiants et des artistes qui en firent une salle de meetings ininterrompus. Maurice Ackermann y entraîna Max qui trouva beaucoup de jeunes filles charmantes prêtes à militer pour la libération sexuelle dans les coulisses du théâtre devenues un gigantesque lieu de drague. La grève générale paralysa le pays, avec moyens de transport bloqués et pénurie de carburant. Les ouvriers réclamaient une augmentation des salaires, des conditions de travail décentes et la fin de la tyrannie des petits chefs. Des prises de parole, débats et assemblées générales eurent lieu partout, dans les rues, les entreprises, les administrations et les universités, exprimant un vaste besoin de s'affirmer et de se faire entendre. Sur les murs, les graffitis fleurirent : « Soyez réaliste, demandez l'impossible », « Sous les pavés, la plage », « Il est interdit d'interdire », « Faites l'amour, pas la guerre ». De fait, la jeunesse était possédée par un appétit de vivre, une envie de se libérer de tous les carcans du passé et une gigantesque frénésie sexuelle.

Max, en bon jouisseur, s'adapta parfaitement à ce nouvel air du temps, festif et libertaire. Dehors toutes les nuits, chez Castel, au Whisky à gogo ou au Bus Palladium, il se piqua au jeu de la séduction, des amours sans lendemains et des relations sans prises de tête. Dans la chambre sous les toits, les filles passaient mais ne restaient pas. Il oubliait toutes celles qui dormaient entre ses bras mais pensait toujours à Sacha qui dormait à San Francisco.

La nouvelle révolution française se termina au mois de juin. Le Théâtre de l'Odéon tomba aux mains des policiers, le gouvernement augmenta le Smic de 35 % lors des accords de Grenelle, et les Français partirent en vacances. Max emmena sa mère quelques jours à Deauville, puis passa l'été à Paris et sortit tous les soirs, s'étourdissant dans la fumée des joints et les vapeurs du whisky. Le 26 septembre, il fêta ses vingt-deux ans chez Castel entouré de Joe, Gégé et Maurice. Ce soir-là, il but tellement que ses amis durent le porter pour le ramener chez lui.

À 6 heures du matin, Max, ivre mort mais douloureusement conscient, leur confia qu'il ne pouvait plus continuer à vivre comme ça. Sacha lui manquait trop. Il allait en crever. Il pleurait, se mouchait, hoquetait. Toutes les digues avaient cédé, son chagrin contenu depuis près d'un an s'étalait, nu et sans pudeur devant ses copains effarés. Le silence se fit. Joe lui ôta ses chaussures et le coucha dans son grand lit. Maurice lui servit un verre d'eau. Gégé fit craquer ses doigts.

— Qu'attends-tu pour aller la retrouver et lui dire que tu l'aimes ? demanda enfin Maurice.

— Comment voulez-vous ? Elle ne m'a même pas écrit pour me donner son adresse. Je ne sais pas où elle vit ! C'est immense, San Francisco.

SACHA

Vendredi 9 juillet 2021, 15 h 06

— Parfois, je me dis que la révolution sexuelle a été une arnaque, soupira Sacha en avalant une bouchée de riz aux aubergines que Doria avait trouvé dans la cuisine de Max.

Doria manqua s'étouffer.

— Comment ça ?

— L'amour libre, c'est le premier truc que les hommes ont retenu du combat féministe... parce que ça les arrangeait. Son application a été immédiate et enthousiaste. Bien sûr, le droit de coucher sans se marier, la contraception, l'avortement... tout cela était absolument nécessaire. Mais pour les hommes, c'était bon, plus rien n'avait besoin de changer. Nos autres revendications comme l'égalité des salaires, l'accès aux postes de pouvoir, le partage des tâches domestiques, le congé paternel… ont toujours du mal à être entendues. Sans parler des actes de violence qui continuent… Les mentalités n'ont pas changé en profondeur. On est resté en plein patriarcat.

28

Tellement présent après toute cette absence

Samedi 15 mars 1969

Un rayon de soleil perça à travers le tissu indien à motifs rouge et orange qui couvrait la fenêtre et vint lui chatouiller les paupières. Sacha se retourna dans le lit pour échapper à son éclat. À côté d'elle, Domino dormait toujours, ses longs cheveux noirs éparpillés sur son dos doré. Elle fit courir un doigt le long de son bras mince. Domino fit entendre un ronronnement de bien-être et Sacha se cala contre elle. Dans la chambre d'à côté, Jay avait mis un disque de Ravi Shankar, son rituel matinal avec l'allumage d'un bâton de santal et du premier joint. Pour Sacha et Domino, les notes sublimes du maestro indien servaient généralement de réveil amoureux, créant une atmosphère propice aux caresses. Il leur suffisait de se brancher sur la montée progressive des ragas et l'accélération du rythme les accompagnait jusqu'à l'orgasme. Comme chaque matin, Fred pénétra dans leur chambre avec un prétexte obscur : aujourd'hui, il cherchait son album du Grateful Dead. Ici, on ne fermait pas sa porte à clef et tout appartenait à tout le monde, mais Sacha avait remarqué que Fred entrait souvent dans la pièce au moment où elles faisaient l'amour, peut-être pour dire qu'il aimerait bien être invité à participer. Il s'exécutait en souriant quand elles lui demandaient de sortir. Mais ce matin n'était pas comme les autres. Premièrement, Sacha n'était pas d'humeur câline, et deuxièmement, Fred ne ressortit pas immédiatement. Planté au pied du lit, il dit à Sacha :

— Il y a quelqu'un pour toi.

Elle bondit hors des draps, enfila rapidement un jean et une tunique mexicaine, coiffa ses cheveux courts avec ses doigts, tout en ayant conscience du regard de Domino fixé sur elle. Son cœur battait fort. Max.

Il se tenait devant la porte, souriant et charmant avec ses cheveux noirs coupés court et ses yeux de velours, son sac à dos militaire porté nonchalamment à l'épaule. Sacha s'était promis de rester froide, voire glaciale quand elle le reverrait. La blessure de sa trahison était encore vive, le souvenir toujours douloureux et la rancune tenace. Max posa son sac sur le sol pour lui ouvrir timidement les bras. D'un coup il était là, tellement familier, tellement présent après toute cette absence. Un élan irréfléchi la projeta contre lui et là, au contact de son corps solide et chaud, blottie entre ses bras qui la serraient à l'étouffer, tout remonta. Elle se mordit les lèvres pour ne pas pleurer, clignant très fort des yeux pour chasser les larmes qui étaient venues les brûler. Très vite pourtant, elle se détacha de lui.

— Ne reste pas là, viens, entre. Tu as trouvé facilement ? lui demanda-t-elle en français.

— Très facilement, merci.

Max pénétra dans l'entrée, regardant autour de lui avec curiosité. Malgré l'heure matinale, quasiment tous les habitants de la maison, curieux, étaient descendus accueillir le nouvel arrivant : Fred aux yeux bleus plein de soleil avec sa barbe douce et ses cheveux longs, Jay le mage, ses yeux maquillés de khôl, vêtu de son vieux caftan afghan, Betsy aux doigts tachés de peinture fluo, et même Peter, le vétérinaire fondateur de la communauté, escorté de Jefferson et Cassidy, les chats, et de Ben le chien. Ils étaient tous serrés dans le petit vestibule où l'odeur de l'encens couvrait celle de la marijuana et de la pisse de chat. Sacha tenta de les regarder avec un œil neuf et français, celui que Max pourrait porter sur eux, et les trouva définitivement cool. Leur petite communauté cabossée, cette « structure familiale sans leader et dé-hiérarchisée », comme disait Peter, remplaçait la famille qu'elle n'avait plus.

— Salut tout le monde, je vous présente Max, mon meilleur ami de Paris. Il va passer quelque temps avec nous, lança Sacha à la cantonade, pas peu fière de montrer à Max sa parfaite maîtrise de l'anglais.

— *Are you homosexual?* demanda Jay avec curiosité.
— *No,* balbutia Max, surpris.
— *Nobody is perfect!* répondit le mage.

Max éclata de rire, *Certains l'aiment chaud* était un de ses films préférés.

— Tu es le bienvenu pour le temps que tu souhaites. Tu paieras ce que tu voudras. Ici, c'est chacun selon ses moyens. Tu pourras mettre ce que tu veux dans la caisse commune qui se trouve dans la cuisine, dit Peter que tout le monde appelait *Beard* en raison de sa longue barbe brune.

— Viens, je te montre ta chambre, lança Sacha.
— Hello, Max !

Tous les regards se tournèrent vers Domino qui descendait pieds nus, simple et somptueuse dans sa longue robe à fleurs. Garcia le perroquet l'accompagnait, ses grandes ailes déployées au-dessus d'elle comme un dais flamboyant. Arrivée en bas des marches, elle enlaça Sacha et l'embrassa longuement sur la bouche. Du coin de l'œil, celle-ci observa la réaction de Max qui semblait tomber des nues, complètement ahuri. Elle prit son temps pour lui rendre son baiser.

— Je te présente ma *girlfriend*, Domino.

Déjà Max s'était ressaisi et tendait une main chaleureuse à Domino. Celle-ci se contenta de le saluer, l'index et l'annulaire tendu en V, geste hippie qui voulait à la fois dire *hello, cool* et *peace.*

— *Girlfriend* est un peu trop possessif. Tu sais, ici, nous pratiquons l'amour libre. La jalousie est un réflexe bourgeois qui va de pair avec l'instinct de propriété, source de tous les maux de notre société, débita-t-elle, tout en tenant la taille de Sacha fermement pressée contre elle.

Sacha avait bien conscience que le discours de Domino contrastait outrageusement avec son attitude. Mais pouvait-elle en vouloir à son amante qui ne connaissait que trop bien la manière dont Max s'était comporté ? Domino avait été à deux doigts de s'opposer à sa venue, mais cela aurait été contraire à sa philosophie de vie, et elle avait fini par donner son accord. Max prit son sac et monta à leur suite le long de l'escalier en bois qui menait à la plupart des chambres. Peter logeait au rez-de-chaussée et Fred au grenier. Dans la chambre dévolue à Max, une fille blonde passait activement un chiffon sur la fenêtre tout en fredonnant une mélopée incompréhensible.

— Nancy ! Que fais-tu ici ? Je t'ai déjà dit mille fois que ce n'était pas à toi de faire le ménage.

— Cool, Domino, Sacha m'a dit que la pièce était envahie de poussière, je suis juste venue la déloger. C'est bon, je l'ai eue.

— Nancy. Donne-moi ce torchon, chérie. La poussière ne va rien te faire. Tu n'as pas besoin de la chasser.

La jeune femme lui tendit le chiffon à contre-cœur et quitta la pièce en continuant à fredonner. Domino se tourna vers Sacha :

— Ce n'est pas sympa d'abuser de Nancy. Elle n'est pas la domestique de la maison. Chacun est responsable de son propre bordel.

— Oh, ça va ! Elle était en plein trip, de toute façon, et s'apprêtait à astiquer sa chambre pour la quarantième fois. Je l'ai juste orientée vers celle-ci.

Sacha expliqua à Max que Nancy était une jeune fille du Michigan qui s'était enfuie de la ferme familiale où elle était exploitée et battue par un père violent. Venue à San Francisco durant le *summer of love*, elle n'avait plus jamais voulu en repartir. Malheureusement, dès qu'elle prenait du LSD, Nancy voyait la saleté comme un tas de petits monstres grouillants et nettoyait l'espace de fond en comble. Les membres de la communauté avaient parfois tendance à profiter de ses visions pour s'offrir un petit coup de propre.

La chambre allouée à Max était une pièce aux murs recouverts d'un vieux papier peint fleuri qui donnait sur l'arrière de la maison et son jardinet en broussaille où poussaient des plants de cannabis soigneusement cultivés par Fred.

— Tu pourras mettre des posters pour cacher la tapisserie.

— Je dois aller au magazine. Si tu as besoin de quoi que ce soit, notre chambre est juste à côté, ajouta Domino, sans pour autant quitter la pièce.

Max sortit quelques vêtements de son sac pour les suspendre dans la penderie.

— Viens, je t'emmène. On va te chercher des fringues au *free shop* des Diggers, les tiennes ne sont pas possibles ! lança Sacha.

— On pourrait manger un truc avant ? demanda Max. Je meurs de faim.

— On peut aller voir dans la cuisine s'il y a quelque chose. Tu as envie de quoi ?

— Un hamburger !

— Un hamburger ? répéta Domino, horrifiée.

Sacha se mit à rire.

— Ça va être compliqué. On est tous végétariens ici !

29

Une couche d'azur protectrice au-dessus de la terre

Ils s'arrêtèrent finalement dans un restaurant russe pas cher sur Haight Street où Sacha se rendait parfois pour s'offrir un shoot de nostalgie. Elle adorait leurs pirojkis aux champignons. Max en dévora une demi-douzaine au bœuf et ils arrosèrent le tout de vodka. Sacha était stupéfaite de constater qu'après un an et demi de séparation et tant de larmes versées, leur complicité s'était immédiatement reconstituée, comme au temps où ils déambulaient sans fin sur les grands boulevards. Max posait beaucoup de questions, elle était heureuse de pouvoir lui répondre et de le guider dans le quartier avec une petite fierté de propriétaire. Pour l'instant, aucun des deux n'avait abordé l'aspect plus personnel de sa visite. Quand il lui avait écrit pour la prévenir de son arrivée, elle s'était demandé si elle accepterait de le revoir, puis lui avait simplement répondu *welcome*. Mais que voulait-il ? Lui parler, s'installer, ou faire du tourisme en profitant du gîte et du couvert ? Elle avait beaucoup de choses à lui dire et se demandait qui allait dégainer le premier.

Dans le *free shop* des Diggers, Max dénicha une superbe veste militaire du siècle passé, d'allure très *Sergent Pepper*, mais refusa de la porter immédiatement ainsi que le lui suggérait Sacha. Il tenait à la laver d'abord ! Quand il voulut payer, elle lui expliqua que tous les objets du magasin étaient gratuits. Les Diggers étaient un collectif contre-culturel qui militait pour la gratuité. Grâce à eux, le Haight-Ashbury disposait d'un *free store*, mais également d'une soupe populaire qui récupérait et distribuait les surplus des magasins, et même d'une *free clinic* où chacun pouvait aller se faire soigner, majoritairement des effets de la drogue et des maladies vénériennes.

Ils se rendirent à la laverie qui se trouvait sur Waller Street juste à côté de la maison. Max sélectionna le menu lainage pour sa veste et attendit anxieusement que le programme démarre, puis se tourna vers Sacha avec son grand sourire plein de soleil.

— Je ne savais pas que tu étais lesbienne.

Ah, d'accord. Il aurait pu choisir des dizaines de sujets personnels à aborder, comme s'excuser de son attitude ou lui demander si son père lui manquait. Mais évidemment, la première chose qu'il lui demandait, c'était pourquoi elle couchait avec Domino !

— Peu importe que ce soit une femme ou un homme. Je suis simplement amoureuse d'un être humain merveilleux.

— Amoureuse, vraiment ?

Le sourire de Max s'était élargi, comme si elle venait de raconter une blague, et elle eut envie de le lui faire bouffer.

— Oui, amoureuse ! Domino est une journaliste brillante qui m'ouvre de nouveaux horizons intellectuels et sexuels. Et puis, elle a été présente pour moi dans les pires moments de solitude, m'a écoutée sans me juger, m'a remise debout. Elle a réparé mon cœur brisé.

Max l'écoutait, le visage sérieux, les yeux trop flous pour qu'elle puisse lire dedans. Un petit pli soucieux barrait son front.

— Tu as eu le cœur brisé ?

— À ton avis ? s'emporta-t-elle. Tu avais promis de partir avec moi ! On s'était juré-craché de vivre cette aventure ensemble, de ne pas s'abandonner. Tu m'as trahie et je me suis retrouvée ici, seule au monde, sans un ami ni personne. Comment tu as pu me faire ça ? Je t'ai haï !

Le tintement du minuteur interrompit leur explication. Max détourna le regard et sortit la veste trempée de la machine. Il l'enfourna dans une sécheuse.

— Je le sais. Je vis avec cette pensée depuis des mois. J'avais vraiment décidé de partir. Mais je me suis rendu compte que ma mère ne l'aurait pas supporté. Après ce qu'elle a traversé et ce qu'elle a souffert. Je n'ai pas pu…

— Alors c'est moi que tu as abandonnée !

— Je te demande pardon, Sacha.

Comme elle boudait, tête baissée, il s'approcha, plongea son regard dans le sien et demanda doucement :

— Tu veux bien me pardonner ?

Troublée, elle détourna les yeux.

— C'est pour ça que tu es venu ? Pour t'excuser ?

— Non.

— Alors pourquoi ?

— Je te le dirai si tu me pardonnes.

Elle sortit sur le trottoir ensoleillé pour allumer un joint. Tout était beaucoup trop intense, d'un coup. Elle avait besoin de se calmer. Sacha aspira une bouffée puis la relâcha avec délectation. Le soleil la réchauffait comme une caresse. Par-dessus les toits des vieilles maisons victoriennes, le ciel était d'un bleu dense, une couche d'azur protectrice au-dessus de la terre. Elle jeta un regard par-dessus son épaule. Max regardait avec fascination sa veste se gonfler et tournoyer dans le tambour. Elle se dirigea vers lui et lui tendit le joint.

— Comment m'as-tu retrouvée ?

Max sourit avec amusement.

— J'ai interrogé la concierge de ton immeuble qui m'a appris que tu écrivais parfois à ton père, et que ton adresse était inscrite au dos de l'enveloppe. Je lui ai demandé de me prévenir quand il recevrait une nouvelle lettre. J'ai attendu longtemps, mais elle a fini par arriver.

Il s'était quand même donné un peu de mal pour elle. L'idée lui mit une petite couche de baume au cœur.

— Comment as-tu fait pour amadouer cette pauvre Mme Cousin ? Ton charme naturel ?

— Plutôt un petit billet… et des chocolats.

L'évocation de la rue Le Peletier et de la concierge renvoya soudain Sacha à son passé parisien. La petite cour grise, l'appartement triste…

— Tu as des nouvelles de mon père ?

— Comment veux-tu ? Je ne l'ai même jamais rencontré. D'après Mme Cousin, il est toujours chauffeur de taxi.

Sacha leva le nez vers les néons qui grésillaient au plafond pour ne pas laisser déborder ses larmes.

— Il ne répond jamais à mes lettres. Je n'existe plus pour lui.

— Je suis sûr que c'est faux.

Le séchoir s'arrêta et la veste retomba au fond du tambour. Max ouvrit la porte, pressé de la porter. Malheureusement, quand il l'enfila, la laine s'était rabougrie et elle avait rétréci de trois tailles ! Il se débattit avec le vêtement, le tournant et retournant dans tous les sens, se contorsionnant dramatiquement pour l'enfiler. Sacha se pinçait les lèvres, le soupçonnant d'en faire trop pour l'amuser, mais éclata finalement de rire à la vue de son bras qui émergeait à mi-manche, comme d'un vêtement pour enfant.

— Pour être propre, elle est propre ! s'amusa Max en la jetant dans une poubelle.

— Viens, je vais te montrer le Golden Gate Bridge.

Il passa une main taquine sur ses cheveux courts pour les ébouriffer.

— J'aime bien ta nouvelle coupe, ça me rappelle quand tu t'étais transformée en garçon. C'est pour plaire à Domino ?

Sacha le bouscula en riant.

— Nan ! C'était pour récupérer ma couleur d'origine ! J'en avais marre des racines claires, j'ai tout coupé. Mais tu as de la chance, au début, je n'avais que deux centimètres sur le caillou !

30

Tout oublier et s'abandonner à la douceur de l'instant

Jeudi 20 mars 1969

L e soir où Janis Japlin et son nouveau groupe Kozmic Blues Band se produisirent au Winterland, célèbre salle de spectacle située au coin de Post Street et de Steiner Street, les fans dubitatifs se demandaient si elle n'avait pas fait une grosse erreur en mettant fin à sa collaboration avec son groupe historique Big Brother and the Holding Company. Fervente admiratrice de la reine de la soul psychédélique, Sacha entraîna Max. Domino s'était désistée, prétextant avoir trop vu Janis en concert, ce qui avait perturbé Sacha. Son amante était-elle fâchée, blessée, jalouse ? Quand elle l'avait interrogée, Domino l'avait tendrement rassurée :

tout allait bien, elle allait rester tranquillement à la maison pour fumer un petit joint et relire *La femme mystifiée* de Betty Friedan. Après un de ses baisers savants et soyeux, elle lui avait dit de filer : il ne fallait pas faire attendre son meilleur ami.

Sur cette note douce-amère, Sacha s'était avoué être perturbée par la présence de Max. Sa colère l'avait longtemps empêchée de réfléchir à ses sentiments, persuadée que sa trahison avait tué net son amour pour lui. Et voilà qu'il était là et qu'elle ne savait plus où elle en était. En une semaine, il s'était acclimaté à San Francisco et à la vie en communauté. Serviable, souriant, facile à vivre et toujours partant pour discuter, fumer, boire ou triper en écoutant de la musique, c'était l'hôte idéal, et tous les habitants de la maison l'appréciaient, chats et chien compris. Il n'y avait que Garcia le perroquet qui lui battait froid, le seul animal qui, comme par hasard, était entièrement dévoué à Domino. Betsy et Nancy le dévoraient des yeux et Sacha se demandait si Max oserait coucher avec l'une d'elles. Elle le trouvait changé, animé d'une aisance nouvelle. Une sensualité plus animale transpirait dans chacun de ses gestes. Avec elle, il était toujours le même, chaleureux à sa façon orientale et tactile, blagueur, mais aussi attentif et attentionné, comme si elle était toujours au centre de ses pensées. C'était troublant et rageant. Comme s'il ne réalisait pas la gravité de ce qu'il avait fait à Orly, comme s'il n'avait pas brisé leur avenir commun et son cœur par la même occasion.

— Tu es bien silencieuse, remarqua Max alors qu'ils pénétraient dans la grande salle de concert.

Elle balaya l'espace du regard et décréta qu'un concert de Janis était le pire moment pour régler les comptes du passé.

— C'est aussi une patinoire, ici. On peut venir pendant la journée.

— On adorait aller à la patinoire quand on avait quinze ans avec Joe, Maurice et Gégé. C'était un lieu de drague fantastique.

— Je vous imagine en train de rouler des mécaniques sur la glace avec vos blousons noirs.

— Oui, mais c'était un peu compliqué de se prendre pour Elvis alors qu'on n'arrêtait pas de tomber !

Elle se mit à rire. Un type à l'air complètement défoncé se glissa entre eux et les enlaça, un sous chaque bras.

— Vous êtes fantastiques, les amoureux. Je vois des vibrations très puissantes entre vous, une connexion cosmique, des couleurs christiques… On dirait deux oiseaux ! C'est quoi, cette langue que vous parlez ? Celle de l'am…

Il ne put continuer parce qu'il venait de s'étaler sur le sol comme un patineur maladroit. Un de ses amis le releva. Max et Sacha s'éloignèrent pour ne pas lui exploser de rire au nez.

Le concert commença sur une intro instrumentale de huit minutes, puis la chanteuse apparut sur « Raise Your Hand » et Sacha se sentit aspirée par la voix pure et écorchée de son idole. En pantalon blanc et boa rose, couverte de colliers, la chevelure indomptée, Janis Joplin se démenait, sensuelle et déchaînée comme une magicienne psychédélique. Quand elle entama sa célèbre reprise de « Summertime », Sacha se cala entre les bras de Max. Peut-être était-ce la marijuana qui la rendait câline, peut-être pas, peut-être Max était-il heureux de la tenir contre lui, ou peut-être était-il trop défoncé pour s'en rendre compte ? Qu'importait, au fond. L'important était de planer ensemble sur la musique, tout oublier et s'abandonner à la douceur de l'instant.

— Au fait, comment s'est passé ton rendez-vous avec Pat Brigden ? demanda Max quand ils quittèrent le concert.

L'air était doux mais la lune et les étoiles disparaissaient dans la brume de San Francisco. Sans se concerter, ils remontèrent Post Street pour s'éloigner de la foule colorée qui filait en direction du Haight. Sacha frissonna.

— Atroce. Il n'y avait pas de contrat, pas de projet, rien.

— Quoi ? Ce n'est pas possible ! Quel salaud !

— Il m'a demandé de retourner le voir quand j'aurais des nouveaux morceaux à lui faire écouter.

— Et alors ?

— Alors rien ! J'écris des chansons toute seule dans mon coin, mais je n'ai pas de groupe, pas de musiciens.

— Tout ça pour ça ! marmonna-t-il en accélérant le pas.

Sacha le rattrapa, mortifiée par sa réaction.

— Eh ! Tu ne vas pas m'engueuler, quand même !

Un chat errant se faufila entre eux en miaulant. Il fonçait comme une fusée, élastique et concentré, sans doute à la poursuite d'une souris. Max s'arrêta sous la lumière d'un réverbère et alluma une cigarette.

— Non… dit-il, hésitant. Mais dans ce cas, pourquoi n'es-tu pas rentrée à Paris ?

— Il n'a jamais été question de rentrer à Paris !

Sacha reprit sa marche, abasourdie par l'inanité de sa question. Max dut hâter le pas pour revenir à sa hauteur.

— Je disais ça parce que ça n'avait rien donné avec Brigden…

Il prit une grande inspiration.

— Et si tu rentrais avec moi, tu pourrais retrouver les Électrons…

Tout à leur conversation, ils ne s'étaient pas rendu compte que leurs pas les avaient entraînés jusqu'au Marina Green, le parc qui longeait la côte. Ils traversèrent la pelouse pour se poser sur les rochers face à l'océan. Un vent frais s'engouffra dans les cheveux de Sacha. Le Golden Bridge illuminé se déployait dans toute sa majesté par-dessus la baie. Ils le contemplèrent en silence, trop agités par les tensions accumulées entre eux pour parler. Sacha fouilla dans la poche de son jean et alluma un joint pour se calmer. Décidément, il ne comprenait plus rien. Ou bien il n'avait rien compris depuis le début.

— Pourquoi je rentrerais ? souffla-t-elle. Tu n'as pas compris que je me suis tirée pour ne pas revenir ? Ma vie est ici, désormais. Domino est ici. Les gens de la maison sont devenus une sorte de famille pour moi. Et puis, c'est dans le Haight que tout se passe. Par notre style de vie et nos idées, on contribue à faire changer le monde. Je me sens à ma place.

— Blablabla ! En France aussi on a fait la révolution, je te signale. Et j'étais sur les barricades !

Sacha le dévisagea, surprise. Il avait l'air furieux contre elle. Ce n'était tout de même pas elle qui avait décidé de rester en France ! Ils ne se comprenaient tellement plus qu'elle eut un petit rire amer.

— Je pensais plutôt que tu pourrais rester vivre avec nous ! murmura-t-elle, désenchantée.

— Et t'entendre baiser tous les soirs avec Domino dans la chambre d'à côté ? Hors de question !

Elle tressaillit, choquée et surprise.

— Tu ne vas pas me reprocher de vivre quelque chose avec Domino alors que tu m'as abandonnée comme une merde juste après qu'on a couché ensemble ?

Max soupira profondément.

— Je ne te le reproche pas ! C'est juste... compliqué pour moi. Écoute... je sais que les choses ne se sont pas passées comme on l'avait prévu...

— Par ta faute !

— Oui, Sacha, par ma faute, si tu veux.

Elle vit qu'il avait l'air touché et complètement perdu. Il remonta le col de son blouson. Au bord de la mer, l'humidité s'infiltrait partout, formant un halo brumeux autour de la lune. Elle tendit doucement le bras vers Max et lui prit la main. Elle était chaude et rassurante. Pliés contre sa paume, ses doigts se sentirent à la maison.

— J'ai une idée... et si tu redevenais mon manager ? Je suis sûre qu'ensemble, on pourrait y arriver. Tout s'arrange toujours avec toi, les gens t'aiment.

Il suivit l'ovale de son visage d'un doigt léger qui la fit trembler de la tête aux pieds. Allait-il l'embrasser ?

— Les gens... murmura-t-il d'une voix rauque qui la fit chavirer.

Que ferait-elle s'il se penchait et posait ses lèvres sur les siennes ? Elle lui sauterait au cou, évidemment. Depuis le jour de son arrivée, elle en brûlait d'envie. Mais Max s'écarta et enfonça ses mains dans ses poches. Le cœur de Sacha se déchira. Elle eut envie de le retenir, de prolonger indéfiniment ce moment.

— S'il te plaît, réfléchis-y.

Il sortit un joint tout roulé de son paquet de cigarettes et l'alluma. Il en tira une longue bouffée, les yeux brillants fixés sur la mer, l'air abattu, et elle vit que ses mains tremblaient. Quelques cormorans à aigrettes passèrent au ras des vagues en jacassant. Les traits crispés de Max se découpaient dans la nuit, une de ses mèches noires lui tombant sur l'œil. Elle songea qu'il avait le plus beau profil du monde. Il se passa la main dans les cheveux.

— C'est d'accord, dit-il enfin. Je vais t'aider. Tu sais bien que j'ai toujours tout fait pour toi, pour que tu réalises ton rêve...

La mer se gonfla, projetant des gerbes d'écume fluorescente contre les rochers.

— Merci ! murmura-t-elle en lui sautant au cou.

Mais il la repoussa fermement.

— Je suis heureux pour toi que tu aies trouvé une famille et...

La voix de Max s'étrangla, mais il poursuivit :

— ... un amour ici. Le temps de mon séjour, je vais t'aider à te mettre dans le bain. Mais je ne resterai pas. Je te l'ai déjà dit, ma vie à moi est à Paris.

31

Couvert de bandages comme le toutou de Toutankhamon

Max avait mis un petit mot sur le réfrigérateur pour demander l'organisation d'un *meeting* comme il était de coutume dans la maison pour traiter de sujets divers et variés qui pouvaient aller d'une sortie au cinéma à un débat sur la condition féminine dans le monde du travail. Peter avait statué que la réunion se déroulerait pendant le dîner, car il était de garde à la clinique vétérinaire et ne pouvait se libérer à l'heure demandée.

La discussion se déroula donc dans la cuisine autour d'un dîner macrobiotique préparé par Beard. Composé de riz complet, de carottes, d'une sauce soja (aliments yang) d'aubergines et de tomates (aliments yin), le repas fut considérablement ralenti par la mastication intensive des convives. Selon Peter, le spécialiste de la pensée macrobiotique, il fallait mâcher cinquante fois chaque bouchée, en pensant aux bienfaits que la nourriture nous apportait, pour nourrir et purifier l'organisme. Sacha faisait son possible pour ne pas croiser le regard de Max qui les avait comparés à un troupeau de vaches en train de ruminer. À la réflexion, les vaches de sa grand-mère affichaient exactement le même air vide et concentré et chaque fois qu'elle y repensait, ça la faisait mourir de rire.

Max, qui se fichait bien du nombre de mastications, prit la parole dans un silence complet pour annoncer qu'elle avait besoin d'une batterie.

— Sacha est une batteuse de génie, mais elle n'a pas d'instrument. Peut-être que l'un de vous aurait une idée pour en trouver une pas trop chère.

— C'est vrai que tu as un karma d'artiste, ton aura est orange, déclara Jay le mage qui jeûnait ce soir-là et pouvait donc se permettre de parler.

Betsy avala sa bouchée à toute vitesse et se tourna vers Peter.

— Toi qui passes ton temps avec les Deadheads, tu devrais savoir.

Peter rumina longuement avant de répondre :

— Les Deadheads ne sont pas des musiciens.

Les Deadheads* étaient la communauté des fans du Grateful Dead qui suivaient le groupe de concert en concert. Ils avaient leurs codes, leur langage et leur propre culture. Peter, Deadhead de la première heure, était devenu leur vétérinaire attitré. Ayant vu

---

* Parmi les Deadheads célèbres on trouve Bill Clinton, Tony Blair, Steve Jobs, Al Gore et bien d'autres.

trop de chiens, de chats et toutes sortes d'animaux de la création parfois déshydratés ou affamés perdus dans les gigantesques campements des fans, il avait décidé de s'en occuper. C'était en partie pour faire garder ses propres animaux pendant les tournées du groupe qu'il avait fondé sa communauté.

— C'est vrai qu'il y a plein de musicos chez les Deadheads, déclara Domino.

— Tu as regardé au *free shop* des Diggers ? demanda Nancy.

— J'en ai vu une un jour, mais elle était complètement cassée.

— Je propose que vous alliez d'abord voir si elle est toujours disponible, et réparable. Si ce n'est pas le cas, nous établirons ensemble un budget à allouer pour une batterie pour Sacha.

— Moi, je serais très heureux de la réparer. Vous m'avez tous tellement aidé que ce sera une joie de rendre service, intervint Fred d'une voix tremblante.

— OK, Fred ! OK ! s'exclama Peter, affolé.

— Tu nous apportes déjà tous ces bons légumes ! tenta Betsy.

Mais c'était trop tard : Fred sanglotait une nouvelle fois d'émotion. Ils se levèrent tous pour l'entourer d'un « hug » collectif, seul moyen de mettre un terme à ses effusions lacrymales.

— Je vous aime, les gars, pleurnicha-t-il.

— Nous aussi, Fred ! répondirent-ils en chœur.

Peter se rassit et planta sa fourchette dans un carré d'aubergine.

— Je vous prête ma camionnette pour aller la chercher demain. En espérant qu'elle sera encore là, conclut-il avant de se remettre à mastiquer.

Le lendemain, Max, Sacha et Fred se rendirent au *free shop* au volant de la Volkswagen de Peter qui sentait le chien mouillé, mais c'était pour la bonne cause. La batterie repérée par Sacha était toujours là, et vraiment dans un sale état.

— Complètement défoncée, diagnostiqua Fred.
— C'est bien ce que je vous avais dit !
— Attendez-moi un instant.

Fred se mit à fouiner parmi les vêtements et objets en tous genres. Max se tourna vers Sacha.

— C'est un drôle de type.
— Quand il est arrivé du Vietnam, Fred ne parlait plus, expliqua-t-elle. Il restait des heures le regard fixe, une bouteille planquée dans un sac de papier brun à la main. On lui servait à manger, on lui passait le joint, on lui parlait doucement. Morceau par morceau, toute la communauté de Peter l'a reconstruit.

Fred revint, les bras chargés d'un bric-à-brac non identifiable.

— Grâce à eux tous – Dieu les bénisse – ma vie a repris un sens. Je me suis trouvé un job de jardinier. Hey, je me suis même remis à draguer les filles !

Sacha lui sourit.

— Domino voulait qu'il nous raconte ce qu'il avait vécu. Il fallait qu'il sorte tout, qu'il évacue. Et ça nous a donné encore plus de raisons de nous battre contre la guerre.

Max hocha la tête en signe d'assentiment.

— D'ailleurs il y a plein de déserteurs dans le Haight. Ici, tout le monde les cache. C'est considéré comme un acte militant, en accord avec nos convictions non violentes.

— Des tas de gens ont encore besoin d'être conscientisés. Les manifestations ne suffisent pas. Il faudrait que tout le pays dise non à cette foutue boucherie, conclut Fred.

Deux jours plus tard, la batterie était réparée. Betsy avait peint « Sacha Volcan » sur la face avant de la grosse caisse en lettres psychédéliques multicolores, et ça faisait drôlement cool. Elle s'était installée dans la cave de la maison que toute la communauté avait vidée pour l'occasion. Fred avait passé un coup de peinture mauve sur les murs, Betsy y avait ajouté des oiseaux et des fleurs. Outre les chats, les chiens et les perroquets, la communauté s'était enrichie d'une colonie de souris qui, furieuses d'avoir été délogées, trottinaient dans toute la maison. Sacha s'en fichait. Elle jouait à s'en démonter les poignets, elle jouait nuit et jour sans pouvoir s'arrêter, surprise de découvrir à quel point son instrument lui avait manqué.

Sacha était en train de répéter quand ils reçurent un appel de Domino. Elle avait trouvé un chien agonisant sur Boardman Street, près de la rédaction de *Rolling Stone Magazine* où elle travaillait. Il était couvert de brûlures de cigarettes infligées par son maître, un junkie sataniste. Peter et Max avaient foncé en camionnette pour le secourir.

— J'ai trois nouvelles : deux bonnes et une mauvaise, dit Max à Sacha en revenant dans la cave une heure plus tard.

— Le chien ? demanda-t-elle.

— Il est couvert de bandages comme le toutou de Toutankhamon, mais d'après Peter, il est tiré d'affaire et s'appelle maintenant Jerry. Première bonne nouvelle.

— La mauvaise ?

— Tes chansons sont à chier. Tu ne peux pas présenter ça.

— Tu te fous de moi.

— Non. Je te dis la vérité. Comme batteuse, tu es un génie, mais comme compositrice et parolière, tu crains.

— Je te déteste, Max. C'est quoi la bonne nouvelle, alors ?

— Tu joues au Golden Gate Park dans quinze jours. Et Pat Brigden viendra t'écouter.

— Mais je n'ai pas de chanson !

— C'est ça le truc. Tu vas jouer de la batterie. Et tu vas l'éclater.

32

Pieds nus sur l'herbe verte du Golden Gate Park

Il y avait souvent des concerts gratuits dans le Golden Gate Park. Tous ceux qui savaient gratter une guitare, souffler dans un harmonica, frapper sur des tambours ou fredonner un air étaient déjà venus s'offrir en spectacle aux habitants du Haight-Ashbury mais, de mémoire de hippie, personne n'avait jamais vu une fille jouer toute seule de la batterie.

Pour donner à Sacha de la bonne énergie, Betsy avait maquillé son visage à la manière des Indiens sur le sentier de la guerre, mais c'étaient des pétales de fleurs qui ornaient ses joues. Elle portait un jean brodé et une blouse russe très échancrée dénichée au marché aux puces des *Volunteers of America.* Son corps bougeait librement sous le vêtement ample.

Ils étaient tous venus, Domino, Nancy, Jay, Fred, Peter, Betsy et Max, avec la batterie chargée dans la camionnette de Peter. Sacha s'installa sur l'herbe, non loin de Hippie Hill. Il faisait encore jour. La chaleur du soleil perçait à travers une brume dorée. Elle ferma les yeux, fit claquer ses baguettes l'une contre l'autre pour se donner le tempo, et commença à jouer. C'était étrange de ne pas être accompagnée d'une voix et de guitares, comme au temps des Électrons, mais elle adorait ça, être seule aux commandes, dans son propre rythme, libre de se lancer dans toutes les improvisations possibles. L'odeur de la marijuana l'enveloppait doucement. Elle se laissa embarquer par son inspiration et joua un rythme chaud, sensuel. Tout autour, elle le sentait, des gens commençaient à bouger et vibrer à l'unisson. Elle laissa le tempo s'installer, s'amusa à improviser des variations. Domino s'approcha d'elle en dansant, tellement belle avec ses longs cheveux noirs de Cheyenne. Elle glissa un joint dans sa bouche. Sacha aspira la fumée sacrée et se mit à planer. Ils étaient de plus en plus nombreux maintenant à se contorsionner, pieds nus sur l'herbe verte du Golden Gate Park. Peu à peu elle augmenta le rythme, faisant naître une sorte de transe. Max dansait souplement, la caressant de ses yeux brûlants.

MAX

Vendredi 9 juillet 2021, 15 h 12

— Il y a beaucoup de monde, alors tu ne me lâches pas la main, OK Elias ? Par quoi veux-tu commencer ? Le train fantôme ?
— C'est grave si ça me fait un petit peu peur, le train fantôme ?
— Non Elias, ce n'est pas grave du tout, c'est même normal.
— Dis Max, pourquoi on la voit jamais, ton amoureuse ?
— Parce qu'elle habite loin.
— Et t'es triste ?

33

Une petite fée pourrie
du Haight-Ashbury

Mercredi 7 mai 1969

Max consulta sa montre et constata qu'il était toujours 15 heures. Sacha était encore en studio et il se demanda pour la centième fois comment ça se passait. L'autre soir au Golden Gate Park, il avait bien cru que Brigden n'allait jamais rappliquer. Mais il était arrivé au meilleur moment, quand la nuit était noire et que Sacha faisait danser les gens au bout de ses baguettes. Elle les avait mis en transe, juste avec sa batterie.

— *What the fuck? She got no song*, avait dit Brigden.

Max savait bien qu'il n'y avait pas de chansons, mais il ne pouvait pas les inventer. En attendant, il avait promis à Sacha de l'aider.

— C'est une batteuse. Trouvez-lui du boulot.

— Je n'ai pas besoin de batteur. Tous les groupes ont le leur.

Il décida de jouer la carte du découvreur de talent. Parfois, ça marchait.

— Ça serait dommage de passer à côté, alors que c'est vous qui l'avez vue le premier à Paris.

Pat Brigden avait contemplé Sacha, puis les gens qui dansaient sur l'herbe, comme possédés.

— C'est une sacrée batteuse...

— Une des meilleures que vous pourrez trouver.

Le producteur lui avait tendu une carte.

— Qu'elle vienne mercredi matin en studio pour une séance. On va voir ce qu'elle sait faire.

Betsy entra dans sa chambre sans frapper et Max sursauta. Décidément, il n'arrivait pas à se faire à ces manières tellement libérées qu'elles empiétaient sur la liberté d'avoir la paix. Elle lui tendit un tableau en disant qu'elle l'avait peint spécialement pour lui.

— Toi tel que je te vois, prononça-t-elle en le lui remettant.

C'était un profil masculin tracé d'un trait épais de peinture fluo, et rempli d'une arborescence serrée de branches, de fleurs et de papillons. Il était censé le représenter, mais Max se demandait si Betsy n'avait pas réalisé son propre portrait : une tête pleine de pensées fleuries qui lui envahissait le cerveau comme des plantes asphyxiantes. Elle le regarda ranger ses affaires dans son grand sac militaire, toujours jolie malgré la défonce et les nuits blafardes. Frêle comme une elfe blonde, une petite fée pourrie du Haight-Ashbury. Elle se gratta l'intérieur du bras et il y vit de minuscules croûtes de sang séché de la taille d'une piqûre d'aiguille. Il bondit sur elle.

— Il faut arrêter ça tout de suite, Betsy. C'est du poison. Tu le sais, n'est-ce pas ?

— Ne t'inquiète pas. C'était mon dernier shoot. Demain, j'arrête.

Elle lui agrippa doucement la main pour l'attirer vers le lit. Max se dégagea et l'embrassa sur le front avec gentillesse.

— Tu es amoureux de Sacha, n'est-ce pas ? demanda-t-elle.

— Pas vraiment, nous sommes juste très proches.

— Toute la maison l'a remarqué. Il n'y a que Sacha qui ne voit rien. Elle est folle de Domino.

— Je dois terminer mon sac, dit-il sèchement en la raccompagnant vers la sortie.

Max s'adossa contre la porte fermée et soupira. Il se demanda pourquoi il n'avait pas fait l'amour avec Betsy, ce qui l'aurait peut-être calmé. Depuis le premier jour, elle lui faisait de l'œil, mais avec Sacha dans les parages, il avait perdu toute envie. La dernière réflexion de Betsy venait de l'achever, et il se félicita de ne pas avoir avoué ses sentiments à Sacha. Elle lui aurait ri au nez. Avait-elle un jour éprouvé pour lui quelque chose de plus que de l'amitié ? Parfois, elle avait une façon de le regarder qui le laissait espérer. Dans ces moments-là, les mots d'amour retenus lui brûlaient les lèvres.

Et si elle aussi... ? Puis il se souvenait qu'elle aimait quelqu'un d'autre et qu'elle n'était plus pour lui. Combien de fois avait-il pleuré la nuit, seul dans son lit, un oreiller enfoncé sur les oreilles pour ne pas entendre les murmures d'amour provenant de la chambre d'à côté ? Le premier soir il avait sangloté, le poing enfoncé dans sa bouche pour ne pas faire de bruit, prêt à repartir pour Paris par le premier avion. Mais le lendemain matin, il l'avait retrouvée, lumineuse, adorable, craquante, et n'avait pu s'y résoudre. Depuis, son cœur bousculé saignait au goutte à goutte, partagé entre la douleur et la joie de leur complicité toujours intacte. Il veillait à être toujours suffisamment défoncé pour jouir de sa présence sans trop en souffrir. Peut-être étaient-ils simplement destinés à rester amis ? Mais Dieu que ça faisait mal de la côtoyer chaque jour et de ne pouvoir la prendre dans ses bras, glisser ses mains dans ses cheveux et les saisir à pleines poignées, l'embrasser de tout son soûl jusqu'au bout de la volupté. Parfois, il se retenait si fort que ses mains tremblaient. Il grogna quand il entendit à nouveau gratter à sa porte.

— Tu viens au concert ce soir ? demanda Betsy à travers la cloison.

— Je ne manquerais ça pour rien au monde.

34

Un briquet allumé au bout de son bras tendu

Max savoura le bonheur d'être allongé dans l'herbe, la tête dans les vapes, se laissant aller à la musique, aux rayons du soleil couchant et aux vibrations des gens qui dansaient autour. Pour son dernier soir, San Francisco lui offrait son meilleur : un concert du Grateful Dead et du Jefferson Airplane ! Les deux groupes mythiques se produisaient sur le terrain de polo du Golden Gate Park. Une foule dense avait envahi la pelouse. L'air était chargé de marijuana. Des petits joints serrés et bien chargés tournaient de main en main, de bouche en bouche. Les corps lascifs s'alanguissaient au son des guitares psychédéliques. Quand il dirait à ses copains qu'il avait vraiment vu Jerry Garcia sur scène, ils n'en reviendraient pas. Max avait posé sa tête sur les cuisses de Betsy et la laissait lui caresser les cheveux de ses doigts colorés. Elle glissa dans sa bouche un petit morceau de buvard qu'il laissa fondre sur sa langue. On ne pouvait décemment pas écouter un concert du Dead sans être défoncé au LSD. À côté d'eux, Fred dansait, parti dans son propre trip. Nancy avait les yeux fixés sur Bob Weir, le très beau guitariste du groupe. Domino et Sacha ondulaient dans un même mouvement ensorcelant. Il détourna le regard. Sur le toit du camion de la sono, une fille dansait, totalement nue sous une robe filet à larges mailles, une moue de gamine sur son visage rougissant, cuisses écartées comme dans un peep show. Elle devait être bien chargée pour oser des trucs pareils. Un chien aboya dans le lointain. Max pensa à Peter, qui se chargeait du service vétérinaire quelque part dans la foule, et se sentit profondément heureux que des gens comme lui existent dans ce monde.

Quelques heures plus tard, il sautait dans la nuit, un briquet allumé au bout de son bras tendu. Ses yeux étaient d'eux-mêmes venus se poser sur la désespérante beauté de Sacha Volkowski. Elle capta son regard et ils dansèrent longtemps, à plusieurs mètres l'un de l'autre et pourtant totalement connectés. Puis Domino vint lui prendre la main et elles disparurent dans la foule.

Max rentra dans la maison rose au petit matin, toujours en plein trip, la musique emplissant encore ses oreilles et son âme. Il monta doucement l'escalier aux marches grinçantes en se demandant s'il devait se coucher ou bien attendre l'heure du départ. Ce serait bête de louper son avion. La porte de la chambre de Sacha et Domino était grande ouverte. Elles s'aimaient sur le lit défait, dans la lumière rouge du petit jour qui filtrait à travers un châle indien. Il s'avança, comme hypnotisé.

— Viens, murmura Domino.

Elles lui tendaient les mains en souriant, totalement nues, douces et fondantes. Il se sentit soudain terriblement excité et se déshabilla pour les rejoindre. Elles continuaient à se caresser et il avait l'impression que chacun de leurs gestes s'étirait à l'infini, provoquant sur son corps à lui des frissons d'extase. Sacha se tourna vers lui et se mit à l'embrasser. Elle embaumait un parfum poivré de musc et de patchouli qui le fit chavirer. Il savait que le LSD pouvait augmenter la libido et exacerber le sens du toucher, mais il n'était pas préparé à la déflagration que les lèvres de Sacha produisirent sur lui. Il l'entendit murmurer « Ne pars pas, reste avec moi », comme dans un rêve. Et peut-être en était-ce un. Elle noua ses bras autour de son cou, mais Domino la détourna doucement de lui et se mit à l'embrasser avec infiniment de tendresse. Sa peau cuivrée et ses longs cheveux noirs et brillants la faisaient ressembler à une Indienne amoureuse. Tout en embrassant Sacha, elle fixait Max, et soudain, il lut dans son cœur avec une clarté éblouissante. C'était une communion des esprits, de la télépathie. *Tu l'aimes,* disaient ses yeux. *Et je l'aime aussi. Ta présence m'a fait souffrir. Je sais qu'elle a besoin de toi, je vous ai laissé de l'espace. Mais sa vie pour le moment est ici, avec moi...* Ils aimaient la même personne, et pourtant, il n'éprouvait pas de haine pour elle. Non, à sa grande surprise, son cœur se gonfla d'un amour cosmique pour Domino qui aimait Sacha et prendrait soin d'elle. Il se mit à la caresser et lui faire lentement l'amour pendant que celle qu'ils aimaient l'embrassait à pleine bouche. Puis il s'approcha de Sacha pour la prendre dans ses bras, comme il en rêvait depuis des années, et Domino le repoussa avec une douceur infinie. Max eut l'impression de partir loin, dans un long, très long tunnel, de tomber indéfiniment.

Il se réveilla dans sa chambre en se demandant s'il avait rêvé. Penché sur lui, Peter l'informa qu'il était l'heure de partir.

Sac sur l'épaule et son tableau de Betsy sous le bras, Max fit ses adieux à la communauté réunie dans le hall. Tout le monde était là : Nancy, son torchon à la main, Betsy, des pétales mauves peintes autour de ses yeux bleus, Fred, le vétéran plein d'amour, et Jay le mage, avec Jefferson et Cassidy les chats, Ben le Chien et Jerry le rescapé, Garcia le perroquet. Tout le monde, sauf Sacha et Domino qui dormaient toujours, dans les bras l'une de l'autre.

La voiture de Peter sentait toujours le chien. Par la vitre baissée, le cœur serré, Max contempla une dernière fois les jolies maisons aux couleurs fanées, les boutiques psychédéliques et la foule bariolée sur le trottoir. Une jeune femme avec des fleurs dans les cheveux lui adressa un signe de la main. Le Haight-Ashbury, bon enfant, lui offrait son dernier sourire.

Quelque temps plus tard, alors qu'il avait repris sa vie parisienne, il reçut une lettre de San Francisco. Sur une page de cahier ligné, Sacha avait tracé quelques mots à l'encre violette.

« Je te pardonne. »

SACHA

Vendredi 9 juillet 2021, 15 h 23

Le Haight-Ashbury et le mouvement hippie ont été le laboratoire du futur. Nous avons fait bouger le monde. Toutes les idées que nous défendions sont encore d'actualité aujourd'hui : l'écologie, la non-violence, le féminisme, les droits LGBT, le végétarisme, le bio, les philosophies orientales… Nous avons tout testé, tout expérimenté, nous avons influencé l'informatique et la psychologie, nous sommes allés parfois trop loin, et parfois nous nous sommes perdus… mais nous avons planté des petites graines qui continuent à pousser. Un jour elles seront de grands arbres aux troncs solides, et ce sera l'avènement de l'ère du Verseau ! termina Sacha Volcan avec lyrisme.

Doria ne fit même pas semblant de s'intéresser à son délire.

— Mais alors, si je comprends bien, vous n'avez jamais vraiment été avec mon père ? demanda-t-elle.
— Ce n'est pas tout à fait aussi simple…
— Je vois… l'iceberg.
— Exactement !

35

Ses doigts colorés qui avaient fait naître tant de fleurs

Mardi 4 septembre 1973

Sacha regarda par le hublot du Boeing 747 en direction de Paris et écrasa sa cigarette. On était le 4 septembre 1973. Son père venait de mourir.

Elle baissa le store et ferma les yeux. L'hôtesse de l'air lui demanda si elle voulait boire quelque chose. Sacha commanda une vodka qui arriva dans une mignonnette et lui coûta 5 dollars. Elle la descendit cul sec. Peut-être l'alcool russe allait-il brûler la pierre qui pesait sur son cœur. Léon Volkowski, son père, le papa brun de son enfance, n'était plus. Elle ne l'avait pas revu depuis son départ pour les États-Unis, il n'avait jamais répondu à ses lettres. Sacha avait lentement laissé son souvenir s'éloigner afin de pouvoir vivre et avancer. Son passé s'était effacé peu à peu, jusqu'au moment où Max l'avait appelée pour lui annoncer la nouvelle, réveillant d'un coup sa douleur, ses remords et ses regrets. L'argent du tableau volé avait fondu en un claquement de doigts et cinq années avaient filé comme le vent, sans que Sacha ne réussisse à percer dans la musique. En décembre, elle aurait vingt-cinq ans. Qu'allait-elle devenir ? Que peut-on faire de sa vie quand on est à la fois orpheline de ses parents et de ses rêves ?

L'appareil avait désormais atteint son altitude de croisière. Sacha défit sa ceinture de sécurité et posa un masque sur ses yeux. Malgré tout, elle ne regrettait pas une seule seconde de sa vie à San Francisco. Elle les avait tant aimés, les gens de sa petite communauté, et tous ceux du Haight. Elle avait tant appris et tant vu. Elle avait côtoyé les plus grands musiciens du monde et avait même touché son rêve du doigt en devenant la batteuse d'un groupe monté par Pat Brigden en 1970. Piochant également une chanteuse et deux guitaristes dans les bars de la ville, le producteur avait créé les Golden Frogs et leur avait fait enregistrer un album. Malheureusement, celui-ci avait fait un flop, et leur contrat n'avait pas été renouvelé. Sacha était ensuite devenue une batteuse respectée à laquelle on faisait appel pour un remplacement ou une séance en studio.

L'an dernier, malgré les affirmations de Jay le mage qui lui voyait toujours une aura orange vif et un destin d'artiste, Sacha s'était résignée à chercher du travail et avait décroché un emploi de dactylo dans une maison d'édition. Domino exécrait ce job, considérant qu'il n'était que la version professionnelle du patriarcat domestique. Selon elle, les secrétaires, souriantes, apprêtées et corvéables à merci étaient les gardiennes du bon fonctionnement du foyer-entreprise, au même titre que les mères de famille étaient celles du foyer-maison. Un monde toujours patriarcal, où les hommes tout-puissants régnaient sur des armées de subalternes à leur dévotion. Sacha était d'accord, mais elle ne savait rien faire d'autre, et il fallait bien manger.

Au souvenir de Domino, Sacha s'agita sur son siège, réveillant du même coup sa voisine de fauteuil, une femme à l'allure sage de mère de famille qui l'avait salement dévisagée au moment de s'asseoir, la prenant certainement pour une de ces féministes radicales et homosexuelles qui militaient pour l'égalité des droits entre hommes et femmes. Ce qu'elle était exactement ! Elle leva le bras et commanda une autre vodka.

De toute façon, Domino n'était plus là pour critiquer ses choix. Elle vivait à New York avec sa nouvelle compagne et poursuivait sa carrière de journaliste. Ses papiers percutants en faveur de l'Equal Rights Amendment étaient souvent cités par les activistes du Women's Lib comme Gloria Steinem, dont elle était devenue très proche.

Son ex-amante avait décidé de fuir San Francisco le 22 novembre 1971, jour où elle avait retrouvé Betsy inanimée dans la salle de bains, ses doigts colorés, qui avaient fait naître tant de fleurs, crispés sur une seringue. La jeune artiste peintre avait réussi à se foutre en l'air malgré leurs mises en garde et leur attention. S'ils se sentaient tous fautifs de ne pas l'avoir assez protégée, Domino était celle qui avait le moins supporté leur culpabilité. D'un coup, elle en avait eu sa claque du Haight-Ashbury, ses drogues dures, ses dealers et ses rêves brisés. Elle avait postulé à New York et bien sûr décroché un super job. À cette époque, bien que vivant toujours dans la maison de Joe, elles s'étaient déjà séparées. Domino avait jeté son dévolu sur une autre jeune femme perdue qu'elle s'était donné pour mission de sauver.

L'avion rencontra quelques turbulences au moment de la descente vers Paris. Elle avait dû demander à Max de lui avancer l'argent de son billet. Il lui avait envoyé un mandat. Elle soupira en regardant l'avion se poser bruyamment sur le sol français. Le ciel était gris. On ne pouvait pas dire que son retour était glorieux.

36

La vie de mon père n'a été qu'une longue solitude

Son gros sac militaire posé sur un chariot, Sacha s'avança vers Max qui la regardait approcher, son irrésistible sourire encadré par deux longues pattes frisottées qui lui donnaient l'air plus âgé et plus viril. Un costume sombre épousait ses larges épaules. Elle s'arrêta face à lui, pile lorsque le chariot lui frôla les tibias, se demandant comment réagir. Cinq ans plus tôt, ils avaient vécu la même scène à l'envers, se tournant le dos au lieu de se faire face. Max ne s'embarrassa pas de manières et la serra longuement dans ses bras.

— Toutes mes condoléances.
— Merci.
— Et bon retour au bercail.

Elle eut envie de dire qu'elle ne resterait pas longtemps mais préféra se taire et l'enlacer, la tête posée contre son cœur, parce que c'était sacrément bon de le retrouver.

Max conduisait une Matra Bagheera jaune flambant neuve d'allure sportive. Il lui demanda des nouvelles de ses amis alors qu'ils roulaient vers Paris, fenêtres ouvertes, cigarettes au bec. Toujours jardinier, Fred s'était marié et vivait dans la banlieue de San Francisco. Fidèle à sa phobie de la saleté, Nancy avait monté une petite entreprise de nettoyage. Délaissant ses caftans, Jay le mage travaillait désormais en jean et tee-shirt chez Hewlett-Packard et vivait avec son compagnon dans le Castro, le quartier homosexuel de San Francisco. Peter, le chef de la communauté, toujours vétérinaire, était devenu un membre actif de la Humane Society of the United States qui militait pour le droit des animaux. Il avait déménagé avec chats, chiens et perroquet à Los Angeles et vivait avec Miranda, une adorable prof de yoga végétarienne qui était venue habiter dans la maison après le départ de Domino.

Le périph, la porte d'Orléans, le pont des Invalides, les grands boulevards, la rue Le Peletier, la loge de Mme Cousin avec ses rideaux de dentelle, la porte grise sur le palier mal éclairé. Max lui tendit la clef. Sacha ouvrit et pénétra dans l'appartement.

L'entrée lui parut plus petite et plus sombre que dans son souvenir. Elle fit trois pas, entra dans le salon et étouffa un cri. Elle se tourna vers Max.

— Tu le savais ?

Il contempla les lieux, aussi atterré qu'elle.

— Non, je ne suis allé que dans sa chambre. Il me semble que la porte du salon était fermée.

Sacha s'avança précautionneusement dans la pièce. Son père avait transformé le séjour en atelier. Il y avait des tableaux partout, parfois accrochés au mur, parfois posés sur le sol : des autoportraits à la gueule cabossée, des paysages inconnus, un village sous la neige, une maison en bois appartenant peut-être à la Russie de son enfance. Mais surtout ils découvrirent des dizaines de portraits de femmes aux yeux d'aigue-marine... Elle s'approcha d'un tableau qui lui donna un coup au cœur. D'un pinceau nerveux et torturé, Léon Volkowski avait peint une jeune fille aux longs cheveux noirs dans l'encadrement d'une porte en bois. Dans ses yeux clairs se lisaient le chagrin et l'épouvante. Sacha se reconnut, le soir où elle était venue dire adieu à son père, la veille de son départ. Il avait reproduit le motif de la tunique indienne qu'elle portait ce jour-là. Elle éclata en sanglots. Son père n'avait jamais répondu à ses lettres, mais il avait passé son temps à la peindre, encore et encore. Elle posa le tableau et en attrapa un autre qui représentait sa mère Odette, jolie et apprêtée comme une hôtesse de l'air, son chignon banane impeccable, ses lèvres rouge sang et ses yeux verts relevés d'un lourd trait d'eye-liner. Du fond de sa solitude, le peintre avait ramené à lui les visages de sa femme et de sa fille, qui toutes deux l'avaient quitté. C'était tellement triste et désespérant qu'elle se sentit suffoquer et ouvrit la fenêtre pour faire entrer de l'air. Elle se tourna vers Max qui tenait un de ses portraits à bout de bras, l'air totalement décomposé.

— On a vraiment fait la plus grosse connerie de notre vie le jour où on a chouré ce putain de tableau. Regarde dans quelle misère on l'a laissé.

— La vie de mon père n'a été qu'une longue solitude.

Elle se laissa tomber sur le sofa poussiéreux et se cacha la tête dans ses mains.

— Max, sais-tu de quoi il est mort ? Je veux dire, est-ce qu'il aurait pu…

— Se suicider ?

Incapable de répondre, elle hocha la tête.

— C'est la concierge qui l'a retrouvé. Il n'est pas venu ouvrir quand elle lui a apporté son courrier. Elle avait un double des clefs. Il était dans son lit. Le médecin a dit que c'était un arrêt du cœur. En tout cas il ne s'est pas pendu, ni taillé les veines.

— Merci, j'ai compris ! hurla-t-elle.

— Mais peut-être qu'il a pris des médicaments, poursuivit Max.

Le visage défiguré par le remords, il semblait incapable de s'arrêter de proférer des horreurs.

— Mon père ne prenait jamais de médicaments. On n'avait même pas d'aspirine à la maison.

— Avant oui, mais maintenant ?

Sacha courut jusqu'à la salle de bains, ouvrit l'armoire à pharmacie au-dessus du lavabo. Celle-ci contenait encore son blaireau, sa mousse à raser, sa brosse à dents et un tube de pâte dentifrice à demi entamé qui semblait attendre d'être utilisé, mais pas l'ombre d'une boîte de médicaments. Elle la referma précipitamment puis vérifia dans les différentes poubelles de la maison, sans rien trouver non plus.

— Ah, nom de Dieu ! Merci papa ! Je ne m'en serais jamais remise.

Se tournant vivement vers Max, elle posa un doigt sur ses lèvres pour lui interdire de prononcer un seul mot supplémentaire.

L'enterrement de Léon Volkowski eut lieu le lendemain au cimetière russe de Sainte-Geneviève-des-Bois. Sacha assista à la cérémonie et à l'inhumation dans un brouillard insoutenable. Un pope orthodoxe à la longue barbe grise récita des prières inconnues, quelques personnes vinrent lui présenter leurs condoléances, trois collègues chauffeurs de taxi, le fournisseur en peinture de son père, Mme Cousin la concierge, M. Pignon le voisin du quatrième, ainsi que Max, Joe Boutboul, Maurice Ackermann et Gégé Giacobbi, et Doria Dahan toujours belle, brune et parfumée, qui la serra longuement dans ses bras en lui murmurant des mots doux qu'elle ne comprit pas.

Quelques jours plus tard, en fin de journée, alors qu'elle était en train de plier les affaires de son père, on sonna à la porte. Elle posa un chandail bouloché sur le lit et alla ouvrir. C'était Max, les cheveux bien peignés avec une mèche sur le côté, une veste en tweed et une cravate en tricot assorti, tellement élégant qu'elle se sentit souillon à côté de lui, avec son vieux jean, ses pieds nus, ses yeux rougis et ses cheveux longs entortillés sur son crâne par une barrette retrouvée dans sa chambre. Elle triait les affaires depuis trois jours et avait l'impression que toute la poussière accumulée depuis des lustres s'était incrustée dans ses pores. Pour la mémoire de son père, il lui semblait qu'elle ne pouvait quitter les lieux sans avoir fait un état des lieux de ce qu'il laissait derrière lui. Le loyer de l'appartement était payé jusqu'à la fin du mois. Sacha avait résilié le bail et décidé de rester jusque-là pour mettre toutes ses affaires en ordre avant de rentrer à San Francisco. Max la suivit dans la cuisine où elle attrapa deux verres et une bouteille de vodka. Elle avait trouvé les placards pleins de boîtes de conserve. Bortch, bœuf Stroganov et cornichons Malossol constituaient le quotidien de son père, ainsi qu'un stock de bouteilles de vodka suffisant pour soutenir un siège. Elle l'invita dans le salon et se laissa tomber sur un fauteuil en lui proposant de faire de même.

— Comment ça se passe ? demanda-t-il.

— Bof ! Plus je passe du temps dans cet appartement, plus je me sens coupable. Pourquoi ne m'a-t-il jamais écrit ? Si seulement on s'était parlé... Si j'avais su ! J'ai l'impression que je vais payer ça toute ma vie...

Elle se mit à sangloter sans retenue, le cœur déchiré par le gâchis qu'elle avait causé. La désolation de sa situation actuelle lui donnait encore plus de regrets. Si au moins leur horrible péché avait servi à quelque chose... Mais non, elle était encore moins avancée qu'avant son départ, revenue à la case dactylo dans un minuscule studio. Max la prit dans ses bras et posa ses lèvres contre son front.

— En te laissant partir, ton père t'a fait le plus grand des cadeaux. Il t'a donné la liberté.

— Tu parles ! renifla-t-elle.

— Mais si. Tu as eu l'occasion de vivre une expérience passionnante et tu vas nous éblouir dans l'avenir. Je te prédis un grand destin, Sacha Volcan.

C'était tellement décalé avec ce qu'elle était en train de vivre qu'elle ne put s'empêcher de rire. Il se leva et attrapa un des tableaux qu'elle avait soigneusement alignés contre le mur. Il y en avait une centaine.

— Je ne sais pas ce que je vais faire de toutes ces toiles, dit Sacha en se séchant les yeux. Je ne peux pas les ramener à San Francisco et je préfère crever que de les jeter.

— Je trouve que ton père avait beaucoup de talent, déclara Max en admirant un portrait de Sacha âgée d'une douzaine d'années, toute en nattes ébouriffées et blouse d'écolière.

— Tu ne trouves pas que tout est complètement tordu ? Il était incapable de tracer une ligne droite ou quoi ?

Max sourit.

— C'est ce qui donne toute l'expressivité de sa peinture. Regarde, on dirait que tu vas sortir du tableau.

Son père l'avait peinte de mémoire, à tous les âges, de la petite enfance joyeuse au soir tragique de son départ. Savoir qu'elle était aussi présente dans son esprit qu'absente de sa vie lui brisait le cœur. Comment était-elle passée à côté de cette sensibilité à fleur de peau qui transpirait dans son œuvre ? Son quotidien avec Léon Volkowski avait été fait de silences, de repas vite engloutis, de mots du quotidien échangés sur un ton bourru qui masquait si bien sa tendresse. Elle se rappela qu'il était aussi plein d'une violence contenue qui jaillissait de ses yeux et se transformait parfois en grosses baffes bien senties.

— Je devrais demander autour de moi si elles peuvent valoir quelque chose, dit Max. Peut-être qu'un marchand serait assez intéressé pour en vendre certaines.

Et comme elle était encore sur le point de se mettre à pleurer, il se leva et lui tendit la main.

— Viens, on sort. Je t'invite à dîner.

Les jours suivants, prise pour la première fois de sa vie d'une frénésie de propreté, Sacha se lança dans une vaste entreprise de nettoyage, comme si elle avait besoin de plonger au cœur de la misère de son père et d'expurger les vieilles strates du passé pour s'en délivrer. Elle passa l'aspirateur de fond en comble, cira le parquet, nettoya les carreaux, décrassa la salle de bains, jeta tous les rideaux et les tapis usés, se débarrassa de la vaisselle dépareillée, du linge de maison sans âge et des vêtements mités, bazarda les meubles cassés ou inutiles, ne conservant que le strict nécessaire. L'espace, délivré de trop de vieilleries accumulées, acquit de nouvelles et bonnes vibrations, comme on disait à San Francisco. Elle acheta de nouveau draps et s'installa dans la chambre de son père, au plus près de sa présence et de ses secrets.

Max prit l'habitude de passer chaque jour après le travail. Il apportait des pistaches, une bouteille de whisky, parfois un peu d'herbe qu'ils fumaient avec délectation. Souvent, ils sortaient dîner dehors, dans une brasserie des boulevards, et se racontaient par petites anecdotes les cinq années écoulées.

Joe Boutboul s'était marié à une Juive d'Algérie comme lui, sauf qu'elle était d'Oran et lui d'Alger. Ses parents en avaient fait toute une histoire. Maurice travaillait désormais pour un gros distributeur de films, et Gégé faisait toujours des affaires avec son père. Quant à Max, il était désormais à son compte comme marchand d'art. Les affaires étaient florissantes, le goût des Français pour les objets du passé à son apogée et la manne des antiquités loin de se tarir.

La France coincée et traditionnelle du président Pompidou se portait bien. Malgré un retour à l'ordre bien senti, avec des flics partout, Mai 68 avait laissé son empreinte chez les jeunes. Les esprits s'étaient libérés, ou prétendaient l'être. Les féministes tentaient peu à peu de se faire entendre. En revanche, la nuit parisienne était festive. De nombreuses discothèques avaient fleuri et si on voulait sortir et s'amuser, il y avait de quoi faire.

Décidée à mettre de l'ordre dans la paperasse de son père, Sacha examinait chaque document avec une grande attention. Elle s'était mis en tête de chercher des indices sur sa mère. Leur avait-elle écrit ? Avait-elle demandé de ses nouvelles ? Elle ne trouva pas de lettre, mais dénicha un album plein de photos en noir et blanc aux bords crantés datant de sa petite enfance, qui lui prouvèrent que pendant quelques années au moins, ses parents avaient été amoureux, et heureux. Un soir, elle découvrit une boîte remplie de très vieux clichés, datant vraisemblablement du début du siècle si on se fiait aux vêtements portés par les personnes photographiées. Ils semblaient avoir été pris dans un atelier d'artiste. On y voyait des peintres en blouse, pinceaux à la main, des modèles nus, des toiles inachevées. Sur l'un d'eux, un cheval aux yeux doux tirait une charrette dans les rues de Paris. Elle les montra à Max quand il vint la rejoindre. Surpris, il les examina avec attention.

— Ça alors, c'est absolument incroyable ! s'exclama-t-il. Je n'en suis pas tout à fait certain, mais on dirait que ces photos ont été prises à La Ruche, dans le 15e arrondissement ! C'était l'endroit où de nombreux peintres de l'école de Paris avaient leur atelier, comme Chagall, Modigliani ou Chaïm Soutine…

— Soutine ? s'écria Sacha.

— Tout à fait… Ce serait peut-être là que ton père aurait appris à si bien l'imiter.

— En quelle année auraient été prises ces photos, à ton avis ?

— Vers 1910-1920… Mais oui, là, regarde, c'est bien Chagall ! Je le reconnais bien, même s'il est très jeune sur cette photo.

— Et le gamin à côté de lui, avec ces cheveux noirs, ce regard… on dirait mon père !

— C'est peut-être lui. Ces photos sont des trésors, Sacha. Garde-les précieusement.

Elle serra la photo contre son cœur.

— Mon tout petit papa, murmura-t-elle. Tout ce qu'il a traversé… Il m'avait raconté que sa famille l'avait envoyé tout seul en France, pour échapper à je ne sais quelle horreur.

— C'étaient tous des réfugiés, à La Ruche. Et un sacré repaire de génies.

Il l'entraîna dans le salon et alluma un joint.

— Ça tombe bien que tu aies retrouvé ces photos, j'ai une bonne nouvelle à t'annoncer. J'ai trouvé un marchand intéressé. Il va exposer quelques toiles de ton père et voir si elles se vendent.

— C'est vrai ? Il va organiser un vernissage ?

Max se mit à rire.

— On n'en est pas encore là !

— Je voudrais que le monde entier découvre le talent de mon père. Je veux qu'il devienne un grand peintre, aussi reconnu que cet enfoiré de Soutine. Et même si ça doit me prendre toute une vie, je n'abandonnerai jamais.

37

Max vivait désormais
19 bis boulevard Montmartre

Ce matin-là, un rayon de soleil s'infiltra par les persiennes et vint caresser la joue de Sacha. Pour la première fois depuis son arrivée à Paris, elle se réveilla sans avoir envie de pleurer. Pieds nus sur le parquet fraîchement ciré, elle se dirigea vers la salle de bains et se lava longuement les cheveux, puis choisit une tenue propre dans ses affaires. Ainsi parée, elle se prépara un café dans la cafetière neuve et le but accoudée à la fenêtre du salon, en écoutant son vieil album des Beatles qui crachotait un peu. Paul McCartney chantait « Yesterday » et, par-delà les toits de zinc, le ciel de Paris était d'un bleu pâle teinté d'or. Toujours pieds nus, elle arpenta les différentes pièces de l'appartement, satisfaite du travail accompli. La veille, elle était allée à la banque pour fermer le compte de son père et avait récupéré une petite somme d'argent suffisante pour rembourser Max et acheter son billet de retour. Elle avait même de quoi lui payer un restaurant pour le remercier de l'avoir aidée à traverser cette épreuve difficile. Une fois de plus, il avait répondu présent quand elle avait eu besoin de lui et avait même réussi à ensoleiller ces sombres journées par sa présence réconfortante et son sourire chaleureux. Elle eut soudain envie de lui téléphoner pour l'inviter à déjeuner, mais se rendit compte qu'elle n'avait pas son nouveau numéro de téléphone. Qu'à cela ne tienne, elle connaissait son adresse, car ils s'écrivaient de temps en temps. Par un hasard extraordinaire, Max vivait désormais 19 bis boulevard Montmartre, dans l'immeuble qui abritait l'École française des secrétaires où elle avait passé son CAP ! Avant de sortir, Sacha s'observa sans complaisance dans le miroir. Elle se trouva les cheveux trop longs, les joues trop maigres, ses yeux trop cernés. Une catastrophe ! Vite sa trousse de maquillage, du khôl autour des yeux, une bonne couche de rimmel, un coup de gloss sur les lèvres. Elle se pinça les joues pour les faire rosir et claqua la porte de chez elle avant de changer d'avis.

La Petite Pinte, le café-charbon où ils avaient bu tant de verres, n'avait pas bougé et le fond de la cour abritait toujours son ancienne école. Le concierge, mégot de gitane aux lèvres, la toisa de pied en cap quand elle demanda à quel étage vivait M. Dahan, et finit par marmonner qu'il était au quatrième escalier A. Sacha délaissa le vieil ascenseur grinçant et grimpa les étages quatre à quatre en se demandant pourquoi son cœur battait de manière aussi désordonnée. Elle se força à se calmer, respira un grand coup – ce n'était qu'un déjeuner avec son vieux Max – et sonna.

Quand la porte s'ouvrit enfin sur une Doria tout sourire, Sacha crut que ses yeux allaient sortir de leurs orbites. La mère de Max tenait un bébé dans ses bras.

— Sacha *cherika*, quel plaisir de te voir ! Tu es magnifique ! Viens entre, Max ne va pas tarder à arriver.

— Vous pouvez me dire qui est ce bébé ? demanda-t-elle d'une voix blanche.

Le joli visage de Doria Dahan s'illumina de tendresse.

— C'est Alice, ma petite-fille, ma princesse !
— La fille de Max ?
— Évidemment ! Il ne t'a pas dit ?

Sacha eut brusquement envie de vomir.

— Euh... non. Excusez-moi, je viens de penser à quelque chose. Je ne peux pas rester, articula-t-elle en reculant pendant que son cœur se fracassait de chagrin.

Elle dévala les escaliers en sens inverse et remonta les grands boulevards en courant comme une folle, sans pouvoir formuler une pensée cohérente. Arrivée rue Le Peletier, elle se précipita aux toilettes et vomit un jet de salive claire avant de s'effondrer sur son lit. Une seule phrase tournait en boucle dans sa tête comme un mantra : « Ce n'est pas possible. »

Et pourtant si, ça l'était. C'était réel. C'était arrivé.

Max avait un bébé.

Et ce bébé avait une mère. Une mère qui vivait avec lui dans le nouvel appartement du boulevard Montmartre. Et soudain, tout devint clair pour Sacha. Il avait déménagé pour installer sa nouvelle famille. Il était peut-être même *marié* ! Et il ne lui avait rien dit. À l'idée qu'une femme, certainement intelligente et jolie, attendait patiemment chaque soir que Max rentre à la maison pour retrouver leur doux bonheur conjugal, quelque chose vrilla chez Sacha. Elle poussa des cris inarticulés, se roula en boule, incapable de canaliser la douleur qui avait pris possession de tout son corps. Hébétée, elle sanglotait à gros bouillons sans pouvoir s'arrêter ni se raisonner. Le monde n'avait plus aucun sens. Le ciel lui tomba sur la tête quand elle comprit au même moment qu'elle était toujours amoureuse de lui et qu'elle l'avait perdu à jamais. Au fond du désespoir, elle se demanda comment elle pourrait continuer à vivre sans Max. Sans le soutien infaillible de son amitié, sans son sourire qui disait que tout allait s'arranger, sans son esprit joyeux qui trouvait des solutions à tous ses problèmes. Pour la seconde fois de sa vie elle comprit ce que voulait dire « avoir le cœur brisé ». Elle avait l'impression qu'il avait volé en éclats et s'était répandu sur le sol comme du cristal tranchant.

Mais cette fois, c'était terminé. Il était temps d'acheter son billet de retour pour San Francisco et de construire sa vie de l'autre côté de l'Atlantique. Sacha ne voulait plus jamais entendre parler de Max Dahan. En titubant, elle se dirigea vers la cuisine et ouvrit une bouteille de vodka qu'elle but au goulot dans l'espoir d'anesthésier la douleur.

Elle émergea des ténèbres avec un mal de tête épouvantable. Dehors, bizarrement, le soleil brillant toujours. Dans le lointain, une sonnette carillonnait. Elle mit un certain temps à comprendre que c'était celle de son appartement. Sur le sol gisait une bouteille de vodka à demi vide. La sonnette continuait de tinter. Elle quitta le sofa et se dirigea vers l'entrée. C'était Max, le visage défait et pâle comme la mort. Elle voulut refermer la porte mais il arrêta son geste.

Sans prononcer un mot, elle se dirigea, chancelante, vers sa chambre, et claqua la porte.

Il toqua et entra sans attendre son accord.

— Je voulais t'en parler dès ton arrivée, mais tu étais tellement malheureuse que j'ai eu peur de te l'annoncer. Je ne savais pas comment tu réagirais.

— Va-t'en ! Va retrouver ta femme et ton enfant.

Max la regarda d'un air contrit.

— Sacha, je suis père, mais pas marié.

Elle balaya l'air d'un geste vague pour lui enjoindre de foutre le camp.

— Va retrouver la mère de ton enfant.

— Je ne vis pas avec elle. Elle n'est rien pour moi.

Il se posa timidement sur le bord du lit et plongea son regard dans le sien.

— Je ne vis pas avec cette femme, ni avec personne, pour la bonne et simple raison que je n'aime que toi, Sacha. Pour moi, il n'y a que toi. Il n'y a jamais eu que toi.

Sacha se redressa sur un coude pour le dévisager. Sur son visage nu, elle reconnut la douleur qui était la sienne. Dans ses yeux sombres, elle crut lire un amour dévorant. Il ne souriait pas, ne bougeait pas, ne tentait pas de la faire rire ni de la toucher. Il avait juste l'air totalement désarmé.

— Pourquoi tu ne me l'as jamais dit ?

— Je croyais que tu m'aimais comme un ami.

— Je t'aime depuis le premier jour où j'ai posé les yeux sur toi au Café d'Angleterre.

Il inspira profondément.

— Quand je suis venu à San Francisco, c'était pour t'avouer que j'étais fou de toi, que je ne pouvais plus vivre sans toi.

Sacha hocha la tête.

— J'ai haï Domino quand elle m'a empêché de coucher avec toi cette fameuse nuit. Ça a été le début de la fin entre nous.

Max ébaucha un sourire.

— Quelle dinguerie. On était tellement défoncés ! Je me suis demandé si je n'avais pas rêvé.

— C'était bien réel. Elle t'a poussé tellement fort que tu es tombé du lit.

Il se mit à rire, puis, avec son mouchoir, entreprit de lui nettoyer délicatement le contour des yeux.

— Tu as un regard de panda !

— J'ai tellement pleuré.

— Je suis désolé. J'aurais dû te le dire plus tôt.

— J'aurais préféré l'apprendre autrement ! Mais surtout… je m'étais toujours imaginé que si on avait un enfant, ce serait ensemble.

— Je pensais exactement la même chose !

Sacha se poussa pour faire une place à Max à côté d'elle sur le lit. Il passa un bras autour de ses épaules. Elle blottit son nez dans le creux de son cou, respira avec délice le parfum Vétiver de sa peau mate. Encore épuisée par sa crise de chagrin et toujours légèrement saoule, elle oscillait entre un soulagement sans bornes à l'idée qu'il n'était pas en couple, le bonheur inouï de savoir qu'il l'aimait, et le regret déchirant de ne pas être la mère de son enfant. Même si, à vrai dire, la maternité était à l'heure actuelle la dernière de ses préoccupations.

— Raconte-moi comment tu es devenu père.

— L'année dernière, je suis sorti quelque temps avec une fille qui s'appelle Annick. Un jour, elle m'a annoncé qu'elle était enceinte. Je suis tombé de la tour Eiffel. Je croyais qu'elle prenait la pilule, mais comme elle n'avait pas encore vingt et un ans, ce qu'elle m'avait caché, son gynécologue ne pouvait la lui prescrire sans autorisation parentale... qu'elle n'avait pas osé demander ! Je lui ai proposé de payer le voyage et l'accompagner jusqu'aux Pays-Bas ou en Angleterre pour qu'elle se fasse avorter. Mais elle a refusé : trop peur de se faire charcuter... Une de ses amies a vécu une expérience affreuse. Que pouvais-je faire ? On entend tellement d'histoires d'avortements à la chaîne qui sont de véritables boucheries. Elle m'a annoncé qu'elle voulait garder le bébé et a proposé qu'on se marie. Je lui ai dit que je ferais ce qu'il fallait pour l'enfant, que je le reconnaîtrais, que je subviendrais à ses besoins, mais qu'on ne se mettrait jamais ensemble. Elle l'a très mal pris, surtout parce qu'elle n'osait pas l'annoncer à ses parents.

— Et ta mère n'a pas été scandalisée ?

— La fin du monde ! Elle était folle de rage devant mon refus de « prendre mes responsabilités ». Elle a contacté les parents d'Annick, s'est excusée auprès d'eux et leur a juré qu'ils pourraient compter sur nous, on serait une vraie famille pour la petite. Alice est la prunelle de ses yeux. J'ai loué ce grand appartement pour l'accueillir de temps en temps. Ces week-ends-là, ma mère s'installe chez moi pour s'occuper d'elle. Elle a sa propre chambre.

— Et toi, tu l'aimes, ce bébé ?

Il eut un petit sourire.

— Bien sûr, c'est ma fille. Je suis père malgré moi, mais j'assume.

— Même si c'est affreux pour moi, je t'aurais méprisé si tu m'avais dit le contraire.

— Je me serais méprisé moi-même.

— Qu'allons-nous devenir ?

Il plongea son regard dans le sien, et murmura avec toute la tendresse du monde :

— À ce que je sache, rien ne nous empêche d'être ensemble…

38

Avec Max, la vie était une fête, et Sacha adorait la fête

Mercredi 26 septembre 1973

À San Francisco, la vie de Sacha était rythmée par le militantisme. Dans le monde où elle évoluait, il y avait toujours un événement en rapport avec une cause de la plus haute importance : la libération féminine, les droits des homosexuels, la défense des animaux, la lutte contre la guerre du Vietnam, les droits civiques, la pollution... Les manifestations, les pétitions, les sit-in, les marches, tout cela lui était aussi naturel que l'air qu'elle respirait.

Dans la vie de Max à Paris, rien de tout cela n'existait. Ses causes à lui étaient l'amitié, le poker, le rock'n'roll, la fête, sa mère, sa fille et, par-dessus tout, son amour pour elle, Sacha. Il se foutait des idées et débats politiques qui agitaient la société comme de son premier jeu de cartes. En revanche, elle découvrit, surprise, que Max menait une vie sociale très remplie. En quelques années, il avait rencontré un nombre incalculable de gens amusants et légers comme des bulles de savon et semblait être adoré absolument partout où il passait. Il sortait tous les soirs, avait ses entrées dans les discothèques, les clubs de jeu, les restaurants. Dès le vendredi soir, son grand salon aux murs peints en noir était envahi de copains, encombré de verres, de bouteilles, de cendriers, de chips à grignoter. Il y avait toujours quelqu'un pour changer le disque qui tournait sur la platine Philips et des corps affalés sur les tapis turcs aux couleurs chatoyantes. Avec Max, la vie était une fête, et Sacha adorait la fête.

Elle avait emménagé au 19 bis boulevard Montmartre après avoir quitté la rue Le Peletier. De l'appartement de son enfance, Sacha n'avait conservé que quelques photos et tous les tableaux de son père, qu'ils avaient soigneusement emballés dans des caissons hermétiques et entreposés dans la cave. Quelques-uns avaient été retenus par un marchand de la rue Drouot, mais n'avaient pas encore trouvé preneur. Max et Sacha avaient passé plusieurs heures à photographier les œuvres une par une afin de constituer un album de présentation complet. C'était l'outil avec lequel Max comptait démarcher d'autres galeries. Il avait souhaité conserver un tableau : le portrait de Sacha, triste et farouche dans sa blouse d'écolière. Pour sa part, elle détestait cette œuvre qui lui rappelait trop le profond chagrin qui l'avait habitée après le départ de sa mère, mais elle accepta de la garder, pour lui faire plaisir. Ainsi Léon Volkowski la suivit-il chez Max. Le portait fut accroché dans le salon, à côté de la cheminée.

Ce grand appartement haussmannien avec ses moulures et ses hautes fenêtres qui donnaient sur le boulevard Montmartre et le Golf-Drouot était la page vierge sur laquelle Sacha voulait écrire un nouveau chapitre de sa vie. Une vie à deux, une vie avec Max. Un miracle.

Comme tous les amoureux du monde, Max et Sacha étaient leur propre sujet de conversation préféré : ils se répétaient à longueur de temps combien ils s'aimaient, à quel moment ils avaient réalisé leur amour l'un pour l'autre, combien ils s'étaient manqués et combien ils se désiraient. Après sept ans de réflexion, ils avaient l'impression d'être enfin arrivés à bon port au bout d'un long et douloureux périple. Ils ne se quittaient pas des yeux, ne se lâchaient pas la main, dormaient en cuillère les jambes emmêlées, faisaient l'amour comme deux drogués en manque de leur shoot de plaisir, jamais rassasiés l'un de l'autre. Leur grande chambre était le principal théâtre de leurs ébats brûlants et bruyants, mais chaque coin et recoin de la maison avaient été témoins de leur fougue amoureuse.

En ce 26 septembre 1973, pour fêter à la fois leur vie à deux et l'anniversaire de Max, ils avaient décidé d'organiser un véritable dîner et non l'habituelle orgie de chips et cacahuètes arrosée d'alcools divers et variés. Pour l'occasion, Max avait préparé des avocats-crevettes à la sauce cocktail et du canard à l'orange, malgré la désapprobation de Sacha qui ne comprenait pas comment on pouvait manger un aussi adorable palmipède ou n'importe quel merveilleux animal qui ne méritait pas une vie et une mort de souffrances pour dix minutes de plaisir gustatif. Max lui avait expliqué que ses mœurs végétariennes n'étaient pas encore arrivées en France et qu'un repas sans viande était moins convivial. Pour qu'elle ne soit pas triste, il lui avait confectionné un délicieux tagine de légumes pour elle toute seule. Élevé à l'école de Doria, la reine des fourneaux, Max n'était pas intimidé par l'idée de cuisiner, contrairement à Sacha qui ne savait qu'ouvrir des boîtes de conserve ou manger ce qu'on lui servait. C'était un dîner en petit comité : Maurice Ackermann et sa petite amie du moment, une jolie blonde dénommée Nicole, Gégé Giacobbi, Joe Boutboul et sa femme Éliane, qui s'étaient mariés quelques mois plus tôt. Joe était arrivé avec l'album photo sous le bras pour montrer à Sacha le luxe des festivités : des robes longues en lamé pour les femmes, des smokings scintillants et des nœuds papillon géants pour les hommes, des montagnes de couscous et même une danseuse orientale (une amie de la cousine d'Éliane qui leur avait fait un super prix). Elle les félicita chaleureusement. Joe était désormais « directeur commercial » d'une affaire florissante du Sentier qui fabriquait des tuniques indiennes à la chaîne dans son atelier de confection de la rue du Caire, où sa femme Éliane était comptable. Maurice Ackermann travaillait désormais dans une société de production de cinéma. Quant à Gégé Giacobbi, il faisait toujours des affaires.

— Sur ma vie, on va bientôt l'appeler Don Giacobbi ! rigola Joe en référence au film *Le Parrain,* sorti l'année précédente, qui avait été un énorme succès et avait déclenché une fascination pour le monde de la mafia.

— Un jour, on marchera avec lui dans la rue, et tout à coup on verra un type lui baiser la main ! lança Max.

Tout le monde se mit à rire et à imiter l'accent corse de Gégé avec la voix rauque de Marlon Brando.

— Vous êtes lourds ! C'est juste un peu d'immobilier et des parts dans des cercles de jeux dans lesquels vous êtes bien contents de rentrer grâce à moi ! se fâcha l'intéressé.

— Mais oui, Gégé, on te taquine !

Sacha se leva pour mettre un disque de Donna Summer sur la platine et se mit à danser pieds nus sur la moquette, bientôt rejointe par Nicole.

— Si tu as des anecdotes, n'hésite pas, on produira un parrain à la française et on gagnera plein d'oseille, glissa Maurice, très pince-sans-rire, en roulant un joint.

Gégé lui balança sa serviette à la figure et se leva pour rejoindre les filles.

— Appelez-moi si vous tuez quelqu'un. Je vous arrangerai ça.

On sonna à la porte et d'autres invités arrivèrent pour la seconde partie de soirée. David Bowie avait remplacé Donna dans les enceintes.

Max et Sacha embarquèrent les restes du repas dans la cuisine et sortirent verres propres et boissons. Ils rangèrent les assiettes sales dans le lave-vaisselle, une nouveauté pour l'un comme pour l'autre dont ils ne se lassaient pas. Elle le poussa contre le réfrigérateur et l'embrassa à en perdre haleine.

— Joyeux anniversaire, mon amour.

— Eh ! Il y a des chambres dans l'appartement ! lança Éliane en arrivant avec les plats vides.

— Tu peux en prendre une ! répondit Max.

Éliane se tourna vers Sacha.

— Tu veux que je t'aide à ranger tout ça ?

— Pourquoi tu me poses la question à moi ? demanda innocemment Sacha.

Elle savait bien qu'Éliane avait simplement voulu être amicale, mais sa nature féministe biberonnée aux discours de Domino se faisait un malin plaisir à bousculer les certitudes ancestrales de la jeune mariée. Celle-ci se décomposa.

— Eh bien, je pensais... Tu sais, Joe ne met pas un pied dans la cuisine...

Max se mit à rire pour désamorcer la situation.

— C'est adorable, Éliane. Tu peux rapporter ce qui traîne dans le salon. Sacha et moi, on rangera tout ça plus tard.

Elle haussa les épaules.

— Il a bien changé, Max, depuis que tu es là ! Doux comme un agneau, sage comme une image !

Ne sachant comment prendre sa remarque, Sacha décida de l'ignorer et glissa sa main à l'intérieur du pantalon de Max qui sembla apprécier la situation.

— Oh !

Choquée, Éliane quitta la cuisine en claquant la porte et Sacha ordonna à Max d'aller dans le salon. Elle sortit le gâteau d'anniversaire du réfrigérateur et alluma les vingt-sept bougies. Quelqu'un avait éteint toutes les lumières. Max la regarda approcher avec le gâteau, les yeux éperdus d'amour. Il souffla, provoquant des bravos et des vivats. La pièce devint noire pendant quelques secondes, elle en profita pour lui voler un baiser, puis la lumière revint, et la fête reprit son cours.

À 2 heures du matin, Sacha se laissa tomber sur un canapé couvert de coussins indiens à côté de Maurice. Il passa un bras autour de ses épaules. Quelqu'un avait mis *San Francisco* de Maxime Le Forestier et des couples dansaient langoureusement dans la pénombre.

C'est une maison bleue
Adossée à la colline
On y vient à pied
On ne frappe pas
Ceux qui vivent là
Ont jeté la clé...

— San Francisco ne te manque pas ? demanda Maurice.

Elle sourit avec une pointe de nostalgie pour son ancienne vie et les habitants de sa maison rose. Mais son bonheur aujourd'hui était à Paris.

— Je ne me pose pas la question. J'ai juste envie de profiter du moment présent et d'être enfin heureuse avec lui.

Maurice tira sur son joint et le lui tendit. Nicole tournoyait lentement, ses bras noués autour du cou d'un type barbu aux cheveux longs. Il la regardait, l'air rêveur. Sacha se demanda s'il était jaloux.

— Max m'a dit que tu avais été amoureuse d'une fille là-bas…

— Oui. Domino.

— Et c'était bien ? Je veux dire, tu n'as pas eu de problèmes ? Personne ne t'a jugée ?

— Dans le Haight-Ashbury, personne ne jugeait personne, mais en dehors, ça pouvait parfois être compliqué. C'est pour ça que Domino milite pour la cause des femmes et celles des homosexuelles.

Juste sous leurs yeux, Nicole s'était mise à embrasser le barbu. Sacha le regarda, horriblement gênée.

— Je m'en fous, la rassura-t-il. C'est juste une couverture.

— Comment ça ?

— J'aime les garçons, Sacha.

— Quoi ? Et les autres le savent ?

— Non. Je n'ose pas leur dire. Ils vont perdre tout respect pour moi, ça va être épouvantable.

— N'importe quoi. Ce sont tes amis. Ils t'aiment comme tu es.

— Joe, Max, Gégé. Ce sont des gros machos méditerranéens. Ils vont me lyncher.

Un verre à la main, Max se mit à danser devant eux, bras tendu pour inviter Sacha. Elle lui sourit tendrement sans se lever.

— Dis-leur !

Maurice ferma les yeux, comme pour se réfugier en lui-même.

— Danse avec lui, moi je rentre, je suis crevé.

39

Ce n'est pas la voix de la raison, c'est la voix du patriarcat

Vendredi 29 novembre 1974

C'était de la folie ! Dans la grande salle des Beaux-Arts, des milliers de femmes chantaient, se serraient dans les bras, certaines pleuraient. Ce jour-là, le MLF venait de convoquer une assemblée générale extraordinaire pour fêter la grande, la très grande nouvelle. La ministre de la Santé Simone Veil avait présenté le projet de loi pour la légalisation de l'avortement à l'Assemblée nationale et, après vingt-cinq heures de débats houleux, la loi venait d'être adoptée dans la nuit, à 3 h 40 du matin exactement, par 284 voix contre 189. C'était une énorme victoire pour les féministes après des années d'actions et d'efforts.

Pour renouer avec ses habitudes militantes et retrouver l'ambiance des groupes de parole féministes qu'elle aimait tant à San Francisco, Sacha participait régulièrement aux AG du MLF qui se tenaient tous les quinze jours aux Beaux-Arts. Là, dans cette joyeuse cacophonie qui débouchait sur les initiatives les plus diverses, elle se sentait chez elle, entourée de femmes volontaires, intelligentes et passionnées qui réfléchissaient ensemble aux difficultés de la condition féminine et tentaient de la faire évoluer vers plus d'égalité et plus de liberté.

Sacha avait passé une partie de son après-midi à échanger des coups de fil fiévreux avec ses copines du mouvement pour se réjouir de la nouvelle. Puis elle avait quitté le bureau à la hâte pour se rendre aux Beaux-Arts, siège de tant de débats et de meetings du MLF. Les plus grandes figures du mouvement se succédaient à la tribune pour porter aux nues Simone Veil qui, seule, s'était dressée dans une assemblée majoritairement masculine pour défendre puissamment et dignement leur cause. On murmurait *qu'ils* l'avaient fait pleurer, que des paroles ignobles avaient été prononcées, mais qu'elle avait tenu bon jusqu'au bout ; et maintenant, la loi était votée. Certes, tout n'était pas gagné. Restait à convaincre le Sénat de la ratifier, puis attendre encore cinq longues années, jusqu'en 1979, avant qu'elle ne soit définitivement entérinée, mais la victoire était immense. Dans la grande salle des expositions, l'hymne des femmes retentit.

Le temps de la colère, les femmes
Notre temps, est arrivé
Connaissons notre force, les femmes

Découvrons-nous des milliers !
Reconnaissons-nous, les femmes
Parlons-nous, regardons-nous,
Ensemble, on nous opprime, les femmes
Ensemble, révoltons-nous !

Serrée contre sa copine Delphine, petites fourmis parmi des milliers, Sacha chantait à pleine voix, en pensant à toutes celles qui avaient affronté le cauchemar d'un avortement clandestin, celles qui avaient survécu, celles qui en étaient mortes, celles qui avaient mené à terme une grossesse non désirée. Ce soir-là, elle partagea l'émotion de toutes ses sœurs de combat, fière d'elle et fière de la France qui les avait enfin écoutées. Puis elle quitta l'assemblée des femmes pour retrouver l'homme de sa vie.

Galvanisée par la grande nouvelle, Sacha sortit du métro Grands Boulevards et courut jusqu'au 19 bis boulevard Montmartre pour éviter que la pluie ne ruine sa frange qui avait tendance à rebiquer au moindre frimas. Elle était pressée de se retrouver chez elle et se faire couler un bain moussant après cette longue journée.

Dans l'appartement, elle trouva Doria en train de donner à manger à Alice sur sa chaise haute en bois. Tout en la nourrissant avec attention, elle la couvrait de mots doux en judéo-espagnol que la petite ingurgitait avec autant de ravissement que sa purée de carottes. Fascinée, Sacha s'arrêta sur le pas de la porte pour contempler le tableau. Elle n'avait jamais vu autant d'amour prodigué à un enfant.

— *Preciada*, roucoulait Doria, *ijika, luzia, hanumika*.

— Bonsoir ! lança-t-elle.

Le visage de Doria s'éclaira en la voyant.

— Sacha chérie, comment s'est passée ta journée ?

— Bien... je suis allée fêter la nouvelle loi Veil pour l'avortement.

Elle avait hésité à le lui dire car Doria voyait d'un sale œil certaines féministes, qui selon elle, « en faisaient trop », mais elle vouait une admiration sans bornes à Simone Veil, qu'elle trouvait « toujours chic et bien coiffée ».

— C'est une très bonne chose pour nous les femmes. Tu veux que je te prépare quelque chose ? Je te l'apporte dans le salon.

Sacha s'approcha d'Alice et déposa un baiser sur ses cheveux blonds et bouclés.

— Qu'est-ce qu'elle est mignonne ! Je peux lui donner à manger ?

— Elle a terminé, répondit Doria d'un ton sec en prenant la petite dans ses bras. Je lui donne le bain, et au lit.

Surprise, Sacha les laissa passer en se demandant quelle mouche avait piqué Doria. Elle avait remarqué qu'Alice était sa chasse gardée. Si Doria encourageait souvent Max à nouer des liens plus étroits avec sa fille, elle mettait un point d'honneur à lui éviter tout contact avec Sacha. Celle-ci se servit un verre d'eau puis se dirigea vers sa chambre. De la salle de bains lui parvinrent des bruits d'eau courante et des éclats de rire. C'était raté pour son bain moussant.

Max n'était pas encore rentré. Parfois, elle le trouvait dormant comme un bienheureux sur le lit.

Il pouvait s'allonger n'importe quand et sombrer dans un profond sommeil pour en émerger en pleine forme, quelle qu'en soit la durée. Elle enfila un jean, se libéra de son soutien-gorge, dénoua ses cheveux et se rendit dans le salon. L'herbe était rangée dans un petit coffret tibétain posé sur la table basse. Elle se roula un joint, mit son précieux album de Carlos Santana sur la platine et s'allongea sur les multiples coussins soyeux du canapé. Elle aspira une large bouffée et la laissa filtrer dans ses poumons. Il fallait bien ça pour se détendre après sa longue et ennuyeuse semaine de boulot.

Sacha avait décidé de se trouver un job après leur retour de San Francisco. Max l'avait accompagnée pour résilier son bail, donner sa démission et rapatrier ses dernières affaires à Paris. Ils en avaient profité pour flâner quelques jours supplémentaires dans le Haight, contempler la brume d'or sur la baie et dire adieu à leurs amis. Elle souhaitait désormais tourner la page, arrêter définitivement la musique et commencer une nouvelle vie avec Max. Une page blanche faite d'amour et de nouvelles aventures... mais lesquelles ? En attendant de le découvrir, Sacha était à nouveau dactylo et travaillait pour une entreprise américaine de cosmétiques basée à Paris. Sa parfaite connaissance de l'anglais lui avait permis d'obtenir le job. Mais elle savait qu'elle ne serait pas secrétaire toute sa vie.

Elle se redressa instinctivement quand Doria réapparut, un bol de pistaches à la main et se laissa tomber à côté d'elle. La mère de Max, les joues rougies et le chignon légèrement échevelé, se servit un verre de whisky et alluma une cigarette. Elle plissa le nez en voyant Sacha jeter la fin de son joint dans le cendrier.

— Tu devrais arrêter ces saloperies, *cherika*.

Doria assortissait toujours ses conseils et ses ordres de mots doux. Sacha lui adressa un sourire moqueur en désignant son verre et sa Marlboro.

— Chacune ses drogues.

— Mmm... Ce n'est pas tout à fait pareil.

Elle décida de ne pas la contredire et laisser Doria profiter de ce moment de détente après le marathon dîner-bain-coucher qu'elle venait de subir. La jeune grand-mère envoya balader ses jolies pantoufles à talons et replia ses jambes sous sa jupe. Elle souffla voluptueusement la fumée et avala une gorgée de whisky que Sacha estimait bien méritée.

— Pourquoi vous ne me la laissez pas approcher ? demanda-t-elle doucement.

— Qui ?

— Alice.

Doria grignota quelques pistaches, peut-être pour se donner le temps de réfléchir.

— Tu pourras le faire quand tu seras mariée avec Max.

Sacha sursauta. Ainsi, c'était ce que Doria avait en tête. Le mariage, l'enfant, la faire rentrer dans le rang.

— Nous n'avons pas l'intention de nous marier.

— Et pourquoi pas ? Ça fait plus d'un an que vous vivez ensemble, vous vous connaissez depuis huit ans. Qu'est-ce que vous attendez ? Que je sois morte ?

— Mais enfin, Doria, le mariage, c'est complètement dépassé. C'est fini, plus personne ne se marie de nos jours.

Doria secoua la tête avec un sourire attendri, comme si Sacha était une petite fille naïve qui ne comprenait rien.

— Tu sais que je t'aime comme mon propre enfant, et je te le dis pour ton bien. Mariez-vous. Calmez-vous, achetez un appartement au lieu de claquer tout votre argent en sorties en discothèques. Ça y est, vous vous êtes bien amusés. *Ya basta*. Ramasse tes esprits. Prends cette maison en main, apprends à faire à manger et occupe-toi de Max.

Sacha inspira profondément pour ne pas monter sur ses grands chevaux. Après la chaude sororité des Beaux-Arts, les paroles de Doria claquaient comme un rappel que le combat était loin d'être gagné.

— Ce n'est pas comme ça que je veux vivre. Je ne veux pas être aliénée à un homme, je ne veux pas que toute l'intendance repose sur moi, je ne veux pas être « une maîtresse de maison » qui sera en réalité la domestique de sa famille.

Doria se mit à rire.

— Tu dramatises tout. Je dis ça pour ton bien, pour que tu sois en sécurité. Écoute-moi, tu sais que c'est la voix de la raison qui te parle.

— Ce n'est pas la voix de la raison, c'est la voix du patriarcat !

— Quel patriarcat ? C'est comme ça que le monde fonctionne, et ça n'empêche pas les femmes d'être heureuses.

— Bien sûr que si ! Le patriarcat apprend aux femmes à s'effacer devant l'homme. Il oblige l'épouse à faire passer les désirs de son mari avant les siens, à privilégier sa carrière à lui aux dépens de la sienne. Vous ne vous en rendez plus compte parce que vous êtes libre, Doria. Vous avez choisi la liberté. Ne venez pas me donner de leçons.

— La liberté a un prix, ma petite. Il s'appelle solitude. Et Max, c'est Max. Si tu ne lui mets pas un peu la bride au cou, il risque de nous ramener un jour un autre enfant sorti d'on ne sait où !

— N'importe quoi ! hurla Sacha.

Doria avait réussi à la faire sortir de ses gonds. Le visage de celle qu'elle considérait comme sa seconde mère se ferma. Elle vida son verre, le posa brusquement sur la table et se leva.

— Tant que tu n'as pas la bague au doigt, tu n'approches pas ma petite-fille. Je ne veux pas qu'Alice, qui est déjà perturbée par sa situation familiale, s'attache à toi... pour être déçue ensuite.

Abasourdie, Sacha la regarda se diriger vers sa chambre et claquer la porte. Doria était vraiment sérieuse. Elle n'en revenait pas !

40

C'était sa façon d'être : tactile sans avoir l'air d'y toucher, mais en touchant quand même

Quand Max et Maurice arrivaient au Bus Palladium, toutes les filles s'arrêtaient de respirer pour les regarder. Sacha le savait et s'en fichait, sûre de la passion de Max. Ce soir-là, le cerveau vrillé par son atroce conversation avec Doria, elle observa le comportement de l'homme de sa vie avec l'attention d'une anthropologiste face à un spécimen rare. Nonchalamment assis à sa table près de la piste, un verre de whisky à la main, sa chemise déboutonnée découvrant un triangle de cette peau mate contre laquelle elle aimait tant se frotter et ses yeux noirs noyés dans la fumée des cigarettes, il discutait avec Maurice. Elle remarqua que toutes les cinq minutes, ils étaient interrompus par un défilé de jeunes femmes qui se penchaient pour faire la bise à Max comme s'il leur appartenait. Max s'arrêtait de parler pour plonger son regard dans celui de l'intruse, lui souriait avec une incroyable gentillesse. Parfois sa main se glissait, mine de rien, dans le creux du dos de la fille. C'était sa façon d'être : tactile sans avoir l'air d'y toucher, mais en touchant quand même. Les autres soirs, trop occupée à danser, fumer, boire et discuter elle-même, Sacha s'en fichait. Mais ce soir, alors qu'elle concentrait toute son attention sur ces mains trop baladeuses, le petit renard de la jalousie lui mordait le cœur jusqu'à le faire saigner. Elle se leva pour aller danser à l'autre bout de la piste. *I can't get no satisfaction,* hurlaient les Stones comme pour lui dire qu'il n'y avait pas de salut possible. À la fin du morceau, elle n'y tint plus et fonça droit sur Max pour lui annoncer qu'elle voulait rentrer.

— Maintenant ? demanda-t-il, surpris.
— Oui, tout de suite.
— Comme tu veux.

À peine étaient-ils arrivés à l'appartement qu'elle se jetait sur lui avec une passion vorace et désespérée. Son bel amour pourrait-il à nouveau la trahir ? Lui échapper ? Les mains de Max couraient sur elle, expertes, affolantes, s'emparant de son corps avec une connaissance si précise qu'elle se mit à brûler de désir et de plaisir mêlés.

— Tu m'aimes ? demanda-t-elle, haletante.
— Oui.
— Tu n'aimes que moi ?

— Il n'y a que toi. Il n'y aura jamais que toi, martela Max.

Bouleversée par ces mots prononcés avec fièvre, elle s'agrippa à lui pour grimper ensemble au sommet du plaisir, peau contre peau, parfaitement et définitivement unis, tellement en osmose qu'elle fut persuadée que rien ne pourrait les séparer. Anéantie par le plaisir, Sacha s'endormit, rassurée. Doria était une Cassandre qui ne comprenait rien au monde d'aujourd'hui. Un monde où l'avortement était légalisé et les bébés désirés.

MAX

Vendredi 9 juillet 2021, 15 h 58

— C'était trop bien, le Flume Ride !
— Super ! À part qu'on est un peu trempés.
— Mais c'est ça qui est bien !
— Tu as vraiment réponse à tout, Elias ! Tu veux une barbe à papa ?
— Pourquoi on dit barbe à papa ? Mon papa il a pas une barbe rose, quand même !
— On ne dit pas « il a pas », on dit « il n'a pas ».
— Pourquoi ?
— Pour marquer la négation.
— C'est quoi, la négation ?
— Je sais pourquoi tu as réponse à tout, Elias !
— Ah bon, pourquoi ?
— Parce que tu poses beaucoup de questions. Et quand on pose beaucoup de questions,

on obtient beaucoup de réponses. Alors continue comme ça, *pacha*.

— Je veux pas de barbe à papa. Je préfère des churros.

41

Il y a toujours quelqu'un qui se lève le matin pour faire une affaire

Vendredi 12 novembre 1976

Au volant de son nouveau coupé Mercedes, un 450 SLC beige métallisé, Max sortit du parking de la gare d'Orsay désaffectée qui abritait désormais les ventes d'objet d'art de l'Hôtel Drouot. Le charmant bâtiment datant de 1852 venait d'être rasé, victime de son succès, pour être remplacé par un building géant et flambant neuf. En attendant que celui-ci sorte de terre, les ventes se faisaient désormais dans l'ancienne gare, dont l'immense carcasse vide n'offrait pas le confort désuet et douillet de l'ancien édifice. Tout en traversant le pont de la Concorde, Max se sentit un peu nostalgique. Cela faisait près de dix ans maintenant qu'il était dans le métier. L'Hôtel Drouot avait fait partie de sa vie, il en connaissait les recoins, les secrets, les codes, et s'y sentait comme à la maison.

En bon joueur, Max savait qu'il fallait parfois miser sur le hasard, et le hasard avait bien fait les choses le jour où sa mère, lassée de ses frasques de « mauvais garçon », l'avait envoyé travailler chez un de ses clients qui cherchait un assistant.

Arrivé dans le métier de façon totalement fortuite, il avait compris qu'il possédait déjà en lui tous les atouts d'un bon marchand d'art : le goût du jeu, un sens du relationnel très développé, un talent pour la négociation, une faculté d'émerveillement devant la beauté et un esprit avide d'apprendre. Dans son jargon post-hippie, Sacha, elle, disait qu'il n'y avait pas de hasard, que tout était une question de « moment », « d'énergies » et de « vibrations ».

Évidemment, la place de la Concorde était embouteillée, mais Max s'en fichait. La vie était belle ! Il exerçait un métier passionnant, avait pour compagne la femme la plus fascinante du monde, vivait dans la plus belle ville du monde et avait les meilleurs amis du monde ! Que pouvait-il espérer de plus à part que tout continue comme ça, avec son lot de belles surprises, de partage et d'amour fou ? En bref, malgré la pluie qui inondait son pare-brise et faisait couiner ses essuie-glaces, Max nageait dans le bonheur.

Comme le disait Franklin Valmy, son tout premier patron, un sinistre escroc qui connaissait le métier comme sa poche : « La France est le grenier du monde. » Max y avait ajouté une maxime toute personnelle : « Et il y a toujours quelqu'un qui se lève le matin pour faire une affaire. » En l'occurrence, les affaires, il les menait aussi le soir. Faisant feu de tout bois, Max avait érigé les plaisirs de sa vie en un écosystème astucieux et fructueux. Certes, il aimait sortir en soirée ou en discothèque, mais c'était également l'occasion de rencontrer d'éventuels futurs clients. Et si le poker restait un des plus grands plaisirs de sa vie, le jeu était aussi une mine de rencontres qui pouvaient mener à des ventes, ou des achats, d'objets d'art. Ainsi, Max rencontrait la nuit des gens avec lesquels il travaillait le jour, alimentant un cercle de relations de plus en plus étendu.

Arrivé boulevard de la Madeleine, il ouvrit la fenêtre et s'autorisa une cigarette. À la radio, on ne parlait que de l'élection de Jimmy Carter qui venait de battre le président républicain sortant Gerald Ford dans la course à la présidence des États-Unis. Sacha devait être folle de joie. Il n'y avait pas eu de démocrate à la présidence depuis Lyndon Johnson en 1969. Il sourit à l'idée de voir pétiller ses grands yeux d'aigue-marine.

Il se gara rue de la Grange-Batelière pour son dernier rendez-vous de la journée, un galeriste rencontré au cours d'une partie de poker organisée chez lui la semaine précédente. Il comptait beaucoup sur cette entrevue pour faire avancer un dossier qui lui tenait très à cœur : la vente des tableaux de Léon Volkowski.

Jusqu'à présent, il ne s'était pas passé grand-chose. Le marchand qui, quelques années plus tôt, avait pris en dépôt quelques tableaux n'avait pas réussi à les vendre, arguant qu'ils ne correspondaient pas au goût du moment. Résultat, l'œuvre de Léon Volkowski dormait toujours dans une cave au 19 bis boulevard Montmartre.

Et voilà que, deux jours plus tôt, au cours d'une soirée poker organisée chez lui, un type nommé Jean Clary, joueur très moyen au demeurant, s'était levé pour examiner le portrait de Sacha et avait demandé sa provenance à Max. Or, ce Clary était un marchand de tableaux réputé pour être un découvreur de talents, et Max était prêt à tout pour l'aider à découvrir tous les Volkowski en sa possession. Il lui avait révélé qu'il s'agissait du père de Sacha et avait proposé de venir à la galerie lui présenter le « book » du peintre.

Max pénétra dans l'élégante galerie aux murs blancs éclairés par des spots éblouissants. Sur les cimaises étaient accrochées des œuvres d'art contemporain aux couleurs sombres et profondes. Jean Clary l'accueillit, très élégant avec sa chevelure poivre et sel légèrement ondulée et son costume Smalto sur mesure.

— Comme c'est gentil de vous déplacer jusqu'à moi. Vous n'avez pas trop mal roulé depuis la gare d'Orsay ? On se demande quand nous allons enfin pouvoir récupérer notre hôtel des ventes.

— Bientôt, j'espère, répondit Max en lui serrant la main.

Ils échangèrent quelques paroles insignifiantes sur la pluie, le beau temps et le nouveau président des États-Unis avant d'aborder le sujet qui les intéressait.

— Je vous ai apporté les photographies de l'ensemble des œuvres de Léon Volkowski. Il est malheureusement décédé avant de pouvoir se faire connaître.

Clary prit l'album et l'examina longuement, s'arrêtant attentivement sur chaque œuvre.

— Effectivement, c'est un peintre de talent. Mais ça ne suffit pas toujours. Racontez-m'en plus sur lui. D'où vient-il ? Quelles sont ses influences ?

Embarrassé, Max ne savait pas ce qu'il pouvait révéler ou non de la vie du père de Sacha. Il décida d'en dire le minimum.

— Je ne sais pas grand-chose. Il est né en Russie, est arrivé en France tout gamin. Il a été chauffeur de taxi avant de se consacrer à la peinture. Et puis il est mort assez jeune.

Jean Clary l'écoutait en hochant la tête.

— C'est maigre. Dites-moi, de quoi est-il mort ? S'est-il suicidé, par exemple ?

Max sursauta, choqué et anxieux.

— Non, pas du tout.

— Dommage. C'est très bon, un suicide, pour lancer un artiste.

— Je vois, répondit Max qui savait qu'il ne plaisantait qu'à moitié.

Le galeriste rendit l'album à Max.

— Voyez-vous, pour lancer un artiste mort, il faut créer une véritable légende, du drame, des larmes, un destin tragique et déchirant. Il faut raconter une histoire. C'est elle qui fera vendre les tableaux. Si je les accroche au mur juste comme ça, il ne se passera rien.

— Je comprends ce que vous voulez dire.

— Renseignez-vous sur le passé de Léon Volkowski. Fouillez, apprenez qui ont été ses maîtres, comment il travaillait, qui il a aimé, haï, rencontré, quitté, comment il est né, comment il est mort. Et revenez me voir quand vous aurez un vrai bon roman russe. À ce moment-là, nous pourrons commencer à travailler.

Dans l'appartement, il retrouva Sacha, sublime et alanguie, fumant un joint devant le journal de 20 heures. Roger Gicquel, l'air effondré, annonçait les résultats de l'élection présidentielle américaine. Toujours à la pointe de la mode, elle portait une jupe mi-longue en lainage souple, couvrant ses bottes cavalières à talons et un pull sans manches sur un chemisier de soie imprimée. Il se pencha pour l'embrasser, elle noua ses bras autour de son cou et colla ses lèvres sur les siennes avec volupté.

— Alors ? Tu as vu Clary ? demanda-t-elle.

— Oui. Il faut qu'on écrive la vie de ton père, avec du sang et des larmes. D'après lui, on construit un peintre avec une légende.

Sacha aspira une bouffée et lui tendit son joint.

— Je vois... C'est pas bête. Je vais y réfléchir.

— Tu devrais aller le voir, tu en parleras mieux que moi. Tu es contente pour Carter ? demanda-t-il.

— Évidemment ! J'espère que l'Amérique va enfin se remettre dans le droit chemin après les traumatismes du Vietnam et du Watergate.

— Il a l'air d'être un type bien. Tu veux qu'on aille fêter ça ?

— Chez Joe Allen ? proposa-t-elle.

Ce restaurant des Halles était depuis 1972 une véritable enclave américaine à Paris. Sacha adorait y respirer l'air des States.

— *Of course* ! Je vais passer quelques coups de fil pour voir qui voudra venir. Et sinon, tu as passé une bonne journée ?

— Bof. J'ai tapé à la machine.

Max dénoua sa cravate et se dirigea vers sa chambre. Il aimait téléphoner tranquillement allongé sur son lit. En y réfléchissant, la seule ombre au tableau flamboyant de son bonheur était le peu d'empressement de Sacha à chercher un travail plus intéressant. Il avait l'impression que tant qu'elle restait secrétaire, elle n'était pas complètement installée à Paris, dans un entre-deux flou, un peu comme si elle n'avait posé qu'une fesse sur sa chaise, l'autre maintenue en l'air, prête à décamper. Il se rassura en se disant que cela faisait quand même trois ans que ça durait. Trois ans, c'était trop long pour une situation aussi inconfortable.

42

Ah Dio ! C'est Buckingham Palace !

Samedi 14 mai 1977

Pour les cinquante ans de sa mère, Max voulut mettre le paquet. Bien que toujours aussi ravissante, Doria voyait approcher son demi-siècle avec angoisse. À l'entendre, elle était entrée dans la vieillesse, voire avait mis un pied dans la tombe. Aux yeux de Max pourtant, jamais son sourire n'avait été aussi doux, sa beauté aussi émouvante. Afin de chasser ses idées noires, il avait décidé de lui offrir la plus joyeuse des fêtes. Sacha avait suggéré d'organiser chez eux une réception adulte et raffinée comme Doria les aimait, et non l'espèce de bordel enfumé qui caractérisait leurs soirées habituelles.

Pour que la joie de Doria soit complète, Alice, qui allait sur ses quatre ans, passerait le week-end chez sa grand-mère. Une baby-sitter avait été réservée pour la soirée. Ainsi, Doria aurait le bonheur de partager avec elle son premier petit déjeuner de quinquagénaire.

Max sollicita l'aide de sa tante et de ses cousines pour la partie judéo-turque du buffet, *börekitas, böreks, mezze*, etc. Il avait prévu de cuisiner des poulets rôtis au citron et aux poivrons accompagnés d'une montagne de riz pilaf blanc. Sacha se chargea des gâteaux chez un pâtissier de la rue Montmartre et des gros bouquets de fleurs printanières symbolisant l'éternelle jeunesse de Doria.

Pour dresser un couvert d'apparat digne de la reine d'Angleterre, Max acheta, chez un confrère spécialisé dans la vaisselle ancienne, un service de porcelaine de Limoges ainsi qu'une batterie de couverts en argent et de verres en cristal qu'ils manipulèrent la sueur au front de peur de casser une pièce. Des surprises avaient été préparées, dont une cassette des chansons préférées de Doria, de Frank Sinatra à Charles Aznavour.

Le jour J, dans le salon et la salle à manger, ils dressèrent deux longues tables nappées de blanc et parées des services anciens. Les bordures dorées de la porcelaine luisaient délicatement, le cristal étincelait, l'argenterie étalait sa douce patine, les fleurs embaumaient. L'appartement avait été nettoyé et rangé de fond en comble pour accueillir sa reine d'un soir et sa cour. Éblouie, Sacha tapait des mains comme une enfant. Max l'embrassa, attendri, en se rappelant le temps du petit logis glauque de la rue

Le Peletier et se promit que plus jamais elle ne serait seule, dans la crasse et le froid.

Doria arriva vers 20 heures, éblouissante dans une jolie robe chemisier imprimé marine et blanc, ses perles autour du cou, son aigue-marine au doigt, le brushing impeccable et des étoiles aux yeux. Elle serra « ses deux enfants » contre son cœur et laissa son manteau à Max.

— *Ah Dio !* C'est Buckingham Palace ! s'exclama-t-elle en voyant l'aménagement des pièces de réception.

— Une coupe de champagne, votre majesté ? proposa Sacha.

— Je vous prie, minauda Doria qui siffla son verre en un rien de temps, sans doute pour calmer l'émotion.

On sonna à la porte, Max alla ouvrir et, très vite, se sentit débordé. Sa tante, bruyante et agitée, disposa les nombreux plats de *börek* sur les tables, son oncle ouvrit une bouteille de raki, Maurice mit le radio cassette en marche, laissant Dario Moreno chanter *Istanbul-Constantinople*. Curieuses et bavardes comme deux pies, ses cousines visitaient l'appartement en faisant des commentaires à haute voix. Jean Clary contempla longuement le portait de Sacha peint par son père, Gégé Giacobbi présenta Maggie, sa nouvelle petite amie, à Doria, guettant l'approbation dans ses yeux noirs. Les vendeuses du magasin arrivèrent avec des bouquets enveloppés de cellophane. Max perdit un temps fou à chercher des vases. Un homme qu'il ne connaissait pas demanda les toilettes. Son oncle le prit à part pour lui dire qu'au lieu de gaspiller son argent à louer un aussi grand appartement, il ferait mieux d'en acheter un plus petit.

— Écoute-moi, *pacha*. Je n'ai pas toujours été de mauvais conseil, n'est-ce pas ? Il est temps de s'assagir. Tu as trente ans passés.

Max s'éloigna rapidement, prétextant aller offrir du champagne à ses invités, et se souvint pourquoi il détestait les fêtes de famille. Sacha proposa à tout le monde de passer à table, provoquant une mini-émeute. Il jeta un coup d'œil à sa mère et vit qu'elle brillait de mille feux, heureuse et célébrée. Sa cigarette gracieusement calée entre l'index et l'annulaire, Doria riait aux éclats à une blague de Joe Boutboul. Tout le monde se passait les plats, goûtait à tout, se resservait dans un très joyeux brouhaha où le français se mélangeait au turc et au ladino. Michel Delpech tentait de se faire entendre en chantant *Pour un flirt avec toi*. Sa tante se curait discrètement les dents derrière sa main manucurée. Réfugié dans la cuisine avec Sacha, Max préparait les deux gâteaux en plantant 25 bougies sur chacun. Ses cousines déboulèrent, les bras chargés d'assiettes sales, et se mirent à vider les restes dans la poubelle avec une efficacité redoutable.

— Ça fait plaisir de te voir, Sacha, ça faisait longtemps ! Tu es toujours magnifique, déclara Claudia.

— C'est ça aussi quand on n'a pas d'enfant, ajouta sa sœur en attaquant le plat du *börek* à l'eau de vaisselle.

— Quand est-ce que vous allez vous marier ?

— Et faire un bébé ? Tante Doria serait tellement heureuse !

— Il est temps, non ? Moi j'en ai déjà deux, et Rosa bientôt trois.

Sacha se contenta de sourire et se mit à ranger les assiettes dans le lave-vaisselle. Max s'approcha d'elle et la prit par l'épaule.

— Pour le moment, on est très bien comme ça, dit-il.

Ses cousines ne surent que répondre. Il savait qu'elles ne comprenaient pas grand-chose à sa façon de vivre. Chez eux, on travaillait en famille, on se mariait tôt et on faisait des gosses qu'on élevait en leur donnant tout ce qu'on avait. Son comportement à la naissance d'Alice avait choqué tout le monde, mais sa vie avec Sacha les étonnait encore plus.

— L'important, c'est que vous soyez heureux ensemble, s'empressa d'ajouter Rosa.

— Je me souviens du temps où il travaillait encore dans l'affaire. Max disait toujours à notre père qu'il avait une course urgente et disparaissait pour l'après-midi. Notre tante levait les yeux au ciel en disant : *Pacha, il est avec Sacha !*

Elles éclatèrent de rire comme des gamines et Sacha se joignit à elles.

— Depuis, on vous appelle Pacha et Sacha.

Étonnamment, peut-être était-ce dû au raki ou à l'abus de cuisine turque, Max n'eut pas envie de les trucider comme d'habitude, juste de les embrasser.

Portant un gâteau chacun, Max et Sacha s'approchèrent cérémonieusement de Doria et tout le monde entonna *Joyeux anniversaire*. Les applaudissements éclatèrent quand elle souffla ses bougies et se jeta au cou de son fils qui la garda longtemps serrée contre lui, le cœur submergé d'amour.

— Ce n'est pas fini ! lança Max.
— Surprise !

La surprise, un extrait du film préféré de Doria, *Les hommes préfèrent les blondes,* avait été préparée dans le plus grand secret par Sacha et Joe. Pour réaliser ce projet, Max avait acheté un magnétoscope et loué la cassette VHS du film dans un vidéo-club qui venait d'ouvrir dans le quartier. Grâce à ce matériel ultra moderne, ils avaient pu apprendre les dialogues et les paroles de la chanson.

À vrai dire, Max avait une petite idée derrière la tête en demandant à Sacha de chanter. Il espérait un déclic qui la ferait renouer avec son ancienne passion. Depuis son retour, elle n'avait pas touché à des baguettes, n'avait pas chanté une note, avait refusé de revoir les Électrons, comme si elle avait tiré un trait définitif sur la musique. Pourtant, il savait qu'elle ne pourrait être heureuse sans exercer son art. Or, ce que Max voulait par-dessus tout, c'était le bonheur de Sacha.

Quelques instants plus tard, le corps drapé dans un coupon de velours rose, une courte perruque blonde sur ses longs cheveux de miel sombre, Sacha se mit à susurrer à la manière de Marilyn.

A kiss on the hand
May be quite continental
But diamonds are a girl's best friend*

---

* Un baise-main est peut-être très civilisé, mais les diamants sont les meilleurs amis d'une fille.

La chanson se termina dans un tonnerre d'applaudissements assaisonnés au champagne. Sacha appela Joe près d'elle car ils avaient prévu de poursuivre en interprétant une scène du film.

— Je résume la situation, dit Joe. M. Desmond est persuadé que Lorelei veut épouser son fils Gus parce qu'il est riche... Mais Lorelei n'est pas d'accord avec cette accusation.

— Je vous signale quand même que ce dialogue heurte profondément ma conscience féministe ! précisa Sacha.

— Bien dit, *cherika !* lança Doria d'une voix légèrement éméchée.

Et Sacha, qui savait qu'elle se foutait du féminisme comme de son premier soutien-gorge, ne put s'empêcher de rire.

Joe prit une grosse voix pour incarner M. Desmond :

— Vous pourriez convaincre cet idiot, mais vous ne pourrez pas me convaincre.

Sacha cligna des paupières d'un air profondément désolé.

— C'est dommage, car je l'aime vraiment.

Son partenaire leva comiquement les yeux au ciel.

— Bien sûr, pour son argent.
— Non ! Sincèrement.
— Vous vous attendez à ce que je croie que vous ne l'épousez pas pour son argent ?
— C'est cela même.
— Alors pourquoi voulez-vous l'épouser ?

Air candide de Sacha.

— Je veux l'épouser pour votre argent.

Bien calée dans son fauteuil de reine d'Angleterre, Doria éclata de rire.

— Oh ! Donc vous admettez que vous en avez après l'argent ? lança Joe.

Sacha réussit à imprimer à sa voix un ton à la fois convaincu et second degré.

— Non ! Vous êtes drôle ! Vous ne savez pas qu'être riche pour un homme, c'est comme être jolie pour une fille ? Vous ne l'épousez pas parce qu'elle est jolie, mais bon Dieu, est-ce que ça n'aide pas un peu ? Vous souhaiteriez que votre fille épouse un homme pauvre ? Non. Vous voudriez qu'elle ait les plus belles choses du monde. Pourquoi ça serait mal de vouloir ces belles choses pour moi-même ?

Joe prit un air complètement perdu.

— Je concède que vu comme ça... Mais attendez, on m'a dit que vous étiez stupide ! Vous ne me paraissez pas stupide du tout.

— Je peux être intelligente quand c'est important. Mais la plupart des hommes n'aiment pas ça. Excepté Gus. Il m'aime pour mon intelligence.

— Ah non ! Il n'est pas assez stupide pour ça !

Ce fut un joli triomphe. Joe salua avec maintes courbettes. Max dévorait Sacha des yeux. Elle enleva sa perruque et ses cheveux se répandirent sur ses épaules. Le regard brillant, elle souriait béatement, un peu comme quand elle venait de prendre son pied. Entortillée dans ce drap de velours rose, elle était tellement belle qu'il eut envie que tout le monde disparaisse pour rester seul avec elle. Quand soudain, il entendit la voix de Maurice s'élever dans le chahut :

— Sacha, tu devrais faire du cinéma.

43

Un frisson glacial passa en coup de vent le long de sa colonne vertébrale

Environ une semaine après cette soirée mémorable, Maurice Ackermann appela Max pour lui proposer de déjeuner avec lui.

— Avec plaisir, mais tu es bien formel. Tu as quelque chose de spécial à me dire ?

— Peut-être.

Ils se retrouvèrent au Fouquet's. Cette brasserie très chic des Champs-Élysées était devenue le rendez-vous parisien des gens de cinéma. Maurice travaillait désormais au développement des projets dans une importante société de production de films et y avait ses habitudes. Un garçon en veste blanche et nœud papillon noir les conduisit à une table stratégiquement située de manière à pouvoir observer la salle tout en préservant une part de discrétion. Max s'installa sur la banquette recouverte de tissu aux imprimés beige et rouge et regarda autour de lui avec curiosité. Le décor faisait très Grand Siècle, avec des boiseries au mur et des lustres au plafond. D'épais rideaux de velours rouge dissimulaient les tables aux regards des passants. Il lui sembla apercevoir Patrick Dewaere installé non loin de là et même Yves Montand en grande conversation avec un homme en costume sombre au crâne dégarni. Impressionné, il se tourna vers Maurice qui contemplait la carte, sourcils froncés.

— C'est bien Montand là-bas ? chuchota-t-il, les yeux brillants.

Maurice ne se retourna pas et répondit sans bouger les lèvres.

— Ouais, peut-être. Il vient là quand il doit discuter affaires. Tu sais que c'est un gros joueur de poker ? Comme nous !

— Non ? Tu te rends compte, Maurice, si on nous avait dit il y a dix ans qu'on déjeunerait à côté de Montand... Quelle classe, ce type.

Le serveur souriant vint prendre leur commande. Maurice demanda du vin, ce qui n'était pas dans ses habitudes.

— Bon, qu'est-ce qui t'arrive ? demanda Max en dépliant sa grande serviette blanche.

— Rien, pourquoi ?

— J'adore passer du temps avec toi, mais habituellement, à l'heure du déjeuner c'est le moment où je discute avec mes confrères pour tâter la température après avoir pu observer et toucher les objets.

— Ah oui, c'est vrai qu'entre 11 et 12 vous avez le droit d'aller tripoter vos babioles, commenta Maurice en souriant.

— Dis donc, un peu de respect ! Aujourd'hui mes babioles, comme tu dis, c'était un lot d'argenterie XIXe en provenance de la table de Napoléon III à Biarritz.

Leurs plats étant arrivés, Maurice en profita pour ne pas répondre. Max l'observa découper sa sole avec délicatesse. Il faisait sa bouche en cul-de-poule, typique de ses moments de contrariété. Max attaqua son chateaubriand au poivre avec appétit puis, voyant que Maurice ne mouftait toujours pas, il posa ses couverts.

— Bon, tu la craches, ta Valda ?
— Un peu de vin ?
— Maurice !

Son ami cligna longuement ses grands yeux bleus, beau comme un gosse sur le point d'avouer une grosse bêtise. Avec ces yeux-là, sa haute taille et sa belle gueule, il plaisait terriblement aux femmes mais n'en profitait pas, ou rarement. Maurice but une gorgée de vin et parut extrêmement soulagé quand une connaissance vint le saluer. Max était maintenant convaincu qu'il s'agissait de quelque chose de grave. Il termina son steak sans rien ajouter en se disant qu'il saurait bien assez tôt de quoi il s'agissait.

— Comment va Sacha ? demanda Maurice.

Max ne put empêcher un grand sourire de s'épanouir sur ses lèvres à l'évocation de son prénom. Quand il pensait à elle, c'était comme si un rayon de soleil lui caressait le visage.

— Elle est en pleine forme.

Un garçon vint débarrasser leurs assiettes vides et présenter la carte des desserts. Maurice se cacha un moment derrière et demanda des fraises à la Chantilly. Max commanda un café.

— Une amie, une importante directrice de casting, m'a appelé il y a quelques jours... commença Maurice sans lever les yeux vers Max.

Un frisson glacial passa en coup de vent le long de sa colonne vertébrale.

— Elle cherche une actrice parlant aussi bien anglais que français pour un petit rôle...

Maurice se mit à observer attentivement les motifs de feuillage de la banquette, se rongea un ongle et se décida à regarder Max dans les yeux.

— J'ai pensé... Sacha serait absolument parfaite... C'est une production indépendante, un petit budget...

— Très bien, si tu penses vraiment qu'elle pourrait être bonne actrice. Je le pense aussi, pourquoi pas ?

Maurice attrapa une fraise couverte de crème Chantilly.

— Le problème, évidemment, c'est qu'il s'agit d'un film américain et que le tournage est à Los Angeles, poursuivit-il à toute vitesse.

Max inspira un grand coup.

— Tu sais très bien que si elle part là-bas, je vais la perdre. Elle ne reviendra jamais.

— Pourquoi tu dis ça ?

— Parce que je la connais ! Je sais qui elle est. Certainement pas une secrétaire !

Son ami lui sourit légèrement pour tenter de l'apaiser.

— Je sais qu'elle est une femme amoureuse. Folle amoureuse de toi. Pourquoi tu ne lui fais pas confiance ?

— Parce que… Hollywood, bordel !

— C'est un petit rôle, Max. Elle n'est même pas sûre d'être prise.

— Tu ne pouvais pas lui trouver un truc en France, non ?

— Je n'ai pas cherché. J'ai reçu un appel. J'ai pensé à elle. C'était une évidence.

Max jeta sa serviette sur la table d'un geste rageur.

— Mais qui t'a demandé de penser à elle ? Et à moi ? Tu as pensé à moi ?

— Oui. C'est la raison de ce déjeuner. Je voulais te prévenir.

Le garçon apporta l'addition. Max sortit son chéquier en silence et se mit à écrire le montant. Son cerveau tentait de se calmer, de relativiser, mais c'était plus fort que lui : il avait l'impression que le malheur venait de frapper à sa porte. Ç'en était fini de sa vie merveilleuse, des matins câlins, des soirs de fête, de la peau douce de Sacha contre la sienne, du baiser de fin de journée en la retrouvant après le boulot. Il ne se sentait plus la force d'affronter le désert de son absence parce que, maintenant, il savait ce que c'était de vivre avec elle. C'était de la joie au cœur, jour après jour. C'était la plénitude. Comment pourrait-il survivre à cette perte ? Il réfléchissait à toute vitesse pour trouver une solution, mais c'était comme se taper la tête contre les murs. Et soudain, la solution lui apparut.

— Ne lui dis rien, s'il te plaît. Fais comme si tu n'avais jamais reçu ce coup de fil.

Maurice le fixa, totalement désemparé.

— Mais enfin, tu ne peux pas faire ça. Et si c'était la chance de sa vie ?

— Tu es mon ami ou pas ? Si notre amitié signifie quelque chose pour toi, je te demande de ne pas lui en parler. Au nom de ce qu'on a de plus sacré.

Il y eut un très long silence. Sans doute le plus long qui ait jamais existé entre eux. Un silence au cours duquel leur amitié tangua dangereusement. Peut-on accepter de rendre un service contraire à notre éthique ? Qu'est-ce qui a le plus de valeur à nos yeux, l'amitié ou nos principes ? C'était le moment où une relation fraternelle vieille de quinze ans pouvait s'éteindre ou survivre. Maurice hésitait. Max lui avait mis le sale marché entre les mains. De longues minutes s'égrenèrent dans le bourdonnement paresseux des conversations de fin de repas.

— Entendu, je ferai comme tu veux, répondit finalement Maurice d'une voix blanche. Mais on n'empêche pas une étoile de briller !

SACHA

Vendredi 9 juillet 2021, 16 h 22

— Vous savez que cet appartement était un cabinet d'avocat avant que Max ne l'habite ? demanda Sacha à Doria.

Elles prenaient le café, chacune nonchalamment étendue sur un canapé. Le soleil de juillet qui entrait à flots par les hautes fenêtres ouvertes faisait des taches lumineuses sur le parquet. Le bruissement des feuilles d'érable caressées par le vent tamisait le bruit de la circulation.

— Je l'ignorais.

— Beaulieu, Jouve et associés. Une institution vieille de plus de cent ans. Au temps où je préparais mon CAP, j'avais flirté avec le fils de maître Jouve.

— Votre Bertrand ?

— Lui-même. Mon école se trouvait au fond de la cour.

— Aujourd'hui, c'est la boutique de Manuela. Elle vend des sex-toys.

Sacha se mit à rire.

— Ces défenses d'éléphant provenant d'un pauvre animal abattu par quelque affreux chasseur étaient déjà là. Il les avait récupérées avec l'appart. Je lui avais demandé de les bazarder, mais il ne voulait rien entendre.

— Je croyais qu'il les avait gagnées au poker !

— Il a joué le bail au poker ! Le syndic ne voulait pas lui louer l'appartement parce qu'il n'avait pas les garanties suffisantes. Évidemment, Max a gagné. Les défenses, et ce vieux sabre ottoman, là, accroché au mur, faisaient partie du lot.

Doria regarda autour d'elle le salon encombré d'œuvres d'art d'époques et d'origines diverses. Son père avait toujours eu des goûts éclectiques. Peut-être que chacun de ces objets avait une histoire. Il faudrait lui demander de les lui raconter.

— En tout cas, il a bazardé mon portrait, constata Sacha.

— Votre portrait ?

— Peint par mon père. Max l'adorait, il avait voulu le garder. Il était accroché là, à côté de la cheminée.

— C'est incroyable ! À quoi ressemblait-il ?

— À moi, gamine, vers douze ou treize ans ? Avec des nattes.

— La petite écolière, c'est vous ?

Sacha pâlit légèrement sous son hâle doré.

— Vous connaissez ce tableau ?

— Il est dans sa chambre.

Doria se leva d'un bond, invitant Sacha à la suivre. Dans la chambre de Max, le lit était positionné face à la fenêtre et le tableau était là, accroché non loin, à côté de la cheminée. Une enfant montée en graine, sérieuse dans sa blouse grise aux manches trop courtes, deux grands yeux d'aigue-marine sous un front pâle, des nattes mal faites desquelles s'échappaient des cheveux ébouriffés.

— Oh mon Dieu, balbutia Sacha.

Doria contempla ce portrait qu'elle avait toujours connu, sans jamais deviner son secret. Son regard passait du tableau à Sacha, de Sacha au tableau. Le grand amour de son père.

44

Toutes les femmes qui se battaient chaque jour pour faire changer les mentalités, millimètre par millimètre

Vendredi 27 mai 1977

Sacha était en train de taper la fiche produit d'une crème hydratante quand le directeur marketing, comiquement vêtu d'un blazer sur son torse nu, pénétra dans le bureau que se partageaient les quatre secrétaires de la compagnie et se dirigea droit sur elle d'un air catastrophé. Elle se retint de lever les yeux au ciel. Henri Carreau vivait toujours au bord du drame.

— Alexandra, ma belle enfant, le bouton de ma chemise est tombé. Pourriez-vous me le recoudre avant la réunion marketing ? Vous me sauveriez la vie.

Elle le regarda, interloquée. Taper à la machine, faire des photocopies, assembler les dossiers et préparer les cafés n'étaient certes pas des tâches terriblement gratifiantes, mais du moins faisaient-elles partie de ses fonctions. Il n'était pas question dans son contrat de faire des travaux de couture, ou alors il pourrait lui demander un jour de repasser ses chemises ou de récurer les toilettes. Sacha regarda le type au teint cramoisi et à l'air sûr de son fait qui lui tendait son vêtement. Elle se demanda quel règlement ou quel schéma de pensée lui donnait le droit d'exiger cela d'elle. Aurait-il demandé la même chose à l'un des chefs de produit qui travaillaient sous ses ordres ? La réponse était évidemment négative. Il s'adressait à elle, parce qu'elle était une femme, et les femmes, c'était bien connu, étaient faites pour recoudre des boutons et préparer les cafés, même dans le cadre professionnel. Sacha songea un moment à laisser passer l'affront et rendre ce service somme toute minime à son supérieur hiérarchique. Puis elle pensa à Domino, à Simone de Beauvoir, à Gisèle Halimi, à Christine Delphy, à ses sœurs du MLF et à toutes les femmes qui se battaient chaque jour pour faire changer les mentalités, millimètre par millimètre. Elle croisa les bras et secoua la tête en souriant.

— Désolée, je n'ai pas le temps, il faut que je termine de taper mes fiches produit.

— Je vous garantis que votre patron ne vous en voudra pas si vous ne terminez pas tout ce soir, dit-il en pensant faire de l'humour.

— Peut-être, mais cela ne fait pas partie de mes fonctions.

— Dépêchez-vous donc, Alexandra, je n'ai pas que ça à faire !

Il balança sa chemise sur la machine à écrire. Elle la dégagea calmement et la lui tendit.

— Je vous ai dit non.

Comme il ne la prenait pas, elle la posa sur le petit espace libre de son bureau et se remit à taper sans le regarder, le cœur battant à tout rompre, mais décidée à ne pas céder. Les autres secrétaires ne perdaient pas une miette de leur échange, sans intervenir. Il resta planté un long moment, le visage de plus en plus rouge, la mâchoire crispée. Son regard balaya la pièce, s'attarda sur chacune des dactylos qui se gardèrent bien de lever le nez de leur machine. Il se décida finalement à récupérer son vêtement.

— Vous nous emmerdez, vous, les bonnes femmes, avec votre MLF à la con ! Espèces de mal baisées ! lança-t-il avant de sortir en claquant la porte.

Pendant un long moment, elles continuèrent toutes à taper sans mot dire, de peur qu'il ne revienne. Puis Evelyne profita d'un changement de feuille pour intervenir.

— Bien joué, Sacha ! Tu as tenu bon. C'est une belle victoire sur ce con.

Sacha ne put s'empêcher de sourire au mot « victoire ». Elle avait juste refusé de coudre un bouton, pas obtenu le droit à l'avortement.

— On a les victoires qu'on mérite ! ironisa-t-elle, haussant les épaules.

— Ne te dévalorise pas. Il n'y a pas de petit triomphe, déclara Evelyne.

Sacha décida de la croire.

En cette fin du mois de mai, les journées étaient longues, et il faisait encore jour quand elle rentra boulevard Montmartre. Max était allongé sur le lit, le téléphone posé sur son ventre. Il discutait avec quelqu'un qui le faisait rire aux éclats. Le cœur de Sacha se crispa de jalousie. Et si c'était une femme ravissante et joyeuse qui l'amusait ainsi ? Elle envoya balader ses chaussures et s'allongea près de lui. Le visage de Max s'éclaira en la voyant. Elle se blottit contre son torse et cala son nez dans le creux de son cou, respirant avec délice les effluves de Vétiver. Ses lèvres se posèrent d'instinct sur sa peau douce, juste à la naissance de la barbe rasée de près.

— Je te laisse, Gégé, Sacha vient de rentrer. Embrasse Maggy pour moi.

Il reposa le téléphone sur sa table de nuit, se tourna vers elle, l'enlaça et déposa un baiser sur le bout de son nez.

— Comment s'est passée ta journée ? demanda-t-il.

— Affreusement mal. J'ai été… maltraitée par ce con de Carreau.

Il la serra plus étroitement contre lui, et elle sentit ses sens se réveiller, comme toujours à son contact.

— Tu ne penses pas que tu devrais changer de job ? Te trouver quelque chose de plus sympa, qui te plaise vraiment ?

— Que veux-tu que je fasse ? Je n'ai aucune qualification. Je suis juste une dactylo.

— Moi non plus, je n'avais aucune qualification. J'ai appris sur le tas.

Elle soupira. Parti de rien, Max gagnait désormais très bien sa vie dans un métier qu'il adorait. Parfois, même elle le jalousait secrètement pour sa vitalité et sa facilité d'adaptation phénoménale. Elle avait un rapport beaucoup plus rugueux avec les autres, elle était plus méfiante, moins accessible. Et puis, elle était une femme, et tout était plus difficile. Le seul domaine pour lequel Sacha avait été suffisamment passionnée pour se battre sans ménager ses forces avait été la musique. Mais la mort misérable de son père, dont elle se sentait responsable, avait brisé cet élan. À tort ou à raison, Sacha pensait que son échec était sa punition pour avoir volé le tableau. Par sa noirceur, ce péché originel avait détruit toutes ses possibilités de réussir comme chanteuse ou batteuse, en groupe ou en solo. Elle était désormais condamnée à conserver une âme d'artiste dans un corps de dactylo. Sacha se sentait une musicienne mutilée, une coquille vide.

— Je ne suis pas comme toi. Je n'ai pas tes facilités, ni ta motivation.

— Tu étais une excellente batteuse... la meilleure, lui rappela Max.

— J'étais... La musique, ce n'était pas mon karma. J'ai loupé le coche.

Max lui caressa longuement les cheveux sans rien dire. Sacha se mordit les lèvres parce que ce genre de conversation la faisait presque pleurer. La seule constante dont elle était sûre aujourd'hui était son amour pour Max, mais cela ne suffisait pas. Ses journées au bureau étaient vides de sens, ses soirées à le suivre dans ses pérégrinations nocturnes l'amusaient encore, mais elle pressentait que cela n'aurait qu'un temps. Ces derniers mois, elle sentait gronder en elle une envie de s'accomplir, de construire quelque chose et de tout exploser. Il lui fallait un rêve, un but, sa propre barque à mener, sinon elle deviendrait malheureuse et aigrie, elle en voudrait à Max et lui rendrait la vie impossible. Il finirait par la quitter pour une fille plus drôle avec une brillante carrière qui serait également douée pour faire la cuisine, s'occuper de la maison, élever des gosses et sortir jusqu'au bout de la nuit. Son imagination l'entraîna si loin que des larmes perlèrent à ses paupières. Max les essuya très doucement avec ses deux pouces, comme une caresse.

— Ne pleure pas, je t'en prie, demanda-t-il d'une voix enrouée. On trouvera quelque chose.

Elle hocha la tête.

— J'ai toujours le MLF, dit-elle courageusement.
— Bien sûr...

Mais à quoi lui servait-il de se battre pour ses droits si elle n'était même pas capable d'appliquer ces principes à sa propre vie ?

— Maurice ne t'a pas appelée dernièrement ? demanda Max.

Elle crut qu'il voulait changer de sujet et lui en sut gré. Ça ne servait à rien de se laisser happer par les idées noires.

— Non, pourquoi ? Il t'a dit quelque chose quand vous avez déjeuné ensemble ?

Sacha s'était demandé si Maurice s'était décidé à parler de lui au cours de ce moment en tête à tête, mais voyant que Max ne lui en avait rien dit, elle avait conclu que leur ami n'était pas encore prêt.

— Rien de spécial. Tu veux sortir, ce soir ?

— Peut-être aller manger un bout en terrasse. Il fait tellement bon.

— Dani nous propose de passer à L'Aventure.

La chanteuse dirigeait cette boîte de nuit fréquentée par tous les noctambules de Paris.

— Bonne idée.

En rentrant chez eux, après une de ces soirées bruyantes et nonchalantes à passer de lieu en lieu au hasard des rencontres, elle remarqua que Max avait l'air à la fois soucieux et plus tendre qu'à l'ordinaire. Il l'aima cette nuit-là avec une intensité douloureuse qui l'inquiéta un peu. En y repensant, cela faisait plusieurs jours qu'il avait parfois l'air ailleurs. Elle se demanda s'il n'avait pas de problème dans son travail. Même quand on s'appelait Max Dahan, ce n'était pas toujours facile d'être son propre patron.

— Je crois me souvenir que Maurice m'a parlé d'un truc pour toi, murmura-t-il alors qu'ils reprenaient leur souffle, allongés côte à côte sur le dos.

Curieuse, elle se redressa sur son coude pour le regarder, pressentant qu'elle allait découvrir la clef du mystère.

— Tu sais de quoi il s'agit ?

Max se racla la gorge.

— Il m'a vaguement parlé d'un casting pour un petit rôle…

C'était tellement énorme qu'elle crut avoir mal entendu.

— Un casting ? Pour un rôle au cinéma ?

Max lui tourna le dos, prêt à s'endormir.

— Oui... mais je crois que c'est aux États-Unis, murmura-t-il d'une voix faussement ensommeillée.

D'un seul coup elle devina qu'il avait gardé l'information pour lui, mais ne s'était pas résolu à la lui cacher plus longtemps. Ce n'était pas très sympa, mais à sa place, Sacha aurait pu réagir de la même manière. Elle comprit la peur qui le taraudait et qu'il tentait de refouler loin de lui. Son corps collé contre le sien, ses lèvres tendrement plaquées contre sa nuque, elle l'enlaça de toutes ses forces.

— Je t'aime, murmura-t-elle.

— Mais tu vas y aller quand même.

Elle sentit sa gorge se serrer. Elle savait qu'elle n'aurait pas la force de refuser.

— Si c'est toujours possible, oui. J'appellerai Maurice demain matin pour en savoir plus.

— Tu vas m'abandonner une nouvelle fois.

Sacha sourit dans le noir. Il avait tendance à réécrire l'histoire à sa sauce.

— Je te rappelle que c'est moi qui me suis retrouvée à San Francisco, seule au monde.

— Pas si seule... Si je me souviens bien, tu t'es rapidement consolée avec Domino.

— Je ne m'aventurerais pas sur ce terrain si j'étais toi, Max.

— Tu vas me quitter.

— Je ne te quitte pas du tout, mon amour. Je t'aime. Je veux juste... tenter ma chance.

— Si tu m'aimes, pourquoi tu t'en vas ?

— Arrête, on dirait ta mère. Tu ne réussiras pas à me culpabiliser, murmura-t-elle tout en se sentant déjà dévorée de culpabilité.

Elle passa une jambe par-dessus les siennes, pour se fondre encore plus en lui.

— C'est juste un casting. À supposer que je puisse y aller, je serai revenue dans une semaine.

Il repoussa son étreinte et s'écarta d'elle, tremblant de tout son être.

— Je ne veux pas que tu partes. J'ai envie de vivre avec toi tous les jours de ma vie, j'ai envie d'avoir un enfant avec toi.

Sacha se mordit les lèvres pour étouffer les sanglots qui la secouaient. De l'autre côté du lit, Max, lui, pleurait sans retenue.

45

On va faire monter le soufflé
petit à petit

Tout se décida très vite. Le lendemain matin, Sacha appela Maurice pour lui demander si la proposition était toujours d'actualité. Un coup de fil à Leah Bronstein, la directrice de casting, valida l'opportunité. Elle pouvait s'envoler pour Los Angeles. Par chance, Sacha venait de toucher sa paye. La totalité de la somme servit à acheter son billet d'avion. Sur place, son ami Peter, le vétérinaire, se déclara prêt à l'héberger comme au bon vieux temps de la communauté. Sacha avait encore quelques centaines de francs sur son compte qui lui serviraient à manger et se déplacer. Pour le reste, elle verrait.

Avant son départ, elle se rendit rue de la Grange-Batelière, car Jean Clary, qui n'aimait pas discuter affaires par téléphone, l'avait convoquée à la galerie. Cet homme au charme discret était quasiment devenu un ami depuis le jour où elle était allée lui rendre visite pour lui parler de son père, environ un an et demi plus tôt. Sa bonne éducation masquait un homme d'affaires redoutable avec une vision très précise de son métier. Suite à la visite de Max, elle lui avait apporté la boîte de photos en noir et blanc et l'album des tableaux. En s'aidant de son stock de souvenirs, ils avaient établi ensemble une biographie « roman russe » de Léon Volkowski. Puis il avait organisé un vernissage intime en invitant quelques initiés triés sur le volet, pour leur présenter cet artiste qui, très jeune, avait connu Chagall, Modigliani et Soutine. Afin d'installer sa légitimité, Jean Clary avait sélectionné quelques œuvres de paysages enneigés, représentant le pays natal de Volkowski. Ç'avait été une soirée feutrée et étrange à laquelle Max, Sacha et Doria, qui les avait accompagnés, n'avaient pas compris grand-chose. À la grande déception de Sacha, seul un tableau avait été vendu, mais Clary s'était déclaré très satisfait.

— L'important n'était pas de vendre, lui avait-il expliqué, sa mèche brune et soyeuse lui couvrant coquettement l'œil, mais de faire savoir à un petit nombre d'élus qu'il existe. On va faire monter le soufflé petit à petit.

— Et s'il ne monte pas ? avait demandé Sacha.

— Ce sont les risques du métier.

En ce jour ensoleillé de mai, elle poussa la porte de la galerie avec entrain. Il l'accueillit avec un sourire complice.

— J'ai d'excellentes nouvelles ! Nous avons vendu deux nouveaux tableaux.

— Formidable, répondit poliment Sacha.

Avec le tableau vendu le jour du vernissage, ils avaient désormais atteint le chiffre glorieux de trois ventes.

— On va passer à la vitesse supérieure. Après notre petit événement confidentiel, les gens ont commencé à parler et cela a suscité de la curiosité. Je serais d'avis de commencer à montrer les autoportraits. Qu'en pensez-vous ?

— J'ai une totale confiance en vous, Jean. Vous voulez organiser un nouveau vernissage ?

— En septembre, je pense. Mais cette fois-ci, je vais inviter un ou deux journalistes. Pas plus. Ils se sentiront privilégiés. Et c'est pour cela qu'ils viendront.

— Je pense être de retour d'ici là. Je pars après-demain à Los Angeles passer un casting pour un petit rôle dans une production indépendante.

Elle devait avoir l'air tendu parce qu'il la regarda gravement et posa une main sur son épaule.

— N'ayez pas peur, Sacha. C'est une très bonne idée. D'ailleurs, le petit pécule amassé avec la vente des tableaux pourra vous être très utile en Californie.

Sacha le remercia tout en sachant pertinemment qu'elle n'en ferait rien. Elle s'était juré de ne pas utiliser un seul centime venant de Léon Volkowski à Hollywood. Au fond, elle était persuadée que son crime lui avait porté malheur avec la musique et mourait de peur que la malédiction touche également le cinéma. Elle préférait que l'argent reste en France, sur un compte spécial.

46

Ça va envoyer de mauvaises vibrations à l'univers

Mercredi 1ᵉʳ juin 1977

Dès qu'elle posa le pied sur le sol californien après trois ans et demi d'absence, Sacha se sentit revivre comme si elle rentrait chez elle. Sa *green card* glissée dans son passeport, elle passa la douane avec une émotion qui la surprit. Peter était venu la chercher dans sa camionnette VW qui sentait toujours le chien. Il n'avait pas changé, était à peine un peu dégarni peut-être, et avait toujours sa barbe douce qui lui valait le surnom de Beard. Il la serra chaleureusement contre lui et prit son sac militaire pour l'emmener jusqu'à son véhicule. L'air était chaud sur la Freeway 405. Peter alluma la radio et lui tendit un petit joint de bienvenue. Elle le fuma avec bonheur, fenêtre ouverte, laissant le vent doux balayer ses cheveux en écoutant « Don't Leave Me This Way » de Thelma Houston à la radio. L'Amérique méritait son nom de pays de la liberté !

Aux abords de Hollywood Boulevard, émergeant au milieu d'une rangée de hauts palmiers, elle aperçut, émerveillée, un immense panneau *Star Wars*, avec un Harrison Ford splendide et géant qui semblait la regarder droit dans les yeux.

— On est allés le voir le jour de sa sortie, la semaine dernière, avec Miranda. Il y avait une file d'attente interminable, l'informa Peter. Le film a battu tous les records d'entrées. Dès le lendemain, des dizaines de salles ont demandé à le diffuser. George Lucas est un génie.

— Tu es devenu bien calé en cinéma ! s'étonna Sacha.

— Dans cette ville, tout le monde parle de cinéma !

À l'instar de beaucoup d'anciens hippies voulant conserver leur façon de vivre issue de la contre-culture, Peter vivait à Laurel Canyon, un ancien village aux rues ensoleillées bordées de larges buissons de yuccas et de lauriers-roses. Proche de Hollywood Boulevard, le quartier était situé sur les hauteurs de la ville, au milieu d'une forêt de hauts conifères, et offrait une vue somptueuse sur Los Angeles. Dans les années 1960, de nombreux musiciens comme The Mamas and the Papas ou The Doors vivaient là. Malgré le départ ou la mort de certains d'entre eux, le quartier avait conservé l'esprit des sixties.

Peter habitait Mount Olympus Street, dans une petite maison aux murs blancs écrasés de soleil. Sacha fut accueillie par les aboiements joyeux des chiens et retrouva avec émotion toute la tribu des animaux de San Francisco : Jefferson et Cassidy les chats, Ben et Jerry les chiens et Garcia le perroquet.

Dans le living-room décoré de meubles artisanaux, Miranda, la compagne de Peter, était en pleine séance de yoga. D'un mouvement souple, elle quitta la posture du chien tête en bas pour se remettre gracieusement debout sur le tapis multicolore et la serra chaleureusement dans ses bras.

— Hello, *sunshine*, tu veux qu'on te fasse répéter tes lignes ?

À ces mots magiques, si nouveaux pour elle, Sacha se sentit frémir, comme traversée par un vent amical. Les animaux la regardaient gentiment, allongés sur le sol. Par la fenêtre, le soleil se couchait sur le canyon. Tout en bas, on apercevait les lumières de Hollywood qui commençaient à s'allumer comme des étoiles dans la brume.

Le lendemain, Sacha se retrouva dans un building délabré à l'est de Highland Boulevard. Dans une pièce aux murs décrépis, une cinquantaine de filles aux yeux clairs, blondes comme les blés, attendaient sur des chaises en plastique orange. Certaines lui jetèrent des regards haineux quand elle s'assit à son tour. D'autres se coiffaient ou se remaquillaient. L'une d'elles glissa des chaussettes roulées en boule dans son décolleté pour rendre sa poitrine plus pulpeuse. D'autres encore relisaient fébrilement le texte photocopié qu'on leur avait distribué à l'entrée. Mal à l'aise, Sacha consulta le sien pour la millième fois. Grâce à Maurice, elle avait eu la chance de recevoir à l'avance les trois lignes de dialogue du rôle de Marie la baby-sitter française embauchée dans une famille de psychopathes. D'après son ami, ce privilège n'était pas donné à tout le monde.

Plus le temps passait, plus Sacha se sentait stressée. Une quinzaine de comédiennes étaient passées, toutes plus magnifiques et sûres d'elles les unes que les autres. Elle se demandait comment elle pourrait être choisie alors qu'elle débarquait tout juste avec son teint de Parisienne couleur navet et ses cheveux qu'on ne pouvait qualifier de blonds que sur les grands boulevards. Elle pensa à Max qui attendait de ses nouvelles et, pour ne pas paniquer davantage, se força à respirer en gonflant et vidant le ventre ainsi que Miranda le lui avait enseigné la veille. Cette femme avait été une véritable bénédiction et l'avait fait répéter avec une patience infinie. Puis, pendant que Peter préparait un dîner macrobiotique dans la cuisine ouverte sur le living-room, elle lui avait donné quelques clefs pour se tenir droite, se détendre, et entrer dans le rôle en une fraction de seconde. Elle sursauta quand elle entendit son nom crié de l'autre bout du couloir.

Dans une petite pièce aussi vétuste que la précédente, un fond blanc, une caméra noire, un cameraman brun et Leah Bronstein, une blonde d'une quarantaine d'années qui ne manifesta pas le moindre signe de reconnaissance à la lecture de son patronyme. Le cameraman lui demanda de passer devant la caméra, puis de donner son nom et son prénom et lança un *Action !* mollasson.

Sacha leva ses grands yeux sur l'objectif.

Elle était Marie, une jeune fille française en charge des enfants Bentwood, une famille de l'aristocratie new-yorkaise. Un des enfants s'était caché dans le placard et ne voulait pas en sortir. La mère, Mrs Bentwood, accusait Marie de ne pas avoir assez d'autorité.

— « Jouer, c'est ce que font les enfants, madame Bentwood » dit Sacha en français.

C'était sa première ligne de texte. Le cameraman se mit à chantonner sans entrain pour signifier que le gamin chantait à tue-tête à l'abri dans sa cachette. Puis il tapa du pied sur le sol ; dans le scénario, la mère frappait sur la porte du placard d'un coup sourd.

— « Il faut le laisser, il sortira tout seul » prononça Sacha en anglais, sa deuxième ligne de texte.

D'une voix haut perchée, le cameraman, toujours dans le rôle de mère, la renvoya pour insolence.

Sacha sentit la colère rentrée de Marie. Elle avait peur pour l'enfant. Mrs Bentwood était une femme dangereuse, peut-être même une meurtrière... Les yeux de Sacha lancèrent des étincelles, ses joues rougirent sous le feu de l'injustice subie. Elle prononça sa troisième ligne de texte d'une voix tremblante :

— « Vos enfants vous jugeront. »

Elle pinça les lèvres et sortit du champ.

— *Cut!* cria Leah Bronstein.

— Merci, on vous recontactera, dit le cameraman.

C'était terminé.

Sacha quitta la petite pièce en tremblant de tous ses membres et s'assit sur la première chaise à sa portée. Son cœur battait fort. Ça avait été incroyable. Pendant une petite minute, elle était partie dans un autre monde, à la fois totalement ailleurs et totalement présente. Comme dans une transe. Elle n'était plus elle-même mais une autre personne vivant une autre vie pour raconter une histoire. Quoi de plus magique ? Elle était prête à recommencer demain matin, et tous les jours de sa vie. Passant devant elle, la candidate suivante lui écrasa le pied.

En quittant le bâtiment, Sacha se retrouva sur Highland Boulevard. Le quartier était un *no man's land* désolé où les voitures passaient à toute vitesse. Elle courut jusqu'à une cabine téléphonique et appela Miranda comme prévu, pour qu'elle vienne la chercher. Ensuite, elle téléphona à Max en PCV et le réveilla en plein milieu de la nuit. Avec neuf heures de décalage horaire, il était 2 heures du matin à Paris.

— Alors ? demanda-t-il.

— Ça y est, je suis passée. C'était génial !

— Tu es prise ?

— Je ne sais pas. Ils doivent me recontacter.

— Dans combien de temps ?

— Quelques jours, je pense, répondit-elle sans être sûre de rien.

— Je n'aime pas dormir sans toi, dit-il avant de raccrocher.

Alors commença l'attente. Revenue à Laurel Canyon, Sacha débriefa avec Peter et Miranda autour d'une salade d'avocats. La prof de yoga lui expliqua que si elle souhaitait exercer ce métier, il lui faudrait vivre avec l'attente et apprendre à la dompter. La vie d'une apprentie actrice était d'attendre des réponses, d'attendre un rôle, puis le rôle suivant. Il fallait se blinder, tromper l'ennemi en étant toujours active, toujours sur le coup d'après. L'œil rivé sur le téléphone, Sacha ne l'écoutait pas.

— Votre téléphone est bien branché ? demanda-t-elle pour la troisième fois.

Miranda regarda Peter et leva les yeux au ciel. Les chats ronronnaient au soleil, les chiens tournaient autour d'eux en remuant la queue. Peter se leva, des consultations au cabinet l'attendaient.

— Tu ne vas pas passer l'après-midi collée devant cet appareil, ça va envoyer de mauvaises vibrations à l'univers. Viens, on va aller promener les chiens sur Venice Beach, lança Miranda.

— Mais… si on m'appelle ?

— Il y a une petite machine très perfectionnée qui s'appelle un répondeur. Je te promets ça marche très bien.

Sacha sourit et se leva pour débarrasser les assiettes.

Sur Venice Beach, elle découvrit toute une foule de gens occupés à sculpter, bronzer et exposer leur corps. À San Francisco, on appelait les habitants de Los Angeles les *plastic people* et, tout en marchant sur la longue promenade du front de mer bordée de restaurants et de clubs de sport, elle comprit exactement pourquoi. À pied, en skate, à vélo ou en rollers, les corps parfaits, dorés, caramélisés ou chocolatés s'exhibaient dans toute leur splendeur.

C'était le royaume du muscle effilé, de la cuisse galbée, du torse baraqué. Des hommes et des femmes souriants, jeunes et beaux se baladaient en short, et chaussettes de sport hautes, en jean et débardeur moulants ou en maillots de bain colorés. Au bout de la plage, l'océan Pacifique déversait ses vastes rouleaux d'écume sous un soleil brillant. Sacha suivit Miranda qui se dirigeait vers la mer, ses deux chiens sur les talons. Elles trouvèrent une place sur le sable, posèrent leurs serviettes entre les vélos et les dossiers pliants utilisés par les habitués et regardèrent les chiens s'ébattre joyeusement dans l'eau. De nombreux surfeurs s'entraînaient à glisser sur les vagues. Au loin, un groupe de rock donnait un concert gratuit. L'air sentait l'huile solaire et la marijuana. Sacha se tartina d'Hawaïan Tropic et posa ses lunettes de soleil sur le nez. Elle se sentait bien, tout en se demandant si la petite boîte noire du répondeur avait enregistré un message pour elle. Miranda se leva pour signaler à ses chiens de ne pas trop s'éloigner. Plongée dans l'eau glacée jusqu'à mi-cuisses, Sacha l'aida à les rattraper, en poussant des hurlements chaque fois qu'une vague la trempait. Puis ils s'allongèrent tous sur le sable, légèrement frigorifiés, pour regarder le soleil se coucher.

47

Ne vous inquiétez pas, je suis russe

L'appel arriva le lendemain matin. Joe et Sacha étaient assis à l'extérieur, sur le porche, et fumaient un joint en se donnant des nouvelles des anciens de la maison rose. The Mamas and the Papas tournait en sourdine sur la platine. La sonnerie du téléphone retentit, Sacha se leva d'un bond, rata une marche, poussa la porte au lieu de la tirer, glissa sur le tapis au risque de s'étaler, marcha sur la patte d'un chat qui s'enfuit en miaulant et réussit à décrocher le combiné sans faire aucun dégât, ce qui était déjà un miracle.

À l'autre bout du fil, Leah Bronstein, assise à son bureau encombré de photos de comédiens, lui annonça d'une voix nasillarde qu'elle voulait la revoir. Elle lui donnait rendez-vous pour le jour même sur Sunset Boulevard au Château Marmont. Sacha raccrocha. Puis se mit à hurler.

À 17 heures pétantes, coiffée, maquillée, habillée et dûment sermonnée par Miranda et Peter aussi affolés qu'elle – souris, ne souris pas trop, sois conciliante, ne te laisse pas faire, sois française, sois américaine, fais pas ci, fais pas ça... – Sacha débarqua sur Sunset Boulevard au Château Marmont, l'hôtel le plus mythique de Hollywood, un imposant manoir ponctué d'un donjon évoquant quelque château de la Loire en carton-pâte.

Assise à une petite table sous une ogive pseudo-gothique près du bar, la directrice de casting leva la main dans sa direction et l'invita à la rejoindre avec un sourire engageant. Sacha s'avança, slalomant entre les tables tout en scrutant son interlocutrice pour tenter de deviner ce qu'elle tramait. Leah Bronstein était vêtue d'un chemisier imprimé à long col et d'un pantalon blanc pattes d'éléphant. Ses épais cheveux blonds coupés à la lionne coiffaient un visage carré où un regard bleu et froid tranchait avec un sourire enfantin, ce qui la rendait difficile à cerner. Un homme brun au sourire blanc comme neige était installé à côté d'elle.

— Sacha ! Bienvenue à Hollywood, lança la *casting director* en lui tendant sa carte de visite.

Elle s'installa dans un antique fauteuil en bois recouvert de velours. Ainsi qu'elle l'apprendrait plus tard, les meubles de l'hôtel Château Marmont avaient été chinés dans les propriétés des riches personnalités ruinées par la crise économique de 1929.

— Je vous présente Harry Towercast.

Sacha tendit la main à l'homme assis en face d'elle qui y glissa également sa carte de visite, accompagnée d'un sourire carnassier qui fit briller ses quenottes couleur lavabo. Après avoir commandé trois vodkas Martini et échangé des généralités sur le temps toujours radieux de L.A., Bronstein entra dans le vif du sujet.

— Vous avez été très bien pendant la « *take* » hier, déclara-t-elle de sa voix nasillarde.

— Merci...

Sacha inspira discrètement en attendant la suite.

— Écoutez, je vais vous parler franchement. Je crois que vous avez quelque chose de spécial. Quand on vous croise comme ça, vous ne payez pas de mine...

Bien calée au fond de son fauteuil, les mains agrippées aux accoudoirs, Sacha ne put s'empêcher de sourire à cette description.

— Je veux dire, des jolies filles, il y en a des milliers à Hollywood. Mais quand vous passez devant la caméra... Paow ! Il se passe une magie. Vous brillez. Vos yeux étincellent, votre teint devient *glowy*. Vous avez cette manière particulière de bouger qui provoque une émotion.

L'émotion était en tout cas à son comble dans le cœur de Sacha. Elle n'arrivait pas à en croire ses oreilles. Pour se donner une contenance, elle but une longue gorgée de cocktail.

— Attention avec la vodka ! s'alarma Bronstein.

— Ne vous inquiétez pas, je suis russe.

— *Le'haïm*, répliqua l'autre avec un sourire.

Sacha leva son verre en sa direction.

— *Le'haïm,* répéta-t-elle sans préciser qu'elle n'était pas juive.

Leah Bronstein la contempla un long moment, comme si elle se demandait jusqu'où elle pouvait lui parler.

— Je ne suis pas en train de vous dire que vous allez devenir une star. Des comme vous, il y en a des dizaines. Et elles sont prêtes à tout, *à tout*, vous m'entendez, pour avoir leur nom en haut de l'affiche.

— Je suis au courant, répondit Sacha en durcissant le ton.

— Le rôle de la baby-sitter, ça peut être un bon début pour se faire remarquer. C'est une petite production indépendante, mais le réalisateur, Scott Malcom, est une étoile montante. George Lucas a un œil sur lui.

En entendant le nom du réalisateur de *Star Wars*, Sacha déglutit.

— Mais avant de vous donner une chance, je dois d'abord savoir ce que vous voulez...

— Je veux devenir une grande actrice.

Bronstein se cala au fond de son fauteuil et darda son regard glacial sur Sacha.

— Vous vivez à Paris avec votre compagnon, m'a dit Maurice Ackermann.

— Oui.

— Vous laissera-t-il venir à Hollywood ?

— Pourquoi cette question ?

— Pour devenir une star, il faut un engagement à 100 %. Êtes-vous prête à tous les sacrifices et à beaucoup travailler ?

— Je le suis.

Leah Bronstein se tourna vers l'homme assis à côté d'elle, qui était resté silencieux jusqu'à présent.

— J'ai parlé de toi à Harry, qui est un ami. Il est prêt à devenir ton agent...

— À certaines conditions, déclara Towercast.

Il lui expliqua qu'il accepterait de travailler avec elle si elle suivait toutes ses consignes à la lettre : elle devrait prendre des cours d'anglais pour perdre son accent français, des cours d'acting, se teindre les cheveux pour obtenir un vrai blond californien, se rendre absolument à tous les castings où il l'enverrait et y arriver parfaitement à l'heure, son texte su à la virgule près, se rendre à toutes les soirées qu'il lui indiquerait, être endurante, ne pas se plaindre, et avoir un répondeur de compétition.

— Oh, également te mettre au bodybuilding, tu as encore un corps de Française.

— C'est-à-dire ?

— Mou avec des rondeurs, répliqua-t-il avec une moue de dégoût. Le cinéma aime les corps très minces, très fermes, très élancés.

Elle eut envie de lui répondre que Diane Keaton n'était ni blonde, ni élancée, mais se retint. Los Angeles n'était pas Manhattan et Farrah Fawcett était le maître étalon hollywoodien. Leah Bronstein commanda une autre tournée de vodkas Martini.

— Tout ce que vous demandez coûte cher, dit Sacha.

— Comment crois-tu que font les autres ? Il te faut un job pour payer tes frais. Toutes les serveuses du comté sont comédiennes.

— Je sais taper à la machine, suggéra Sacha.

— Je peux te trouver ça, répondit l'agent. Les studios cherchent des dactylos en permanence. Tu apprendras énormément en tapant des scénarios.

— Alors ? demanda la *casting director* en levant son verre. On a un deal ?

Sacha réfléchit à toute vitesse. C'était clairement la chance de sa vie. Pouvait-elle prendre le risque de la refuser ? Mais décider de s'installer en Californie sans en discuter d'abord avec Max lui parut une option impossible.

— Accordez-moi quarante-huit heures, déclara-t-elle.

Leah Bronstein et Harry Towercast éclatèrent d'un rire tonitruant. Sacha se sentit rougir mais décida d'attendre leur réponse sans leur montrer qu'elle était intimidée et apeurée par leur pouvoir.

— Elle est impayable !

— Elle se prend déjà pour une star !

— Tu sais que tu es remplaçable dans la seconde, dit Bronstein en claquant des doigts. Il y a mille filles prêtes à coucher, sucer ou tuer pour ces trois minutes d'écran, qui attendent actuellement devant leur répondeur. Et toi, petite *Frenchie* qui a encore la trace de son béret dans les cheveux, tu me demandes deux jours ? Es-tu folle ?

Towercast termina son verre d'un trait et le reposa sur la table. Persuadée qu'il allait se lever et partir, Sacha sentit son cœur se glacer. *Tant pis*, songea-t-elle, affolée, *je trouverai un autre agent.*

— Hollywood est un labyrinthe dans lequel tu peux tourner mille ans sans voir une porte s'ouvrir, déclara celui-ci comme s'il avait lu dans ses pensées. Tout le monde vit caché, les films se tournent en secret, les castings ne sont annoncés nulle part, les studios sont des forteresses dont rien ne filtre. Une poulette débarquée de son trou comme toi n'a accès à aucune information. Elle va se cogner contre des murs pendant des mois, va rencontrer les mauvaises personnes qui vont lui faire miroiter trente secondes de gloire contre une pipe et finir caissière dans un minable supermarché de banlieue. Voilà ce qui t'attend.

Effarée, Sacha avait pâli. Le tableau noir dépeint par Towercast lui donnait effectivement envie de prendre le premier avion pour Paris. Mais c'était peut-être le but.

— Sauf, poursuivit l'agent, si elle a des personnes bien introduites pour la guider. Si tu ne saisis pas la chance incroyable qu'on te donne, ni le temps qu'on te fait gagner, rentre tout de suite chez toi.

Calée au fond de son siège, Sacha ferma les yeux et respira profondément.

— J'ai besoin d'en parler à mon fiancé qui est en France, dit-elle d'une voix calme.

Harry Towercast leva les yeux au ciel.

— Je veux une réponse demain avant midi, déclara Leah.

L'agent consulta sa montre et se leva lentement.

— Dix heures et pas une minute de plus, dit-il en pointant le doigt sur Sacha.

Il était 18 h 30 à L.A.

À Paris, bien au chaud dans son lit, Max dormait profondément.

48

Toutes les pièces du puzzle de sa vie s'emboîtèrent parfaitement

Sacha sauta dans la camionnette de Peter et conduisit d'une traite jusqu'à Laurel Canyon. Trois quarts d'heure de route, c'était un minimum dans cette ville où rien ne pouvait se faire à pied, où les distances étaient immenses d'un point à l'autre. Elle ouvrit la fenêtre en tournant l'antique poignée. L'odeur de la route, un air tiède chargé de kérosène, lui sauta aux narines. À la radio, The Eagles chantaient « Hotel California » et le soleil se couchait à l'horizon, teintant le ciel d'orange et d'or comme sur la pochette du disque. Pendant une fraction de seconde, toutes les pièces du puzzle de sa vie s'emboîtèrent parfaitement. Son cœur se gonfla de joie. Elle appuya sur l'accélérateur et laissa le vent s'engouffrer dans ses cheveux.

Arrivée devant chez Peter et Miranda, Sacha sauta du marchepied et claqua la portière. Les chiens se mirent à aboyer. La nuit était tombée. Miranda apparut sur le seuil en tenue de yoga.

— Alors ? demanda-t-elle.

Sacha la rejoignit lentement. Elle se sentait un peu sonnée, maintenant. Peter jaillit de derrière les fourneaux où mijotait un ragoût de légumes aux épices. Il s'essuya les mains et referma la porte de peur que les chiens ne sortent. Sacha se sentit soudain très fatiguée. Le rendez-vous, les émotions contradictoires, l'alcool, la route... Tout cela l'avait secouée comme des glaçons dans un shaker.

— Attendez ! lança Peter, ça mérite de s'asseoir tranquillement et d'allumer un bon joint.

— Je vais prendre un verre d'eau d'abord, dit Sacha.

Pour Doria, un verre d'eau fraîche était la cure de tous les maux. Tu as mal à la tête ? Bois un verre d'eau, *cherika*, Tu es constipée ? Un bon verre d'eau. Tu as trop bu ? Hop, un verre d'eau. Tu as pris le soleil ? Bois de l'eau. Ton corps est composé à 80 % de liquide. Du coup, Sacha était devenue une adepte de l'eau fraîche. Elle but un grand verre et se sentit mieux. Peter était en train de rouler le joint. Miranda s'était installée à côté de lui. Elle les rejoignit et leur raconta son entrevue minute par minute. En entendant le nom de Harry Towercast, ils poussèrent des cris enthousiastes.

— L'agent du moment à Hollywood ! Tous les acteurs rêvent de travailler avec lui.

— C'est absolument fantastique !

Elle leur énuméra la liste de ses exigences. Ils l'écoutèrent sans s'étonner le moins du monde.

— Tu auras aussi besoin de faire du yoga pour réguler ton stress, ajouta Miranda. Je t'aiderai.

— Il te faudra une voiture, ajouta Peter.

— Je dois appeler Max. Je peux utiliser votre téléphone ? Je l'appelle en PCV.

Il décrocha à troisième sonnerie, encore à moitié endormi.

— Putain, Sacha, il est 5 heures du matin ! Qu'est-ce que ça a donné ?

Sacha hésita à tourner autour du pot, mais comme chaque minute coûtait une fortune, elle choisit d'aller droit au but.

— J'ai le rôle !

— Bravo, c'est incroyable !

— Mais elle veut d'abord être sûre que je peux m'installer ici et m'investir à fond. Elle pense que j'ai le potentiel pour faire carrière, et m'a présentée au plus grand agent de la ville.

— Ce que je craignais est donc réellement en train d'arriver...

— Je dois donner ma réponse demain.

— Et bien sûr, je ne peux pas être le salaud qui t'empêche de vivre ce rêve...

— C'est une opportunité extraordinaire. J'ai envie de saisir ma chance. Qu'est-ce que tu en penses ?

— *Dis, quand reviendras-tu ? Dis, au moins le sais-tu ?* fredonna-t-il avec les intonations de Barbara.

— Max... Réponds-moi. Est-ce que tu voudrais venir vivre ici avec moi ?

— Ce que je voudrais, c'est que tu n'aies pas cette envie soudaine de partir au bout du monde ! Ce que je voudrais, c'est vivre avec la femme que j'aime, me coucher et me réveiller à côté d'elle tous les matins. C'est bête, hein ?

Elle sentit son cœur se serrer.

— C'est ce que je veux aussi, Max. C'est pourquoi je te demande de venir ici.

— C'est impossible. Je ne peux pas laisser mon métier, ma mère, ma fille. Ma vie n'est pas à Los Angeles.

— Mais si la mienne y est ?

— Je suis comme Barbara.

— Que veux-tu dire ?

Il soupira, comme s'il hésitait.

— *Je n'ai pas la vertu des femmes de marins.*

Abasourdie, elle mit du temps avant de percuter ce que ses paroles sibyllines impliquaient.

— Tu me quittes ?

— Je compte disposer librement de mon temps sans toi.

S'il avait voulu lui planter un poignard dans le cœur, il s'y serait pris de la même façon. Le souffle coupé par la douleur, elle hoqueta, et raccrocha.

Toute la nuit, couchée dans la petite chambre d'amis éclairée par la lune, Sacha fit des cauchemars. Elle rêva de Max faisant passionnément l'amour à d'autres femmes, murmurant les mêmes mots crus et troublants, faisant les mêmes gestes, prenant le même plaisir qu'avec elle, voire plus qu'avec elle. Elle vit ses yeux noirs luire tendrement au-dessus de visages inconnus, sa peau mate se coller à d'autres peaux que la sienne. Elle imagina d'autres femmes calées à sa place dans le creux de son cou, les vit rire avec lui, danser avec lui, prendre le petit déjeuner à sa place dans la cuisine et finir par la chasser de la vie de Max. Elle se réveilla en pleurs, Peter penché au-dessus d'elle. Les deux chats perchés sur la table de chevet la regardaient, curieux, les oreilles dressées et les yeux brillants.

— Que se passe-t-il ? chuchota Peter.
— Max ! hoqueta-t-elle.

Elle lui raconta leur conversation et ses cauchemars. Son ami la dévisagea d'un air surpris.

— Je ne comprends pas le problème. Souviens-toi de ce qu'on disait à San Francisco... L'amour est libre. On ne peut pas le contrôler, le surveiller comme un prisonnier. Si on cadenasse l'amour, c'est le meilleur moyen pour qu'il s'enfuie.

— Oui, mais ce n'est pas pareil, c'est Max, c'est mon amour à moi toute seule.

— Personne n'appartient à personne. Justement, si tu l'aimes, tu dois le laisser libre de vivre comme il l'entend. Pourquoi l'enfermer dans un schéma qui n'est pas le sien ?

— Mais je lui ai demandé de venir vivre ici avec moi !

— Il t'a répondu que ça ne lui convenait pas.
Sacha renifla.

— Je ne pourrais pas supporter qu'il me trompe !
— Rendors-toi, vous vous parlerez demain.

Elle regarda sa haute silhouette se diriger vers la chambre à coucher où l'attendait Miranda. Formaient-ils un couple libre ? Quels étaient leurs accords ? Ils avaient l'air si heureux ensemble.

Un nuage passa devant la lune, assombrissant la pièce. Il lui sembla entendre un coyote hurler dans le lointain, puis des gémissements provenir de la chambre de ses hôtes. Elle sourit et s'enroula douillettement dans la couverture. La présence de Peter et Miranda dans la pièce à côté la ramena au temps de la vie en communauté à San Francisco. Elle se rappela qu'elle avait vu Max coucher avec Domino. Au final, leur amour à eux avait survécu, alors que son histoire avec Domino était morte. Sacha ferma les yeux et se laissa glisser dans la nuit californienne.

Quand elle se réveilla, un chat était couché sur son ventre et une odeur de café flottait dans l'air. On était samedi. Peter et Miranda étaient sortis se balader dans la forêt avec les chiens. Elle caressa rêveusement la fourrure soyeuse de Cassidy sans oser bouger de peur qu'il ne décampe. L'animal se mit à ronronner en plissant ses paupières sur ses yeux jaunes. Peter parlait souvent du pouvoir apaisant des animaux, mais elle n'en avait jamais pris conscience jusqu'à cet instant. Il lui sembla que le chat avait dénoué ses nerfs en pelote pour en faire un fil de soie tendu entre elle et Max. Quand le téléphone sonna, elle fut sûre que c'était lui. Sacha souleva précautionneusement le chat et le reposa au pied du lit où il se roula en boule avec componction.

— J'ai fait des cauchemars toute la nuit à cause de toi, déclara-t-elle de but en blanc.

— Bonjour Sacha, je ne me sens pas bien, merci de me le demander, répondit Max.

— Comment vas-tu ? Je me suis dit que notre amour était plus fort que tout et que nous allions trouver comment surmonter cette épreuve.

— Voilà comment tu résous tous les problèmes ? La pensée magique !

Elle l'entendit allumer une cigarette et inhaler la fumée à l'autre bout du fil. Son esprit s'envola jusqu'à Paris et se posa à côté de lui sur leur lit. Elle le visualisa rentrant sans doute de soirée, allongé sur le dos, le téléphone posé sur le ventre, l'écouteur calé entre l'oreille et son épaule relevée pour le faire tenir. Elle posa mentalement un baiser dans le creux de son cou.

— Toi tu vas vivre ton rêve, déclara lentement Max. Moi, je dois faire le deuil du mien.

— Max, tu *es* mon rêve. Nous n'avons pas rompu. Nous sommes toujours ensemble. Tu es mon seul et unique amour. Viens passer l'été ici avec moi.

— Tu ne comprends rien ! répondit-il avant de raccrocher brutalement.

49

Désolé, je ne roule pas des pelles à ma meilleure amie

Samedi 30 juillet 1977

À l'aéroport de L.A., devant la sortie des bagages, Sacha guettait Max à travers la vitre. Après le psychodrame des dernières semaines, les discussions au téléphone, les longues lettres échangées, les chantages et les larmes, il avait finalement accepté de venir passer quelques semaines d'été à Laurel Canyon.

Une foule de Français, au style identifiable parmi tous les touristes qui se pressaient autour des tapis roulants, attendaient leur valise, mais elle ne voyait pas Max. Inquiète, elle se demanda s'il n'avait pas finalement décidé de rester à Paris, puis le vit sortir de nulle part, bien peigné, l'air reposé malgré les dix-huit heures de vol, lunettes de soleil sur le nez, en jean et chemise ouverte, splendide. Il s'empara de son vieux sac à dos en toile, le jeta sur son épaule et se dirigea vers la sortie, vers elle. Sacha recoiffa fébrilement ses longues mèches désormais blondes comme les blés et se hissa sur la pointe des pieds pour ne pas le louper. Il y eut un moment de flou, puis soudain il fut devant elle. Sacha se jeta à son cou dans un élan passionné digne des plus belles comédies romantiques d'Audrey Hepburn mais Max se contenta de lui claquer deux bises amicales sur les joues.

— Tu ne m'embrasses pas ?
— Désolé, je ne roule pas des pelles à ma meilleure amie.
— Ta quoi ?
— Sacha, tu comptes toujours énormément pour moi, c'est d'ailleurs pour cela que je viens te voir et te soutenir pour ta nouvelle carrière. Mais pour ma part, notre histoire d'amour est terminée.

Elle se sentit brusquement aspirée en arrière, au temps douloureux du Golf-Drouot, quand elle était coincée dans le rôle de meilleure amie et qu'il ne comprenait rien. Mais cette fois, elle se jura qu'il ne resterait pas de glace bien longtemps !

— Très bien, ma voiture est sur le parking, *my friend*.

Dans sa Coccinelle rouge d'occasion achetée à bas prix avec son premier cachet pour le rôle de la baby-sitter, Sacha, décidée à ne pas se laisser abattre, raconta gaiement l'organisation de sa nouvelle vie : matin yoga avec Miranda avant de partir faire la dactylo dans les bureaux de la Warner Bros sur Burbank. Après-midi, cours d'acting, d'anglais et castings, puis cocktails et soirées à réseauter. Bref elle bossait non-stop, et ça marchait ! Grâce à son agent, Harry Towercast, elle avait tourné un nouveau petit rôle dans un film sur le Watergate et attendait d'autres réponses – Harry y croyait très fort.

— Je suis déjà crevé rien qu'à t'écouter, grinça Max.

Agacée, elle mit la radio à fond. Le tube d'Abba, « Knowing Me Kwowing You », envahit l'habitacle, avec ses paroles désenchantées sur la rupture inévitable de deux amants. Le texte collait tellement à leur histoire qu'elle jeta un coup d'œil en coin à Max pour voir comment il réagissait. Il pianotait en rythme sur le rebord de la vitre, sans paraître prêter attention aux mots qui lui brisaient le cœur. Mais elle ne laisserait pas leur couple mourir sans se battre.

— Heureusement, ma prof d'acting est partie en vacances pendant quinze jours. J'aurai du temps pour aller à la plage ou ce que tu veux. Et on est invités à plusieurs soirées, ça va être super cool.

Par la fenêtre ouverte, Max regardait les palmiers géants défiler sur le ciel bleu, en faisant semblant de ne pas l'écouter.

À Laurel Canyon, Peter et Miranda les attendaient avec un dahl de lentilles et un joint de bienvenue. Max sut se montrer détendu, agréable et drôle. Il leur posa beaucoup de questions et les fit rire en racontant le style de vie parisien. À la fin du repas, évidemment, ils l'adoraient. Un peu plus tard, leur voisine, la célèbre chanteuse Carole King, frappa à la porte, toujours charmante avec ses cheveux bouclés et son style naturel. Son chat s'était planté une écharde, elle voulait que Peter la lui retire. En voyant Sacha, elle la félicita pour son rôle dans le film sur le Watergate. Toute la ville disait qu'elle avait fait sensation au casting. Sacha, fan de l'artiste qui avait écrit « You've Got a Friend » et tant d'autres chansons extraordinaires, se sentit rougir jusqu'à la racine des cheveux. Carole King était comme Cass Elliot ou Michelle Phillips, une des *ladies of the Canyon,* ces artistes féminines chantées par Joni Mitchell qui avaient donné son âme à Laurel Canyon. Max semblait totalement sous son charme.

— *I am absolutely in love with your album, Tapestry**, susurra-t-il en lui serrant la main quand Peter le présenta.

— *Thank you so much, Max,* répondit la star en le fixant avec tellement d'intensité que Sacha crut mourir sur place.

Heureusement, l'écharde fut vite retirée de la patte du chat, la chanteuse rentra chez elle et ils restèrent tranquillement dans le salon à fumer et écouter de la musique.

Tout se passa bien jusqu'au moment où, découvrant qu'ils allaient dormir dans la même chambre et le même lit, Max manqua s'étouffer. Sacha, elle, avait repris espoir. Couchés l'un à côté de l'autre, peau contre peau, elle savait qu'il ferait moins le fanfaron. Alors qu'elle baladait son corps doré

---

* Je suis totalement amoureux de votre album, *Tapestry.*

par le soleil californien vêtu d'un soutien-gorge et d'une culotte dans la chambre, Max s'était couché, le pyjama boutonné jusqu'au cou, recroquevillé tout au bord du lit. Quand elle se colla contre lui et glissa une main caressante le long de son dos, il sursauta comme s'il s'était fait piquer par une vipère.

— Aaahh ! Ah non, Sacha ! Ne rends pas les choses encore plus difficiles qu'elles ne sont.

Elle s'éloigna brusquement.

— Si c'est comme ça, très bien ! dit-elle en lui tournant le dos. Ne viens pas me supplier parce que tu n'en pourras plus.

— Je vais parfaitement bien et je ne t'ai rien demandé ! Bonne nuit.

Cinq minutes plus tard, ils entendirent des gémissements et des soupirs traverser la fine cloison entre les deux chambres.

— Oh noooon ! gémit Max en collant l'oreiller par-dessus sa tête. C'est tous les soirs comme ça ?

Sacha leva les yeux au ciel.

— Souvent.

Le lendemain, après sa matinée au bureau, Sacha passa prendre Max à Laurel Canyon pour l'emmener à la plage à Santa Monica. Les palmiers s'élançaient vers le soleil comme s'ils voulaient l'attraper, et l'océan Pacifique déroulait ses larges vagues frangées d'écume. En cette fin juillet, la faune californienne habituelle avait envahi la plage. Skaters, rollers, bikers, joggers et baigneurs étalaient leurs corps bodybuildés aux regards masqués par des lunettes de soleil. La musique s'échappait des larges ghetto-blasters. Ayant repéré une parcelle libre de sable blond et fin, Sacha entraîna Max. Ils étalèrent leurs serviettes de plage et plantèrent deux petits dossiers pliants dans le sable.

— J'aimerais avoir une villa au bord de la mer, murmura Sacha en soupirant d'aise.

Derrière ses lunettes de soleil, Max contemplait avec gourmandise les beautés californiennes en bikini, aussi nombreuses que les grains de sable sur la plage. Histoire de se rappeler à son bon souvenir, Sacha s'allongea sur le ventre et lui demanda de lui mettre de l'huile solaire dans le dos, bénissant intérieurement ses séances de yoga qui avaient raffermi son corps de Parisienne sédentaire. Max se tourna paresseusement vers elle et versa un peu d'Hawaïan Tropic dans sa paume. Le contact de sa main douce sur son dos brûlant la fit frémir de la tête aux pieds. Comme il s'attardait sur le creux de ses reins, elle ferma les yeux et resserra compulsivement les jambes. Elle mourait d'envie de se retourner et l'embrasser à pleine bouche. Imperturbable, Max dégrafa le haut de son bikini d'un geste trop habile.

— Petite joueuse ! En France, toutes les femmes sont seins nus sur la plage, murmura-t-il, moqueur, faisant lentement glisser ses mains douces le long de ses côtes.

Elle fantasma sur l'idée qu'il lui attrape les seins à pleines mains. Pour masquer son trouble, elle lui demanda des nouvelles de leurs amis à Paris. Max se racla la gorge. Elle sentit ses doigts trembler sur son dos. Il referma son soutien-gorge.

— Il s'est passé beaucoup de choses à Paris depuis ton départ. Un vrai carnet rose ! Joe va être papa !

Eliane est enceinte. Gégé et Maggie ont décidé de se marier en septembre et la meilleure de l'année...

— Maurice ?

— Ma mère sort avec Jean Clary !

— Nooon ! Mais c'est génial ! Ils doivent être adorables ensemble.

Aussi heureuse qu'elle fût pour Doria, la préoccupation immédiate de Sacha était beaucoup plus triviale.

— Tu peux aussi me faire l'arrière des jambes ? demanda-t-elle innocemment.

— Tu exagères !

Il attrapa néanmoins la bouteille et versa l'huile tiède en un fin filet directement sur sa peau. Elle se mordit les lèvres quand il empoigna sa cheville et remonta lentement tout le long de son mollet et de sa cuisse, s'attardant un instant juste à l'échancrure du slip de bain. Elle crut qu'il allait glisser ses doigts sous le maillot et attendit, haletante, paupières crispées. Max retira sa main.

— Maurice, toujours pareil, dit-il. Je pense qu'il va finir par épouser sa mère.

— Il n'est pas le seul !

Max lui jeta un regard noir et alla se jeter dans l'eau fraîche du Pacifique.

50

La ville des miroirs, des mirages et des mythos

Mercredi 3 août 1977

Harry Towercast, l'agent le plus en vue de Hollywood, était satisfait du démarrage de la carrière de Sacha Volcan, sa dernière recrue. En quelques castings et deux tournages, elle était devenue « *the talk of the town* », le nouveau sujet de conversation en ville, alors même que les films n'étaient pas sortis. Pour installer cette rumeur naissante, il voulait qu'elle soit vue et photographiée dans tous les événements du moment. Los Angeles était une ville industrielle qui fabriquait du rêve à la chaîne. En dix ans de métier, il avait à peu près compris où serrer les boulons, où graisser les rouages et comment construire une actrice. C'était une mécanique très précise qui demandait beaucoup de manutention et de travail, et comme dans toute création, une bonne dose de magie. Encore fallait-il que la matière première soit de qualité. Or Sacha Volcan était un diamant brut, et son job était de le faire étinceler.

C'est pourquoi il lui avait obtenu une invitation à l'événement qui réunirait en un seul lieu tous les photographes de la ville. Depuis un an, Hollywood vivait au rythme de *Star Wars*. Sorti le 25 mai sur les écrans nationaux, le « blockbuster », selon le nouveau mot à la mode, avait rendu fou des millions d'Américains et partait envahir le reste de la planète à l'automne. Aujourd'hui, au cours d'une cérémonie très privée au Chinese Theatre, Dark Vador, C-3PO et R2-D2 allaient déposer leurs empreintes dans du ciment frais. Tout ce qui comptait à Hollywood serait là.

Pour faire les choses bien, Towercast avait envoyé une robe d'emprunt dans la cabane où Sacha vivait à Laurel Canyon et l'attendait maintenant à deux rues du cinéma mythique où se déroulaient les plus grandes avant-premières.

Quand elle débarqua, pile à l'heure, au coin de la rue dans sa vieille Coccinelle de hippie avec son boyfriend français qu'elle ne voulait pas lâcher pas d'une semelle, il leva les yeux au ciel. Il y avait encore du boulot. Heureusement que le type était sapé correctement.

Sacha était heureuse car Max était content. Ils étaient allés voir *Star Wars* deux jours plus tôt et s'étaient transformés en fans absolus de l'univers de

George Lucas. Aussi, quand elle lui avait annoncé qu'ils étaient invités à la cérémonie des empreintes, il s'était montré fou de joie. L'événement très privé se déroulait dans la Forecourt of the Stars du Chinese Theatre, là où les légendes du cinéma avaient gravé pour l'éternité les traces de leurs mains et leurs pieds dans le ciment frais.

Ils durent garer la voiture dans une petite rue assez éloignée, perpendiculaire à Hollywood Boulevard. Harry les attendait, trépignant d'impatience. Il la scruta de la tête aux pieds, approuva d'un signe de tête ses boucles blondes, sa robe blanche aux épaules dénudées et son maquillage qui lui faisait des yeux de chat.

— Whaou ! Sach' tu es sublime ! Suivez-moi, lança-t-il sans prendre la peine de saluer Max.

La foule était dense devant l'immense entrée en forme de pagode. Il régnait une effervescence typiquement hollywoodienne, entre crépitement des flashs et hurlements des fans. Harry avait attrapé la main de Sacha qui agrippa celle de Max pour se faufiler à travers la foule et atteindre la zone sacrée, derrière les barricades, du côté des cordons de velours et des tapis rouges. L'agent fit un geste de la main à une hôtesse qui, le reconnaissant, demanda immédiatement aux badauds de libérer le passage.

— Sacha Volcan est avec moi ! hurla-t-il en la désignant aux photographes.

Quelques flashs crépitèrent pour saisir au vol cette starlette encore inconnue, lumineuse dans sa robe de bohémienne chic. On les comptait par milliers, ces photos de jeunes femmes souriantes et pleines d'espoir qui disparaissaient des radars aussi vite que les papillons. Mais parfois, l'une d'elles traversait les épaisses murailles de verre de la célébrité. Alors la photo ressurgissait et pouvait se vendre cher.

La grande cour du cinéma était bondée. On attendait les célèbres robots pour la prise d'empreintes, mais autour des luxueux buffets, les enjeux étaient autres. Chacun voulait faire avancer ses pions sur le grand échiquier du cinéma. Harry se tourna vers Sacha.

— Tu ne me lâches pas et tu souris. Je vais te présenter au *casting director* de George Lucas.

— Je souris si je veux. Je ne suis plus une dactylo ! Max, tu viens ?

Harry sembla enfin découvrir la présence de son compagnon.

— Sacha a du boulot. Vous voulez bien l'attendre au bar ? On ne sera pas longs.

Elle regarda Max, impuissante et désolée, il eut la bonne grâce de s'éloigner avec un sourire.

Finalement, Sacha ne fit que ça, sourire. Dire bonjour, se présenter, échanger des cartes de visite, lancer des petites impertinences pour faire rire. Elle souriait, parce que c'était grisant d'être là, de provoquer la chance et de se battre pour sa propre cause. Perchée sur ses talons dorés, elle se faufila partout derrière Harry, fut présentée à des personnes importantes, se fit photographier sous toutes les coutures, discuta avec une productrice sympathique et apprit ensuite de la bouche de Harry qu'elle n'était pas plus productrice que son nutritionniste mais qu'elle réussissait toujours à se faire inviter partout.

— C'est la ville des miroirs, des mirages et des mythos, n'oublie jamais ça, ne fais confiance à personne.

— Où est Max ? demanda-t-elle.

— Max, Max ! Tu ne veux pas te trouver un amant un peu plus intéressant ? Un type qui pourrait t'être utile ? Ça ne sert un rien, un Français à Hollywood.

— Ne te mêle jamais de ma vie privée !

Elle le planta là, rangea sa pile de cartes de visite dans son sac et partit à la recherche de Max. Elle le trouva au bar, une coupe de champagne à la main, devisant avec une starlette au visage de poupée triste. Son visage afficha un soulagement sans bornes en la voyant.

— On y va, madame la star ?

— Tout de suite.

Ils réussirent à se frayer un passage vers la sortie.

— Tu as vu Dark Vador ? demanda-t-il, les yeux brillants.

— Non je l'ai loupé.

— C'était dingue ! Il avait sa cape, son casque, tout. J'avais l'impression d'être dans le film.

En sortant sur Sunset Boulevard, ils se retrouvèrent happés par la foule mouvante des fans qui espéraient apercevoir leurs idoles. Des milliers de personnes, certains habillés comme les héros du film, s'entassaient le long du boulevard sans se décider à bouger. Une rumeur incroyable enfla, quelqu'un se mit à parler dans un micro mais ils ne comprirent rien au message. Sacha commençait à penser qu'ils auraient dû attendre Harry. Peut-être y avait-il une autre sortie pour éviter la foule ? Emportée par une vague de cette marée humaine, elle perdit pied.

— Max ! hurla-t-elle juste avant de tomber.

Il tendit la main vers elle, en vain. Son visage paniqué fut noyé dans la foule.

— Sacha ! Sacha ! entendit-elle encore, mais de loin.

Elle réussit à se mettre debout d'un mouvement vif, évitant de justesse de se faire piétiner. Personne ne faisait plus attention à personne, tous les regards étaient dirigés vers l'entrée du cinéma. Sacha se retrouva éjectée hors de la masse houleuse. Elle appela Max sans réponse et se mit à le chercher avec inquiétude, mais il avait été englouti par ce monstre humain aux mille visages. Elle ne le trouva plus. Au bout d'un long moment, Sacha se dirigea vers la voiture, pensant qu'il aurait peut-être l'idée de l'y retrouver. Il n'y avait personne devant la Coccinelle. Elle ouvrit la portière et s'installa au volant.

Une heure plus tard, Max n'était pas revenu et le soleil se couchait sur Hollywood Boulevard. La foule se dispersait peu à peu. Des groupes de fans apaisés se dirigeaient vers leurs voitures. Elle se demanda s'il n'était pas blessé, s'il ne gisait pas quelque part sur la chaussée, le visage piétiné, en sang. À moins qu'il ne soit complètement perdu, seul et sans repère. Elle n'osait quitter la voiture de peur qu'il n'arrive dans l'intervalle sans la trouver. Finalement, Sacha sortit de la voiture, l'inquiétude au ventre, sans savoir quoi faire. La nuit était tombée, maintenant. Elle alluma les phares. C'est alors qu'elle le vit, marchant dans la rue, la cherchant. Elle l'appela et il se mit à courir vers elle. Sacha se précipita.

Ils se heurtèrent l'un à l'autre. Max balbutiait des mots fous : il l'avait perdue, cherchée partout, il s'était paumé dans toutes ces rues identiques sans retrouver la voiture, il avait cru qu'elle était retournée à la soirée, avait appelé Peter d'une cabine téléphonique. Puis, enfin il avait vu les phares s'allumer dans la nuit. Il la prit dans ses bras, fourra ses mains dans ses cheveux, à pleines poignées, renversant sa tête en arrière.

— Je ne veux pas te perdre, Sacha. Je t'aime, bordel, je t'aime ! lâcha-t-il, la gorge serrée.

— Je t'aime aussi, Max, murmura-t-elle avant qu'ils ne s'embrassent passionnément, comme deux assoiffés, deux idiots transis, incapables de se quitter, incapables de rester unis.

— Tu vas être une star, je le sais depuis toujours. Je veux que tu brilles aussi haut et fort que tu le mérites ! Mais j'ai tellement peur de te perdre.

— Ne sois pas stupide, ça n'arrivera jamais.

Elle le suivit en courant, sa main dans la sienne jusqu'à Hollywood Boulevard. En face du cinéma se dressait le Roosevelt Hotel. Ils demandèrent une chambre, attrapèrent la clé, traversèrent au pas de course le patio avec sa piscine illuminée entourée de palmiers. La pièce avait une déco années 1930, très Old Hollywood, et le lit était géant. Ils se jetèrent l'un sur l'autre, faisant voler leurs vêtements pour se fondre l'un dans l'autre au plus vite, s'aimèrent comme des fous, s'aimèrent à se faire mal, à se serrer fort, à se mordre, à se manger, et recommencèrent encore et encore.

— Si tu me trompes à Paris, ne me le dis jamais, je ne pourrais pas le supporter, murmura Sacha, essoufflée.

Il prit son visage entre ses mains et plongea ses yeux dans les siens.

— Moi non plus.

MAX

Vendredi 9 juillet 2021, 17 h 08

— Dis Max, pourquoi ton amoureuse c'est pas la maman de ma maman ?
— Parfois on a la chance de faire des enfants avec la femme qu'on aime, et parfois non. Le plus important, c'est d'aimer. Ses amours, ses enfants, ses petits-enfants, ses amis, les gens… De toute façon, il faut mettre de l'amour dans la vie.
— Et moi, tu m'aimes ?
— Oh oui. Tu n'as pas idée à quel point !
Elias écarta ses bras au maximum.
— Grand comme ça !

51

Les femmes des années 1980 épatantes et émouvantes

Jeudi 13 octobre 1983

Accoudé au balcon qui donnait sur le boulevard Montmartre, Max fumait tranquillement le pétard roulé par le petit ami de Maurice. Sur le trottoir en face, une foule de jeunes faisait la queue pour déguster un Big Mac bien mou dans le *fast-food* qui avait remplacé le Café d'Angleterre et le Golf-Drouot. La dernière fois qu'elle était venue à Paris, Sacha en avait fait tout un plat : comment pouvait-on servir une saloperie pareille aux jeunes ? On allait en faire des obèses, et le cholestérol, et les pauvres vaches, et l'élevage intensif et blablabla. Max sourit avec attendrissement à ce souvenir en tirant une bonne bouffée de fumée magique. Dans les enceintes, David Bowie chantait « *Let's Dance* ». Il referma la fenêtre et décida de lui obéir en rejoignant les quatre ou cinq personnes qui se déhanchaient en rythme au milieu du salon aux murs fraîchement repeints couleur saumon.

Une de ses ex, marchande d'art comme lui, vint lui parler d'une vente de lampes Tiffany qui aurait lieu la semaine suivante dans le nouvel Hôtel Drouot, que tout le monde trouvait très laid mais bien pratique. Elle s'éloigna après un baiser un peu trop appuyé au coin des lèvres. Jean Clary, l'ami de sa mère, le prit à part pour discuter des tableaux de Léon Volkowski.

— J'ai envoyé un télex à notre Sacha, mais elle ne m'a pas encore répondu. Notre travail de fourmi porte ses fruits. Sa cote grimpe et il y a de la demande de la part de sérieux collectionneurs. Je joue évidemment sur l'effet de la rareté et je brode indéfiniment sur la légende de l'artiste russe, crève-la-faim, abandonné par la femme qu'il aimait, un peu maudit... Mais ce que m'a raconté Sacha n'est plus suffisant. Vous qui l'avez connu, avez-vous des informations supplémentaires ?

Max l'écouta avec attention. Contrairement à ce que pensait Clary, il n'avait jamais rencontré le père de Sacha, mais ne démentit pas.

— Je crois me souvenir qu'il était très proche de Soutine. Il a travaillé avec lui non seulement à La Ruche, mais également plus tard, dans son atelier de la rue Joseph-Bara. Il était une sorte d'assistant, préparait ses toiles... Vous pouvez le raconter à vos collectionneurs, comme une confidence...

— Excellent ! Je l'ignorais !

Assise au fond d'un canapé, un verre de whisky dans une main, une cigarette dans l'autre, sa mère discutait avec Sophie, sa petite amie du moment, une belle blonde au tempérament de feu. Doria cligna des yeux en direction de son fils, un petit signe d'amour complice qu'ils échangeaient souvent. Depuis qu'elle fréquentait Jean Clary, elle venait plus volontiers à ses soirées. Il la soupçonnait de prétendre aimer la musique, l'animation, le tintement des glaçons et la fumée des cigarettes afin de participer à sa vie, voire de garder un œil sur lui. Il en était à la fois parfois agacé, parfois ému, mais au fond, toujours heureux.

Elle se leva pour venir discuter avec lui près du bar Art Déco qu'il s'était offert récemment, comme une amie dans une soirée. Elle était sa mère, mais aussi une personne drôle et tendre qu'il appréciait beaucoup. Son amour à distance avec Sacha dépassait son entendement, mais elle suivait fièrement l'évolution de la carrière de sa *cherika* et avait vu tous ses films, même ceux où elle n'apparaissait que deux minutes à l'écran. Aujourd'hui, Sacha était abonnée aux premiers rôles et Doria attendait avec impatience de visionner son prochain film.

— Elle est gentille, cette petite, dit-elle en parlant de Sophie qui s'était mise à danser au son d'un vieux Chuck Berry.

— Oui, très sympathique.

— Tu vois comme je suis capable maintenant de parler à une de ces femmes sans avoir envie de les tuer.

— Je le vois et je t'en remercie, maman. Je sais que tout cela ne te réjouit pas vraiment.

— Ça me dépasse ! Est-ce ainsi qu'on vit aujourd'hui ? Vous inventez des règles que je ne connais pas. Mais d'après mon expérience…

— Oui je connais ton opinion, pas la peine de continuer…

Mais Doria poursuivit, imperturbable :

— … cela n'est pas comme ça qu'un couple peut durer.

— Merci de me le rappeler à chaque fois qu'on se voit.

Il alluma un pétard et souffla la fumée dans la direction opposée à sa mère.

— Et tu remarqueras que je ne fais plus aucun commentaire quand tu fumes de la drogue ! ajouta-t-elle avec un sourire malicieux.

Il éclata de rire et se pencha pour embrasser sa joue parfumée.

— Tu es parfaite. C'est vrai qu'avec un fils de trente-sept ans, tu serais en droit de te fâcher et de l'enfermer dans sa chambre.

Doria rit avec lui.

— Ce n'est pas l'envie qui m'en manque, *pacha* ! Bon, il est temps que je rentre. Je travaille demain. Où est Jean ? Au fait, n'oublie pas que tu as Alice ce week-end. À samedi.

Il la regarda s'éloigner avec tendresse. Ses amis pouvaient se moquer et Sacha en rire, mais les faits étaient là : plus il passait du temps avec sa mère, mieux il se portait.

Le regard aiguisé de Max survola la pièce pour s'assurer que tout se passait bien. Le salon s'était peu à peu vidé de ses invités. Dans la cuisine, Étienne, l'homme à tout ranger qu'il employait à chacune de ses fêtes, était en train de vider les cendriers. Gégé sortit de la salle de bains en reniflant après s'être tapé une ligne de coke et rejoignit sa femme Maggie sur un canapé. Doria et Jean étaient devant la porte et enfilaient leurs manteaux. Il leur fit un signe de la main pour les saluer. Sophie noua ses bras autour de son cou et se mit à danser face à lui. C'était une jeune femme à la vitalité contagieuse, une « *executive woman* » comme on les appelait, qui portait des tailleurs à épaulettes pendant la semaine et des mini robes ultra-moulantes avec des collants opaques et des escarpins le week-end. Il passa la main dans le creux de son dos, appréciant au passage la fermeté de sa taille et le moelleux de ses seins plaqués contre son torse.

— Tu voudras passer au Bains après ? chuchota-t-il à son oreille.

Elle colla son bassin contre le sien.

— Pourquoi pas, à condition qu'on ne rentre pas trop tard...

— Promis.

Elle s'éloigna pour se remaquiller et Max se mit à empiler les verres vides pour les apporter à la cuisine. Quand il n'était pas dans la grande maison de Sacha à Laurel Canyon, Max se sentait libre de fréquenter d'autres femmes. C'était leur pacte : amour libre et discrétion. Ses petites amies passaient dans sa vie sans jamais s'y arrêter, mais il éprouvait toujours pour elles un attachement tendre. En curieux de la nature humaine, il trouvait les femmes des années 1980 épatantes et émouvantes, flirtant en permanence entre espoir et désillusion, se battant comme des tigresses pour faire carrière et trouvant peu de relais auprès des hommes pour les soutenir. Elles s'en accommodaient, portant sur leurs larges épaules rembourrées leurs ambitions professionnelles et familiales, leurs envies de promotions et celles de biberons, leurs rêves d'un appartement bien décoré avec celui d'un chèque pour payer le loyer. Elles cherchaient toutes l'homme idéal, un macho au cœur tendre qui leur ferait bien l'amour et peut-être un ou deux gosses après qu'elles l'auraient relooké de la tête aux pieds. Max se positionnait comme l'amant noctambule en perfecto et cheveux longs qu'elles pouvaient exhiber dans les soirées. Avec lui, pas d'engagement, mais la garantie de prendre du bon temps, une épaule sur laquelle se reposer un moment avant de repartir au combat. Il était le repos des guerrières, l'ami câlin qui savait écouter et conseiller, l'amant qui les faisait grimper aux rideaux. Mais pas plus, jamais plus, car le cœur de Max, s'il crépitait joyeusement au rythme de ses aventures sans importance, ne brûlait d'un feu passionné que pour Sacha Volcan, son étoile qui menait sa carrière hollywoodienne d'une main de fer de l'autre côté de la terre.

Maurice s'approcha, accompagné de son petit ami, et lui ôta la pile de verres des mains.

— J'apporte ça à Étienne. On va aux Bains avec Marco, tu nous rejoins ?

Depuis qu'il leur avait révélé son homosexualité quatre ans plus tôt, un soir au Palace où il avait soudain embrassé un homme sous leurs yeux, Maurice revivait, libéré d'un grand poids. La discothèque flamboyante, où homos et hétéros, gens de la mode, du show-biz et fonctionnaires, aristos, bourgeois et prolos se mélangeaient au son du disco, avait été le détonateur. Lui, si souvent taciturne et mélancolique, se révélait enfin léger, et parfois même heureux de vivre ! Il avait eu terriblement peur de la réaction de ses amis et avait failli en pleurer quand ils avaient accueilli la nouvelle avec toute la tendresse de leur longue amitié. Même Joe, le plus traditionaliste d'entre eux, avait juré qu'il pouvait coucher avec qui il voulait, du moment que ce n'était pas avec lui. Sa seule inquiétude avait été de savoir si Maurice continuerait à jouer au poker. Max lui en voulait un peu de ne pas leur avoir fait confiance et d'avoir porté son secret comme un fardeau pendant si longtemps. Les mentalités avaient été dures pour les homosexuels, mais dans la France de François Mitterrand, l'air du temps commençait à changer. Dans le monde de la nuit et du spectacle, les homos osaient s'afficher au grand jour.

— Laisse-moi le temps de fermer la baraque et j'arrive. Tu as réservé une table ?

— Évidemment.

Aux Bains Douches, Maurice était chez lui. Le producteur de cinéma guindé tombait le masque pour laisser place au dandy extravagant. Quand Max débarqua rue du Bourg-l'Abbé avec Sophie, son ami était installé avec Gégé, Maggie, et quelques autres à une table au bord de l'ancienne piscine transformée en dance floor, et avait commandé de la vodka.

Sophie balança ses escarpins et grimpa sur la banquette pour danser lascivement sur « Last Night A DJ Saved My Life » d'Indeep. Super bosseuse, elle avait besoin de décompresser et de faire la fête. Max la trouvait intrépide et sexy. C'était une compagne de jeu qui avait du répondant.

En rentrant 19 bis boulevard Montmartre un peu ivres vers 4 heures du matin, ils trouvèrent l'appartement bien rangé, Sophie pouffa en disant qu'elle avait l'impression de visiter les coulisses de la fête. Il lui fit l'amour avec soin. Mais après cette soirée-là, elle cessa de répondre à ses appels.

52

L'immense lit de l'immense chambre de cette immense nouvelle maison

Vendredi 18 mai 1984

Max regarda par le hublot le ciel immuablement bleu de Los Angeles et le quadrillage régulier de ses interminables avenues. L'avion se posa sur la piste dans un grondement devenu familier, et il eut l'impression fugitive de rentrer à la maison. Depuis six ans, il avait tellement souvent fait le trajet qu'il ne comptait plus. Pour la première fois, Sacha ne viendrait pas le chercher à l'aéroport. Elle lui avait expliqué que cela devenait un peu compliqué de se déplacer pour elle, mais il la soupçonnait plutôt d'avoir envie de l'accueillir en fanfare dans sa toute nouvelle maison de Malibu. Il attrapa sa valise Samsonite et la posa sur un chariot. Un chauffeur en costume sombre l'attendait, son nom imprimé sur une pancarte aux bords dorés. Il le suivit jusqu'à une limousine blanche et ils prirent Century Boulevard en direction de Malibu.

Depuis son arrivée à L.A., Sacha avait souvent déménagé, mais était toujours restée à Laurel Canyon. Elle avait d'abord squatté quelque temps chez Peter et Miranda avant de louer son propre appartement, puis avait rapidement acheté une maison dans les hauteurs. Il était d'autant plus curieux de découvrir cette villa de Malibu conçue par un architecte des années 1960 dont elle lui parlait abondamment au téléphone.

La carrière de Sacha s'était soudainement emballée avec son dernier rôle. Tout avait commencé par un coup de téléphone de Domino qui avait appelé de New York pour dire à Sacha qu'une de ses amies, journaliste brillante et féministe nommée Nora Ephron, venait à Los Angeles pour réaliser son premier film. Domino lui avait parlé de Sacha. Elles s'étaient rencontrées, appréciées, avaient tourné ensemble et le succès du film, une comédie romantique irrésistible, avait fait basculer Sacha dans une autre dimension. Ce rôle de fêtarde immature qui se dressait soudain contre une grande injustice... tout en trouvant l'amour, avait touché les gens au cœur. Le film était une des premières comédies romantiques de l'ère post-révolution sexuelle. L'héroïne ne rêvait pas de se marier, mais de se battre pour ses idées. Tout le monde aimait Daisy Blue, tout le monde croyait qu'elle était Sacha Volcan. Le film avait battu des records d'entrées historiques, propulsant d'un coup Sacha au rang de superstar. Ses cachets avaient suivi la même ascension fulgurante, ce qui expliquait l'achat impulsif d'une villa au bord de la mer.

Sur l'interstate 405, la voiture passa à toute vitesse devant une affiche géante du prochain film de Sacha, une nouvelle comédie romantique réalisée par Nancy Meyers.
La femme de sa vie souriait, pâmée, entre les bras d'un autre homme, un de ces types tellement beaux qu'ils ne devraient pas exister. Il détourna le regard, préférant ne pas imaginer Sacha succombant à son charme.
La limousine bifurqua vers l'océan scintillant et longea la Pacific Coast Highway. Son cœur se mit à battre à grands coups, comme chaque fois qu'il retrouvait Sacha, de plus en plus blonde, de plus en plus belle, et toujours plus californienne. À Laurel Canyon, ils avaient eu des étés merveilleux à se dorer la pilule autour de la piscine, des soirées feu de camp à écouter Carole King et d'autres musiciens du quartier, et des journées à s'aimer volets fermés entre deux mondanités. Il était curieux de découvrir ce que leur réservait Malibu. Soudain, le chauffeur s'engagea dans une rue en pente vers l'océan. Max se retrouva devant un portail en bois doté d'une caméra de surveillance qui s'ouvrit lentement, dévoilant une allée bordée de palmiers et de cactus au bout de laquelle se dressait une large villa cubique aux murs blancs troués de

baies vitrées étincelantes. Il la contempla le souffle coupé. C'était une merveille architecturale, d'une simplicité trompeuse et époustouflante. En six ans, il avait eu le temps de voir des *mansion*s de stars, gigantesques et alambiquées au luxe tapageur. La villa de Sacha était à son image, toute simple en apparence, mais brillante et complexe quand on faisait l'effort de la découvrir en profondeur. Sur le porche, la propriétaire simplement vêtue d'un short en jean et d'un tee-shirt lui faisait de grands gestes de bienvenue. Elle se précipita sur lui et se jeta dans ses bras. Il la serra contre lui, le nez dans ses cheveux soyeux, bouleversé par son parfum fleuri et la douce tiédeur de son cou. Comme à chaque fois qu'il la retrouvait, il se demanda comment il réussissait à vivre sans elle. Ce n'était qu'en la tenant contre son cœur qu'il se sentait parfaitement entier et serein. Sacha, elle, ne tenait pas en place.

— Viens visiter !

Déjà elle s'élançait vers la maison. Il la suivit en souriant pendant que le chauffeur s'occupait de sa valise.

— Entre du pied droit, sinon ça porte malheur ! C'est Doria qui me l'a dit.

Dans le salon immense et lumineux, l'océan lui entra directement dans les yeux. La façade avant n'était qu'une seule et grande surface de verre qui coulissait pour donner sur une terrasse. Le Pacifique s'étendait, immense et bleu, jusqu'à l'horizon. Installée face à cette vue à couper le souffle, une batterie rutilante attendait les défoulements de Sacha Volcan. Sur la grosse caisse, elle avait fait reproduire le logo psychédélique créé autrefois par leur amie Betsy.

— Au moins ici, je ne vais pas gêner mes voisins : je n'en ai pas ! dit-elle en tapant nonchalamment sur les drums.

Sur les murs blancs étaient accrochés plusieurs tableaux de Léon Volkowski, car elle travaillait maintenant à le faire connaître aux États-Unis.

Max attrapa Sacha et la fit tournoyer entre ses bras.

— Tu l'as fait, mon Sacha ! Tu as ta villa au bord de la mer !

— Ça te plaît ? J'ai tout décoré en pensant à toi.
— J'adore.

Rayonnante, elle bondit vers l'escalier à la structure aérienne qui menait à l'étage.

— Viens voir les chambres !

Elles étaient au nombre de trois, donnant toutes sur l'océan. La dernière était décorée de meubles anciens et d'un grand tapis d'Orient posé sur le sol de pierre blanche.

— La chambre de Doria ! La prochaine fois, tu viens avec elle.

Sur la terrasse, une table pour deux avait été dressée par la cuisinière particulière. Ils déjeunèrent en tête à tête, à l'ombre d'un auvent, retrouvant immédiatement la vivacité de leurs échanges, se racontant mille petites choses pleines de références qui n'appartenaient qu'à eux. Évidemment, Sacha détestait le président Reagan qui, comme tous les conservateurs, privilégiait les intérêts industriels aux enjeux écologiques et sociaux. Elle trouvait que le pays traversait une phase de puritanisme aigu. Max, que la politique n'avait jamais passionné, l'écoutait avec attendrissement. Après tout, elle était désormais une star et avait peut-être le pouvoir d'influencer les choses. Heureux et détendu, il allongea les jambes et alluma un cigare, prêt à savourer un moment de quiétude après son long voyage.

C'est alors que le ballet infernal commença. Une assistante surgie d'il ne savait où annonça à Sacha que son coach d'acting était arrivé. Elle le quitta précipitamment pour aller répéter. Comme ils travaillaient dans le living, Max se réfugia au bord de la piscine pour finir son cigare. À peine le coach parti, la prof d'aérobic débarqua, suivie en fin d'après-midi par Harry Towercast toujours trop occupé pour le saluer, accompagné de la publiciste de Sacha, une jeune femme en tailleur strict avec laquelle ils se lancèrent dans une discussion interminable concernant sa stratégie de communication.

Il monta dans la chambre pour se reposer et prendre une douche. La « master suite » comportait également un bureau et deux dressing-rooms, un pour elle, un pour lui. Max découvrit avec surprise que ses propres vêtements avaient été déballés et rangés. Sur le bureau de Sacha, une pile impressionnante de magazines affichait le visage de sa bien-aimée en couverture. Tantôt surmaquillée et un peu artificielle, tantôt faussement naturelle, de face, de profil, en couleurs, en noir et blanc, des dizaines de Sacha Volcan le narguaient sur papier glacé, alors que l'originale, un étage en dessous, était trop occupée pour lui parler.

Max n'était pas au bout de ses peines. À peine l'agent et la publiciste étaient-ils partis qu'une coiffeuse, une maquilleuse et un styliste débarquèrent pour préparer Sacha à une party chez une star, lui-même fils d'une des dernières légendes de l'âge d'or de Hollywood. Il enfila un costume et monta à côté d'elle dans une grosse Mercedes aux vitres noires comme la nuit, destinée à la protéger des regards. Elle fut littéralement prise d'assaut avant qu'ils puissent échanger deux mots.

Ayant déjà accompagné Sacha à de nombreuses soirées soigneusement sélectionnées par son agent, Max avait compris que sortir à Hollywood faisait partie du job. Elle arrivait avec des objectifs : être vue et photographiée, discuter avec certaines personnes bien ciblées, faire passer des messages, rencontrer telle personnalité.

Ils étaient rodés : une fois sur place, elle partait accomplir ses différentes missions. Ça pouvait prendre une heure ou deux, au cours desquelles il prenait un verre au bar, dégustait des nourritures délicieuses et souvent végétariennes, fumait de l'herbe de la meilleure qualité ou sniffait un peu d'excellente cocaïne, observait les jeunes starlettes aux dents longues se laisser tripoter par les puissant moguls, et avait parfois des conversations intéressantes avec des personnes que la ville avait rejetées sur la grève des oubliés. Max appréciait particulièrement les scénaristes, personnages de l'ombre, gratte-papier pressurisés et mal payés auxquels personne ne prêtait attention, qui étaient souvent de merveilleux raconteurs d'histoires. Il avait appris à repérer et à fuir les pique-assiette, les mythos, les désespérés, les junkies, ainsi que les journalistes trop curieux qui tentaient de lui soutirer des informations glauques sur Sacha. Ses missions accomplies, celle-ci venait le retrouver et, si la fête était belle, ils s'y attardaient un peu, sinon ils rentraient. Ainsi Max avait-il appris le métier de « +1 » comme on disait à Hollywood, car sur les listes d'invités, on n'écrivait jamais son nom à côté de celui de Sacha, juste +1.

Ce soir-là, à peine arrivée, Sacha disparut tout à fait, comme dévorée par la fête. Fatigué et de mauvaise humeur, il s'ennuya longuement tout en dégustant un excellent whisky qui lui parut pourtant bien amer. Vers 3 heures du matin, il la vit enfin revenir, légèrement titubante. Elle s'excusa mille fois, mais elle n'avait pu faire autrement. Pour sa part, il avait éclusé une bonne quantité d'alcool et fumé bien trop d'herbe. Ils s'écroulèrent tous deux sur l'immense lit de l'immense chambre de cette immense nouvelle maison et, pour la première fois de toute leur vie, ne firent pas l'amour le soir de leurs retrouvailles.

Le lendemain, ils se rendirent dans la nouvelle maison de Peter et Miranda, située tout près d'un restaurant sur Laurel Street. La célébrité de Sacha avait rejailli sur le couple. Miranda était devenue la prof de yoga de nombreuses stars et Peter le vétérinaire attitré de tous les animaux de compagnie de la ville. Ils se réjouissaient de leur faire découvrir leur nouvelle villa, une grande maison avec un jardin pour accueillir tous leurs chats et chiens. Max et Sacha furent assaillis par des fans qui la reconnurent au moment où elle descendait de voiture. Certains avaient des appareils photos et les mitraillaient sans pitié, d'autres tendaient stylos et feuilles de papier pour obtenir un autographe, tout le monde criait son nom et la couvrait de mots d'amour. Souriante et de bonne humeur, elle gribouilla sa signature et posa pour les photos. Ils mirent trois quarts d'heure à se dégager et ne purent jamais arriver chez leurs amis. Miranda piqua une crise de déception aiguë quand ils l'appelèrent deux heures plus tard de Malibu pour lui dire qu'ils ne viendraient pas.

Au bout de plusieurs jours à ce régime, Max craqua. Ils étaient encore en train de prendre le petit déjeuner quand Emily, l'assistante personnelle de Sacha, se pointa pour lui lister l'agenda de la journée. Max posa brusquement sa tasse de café et se leva.

— Bon, ça suffit, je rentre à Paris, cria-t-il. Ras le bol de ce bordel. J'ai l'impression d'être figurant dans une super production, baladé à droite à gauche. Si tu n'étais pas disponible, fallait me le dire, je n'aurais pas fait le déplacement.

Tétanisée, l'assistante regardait Max puis sa boss, les yeux écarquillés, sans savoir que faire. Sacha termina posément sa bouchée de pamplemousse.

— Pas la peine de t'énerver, tu peux me dire tout ça calmement. On va s'arranger. Tu as le premier rôle dans ma vie, Max. Sans toi je n'y serais jamais arrivée.

Et comme il fulminait toujours, elle ajouta avec un grand sourire.

— C'est Hollywood, Pacha ! On l'a fait ! Allez viens, on va s'éclater !

53

— Qu'est-ce que tu veux faire ?
— L'amour !

Emily eut pour mission d'annuler tous les rendez-vous de Sacha jusqu'à nouvel ordre et rentra chez elle. Sacha décommanda le coach d'acting, celle d'aérobic, le nutritionniste, la maquilleuse, la publiciste et la coiffeuse. Harry Towercast fut prié de ne prévoir aucune mondanité.
— C'est bon, je suis à ta disposition, dit Sacha quand ils se retrouvèrent enfin seuls dans la maison. Qu'est-ce que tu veux faire ?
— L'amour !

Ils firent l'amour, en effet. Dans l'immense lit, sur le sable de la plage privée et sur les larges transats autour de la piscine. Ils regardèrent de vieux westerns dans la salle de cinéma, prirent des bains de minuit, mangèrent des pizzas au lit, firent d'indécentes grasses matinées puis lézardèrent au soleil, jouèrent au backgammon, dansèrent pieds nus musique à fond, se jetèrent dans l'océan glacé et remontèrent prendre une douche brûlante en claquant des dents. Un soir, Sacha se mit à la batterie, créant pour lui seul des montées de tempo intensément sensuelles et langoureuses, et il fit bouger son corps à son rythme jusqu'à s'écrouler par terre. Elle le rejoignit sur le sol, Max fit courir ses mains brûlantes sur elle ; ils s'aimèrent fiévreusement, pris dans une transe née d'eux seuls, car ils étaient seuls à comprendre la charge de souvenirs, de rêves et d'amour qu'elle avait fait jaillir de ses baguettes.

Un autre jour, Sacha fit fermer pendant une heure un célèbre magasin de vêtements de luxe pour hommes sur Rodeo Drive et offrit à Max une méga séance de shopping dont il ressortit aussi bien sapé que Richard Gere dans *American Gigolo*. Max se pâmait devant le miroir tellement il n'en pouvait plus de se trouver aussi classe.

— Tu es bien plus beau que Richard, lui dit-elle en le dévorant des yeux.

Il se tourna vers elle en riant, pensant qu'elle le charriait, mais il vit dans ses yeux qu'elle était sérieuse et se sentit le plus chanceux des hommes.

Quelques jours plus tard, Sacha et Max se rendirent au LACMA, le musée d'art contemporain du Comté de Los Angeles, pour découvrir la collection de peintures européennes qui était très réputée. Max visitait ce musée à chaque séjour, car ainsi que le lui avait expliqué Jean Clary, il fallait aiguiser son œil chaque jour pour l'entraîner à détecter le beau, le rare, le talent. Afin que Sacha ne soit pas reconnue, il lui confectionna un déguisement de parfaite touriste parisienne : elle camoufla ses cheveux blonds sous une longue perruque brune et bouclée, accrocha de grosses boucles créoles à ses oreilles et cacha ses yeux bleu-vert sous des lunettes noires Wayfarer. Vêtue d'un jean 501 déchiré aux genoux, des Vans aux pieds et une chemise nouée à la taille, elle était méconnaissable. Ils empruntèrent le truck du jardinier pour se rendre en ville. Au volant de la vieille guimbarde ouverte à tous vents, dans l'anonymat le plus total, loin du lourd protocole de la vie hollywoodienne, Max se sentait revivre. Sacha, elle, ressemblait à une prisonnière qui découvre la liberté et rêvait même d'aller manger une pizza à une terrasse *downtown*.

Dans une des grandes salles où étaient exposés les peintres français comme Matisse, Picasso et Modigliani, Max s'était planté en extase devant un tableau de Chagall quand Sacha le rejoignit, le visage livide.

— Viens voir ! chuchota-t-elle, l'air complètement paniqué.

Il la suivit dans la salle adjacente et reconnut le tableau de Soutine peint par Léon Volkowski, il y avait tant d'années de cela. Il lui explosa à la gueule comme un feu d'artifice, dans un bouquet de souvenirs oubliés.

— C'est lui ? chuchota-t-il.

— Mais non, c'est l'original !

Agrippés l'un à l'autre, ils s'approchèrent en tremblant du portrait de la femme en bleu de Chaïm Soutine.

— Il est magnifique, s'extasia Max. Je ne m'en étais pas rendu compte, à l'époque.

Sacha était anéantie.

— On est cuits ! gémit-elle en s'accrochant à lui. Juste au moment où j'ai rendez-vous avec un galeriste de L.A. pour lui présenter les tableaux de mon père.

Max l'embrassa doucement sur la tempe pour la rassurer.

— Il n'y a pas de problème. Celui de ton père est en France, à des milliers de kilomètres. Personne ne va jamais faire le rapprochement.

— Mais si les propriétaires français découvrent que c'est un faux ?

— Ne t'inquiète pas pour ça. J'ai un plan.

Une femme d'âge moyen, vêtue d'un pantalon à fleurs et d'un tee-shirt en lycra stretch compressant sa large poitrine, s'approcha d'eux avec un sourire engageant, un appareil photo à la main. Sacha se décomposa, sûre d'avoir été reconnue.

— *Excuse me, are you...*

Max regarda autour de lui, cherchant une issue de secours.

— *... French?* demanda la femme.

— *Yes!* répondit-il, soulagé, avec un immense sourire.

Elle les regarda d'un air extatique.

— *I love it! You two are so romantic! May I have a picture?**

---

* — Excusez-moi, êtes-vous... français ?
— Oui.
— J'adore ! Vous êtes si romantiques. Je peux vous prendre en photo ?

SACHA

Vendredi 9 juillet 2021, 17 h 25

— Est-ce que ma grand-mère a vu la chambre que vous lui aviez préparée ? demanda Doria.

Sacha sourit avec tendresse. Le café était terminé depuis longtemps et elles grignotaient des petits chocolats.

— Bien sûr ! Elle a même assisté à la première de *Don't Love Me*, mon second film avec Nora, après *Daisy Blue*.

— J'adoooore ce film ! C'est un de mes préférés.

Elles entendirent la clef tourner dans la serrure. Sacha se redressa, le visage soudain anxieux, et Doria prit un air coupable.

— Voilà Max, chuchota-t-elle.

Mais c'était Simon, son neveu âgé de vingt-six ans, venu rendre le vinyle des Clash qu'il avait emprunté à son grand-père.

— Max n'est pas là ? demanda-t-il, surpris, à Doria.

— Non. Je lui dirai que tu as rapporté son disque.

Sacha dévisageait le nouveau venu avec curiosité.

— Je vous présente Simon, mon neveu, s'exclama précipitamment Doria. Simon, Sacha Volcan est une amie de Max.

Elle avait conscience d'avoir parlé d'une voix un peu suraiguë, mais ce n'était pas tous les jours qu'on pouvait prononcer ce genre de phrase.

— Bonjour, madame, dit poliment Simon sans percuter le moins du monde.

— C'est le fils d'Alice ? Incroyable ! Comme le temps passe ! murmura Sacha.

— Vous connaissez ma mère ?

— Simon, enfin, c'est Sacha Volcan, la star de cinéma ! hurla Doria qui n'en pouvait plus de son manque de réaction.

Simon fronça les sourcils, cherchant vainement dans sa mémoire si ce nom évoquait quelque chose.

— Ne vous inquiétez pas, Doria, dit Sacha en souriant. Je suis inconnue de la jeune génération et c'est, ma foi, assez reposant !

54

Toujours un gros drame
bien pourri dans le placard

Mercredi 18 février 1987

Ce jour-là, le Pacifique était secoué par de gros rouleaux et on apercevait au loin les silhouettes des surfeurs s'éclatant sur les vagues. Sacha était sur la terrasse, en train de répéter son prochain rôle avec son coach. Son personnage était une femme trompée par son mari, joué par Jack Nicholson, d'après le roman autobiographique de Nora Ephron. Le film serait réalisé par un metteur en scène légendaire. Le tournage commençait la semaine suivante et elle ne voulait pas se louper. Ils étaient en train de discuter sur les ressorts émotionnels de l'héroïne quand le téléphone sonna. Il s'agissait de la ligne privée de Sacha, un numéro que peu de personnes connaissaient. Elle consulta sa montre, hésitant à décrocher. Il était 1 heure du matin à Paris, c'était sans doute Max qui rentrait de soirée et voulait discuter avant de s'endormir. Un instinct étrange la poussa à répondre. C'était lui, en effet, mais elle ne comprit pas un mot de ce qu'il disait. Sa voix lui parvenait brouillée et hachée. Elle mit quelques secondes à comprendre qu'il sanglotait et reniflait à l'autre bout du fil sans articuler une parole. Le cœur de Sacha se glaça.

— Max ? Max ! Parle-moi. Que se passe-t-il ?

Il y eut du crachotis sur la ligne, des sons inarticulés puis soudain Max, la voix déchirée, parvint à prononcer un seul mot :

— Maman.

Sacha s'accrocha à la console sur laquelle était posé l'appareil, tentant de maîtriser sa panique.

— Max ? Il est arrivé quelque chose à Doria ?

Elle l'entendit sangloter comme si son âme entière se brisait.

— Elle a fait une crise cardiaque. Elle est partie, dit-il.

Et il raccrocha.

Le coach la regardait, l'air très inquiet, pressentant que l'appel n'annonçait rien de bon. Sacha se mit à claquer des dents. Le chagrin la submergea, comme une vague glacée. Elle mourait d'envie de rappeler Max, lui demander des explications, vérifier si c'était bien vrai, si le malheur était vraiment arrivé, mais elle savait que c'était inutile. Elle dit à son coach qu'elle avait une urgence familiale à régler et lui ordonna de rentrer chez lui. Puis elle décrocha son téléphone pour prévenir Harry Towercast qu'elle ne faisait plus le film.

Une demi-heure plus tard, son agent déboulait chez elle en furie. Emily était déjà au téléphone pour trouver un billet d'avion pour Paris. Harry était rouge et respirait à fond pour ne pas exploser. Elle l'accueillit dans le salon puis monta les escaliers en lui disant qu'elle était en train de préparer sa valise.

— Tu ne peux pas faire ça, Sacha !
— Je suis désolée. J'ai un deuil dans ma famille à Paris.
— Très bien. Tu seras revenue pour le premier jour de tournage.
— Je ne pense pas, répondit-elle en déposant une robe noire au fond du bagage. Je pars pour une durée indéterminée.

Harry tournait dans le dressing comme un lion en cage, se passant une main nerveuse dans ses cheveux.

— Tu ne peux pas te permettre ce genre de caprice. Putain, Sacha, comment veux-tu que je te le dise ? Tu deviens vieille.
— Merci de ta délicatesse !
— L'année prochaine, tu auras quarante ans. Les gens préfèrent tourner avec Michelle Pfeiffer ou Melanie Griffith qui ont dix ans de moins que toi. Tes deux derniers films n'ont pas marché. Si tu ne reviens pas avec une bombe, c'est fini. Plus personne ne voudra te faire travailler. Ce film, c'est une chance extraordinaire.
— Je sais tout ça, Harry. En dix ans, est-ce que tu m'as déjà vue manquer de professionnalisme ? Je ne peux vraiment pas faire autrement.

— OK. Qui est mort ?
— La mère de Max.
— Encore Max ! Toujours Max ! brailla son agent. Mais on s'en fout, de cette vieille peau. Putain, Sacha, tu es en train de passer à côté d'un film de Mike Nichols !

Pour ces mots elle eut envie de le traîner jusqu'au balcon et de le balancer par la fenêtre.

— Elle n'était même pas vieille ! hurla-t-elle.

Harry vivait depuis si longtemps à Hollywood qu'il avait perdu tout sens commun, toute conscience. Pour lui, un film valait plus qu'une vie. Elle se tourna vers son agent, la bouche tremblante de larmes qu'elle ne pouvait plus retenir.

— Cette femme, c'était comme ma mère. Plus que ma mère. Elle ne m'a jamais lâchée, elle m'a toujours aimée, soutenue, alors que ma propre génitrice s'est tirée quand j'avais dix ans.

Elle prit conscience qu'elle serait privée de cet amour à jamais et ravala un sanglot. Le souvenir de la première de *Don't Love Me* remonta douloureusement à sa mémoire. Doria, éblouissante dans une robe du soir bleu nuit, l'avait félicitée à la fin de la projection en lui disant qu'elle faisait plus de bien aux gens qu'une boîte de Xanax. « Tu crois que ma mère va voir le film ? » lui avait demandé Sacha, car c'était la question qu'elle se posait à chacun de ses rôles. Doria l'avait regardée, les yeux brillants. Elle lui avait pris la main et avait répondu : « Je ne peux pas te le garantir, *cherika*, mais sache que MOI je t'ai vue, et je suis très, très fière de toi. » Les sourcils froncés comme à chaque fois qu'elle était fâchée, Doria avait ajouté : « Cette connasse ne sait pas ce qu'elle a perdu. » Sacha s'essuya rageusement les yeux. Towercast la regarda, complètement sonné.

— Putain, vous êtes vraiment tous totalement déglingués, vous les stars. Je n'en ai pas rencontré une seule, une fois, qui soit normale. Pas une ! Il y a toujours un gros drame bien pourri dans le placard qui vous empêche de faire le job.

Elle le regarda, dégoûtée. Il avait si peur de perdre de l'argent, sa réputation, qu'il ne cherchait plus à cacher son véritable visage.

— Tire-toi de chez moi, dit-elle.

Le lendemain, elle était dans l'avion.

55

Les jours ensoleillés, les bains de mer, les soirs de fête

Les obsèques de Doria Dahan, née Tolédo, eurent lieu au cimetière de Bagneux un peu plus de vingt-quatre heures après son décès. Dans la religion juive, la coutume était d'enterrer très rapidement les morts, car on disait que les âmes souffraient tant que les corps ne reposaient pas sous terre. Max, qui était le moins religieux des hommes, tint à ce que tous les rites soient scrupuleusement respectés pour sa mère. Dès que le cercueil de Doria fut descendu dans la tombe, le Kaddish, la prière des morts, jaillit de la poitrine des hommes présents comme une mélopée antique à la beauté douloureuse.

Max agrippait la main de Sacha, seul signe indiquant qu'il était au courant de sa présence. De l'autre côté de la tombe, Alice, âgée de treize ans, affichait le même visage totalement désespéré. Triste comme une orpheline dans son sage manteau bleu marine, elle s'appuyait contre sa mère, Annick, que Sacha n'avait pas revue depuis plus de dix ans. Concentrée sur le chagrin de sa fille, celle-ci ne prêtait attention à personne et surtout pas à Max qui tenait à peine debout, anéanti de douleur.

Depuis qu'elle était arrivée de l'aéroport le matin même, il n'avait pas été capable de prononcer un mot. Les joues piquantes de barbe, les yeux gonflés de pleurs, triste à briser le cœur, il semblait concentrer toutes ses forces pour accomplir les gestes les plus élémentaires : respirer, s'habiller, marcher, prier, la serrer dans ses bras, pleurer. Le rabbin s'approcha de lui pour déchirer le col de sa chemise en signe d'affliction, puis Max élargit l'accroc de ses mains tremblantes. La chanson « Les mères juives » de Georges Moustaki retentit pour un dernier hommage à Doria. À la sortie du cimetière, Max embrassa sa fille et lui promit de l'appeler dès qu'il se sentirait mieux.

Après la mise en terre, la famille et les proches amis se rendirent à l'appartement de Max boulevard Montmartre où se déroulerait la Shiva, c'est-à-dire les sept premiers jours de deuil. Tous les miroirs de la maison avaient été recouverts de draps, une bougie commémorative allumée et de larges coussins disposés à même le sol, la coutume étant que les endeuillés s'assoient par terre. Lina, la femme de l'oncle Salomon, avait pris les choses en main, organisant les repas et les visites. Pendant toute la semaine, Max et Salomon, tous deux parents de premier degré de Doria, devaient se consacrer à honorer sa mémoire sans accomplir aucune autre tâche. Jean Clary, dévasté, assistait à tous ces rituels d'un air dépassé. Comme au temps de Doria, l'appartement se mit à bruisser de conversations en turc et en ladino, à sentir les *böreks* et la cuisine judéo-espagnole. Chaque soir, famille et amis débarquaient à l'appartement pour présenter leurs condoléances et apporter à manger. Le rabbin de la synagogue Saint-Lazare passait réciter les prières et dire le Kaddish. Pendant ces sept jours, Sacha, étourdie, vit défiler toute la tribu Toledo, les cousines de Max, leurs maris et leurs nombreux enfants devenus des adolescents, ainsi que Gégé, Joe, Maurice et des dizaines d'amis de Doria et de Max qu'elle ne connaissait pas. Chacun racontait des anecdotes, rappelait des souvenirs avec elle. On évoquait sa gaieté, sa beauté, sa façon de s'exclamer *Ah Dio !* à tout bout de champ, même après vingt-sept ans passés à Paris, les mots doux dont elle affublait tout le monde, son adoration sans limite pour Max, son amour pour Sacha qu'elle considérait comme la fille qu'elle n'avait pas eue, son talent pour la cuisine, son goût des jolis vêtements, ses conseils bienveillants, son talent éblouissant de vendeuse, sa passion pour les chansons de Charles Aznavour et son petit penchant pour le whisky pur malt. Assise à côté de Max qui ne prononçait pas un mot, Sacha écoutait, le cœur serré, participant de temps en temps. Salomon raconta des histoires de leur enfance en Turquie, les jours ensoleillés, les bains de mer, les soirs de fête, évoqua des membres oubliés de la famille et le souvenir de Samuel Dahan, le père de Max. Parfois, ils arrivaient même à rire ou à être heureux à l'évocation de certains épisodes. Elle encourageait Max à réagir, à participer, mais la seule fois où il ouvrit la bouche fut pour lui dire qu'il ne voyait plus l'intérêt de vivre.

Même si tout le monde faisait semblant de trouver ça normal, la présence de Sacha en perturba plus d'un. Cela commença discrètement avec des bonjours timides, des rappels de bons souvenirs, puis les gens se mirent à poser des questions de plus en plus précises sur sa vie d'actrice, ses partenaires masculins ou le montant de ses cachets. Le dernier jour, oubliant toute retenue, certains vinrent avec des appareils photos, d'autres lui firent signer des autographes. Indifférent à tout et à tous, même à l'inconfort, Max resta affalé sur son coussin, sauf pour aller dormir. Il ne se lava pas, ne se rasa pas, ne quitta pas ses vêtements déchirés. Il passait son temps à pleurer ou restait hébété sans parler à personne.

Au bout de sept jours, un repas de rupture de deuil fut organisé pour les proches. Après les dernières prières, le rabbin ordonna à Max et Salomon de se lever, signe pour eux que la Shiva était terminée. Ils devaient désormais « recommencer à vivre ». Après une visite au cimetière, chacun rentra chez soi. Voyant que son neveu n'était pas en état, Salomon s'occupa de vider l'appartement de Doria. Sacha resta seule avec Max, et les difficultés commencèrent.

Très vite elle comprit que quelque chose n'allait pas. Max se mit au lit avec l'intention de ne pas en sortir. Il refusait de manger, de travailler et même de parler. Pour le distraire, elle loua des cassettes de ses westerns préférés, mais il refusa de les regarder. Ne sachant pas cuisiner, elle fit venir des plats préparés par les meilleurs traiteurs du quartier et lui donna à manger, roula des petits pétards d'herbe pure pour le détendre et lui ouvrir l'appétit. Chaque matin, elle le tirait du lit et le mettait dans la baignoire comme un enfant pour le laver, puis le rasait, le parfumait, le coiffait. Maurice, Joe et Gégé passaient quasi quotidiennement, mais même la perspective d'une partie de poker le laissait amorphe. Il s'excusait avec un sourire désolé. Jean Clary leur rendait visite régulièrement, toujours délicieux et délicat, même dans son malheur. Il s'inquiétait pour Sacha et disait que ce n'était pas sain de veiller sur Max comme cela. Pour lui changer les idées, il lui parlait de Léon Volkowski qui était désormais un peintre sérieusement coté des deux côtés de l'Atlantique. De grands collectionneurs achetaient ses tableaux. Elle pouvait être fière du travail accompli.

Au bout d'un mois, il y eut une nouvelle cérémonie au cimetière. Peu à peu, Max se mit à maigrir. Elle remarqua quelques fils blancs dans ses cheveux de jais, puis, en quelques mois, sa tête devint complètement grise. Lui qui ne pouvait la toucher sans avoir envie d'elle restait immobile dans le lit, la libido à plat. Soir après soir, elle se collait contre lui pour lui communiquer sa chaleur et sa tendresse, sans provoquer le moindre signe de désir. Affolée, elle le conduisit chez le médecin qui diagnostiqua une dépression due au deuil et conseilla des antidépresseurs qu'il refusa de prendre.

Pour éviter d'être reconnue, Sacha prit l'habitude de sortir avec une perruque, un chapeau et de grandes lunettes Emmanuelle Khanh teintées qui lui mangeaient le visage. Ce retour à l'anonymat la reposait du stress permanent qu'elle vivait à Hollywood. Sortir sans passer entre les mains d'un staff en surchauffe, descendre dîner dans un petit bistrot du quartier sans faire trois quarts d'heure de voiture, acheter sa baguette et ses croissants à la boulangerie, ses légumes au marché, retrouver les amis qui l'avaient connue avant la célébrité ou flâner sous la pluie au bras de Max… Tous ces petits plaisirs oubliés de la vie parisienne la ramenaient à ses racines, à son être intime. C'était comme une cure d'essentiel, des vacances forcées qui l'obligeaient aussi à prendre du recul sur sa vie d'actrice. Et puis, elle avait aussi besoin de ce repli pour faire le deuil de Doria.

Elle força Max à sortir un peu chaque jour, un petit tour dans le quartier pour prendre l'air, ne pas devenir neurasthénique. Petit à petit, elle réussit à lui faire dire ce qu'il ressentait : il ne comprenait pas ce qui s'était passé. Du jour au lendemain, elle était sortie de sa vie, sans prévenir. Pour toujours. Laissant un vide terrifiant et abyssal. Sa mère était bien trop jeune, bien trop vivante pour mourir. Le ciel n'avait pas le droit de la lui prendre. C'était trop injuste, elle aurait dû avoir encore de longues années à vivre. Il n'avait même pas eu le temps de lui dire au revoir. Parfois aussi, il se sentait coupable. Il n'avait pas assez pris soin d'elle, n'avait pas surveillé son cholestérol, sa tension, sa santé. Il était un mauvais fils, elle était morte par sa faute. Il s'asseyait sur un banc du boulevard et sanglotait. Sacha lui promettait qu'il n'y était pour rien. Au retour, Max se réfugiait à nouveau dans le silence. Sans Doria, la vie n'avait plus aucun sens, il voulait mourir aussi.

Parfois, ce chagrin tout nu et cette préférence affichée sans honte faisaient un mal fou à Sacha. Elle se rappelait qu'il l'avait lâchée pour ne pas abandonner sa mère, qu'il avait toujours refusé de la rejoindre en Californie, et y voyait la preuve qu'il ne l'aimait pas vraiment, qu'il ne l'avait jamais aimée. Elle quittait la pièce pour aller pleurer son amour dédaigné dans son coin. Puis il la serrait contre lui, la remerciait d'être là et jurait qu'il ne survivrait pas sans elle, et Sacha savait qu'elle n'aurait jamais pu agir différemment.

Parallèlement, sa carrière prenait l'eau. Ne la voyant pas revenir, Harry Towercast l'appela pour lui annoncer qu'il renonçait à s'occuper d'elle. Mike Nichols l'avait remplacée par Meryl Streep et le tournage se passait très bien. Elle se retrouva sans agent et se demanda s'il lui faudrait recommencer à courir les castings, et même si elle aurait un jour la chance de tourner à nouveau. Elle transforma l'ancienne chambre de Doria en bureau pour s'occuper de ses affaires à distance, installa une ligne téléphonique, acheta un ordinateur Macintosh, une imprimante et un fax. Perdu dans sa douleur, Max ne semblait pas au courant que la vie continuait et les factures aussi. Elle paya loyer, gaz, électricité, assurance. Il pleurait toujours beaucoup, mais semblait désormais trouver un peu d'apaisement durant la nuit, quand elle le berçait, l'enlaçant de ses bras et de ses jambes, sa grande tête d'homme calée entre ses seins.

Les mois passèrent. Les arbres du boulevard Montmartre se couvrirent de bourgeons, puis de jeunes feuilles d'un vert tendre. Des fenêtres ouvertes monta le bourdonnement des terrasses de café. Dans la cour un artisan vitrier s'installa à la place de l'École française des secrétaires. Le 14 mai, jour de l'anniversaire de Doria, Max passa la journée à pleurer.

En juin, elle l'emmena à Drouot, pour lui faire humer le parfum des ventes et ranimer la flamme éteinte. De nombreuses personnes vinrent le saluer avec une sollicitude sincère : sa pâleur, ses cheveux gris et sa maigreur en inquiétaient plus d'un. Sacha entendit même chuchoter le mot SIDA. Il suivit une vente de tableaux XIXe avec curiosité, puis voulut rentrer en disant qu'il n'était plus intéressé. Sacha ne s'avoua pas vaincue.

En été, estimant que changer d'air lui ferait du bien, Gégé et Maggie Giacobbi les invitèrent en Corse dans leur maison cachée des regards. Max ne grossit pas beaucoup mais reprit des couleurs. En septembre, ils allèrent au cinéma voir *Good Morning Vietnam,* un film merveilleux de Barry Levinson qui procura à Sacha des frissons d'envie. Pour la première fois, Max lui demanda si Hollywood lui manquait. Elle en fut tellement heureuse qu'elle répondit par la négative, et sur le moment, c'était la pure vérité. Le 26 septembre, elle organisa un petit dîner intime pour les quarante et un ans de Max. Il ne pleura qu'une fois les invités partis. En octobre, il joua enfin au poker avec Joe, Maurice et Gégé, et se fâcha parce qu'ils le laissaient gagner. Au début du mois de novembre, Maurice les invita tous à dîner chez lui. Il ouvrit la porte très pâle, un ruban rouge à la boutonnière. Une fois à table, il leur annonça qu'il s'était fait dépister et voulait découvrir les résultats de son test avec eux. Plus de 600 personnes étaient mortes du SIDA en France en 1986, provoquant la terreur en particulier dans le milieu homosexuel. Au moment où Maurice décacheta l'enveloppe, tenant Marco par la main, Max se mit à trembler de terreur et de remords, comprenant que ses amis lui avaient caché leurs propres angoisses pour le préserver. Toute la tablée retint son souffle quand Maurice sortit les résultats de la prise de sang de l'enveloppe et les parcourut lentement.

— Je suis négatif !

Il se jeta dans les bras de son compagnon en sanglotant, et Max s'évanouit pour de bon. Tout le monde l'entoura, on lui donna un sucre, lui fit respirer de l'ammoniac et Marco décréta qu'il n'en pouvait plus de son égoïsme. Il avait même réussi à leur voler un moment comme celui-là.

Un matin de décembre, Max enfila pour la première fois un costume et se regarda longuement dans le miroir, surpris de se découvrir avec des cheveux gris.

— Comment tu me trouves ? demanda-t-il à Sacha.

— Tu es toujours magnifique, mon amour, répondit-elle en songeant que s'il recommençait à s'intéresser à son apparence, on n'était plus très loin de la guérison.

Il la prit dans ses bras et la serra longuement contre lui.

— Merci, tu m'as sauvé la vie, murmura-t-il d'une voix étranglée.

Le lendemain, Max retourna seul à Drouot et, le 17 décembre, il organisa un anniversaire-surprise pour Sacha. Les voisins qui avaient connu une accalmie de près d'un an entendirent à nouveau la musique à fond au quatrième étage. Cette nuit-là, après des mois d'abstinence, Sacha goûta enfin à nouveau au plaisir dans les bras de Max.

Le 31 décembre, ils fêtèrent le passage en 1988 en tête à tête devant un feu de cheminée.

En février, ils se rendirent au cimetière pour la cérémonie de la *Nahala* qui clôturait la première année de deuil, et organisèrent un dîner de famille. Max avait survécu à la disparition de Doria. Et Sacha avait survécu à la dépression de Max.

Le 14 février, il l'invita à dîner pour la Saint-Valentin. Elle choisit une jolie robe, se maquilla soigneusement, puis enfila sa perruque noire et ses grosses lunettes. Max avait réservé au Petit Riche, rue Le Peletier, un restaurant fondé en 1854 au décor typique de brasserie parisienne devant lequel elle était passée tant de fois quand elle vivait dans cette rue. Elle s'installa sur la banquette en velours rouge. Max s'assit en face d'elle et commanda du champagne. Il plongea son regard noir dans le sien, et elle frissonna car il avait retrouvé toute sa profondeur, et toute son intensité.

— Tu sais, ma mère me disait souvent que dans les moments les plus terribles, il y a des choses merveilleuses qui adviennent. Je ne comprenais pas ce que ça signifiait, cela me paraissait impossible. Eh bien, maintenant, je sais. Je viens de traverser l'année la plus douloureuse de ma vie, je pensais que rien ne pouvait éclairer le gouffre de douleur dans lequel j'étais plongé. Et pourtant, grâce à toi, j'ai aussi vu la lumière, j'ai vécu des moments de joie profonde, parce que tu étais à côté de moi. Alors, même si notre histoire n'est pas conventionnelle, et que notre amour a deux maisons séparées par des milliers de kilomètres, je n'en voudrais aucun autre. Nous deux, c'est simplement merveilleux. À chaque heure et chaque minute, je me suis senti porté par la force de ton amour. Pour cela, je ne te remercierai jamais assez. Tu es la chance de ma vie. Je t'aime. Sacha.

Sacha but une gorgée de champagne pour cacher son émotion.

— Je t'aime aussi, Pacha !

À la fin du dîner, Max sortit un petit étui de la poche de son veston. À l'intérieur se trouvait l'aigue-marine de Doria.

— Elle avait toujours dit qu'elle serait pour toi, murmura-t-il.

Il prit la main de Sacha et la passa sur son doigt tremblant.

— Même si j'adorerais te garder toujours auprès de moi, il est temps que tu retournes t'occuper de ta carrière, Sacha Volcan, déclara-t-il avant de lui baiser la main.

Le 29 février 1988, après plus d'une année d'absence, Sacha rentra à Los Angeles pour tenter de redevenir une actrice.

MAX

Vendredi 9 juillet 2021, 17 h 39

— Ça va, Elias ? Tu ne veux pas appeler maman ?

— Dis donc, je vais pas lui parler toutes les cinq minutes quand même !

— OK. Mais ce n'est pas honteux d'avoir envie de parler à sa maman.

— Et toi, tu lui parles, à la tienne ?

— Je ne peux plus lui parler, parce qu'elle est morte.

— Et c'est trop loin pour se parler quand on est mort ?

— Oui, trop loin, mais je la garde tout près de moi dans mon cœur.

— Comment elle s'appelle ?

— Doria.

— Oh, comme la mienne, dis donc !

56

Elle n'avait certainement pas hérité de ses goûts musicaux

Jeudi 10 mars 1988

Quelque temps après le départ de Sacha, Max reçut un appel de Sophie Roche, une ex dont il n'avait plus de nouvelles depuis des années. Il dut faire un effort de mémoire pour se souvenir de son visage et se rappela une jolie blonde au corps agile dansant sur la piste des Bains Douches. Elle voulait le voir le samedi après-midi suivant pour lui demander un conseil un peu délicat. Intrigué, il accepta le rendez-vous et proposa qu'ils se retrouvent au Madeleine-Bastille, un café du boulevard Montmartre.

Il était en train de lire la gazette de Drouot devant un café quand Sophie poussa la porte de la brasserie. Elle tenait une petite fille par la main et il songea qu'elle avait dû se marier et fonder une famille depuis leur séparation. C'était ce qu'elles faisaient toutes. Quand elle l'aperçut, Sophie sourit et se dirigea vers lui. Plusieurs types se retournèrent sur son passage. Même en jean, elle avait beaucoup d'allure et une assurance folle. Il comprit pourquoi elle lui avait plu. Sophie installa d'abord sa fille sur une chaise avant de se poser à son tour. La gamine le fixa de ses grands yeux sombres avec curiosité.

— Tu veux un chocolat chaud, mon chaton ? lui demanda sa mère.

— Ui.

Elle avait une petite voix rauque, adorable. Le serveur approcha pour prendre la commande. Ils demandèrent trois chocolats chauds, puis Max interrogea Sophie pour savoir comment elle allait, ce qu'elle devenait. Elle travaillait toujours beaucoup et sortait moins depuis qu'elle était mère. Les boissons arrivèrent.

— Comment tu t'appelles ? demanda l'enfant.

— Max.

— T'as quel âge ?

— Je t'ai déjà dit qu'on ne demandait pas l'âge des adultes, dit la mère en essuyant la petite bouche pleine de chocolat.

Avec un sourire d'excuse, elle ajouta à l'intention de Max :

— Elle est très curieuse.

— Tu voulais me voir ? demanda-t-il, parce que boire du lait avec un bébé n'avait jamais été sa tasse de thé.

— Maman, tu m'as dit que je pourrais écouter Chantal Goya !

— Oui...

Sophie fouilla dans son sac pour en sortir un walkman qu'elle posa sur les oreilles de sa fille et lui tendit la machine. L'enfant mit le lecteur en marche d'un geste expert. La mère se redressa sur la banquette et se recoiffa fébrilement avec ses doigts.

— J'ai beaucoup réfléchi à la manière de t'annoncer la nouvelle, mais enfin, il n'y a pas trente-six solutions. Je te présente ta fille.

Il reposa brusquement sa tasse, faisant gicler quelques gouttes de lait sur la soucoupe.

— C'est une blague ?

— Non. C'est très sérieux, au contraire.

Max se dit qu'il aurait mieux fait de commander un whisky. Il nageait en plein surréalisme. Son esprit tenta d'effectuer un rapide calcul mental, mais il avait du mal à situer les dates. Il avait l'impression que cela faisait une éternité que Sophie était sortie de sa vie.

— C'est insensé, les dates ne concordent pas ! lança-t-il.

— Elle est née le 14 juin 1984. Rappelle-toi, nous étions ensemble en septembre-octobre 83. Si tu fais le compte...

— Mais enfin, comment est-ce possible ? s'énerva Max. Tu m'avais dit que tu prenais la pilule.

— Je t'ai menti, avoua Sophie.

Il faillit se lever et partir, mais c'était le genre de révélation qu'il ne pourrait oublier une fois chez lui. Il devait aller au bout de la discussion pour savoir si cette femme était une folle ou si elle disait la vérité.

— Au moment de notre relation, je venais de dépasser la trentaine, j'étais stressée par l'horloge biologique, mais tellement débordée par mon boulot que je n'avais pas le temps d'attendre une hypothétique relation sérieuse, me marier et faire un enfant. Je ne voulais pas non plus vivre avec quelqu'un dont je ne serais pas amoureuse juste pour devenir mère... Donc j'ai décidé de faire un bébé toute seule. C'est alors que je t'ai rencontré. Le candidat idéal. Celui dont toutes les femmes rêvent, sans jamais pouvoir le garder. Irrésistible, cultivé et farouchement célibataire.

Max secoua la tête, sans démentir. C'était l'image qu'il donnait, et pourtant, il connaissait peu homme aussi profondément engagé à une femme que lui. Il frémit à l'idée de ce que penserait Sacha de ce portrait, puis il songea avec des sueurs froides à ce qu'il lui dirait si cette élucubration se révélait exacte. Ce serait une catastrophe nucléaire.

— Je m'étais promis de ne pas t'en parler, de ne jamais t'importuner, mais cette petite demoiselle en a décidé autrement.

Il jeta un coup d'œil à l'enfant qui secouait la tête au rythme des chansons débiles de Chantal Goya et se dit qu'elle n'avait certainement pas hérité de ses goûts musicaux.

— Cette année, elle est allée à la maternelle. Et elle a découvert que ses copains avaient tous un truc qu'elle n'avait pas : un papa. À partir de ce moment, c'est devenu son obsession : et moi pourquoi je n'ai pas de papa ? Il est où mon papa ? Je veux un papa ! Pourquoi Bettina a un papa et pas moi ? Je me suis dit que je ne perdrais rien à t'en parler. Si tu n'es pas intéressé, on se dit au revoir ici et on rentre chez nous.

Max alluma une cigarette pour tenter de se calmer, tellement il était fou de rage contre cette inconsciente qui lui avait fait un enfant dans le dos et qui lui mettait le deal en mains comme une marchande de tapis.

— Tu m'annonces que j'ai peut-être une fille et tu menaces de te tirer si ça ne me convient pas. Mais tu es une folle furieuse. Ça ne se passe pas comme ça ! Si elle est vraiment de moi, tu crois que je peux la laisser sortir de ma vie ? Je ne suis pas un monstre.

Sophie vérifia furtivement que le walkman était toujours bien posé sur les oreilles de la petite.

— Comment s'appelle-t-elle ? demanda Max.
— Doria.

Il crut qu'il allait se sentir mal. Le prénom sacré de sa mère chérie résonna douloureusement à ses oreilles. Comment cette inconnue avait-elle osé se l'approprier pour le donner à sa fille ?

— J'ai voulu garder une trace symbolique de son histoire paternelle, alors je lui ai donné le si joli prénom de ta mère. Elle est tellement charmante. Comment va-t-elle, au fait ?

— Elle est décédée il y a un peu plus d'un an, lâcha Max.

Il respira profondément pour ne pas se mettre à pleurer. Il était encore fragile.

— Oh, je suis tellement désolée. Toutes mes condoléances.

Max lui décrocha un regard assassin.

— Je réclame un test de paternité. Tu recevras des nouvelles de mon avocat, déclara-t-il froidement avant de se lever.

La petite Doria retira son casque et regarda sa mère.

— Alors, c'est lui mon papa ? demanda-t-elle.

Il sentit une petite décharge au cœur. Comme un coup de foudre.

— Peut-être, répondit-il.

De retour chez lui, Max alluma un feu et, encore sous le choc, se roula en boule sur son canapé. Sacha lui manquait horriblement, sa voix, son sourire, son corps. Si le test de paternité confirmait les dires de Sophie, comment lui annoncerait-il la nouvelle ? Alors qu'elle s'était montrée si exceptionnelle ? Il avait même découvert avec consternation que Sacha s'était chargée de tous les frais : à sa grande honte, ses comptes étaient dans le rouge. Il s'était remis au travail avec acharnement pour se remettre à flot.

Ses journées n'en finissaient pas. Soudain, il se retrouvait face à lui-même et devait gérer l'absence des deux femmes de sa vie. Sa mère avait laissé un vide abyssal. Il avait toujours le réflexe de décrocher le téléphone pour prendre de ses nouvelles, de passer dans sa rue pour déjeuner chez elle. Dès qu'il lui arrivait quelque chose, il avait envie de le lui raconter, mais il n'y avait plus que le vent dans les arbres du boulevard pour lui répondre. Comme s'il était sans cesse condamné à redécouvrir son absence.

Recroquevillé sur son canapé, Max se demanda ce qu'aurait pensé Doria de la nouvelle du jour. À coup sûr, elle l'aurait traité d'idiot et d'irresponsable, puis se serait inquiétée pour Sacha. Si cette enfant était bien la sienne, Doria ne la connaîtrait jamais. Au moins Alice avait-elle eu la chance de profiter de son amour.

Max avait appelé sa fille à plusieurs reprises, mais ne se sentait pas encore prêt à la recevoir chez lui, se demandant avec inquiétude comment se passeraient désormais leurs week-ends en tête à tête. Là encore, cette pensée le renvoyait à Doria qui ne viendrait plus à chaque visite d'Alice, à sa chambre inoccupée, ses affaires encore dans l'armoire, son parfum sur la commode. Annick lui avait confié qu'Alice était en pleine crise d'adolescence. Réussiraient-ils à dialoguer sans Doria entre eux pour créer du lien ?

Il s'endormit le cœur lourd devant la cheminée crépitante. Sacha s'était occupée de la faire ramoner. Elle adorait faire du feu à Paris, elle aimait le froid, la pluie, les saisons, tout ce qui finissait par manquer sous le ciel éternellement bleu de Los Angeles. Avec un peu d'apitoiement sur lui-même, Max ferma les yeux et se trouva décidément très malheureux.

Il émergea de sa sieste vers 20 heures prit une douche, coiffa ses cheveux gris en arrière et prépara les tables de poker avec les jetons professionnels et les cartes neuves qu'il achetait par paquets de cent. Avec la protection de Gégé Giacobbi, Max s'était mis à organiser des parties privées qui lui apportaient un revenu complémentaire et lui permettaient de fuir son sentiment de solitude. Les jeux d'argent étaient normalement interdits dans le cadre privé, mais les connexions de son ami lui garantissaient de ne pas être inquiété. Ces soirs-là, son appartement prenait des allures de tripot : tapis verts, cartes, whisky, cigares et une dizaine de types de quarante ans qui se prenaient pour des cow-boys dans le cliquètement des jetons. Quand ses invités arrivèrent, Max s'oublia dans le jeu.

Vers 2 heures du matin, il passa faire un tour aux Bains, curieux de voir si la jolie brune à laquelle il s'intéressait serait là. Elle s'appelait Manuela, avait de longs cheveux brillants comme de l'eau et le troublait infiniment. Il la trouva en train de finir de dîner dans le restaurant du premier étage, avec une bande de fêtards, perpétuellement entourés de jeunes femmes très grandes et très minces, qui lui rappelaient les playboys des années Castel. En voyant Max, Manuela l'invita à se joindre à eux. Il salua tout le monde, commanda un whisky et s'installa à côté d'elle. Faisant basculer sa chevelure de sirène d'un seul côté de sa tête penchée, elle lui demanda gentiment s'il avait gagné au poker et s'il se sentait mieux depuis la dernière fois. Ayant un peu trop bu, Max s'était confié à elle et lui avait même parlé de Sacha, ce qu'il ne faisait absolument jamais. Mais la jeune femme lui avait juré qu'elle savait garder un secret. Il la trouvait apaisante et, chose rare parmi les gens de la nuit, elle savait écouter. Quand ils descendirent vers le club, un des gars de la bande le prit à part.

— Tu as la cote avec Manuela...

— Tu penses ?

— Teste-la, elle vaut le détour, confia l'autre, les yeux exorbités. Tu te rends compte qu'elle prend

2 000 francs la nuit ! Mais franchement, elle le mérite !

— Tu veux dire que...

— C'est une escort, mon pote ! s'esclaffa le type. T'avais pas pigé ?

Choqué et surtout vexé comme un pou, Max faussa compagnie à ces types qu'il trouva soudain abjects. Il rentra se coucher en se disant que le monde ne tournait vraiment plus rond.

57

La musique lancinante d'Ennio Morricone s'infiltra dans le salon

Le test de paternité se révéla positif. Le 13 avril 1988, Max reconnut officiellement Doria comme étant sa fille. Doria née Roche devint Doria Dahan, deuxième du nom.

Bien que l'ayant très peu vue, Max développa très vite un sentiment d'attachement puissant envers cette enfant qui était arrivée dans sa vie comme un cadeau du ciel... ou de sa mère. Quand tous les papiers furent signés, et la demande d'autorité paternelle envoyée, il informa Sophie qu'il souhaitait prendre Doria chez lui pour le week-end. Dans son élan, il décida que c'était également le bon moment pour Alice de revenir boulevard Montmartre et de rencontrer sa petite sœur.

Une ado en crise, une fillette de quatre ans séparée de sa mère pour la première fois, un adulte très peu au fait des relations avec des êtres nés après 1970, une partie de poker et une visite surprise, tels furent les ingrédients du week-end où Max Dahan essaya d'être un père responsable.

Tout commença pourtant bien. Max prépara la chambre de sa mère pour accueillir Doria, et cette perspective joyeuse rendit la chose moins difficile. Sophie arriva en fin d'après-midi, chargée d'une grosse valise, d'un lit parapluie et d'une tonne de recommandations qu'il n'écouta qu'à moitié. Il installa la gamine devant un cahier de coloriage et partit préparer ses tables de poker. Ceci fait, il décida de donner la douche à Doria, la déshabilla et lui passa un rapide jet d'eau sur le corps. Il ne comprit pas quand elle se mit à pleurer en réclamant tous ses jouets.

— C'est l'heure des canards ! cria-t-elle en se débattant quand il l'enveloppa comme il put dans un drap de bain.

Il réussit à l'extirper de la baignoire à laquelle elle s'accrochait de toutes ses petites forces et courut ouvrir à Alice qui s'acharnait sur la sonnette depuis un bon moment. Max eut du mal à reconnaître la jeune fille sage en manteau bleu marine qui pleurait au cimetière. Les cheveux décolorés en blond platine dressés sur la tête, l'œil charbonneux, elle portait un jean lacéré, des Doc Martens et un tee-shirt Guns & Roses pour compléter ce look d'enfer. Les yeux d'Alice s'agrandirent comme ceux d'un personnage de manga quand elle le découvrit à moitié trempé, une enfant inconnue gigotant dans les bras.

— Qui c'est, celle-là ?
— Je te présente ta petite sœur, Doria.

— J'ai pas de sœur.

— Elle est ma fille, et toi aussi, donc c'est ta sœur.

— N'importe quoi, c'est même pas ta fille ! grinça Alice.

Elle passa devant lui sans ajouter un mot et fila droit vers sa chambre dont elle claqua la porte. Max ne jugea pas utile d'insister et s'en retourna enfiler un pyjama à Doria. Ses cheveux bruns formaient un petit casque soyeux et ses grands yeux noirs lui mangeaient tout le visage. Il la trouva absolument adorable et la prit dans ses bras.

— Tu aimes les westerns ? demanda-t-il.

— Ui.

Satisfait, il glissa la cassette d'*Il était une fois dans l'ouest* dans le magnétoscope et colla Doria sur le canapé. La musique lancinante d'Ennio Morricone s'infiltra dans le salon.

— C'est pas un dessin animé ?

— Euh, non. C'est avec de vraies gens, c'est beaucoup mieux, tu verras.

Absolument épuisé, il se rendit dans la salle à manger pour dresser le buffet commandé chez un traiteur, puis décida de préparer à manger à ses filles avant que les joueurs n'arrivent. Au moins, devant des fourneaux, il ne se sentait pas démuni. À sa grande surprise, Doria ne resta pas assise devant la télé.

— Qu'est-ce que tu fais ?

— Je prépare à manger. Tu aimes les frites ?

— Ui. Je t'aide.

Max mit deux fois plus de temps que prévu à préparer le dîner, car Doria trouvait apparemment très intéressant d'approcher ses doigts du couteau de cuisine au moment même où il s'en servait pour découper les pommes de terre. Il prépara également une omelette aux fines herbes et appela Alice à table. Le dîner se passa relativement bien, en faisant abstraction du fait qu'Alice ne décocha pas un mot et que Doria ne voulut pas manger « les trucs verts » dans l'omelette qu'il dut enlever un par un. Il suggéra à sa fille aînée de choisir un film et de le regarder dans le salon avec sa sœur car ses invités arrivaient.

La porte de la salle à manger se referma sur l'arène de la soirée. Ils étaient une douzaine, répartis sur deux tables. Comme Max, ces hommes ne jouaient plus seulement pour s'amuser. Si on cherchait un peu, derrière leurs vêtements de marque et leurs looks de faux jeunes se cachaient des cœurs blessés. La vie avait distribué ses premiers coups, divorces, faillites, deuils… et ils se tenaient debout, un peu chancelants pour continuer à avancer. Alors ils se réfugiaient dans le jeu, pour ne pas se prendre pour des losers. Le poker était une drogue dure qui procurait des émotions fortes. Dans de décorum cinématographique, avec son langage teinté de mots d'anglais, le glissement feutré des cartes, le poids des jetons, les liasses de billets de banque, les gros cigares, le whisky douze ans d'âge, ils pouvaient encore se prendre pour des héros. Vers 23 heures, la porte s'ouvrit sur Alice qui s'ennuyait et voulait jouer avec eux. Elle avait appris depuis l'enfance et était plutôt douée pour manier les cartes. Max lui promit de jouer avec elle le lendemain.

— Ce soir, c'est une partie d'adultes avec de l'argent, tu ne peux pas y participer.

Ce refus eut le don de faire sortir Alice de ses gonds.

— Je te déteste ! Je te hais ! hurla-t-elle.

Son maquillage avait coulé. Sur ses joues encore rondes, le khôl et le mascara avaient tracé des rigoles pareilles à des larmes noires. Max reçut son visage comme un coup de poing dans la gueule. Il se leva pour la prendre dans ses bras, elle bondit loin de lui.

— Ne me touche pas, sale connard !

Inquiet, Max se rendit compte qu'elle avait bu. Le bar Art Déco du salon s'ouvrait librement sur toutes sortes de bouteilles d'alcool dont il aimait l'alignement coloré, de l'eau-de-vie la plus pâle au cherry le plus sombre, en passant par des whiskies mordorés.

— Veuillez m'excuser, je passe, lança-t-il aux joueurs qui les contemplaient, atterrés.

Il avait conscience d'offrir l'image d'un père déplorable.

— Viens, on va discuter tranquillement dans ta chambre, dit-il en essayant de lui prendre la main.

Alice se dégagea brutalement. Il esquiva un coup de pied.

— Lâche-moi ! cria-t-elle.

— Chut, tu vas réveiller ta sœur !

— C'est pas ma sœur ! Pourquoi elle est là ? Pourquoi elle s'appelle Doria comme mamie ? Ça fait un an que mamie est morte et un an que tu m'as pas vue. Tu ne m'as même pas appelée pour me demander comment j'allais. Il n'y a pas que toi qui comptes ! Moi aussi, je l'ai perdue ! Moi aussi, je suis triste. Et maintenant, il y a cette sale mioche qui débarque et qui prend toute la place.

— Je suis désolé, Alice, viens, on va s'expliquer ailleurs…

Les autres les écoutaient, atterrés. Ils avaient beau vouloir s'échapper dans le monde factice des tapis verts, cette gamine les renvoyait dans la vraie vie !

C'est alors qu'on sonna à la porte. Max jeta un coup d'œil affolé à Gégé Giacobbi.

— Les RG !
— Vite ! Planquez le cash !
— Je vais ouvrir, dit Gégé. Ils vont m'entendre !

Il se dirigea lentement vers l'entrée pendant que les joueurs cherchaient une cachette pour la taille.

— Bonsoir, madame l'assistante sociale ! hurla Gégé, entrez donc !

Max, paniqué, regarda Alice avec des yeux suppliants.

— Va te démaquiller et fous-toi au lit, chuchota-t-il. Où est Doria ?

— Dans le salon ! répondit-elle avant de filer comme une flèche.

Max se précipita dans la pièce voisine, ramassa la petite qui s'était endormie à plat ventre sur le parquet et la fourra dans son lit parapluie. Puis il retourna dans la salle à manger où moment une femme en tailleur sombre y pénétrait par l'autre porte.

— Bonsoir, chère madame, que puis-je pour vous ?

— Vous venez de reconnaître la petite Doria comme étant votre fille. Ceci est une visite d'inspection concernant le dossier visant à vous accorder ou non l'autorité parentale. Puis-je faire un tour dans l'appartement ? demanda-t-elle après avoir jeté un coup d'œil glacial sur les cartes, les cigares, les whiskies et la taille pleine de billets de banque qui trônait sur le buffet.

— Mais bien sûr. Je vous en prie. Je vous accompagne ?

— Non. Faites comme si je n'étais pas là, ajouta-t-elle avant de passer dans la pièce suivante.

Ils reprirent leurs cartes, droits comme des piquets et sages comme des images.

L'assistante sociale revint un quart d'heure plus tard, le visage fermé.

— Il y a une deuxième enfant dans l'appartement ?

— C'est ma fille aînée. Elle vit chez sa mère et vient chez moi quand elle le souhaite. Et je l'ai reconnue à la naissance ! ajouta Max pour faire bonne impression.

La femme le fusilla du regard et se dirigea vers la sortie.

— Vous aurez rapidement de mes nouvelles, monsieur Dahan, dit-elle avant de claquer la porte.

Il attendit un moment pour être sûr qu'elle soit partie, puis se cacha le visage dans les mains, effondré.

— Putain, je n'aurai plus jamais le droit de voir mes filles !

Il réalisa qu'il ne le supporterait pas. Elles étaient sa chair et son sang. Il n'avait plus qu'elles.

La lettre arriva quelques semaines plus tard. L'autorité parentale lui était refusée, mais au moins, il avait toujours le droit de voir Doria.

SACHA

Vendredi 9 juillet 2021, 17 h 52

— Alice a très longtemps été super énervée contre Max. Elle le critiquait pour tout, lui disait qu'il était un père nul. Les choses se sont apaisées depuis.

— Et vous ? demanda Sacha.

— Moi, ce n'est pas pareil. J'ai toujours passé des moments fabuleux avec lui. J'ai pris ce qu'il donnait. Le reste, je m'en foutais.

— Max a beaucoup de défauts, mais il sait rendre la vie belle, dit Sacha.

— Il a été présent à sa manière bizarre, mais il nous a manqué. À un moment donné, chacun de nous a ressenti le besoin de se rapprocher de lui. Il y a une dizaine d'années, je me suis incrustée ici pendant un an, et depuis, je vis à l'étage en dessous avec mon mari et mon fils. Alice est venue s'installer dans le quartier après son divorce. Quant à Simon, mon neveu, il a vécu près de sept ans dans l'appart et squatte encore régulièrement ici.

Sacha eut un sourire un peu amer.

— Max a donc toute sa tribu réunie autour de lui, finalement.

— C'est vrai, confirma Doria avec satisfaction. Vous n'allez pas nous le prendre, hein ?

58

Oubliée sur le sable
comme un vieux fossile

Mardi 11 octobre 1988

Assise devant sa batterie face à l'océan, Sacha jouait à s'en démonter les poignets en attendant désespérément que sonne son téléphone. Cela faisait huit mois qu'elle était rentrée à Hollywood, huit mois qu'elle n'avait pas reçu une seule proposition de travail, et plus de deux ans qu'elle n'avait pas tourné.

À son retour de Paris, elle avait contacté sa vieille copine Leah Bronstein pour avoir son opinion sur les différents agents susceptibles de remplacer Harry Towercast. Celle-ci lui avait annoncé qu'elle avait abandonné la direction de casting pour devenir agente, et lui avait proposé de déjeuner. Ça s'était fait juste comme ça. Elles avaient décidé de travailler ensemble, et Sacha en avait été infiniment soulagée, imaginant que ses affaires reprendraient dans le même élan positif. Leah ne lui avait pourtant pas caché que rebondir serait compliqué, mais jamais Sacha n'aurait imaginé que cela prendrait aussi longtemps. Des mois sans un coup de fil, sans une rentrée d'argent. Malgré la difficulté, Leah, présente et précieuse, n'avait pas baissé les bras. C'était rassurant de collaborer avec quelqu'un, une femme de surcroît, qui croyait en elle et ne passait pas son temps à lui rappeler qu'elle était bonne pour la casse. Sacha avait toujours préféré travailler avec des réalisatrices et des productrices, d'une part pour défendre la place des femmes dans l'industrie, mais surtout pour éviter les chantages au sexe dont étaient coutumiers tous les mâles alpha de la ville : tu veux le rôle ? Si tu couches/tu suces, tu l'auras peut-être. Mais si tu refuses, c'est sûr que j'en choisirai une autre. Être désormais défendue par une agente la confortait dans son choix... sauf qu'elles n'avaient pas de résultats et Sacha commençait sérieusement à s'inquiéter. Ce genre de traversées du désert étaient fréquentes à Hollywood, mais il ne fallait pas qu'elles durent trop longtemps, sinon on se trouvait oublié sur le sable comme un vieux fossile, et plus personne n'osait vous approcher.

Elle regarda sa montre, essayant de calculer à quel moment le rendez-vous de Leah aurait dû se terminer. Cela faisait plus d'une heure qu'elle aurait dû la rappeler. Anxieuse, elle posa ses baguettes et se leva pour aller respirer sur la terrasse. La mer, étincelante sous le soleil, étirait vigoureusement ses rouleaux sur le sable clair. Elle ferma les yeux pour écouter l'océan et tenter de se détendre. En ce moment même, Leah tentait de convaincre la toute jeune réalisatrice Amy Heckerling de lui confier le premier rôle dans son premier film. Celle-ci n'avait pas caché qu'elle préférait Diane Keaton pour incarner cette cheffe d'entreprise citadine tombant amoureuse du laveur de carreaux, un alpiniste sexy et bourru qui lui faisait découvrir les beautés de la montagne. Sacha rêvait de faire ce film car, au-delà de la comédie romantique, le scénario portait un beau message écologique qu'elle avait envie de défendre. Enfin, elle avait surtout un besoin urgent de retravailler. Elle était en train d'envisager d'aller piquer une tête dans l'océan (et pourquoi pas s'y noyer ?) quand le téléphone sonna. Elle se cogna le petit doigt de pied à l'angle de la console en courant répondre, refusa d'y voir un mauvais signe, ignora la douleur lancinante que lui envoyait son orteil en colère et décrocha.

— Tu as le rôle ! annonça Leah.

— C'est sûr à 100 % ? demanda-t-elle, ne pouvant encore y croire.

— À 200 %, ma grande ! Début du tournage dans un mois.

Elle raccrocha et se mit à sauter de joie dans tous les sens, hurlant, criant, pleurant de soulagement. La voyant déchaînée, sa chienne Maddy accourut et bondit autour d'elle en aboyant. C'était une grande dalmatienne que lui avait confiée Peter. Il l'avait découverte, maigre et apeurée, dans une cage déposée sur le pas de la porte de son cabinet vétérinaire de Beverly Hills. Les gens faisaient souvent cela, abandonner leurs animaux devant chez lui parce qu'il cherchait toujours des solutions. Ne lui ayant pas trouvé de nouvelle famille, il s'était tourné vers Sacha qui avait craqué pour ses grands yeux tristes. Elle devait s'avouer que, sans Maddy, les mois passés auraient été bien plus difficiles. Quant à la chienne, elle avait changé en quelques semaines. Son regard pétillait de reflets mordorés et sa gueule chagrine s'ouvrait maintenant sur un grand sourire joyeux. Elle qui marchait le dos rond et la queue basse bondissait comme un cabri. Sacha lui colla plein de bisous et l'emmena fêter la nouvelle sur la plage.

59

Comme s'il avait perdu quelques grammes de son éternelle insouciance

Samedi 17 décembre 1988

À Hollywood, à la fin des années 1980, une actrice préférait ne pas crier sur les toits qu'elle avait quarante ans. Malgré tout, Sacha avait décidé d'organiser une soirée intime pour son anniversaire. Elle avait des choses à fêter : son retour sur les écrans, la joie de vivre retrouvée de Max, et enfin, l'acquisition d'une toile de Léon Volkowski par le MOCA, musée d'art contemporain de Los Angeles après de longues années de tractations. La vie était belle !

Elle appela Emily, son assistante personnelle, qui arriva, son gros Filofax sous le bras, suivie d'un livreur portant une immense composition de fleurs blanches.

— C'est de la part de Ralph Curtis ! l'informa la jeune femme en frémissant d'excitation.

Son partenaire masculin faisait se pâmer toutes les femmes et une bonne partie des hommes du monde occidental.

— Où je les mets ? ahana le coursier, croulant sous le poids du bouquet.

— Merci. Posez-le dans le dressing.

Sacha reprit l'ordre du jour de sa réunion avec Emily. Il fallait installer le traiteur, superviser le travail du décorateur, vérifier le plan de table et la playlist du DJ, réceptionner la robe choisie par sa styliste et convoquer le coiffeur et la maquilleuse. Max était arrivé la veille, accompagné de sa bande et de Jean Clary. Elle voulait être éblouissante.

Le soleil se couchait sur Malibu. Une grande terrasse de bois avait été montée sur la plage devant la maison illuminée. Derrière le bar, les serveurs en blanc préparaient les flûtes de champagne frappé. Le maître d'hôtel alluma les bougies dans des dizaines de grands photophores de verre. Quand elle organisait un dîner, Sacha servait de la gastronomie française dans de la porcelaine de Limoges. Elle ne détestait pas montrer aux ignorants de Hollywood que les *Frenchies* mangeaient autre chose que des baguettes et n'étaient pas uniquement de bonnes partenaires sexuelles, car oui, c'était bien à cela que se limitait la réputation que ses compatriotes à L.A.

Max lui avait donné le goût de la belle vaisselle et, au fil du temps, il avait acheté pour elle plusieurs services anciens. Elle s'enorgueillissait désormais d'une belle collection. Le soir de son anniversaire, quatre tables de dix personnes avaient été dressées sous la grande tente croulant sous les fleurs, et chacune avait son service attitré. Max se glissa derrière elle et la prit dans ses bras. Elle respira avec délice son parfum de Vétiver.

— Tu es sublime, murmura-t-il en l'embrassant dans le cou.

Elle portait une longue robe drapée en satin bleu glacier, une splendeur sexy dotée d'un profond décolleté en V et fendue le long de la jambe jusqu'en haut de la cuisse. Max était splendide dans son smoking épaulé. Ses épais cheveux gris contrastaient avec son visage resté juvénile et son sourire solaire la faisait toujours chavirer. Ils s'embrassèrent passionnément, elle lui demanda de rester près d'elle pour accueillir ses invités.

Leah Bronstein surgit la première au bras de son mari, ses épais cheveux blonds bouclés dans un carré tout en volume qui défiait les lois de la gravité. Elle serra chaleureusement la main de Max.

— Heureuse de rencontrer celui grâce à qui Sacha garde les pieds sur terre.

— Heureux de rencontrer celle qui va la refaire briller au firmament, répondit Max.

Le DJ lança « Wonderful Life » de Black, et les invités triés sur le volet arrivèrent lentement par petits groupes, alors que le soleil disparaissait dans l'océan. Les deux réalisatrices fétiches de Sacha, Nancy Meyers et Nora Ephron, s'étaient déplacées avec leurs époux, ainsi qu'Amy Heckerling avec qui elle était en train de tourner. Elle avait convié quelques acteurs et actrices qu'elle appréciait sincèrement, des personnalités des médias avec lesquels elle aimait travailler, plusieurs producteurs que Leah l'avait obligée à inviter, Domino et ses amis de San Francisco, ceux de Laurel Canyon et ceux de Paris, son assistante, ses coachs, sa styliste, Peter et Miranda – ses amis les plus chers – et Max qu'elle ne lâchait pas d'une semelle, tellement heureuse de voir qu'il avait retrouvé toute son assurance depuis l'année précédente. Elle le trouvait changé, à la fois plus solide et plus fragile, comme s'il avait perdu quelques grammes de son éternelle insouciance. Son regard amoureux qu'elle sentait constamment posé sur elle la faisait frémir comme une longue, longue, caresse et elle avait des envies de se retrouver seule avec lui dans la nuit de la chambre. Maurice, totalement émoustillé, lui demanda si Ralph Curtis, son prochain partenaire à l'écran, ne faisait pas partie de la fanfare, ainsi qu'il appelait la communauté gay. Elle lui répondit en riant qu'il était désespérément hétéro.

Le chef français avait préparé un menu végétarien composé de gaufres salées à la truffe du Périgord suivi d'un mille-feuille de pommes de terre avec une sauce aux morilles, accompagné de carottes glacées au miel et gingembre. Les grands vins de Bordeaux sombres et liquoreux s'épanouissaient dans les verres étincelants. Le bruit des conversations se mêlait au tintement des couverts, le parfum des embruns se mixait avec les effluves de marijuana et le DJ revisitait l'histoire du rock and roll. Sacha avait l'impression de flotter au-dessus du sol. Une petite brise douce et parfumée soufflait depuis l'océan. Soudain Sacha pensa à Doria avec une telle intensité qu'elle fut certaine de sa présence bienveillante parmi eux. Elle caressa son aigue-marine, le cœur rempli de joie.

Les derniers invités quittèrent la plage aux premières lueurs du jour. L'équipe du décorateur arriva peu après pour tout démonter. Max et Sacha remontèrent lentement vers la maison. Peu à peu, alors qu'ils faisaient l'amour, aveugles à tout ce qui n'était pas leurs deux corps réunis, la plage retrouva sa virginité initiale et les vagues effacèrent les dernières traces de la fête. Des nuages gonflés de pluie apparurent à l'horizon.

Quand Sacha se réveilla le lendemain, le ciel avait retrouvé son bleu immuable et le soleil était déjà haut. Max était encore endormi. Son torse nu aux larges épaules se soulevait lentement au rythme de sa respiration. Elle sortit doucement du lit et descendit à la plage, suivie de sa chienne qui se mit à courir et à sauter dans les vagues. Seule face à l'océan, le visage tourné vers le soleil et les bras ouverts au vent de la mer, Sacha respira à pleins poumons, remerciant la vie d'avoir quarante ans, d'être en bonne santé, d'aimer Max et d'en être aimée, de faire un nouveau film. Soudain, elle sentit un regard fixé sur elle et se retourna. Max la contemplait depuis la terrasse de leur chambre. Elle agita la main vers lui et sourit.

Il la rejoignit quelques minutes plus tard, pieds nus et sexy en diable, simplement vêtu d'un jean 501 délavé.

— Bonjour, Sacha.
— Bonjour, Pacha.

La chienne se précipita vers lui pour lui faire la fête, parce qu'évidemment elle l'avait adopté au premier regard. Il s'assit sur le sable et demanda à Sacha de le rejoindre. Son regard était grave, son visage affichait un air gêné qui ne lui plut pas. La gueule des mauvaises nouvelles. Elle lui balança sèchement qu'elle préférait rester debout et marcha vers la mer. Il se leva pour la rejoindre, l'air de plus en plus coupable.

— J'ai quelque chose à t'avouer...

Sacha eut envie de disparaître sous le sable. Elle avait déjà compris que c'était grave, même sans savoir de quoi il s'agissait.

— Tu vas trouver ça absolument incroyable, continua Max, et tu auras raison, il m'est arrivé quelque chose de dingue... qui me rend très heureux !

Sacha fronça les sourcils. Elle ne comprenait plus rien.

— Les choses qui te rendent heureux sont censées me rendre heureuse aussi.

Max préféra se tourner vers l'horizon plutôt que de la regarder dans les yeux.

— Je suis père pour la seconde fois d'une petite fille qui s'appelle Doria.

Un groupe d'oiseaux passa dans le ciel. Sacha tomba doucement sur le sable. Elle venait de se prendre une balle en plein cœur.

— Va-t'en, souffla-t-elle. Je ne veux plus te voir.

— Attends, laisse-moi t'expliquer, ce n'est pas du tout ce que tu crois...

Jambes coupées par le choc, elle n'avait plus la force de bouger. Il s'assit près d'elle, plongea son regard dans le sien. Elle dut écouter l'histoire de cette femme qui avait soudain décidé de faire un bébé toute seule, comme dans la chanson de Jean-Jacques Goldman, et de cette nouvelle petite Doria toute brunette qui avait tellement réclamé son papa qu'elle avait réussi à le retrouver. Dans la bouche de Max, tout cela ressemblait à un conte merveilleux. À ses oreilles, ça sonnait comme un affreux cauchemar. Elle avait du mal à respirer.

— C'est pas vrai ? C'est pas possible ? Non... T'as pas pu me faire ça.

Il tenta de la raisonner.

— Sacha, nous avons décidé il y a longtemps que nous étions un couple libre.

— Je ne t'ai pas donné l'autorisation de faire des gosses à toutes les femmes de Paris ! Tu étais censé être discret.

— Elle l'a fait sans mon accord. J'ai découvert ça quand l'enfant avait trois ans ! Je n'allais quand même pas la renier. Je suis père et j'aime mes filles.

Soudain elle ne pouvait plus voir sa sale gueule de traître, avec ce petit air sûr de son droit, alors qu'elle était en train de crever de douleur.

— Eh bien, va les aimer ailleurs. Et va te faire foutre.

Elle lui balança une poignée de sable au visage. Il se redressa d'un bond, des grains plein les yeux.

— Tu prends l'avion ce soir ! hurla-t-elle. Tu sors de ma vie.

60

Merci Dieu...
et mon chirurgien esthétique !

Mardi 14 février 1989

Vêtue d'un élégant tailleur de lainage gris et d'une chemise bleu ciel, Sacha se leva de sa grande table de travail et, d'une démarche chaloupée due à ses hauts escarpins, se dirigea vers la fenêtre de son bureau. Celui-ci était situé en haut d'un gratte-ciel new-yorkais. Son regard se trouva pile au niveau de l'entrejambe du laveur de carreaux, particulièrement bien mis en valeur par un harnais d'alpinisme orange vif. Le type travaillait en sifflotant, moulé dans son débardeur blanc qui ne dissimulait rien de ses abdominaux sculptés au cordeau. Il lui décrocha un sourire à faire rougir tout un pensionnat. Elle fit tomber le store vénitien d'un geste sec.

— Coupez ! cria la réalisatrice.

Son assistant se dirigea vers le plateau.

— Merci. C'était la dernière prise en studio. Bravo Sacha, Bravo Ralph. Merci à tous.

Toute l'équipe du film applaudit pour la fin du tournage. Sacha retira les chaussures qui la faisaient horriblement souffrir. Ralph Curtis enjamba le rebord de la fenêtre.

— Veux-tu être ma Valentine ? Je t'invite à dîner ce soir ! demanda-t-il en retirant son harnais.

— Tu veux dire, au restaurant ? demanda-t-elle, méfiante.

— Bien sûr que non, la rassura-t-il. Chez moi à Beverly Hill. J'ai un cuisinier japonais fantastique.

Elle hésita. Cela faisait deux mois qu'il la draguait, à coups de bouquets de fleurs, de regards langoureux et d'appel téléphoniques après le tournage. Comme la majorité des êtres humains de la planète, elle trouvait Ralph totalement craquant et devait s'avouer qu'elle appréciait sa compagnie. Elle s'imagina seule chez elle, à ressasser sa soirée de Saint-Valentin précédente, quand Max lui avait offert la bague de Doria.

— OK !

— OK ? demanda-t-il en souriant. Enfin ! Merci Dieu... et mon chirurgien esthétique !

Elle éclata de rire.

Cette nuit-là, après un délicieux dîner concocté par un chef virtuose qui faisait griller et sauter les légumes directement dans son assiette, Sacha coucha avec Ralph Curtis et y prit énormément de plaisir. Quelques jours plus tard, l'équipe de tournage se déplaça dans le Montana pour les scènes en extérieur. Ils étaient logés dans un hôtel-chalet de luxe avec grands feux de cheminée et murs en bois vernis. Pour Sacha et Ralph, le séjour prit des allures d'escapade amoureuse. Chaque soir, après le tournage, l'un quittait sa chambre en catimini pour filer dans celle de l'autre. Le même manège se répétait le matin. Mais malgré leur relative discrétion, ils furent rapidement repérés par l'équipe. Leah Bronstein appela Sacha.

— Il paraît que tu sors avec Ralph.
— Oui, enfin on s'amuse.
— Crois-moi, à ta place, je m'amuserais aussi. Je suppose qu'on ne peut toujours pas parler de Max ?
— Tu supposes bien.
— La question est : rend-on l'affaire publique ? Amy pense que ce serait excellent pour le film.

En temps normal, Sacha aurait immédiatement rompu avec Ralph et se serait arrangée pour que l'histoire ne fuite pas. Oui, il lui était, quelques rares fois, arrivé de flirter avec ses partenaires, masculins ou féminins, en toute discrétion. Mais désormais, les choses étaient différentes. Elle était libre de s'afficher avec qui elle voulait et, surtout, l'idée que la nouvelle parvienne aux oreilles de Max pour le faire mourir de jalousie ne la dérangeait pas du tout. Elle réfléchit à toute vitesse.

— Mais la sortie est dans six ou huit mois ! Je ne sais pas si on tiendra jusque-là…
— Personne ne sera obligé de savoir que c'est fini.
— Qu'en pense Ralph ?
— Il en discute avec son avocat. Il revient vers nous.

Elle se laissa retomber sur son oreiller. Sortir avec une star était un sommet de romantisme...

Ils décidèrent de laisser fuiter quelques photos volées pour faire monter la publicité autour du film. Toute la presse les reprit. Les clichés flous de Sacha et Ralph sur les pistes de ski, en train de s'embrasser sous le ciel neigeux du Montana, firent le tour des rédactions américaines.

— Les réactions sont totalement folles, dit Raph alors qu'ils étaient en train de prendre le petit déjeuner autour de sa piscine à Beverly Hills.

Lunettes posées sur le nez, il épluchait la pile importante de magazines que venait de lui faire porter son attaché de presse. Après la série à la montagne, ils avaient organisé une séance main dans la main sur Rodeo Drive.

— Oui, c'est incroyable, dit Sacha en faisant goûter un petit morceau d'omelette à sa chienne.

— Franchement, ça vaut le coup de continuer jusqu'à la sortie du film. Et puis, la vie avec toi est tellement cool ! s'empressa-t-il d'ajouter.

— C'est vrai qu'on s'amuse bien ensemble, concéda Sacha.

— Et le sexe est dément.

Elle leva les yeux au ciel en souriant et plongea dans la piscine chauffée à 28 °C. Maddy se mit à aboyer puis sauta dans l'eau pour la rejoindre. Sacha l'aspergea en riant. C'était la chienne la plus craquante de la création. Ralph continuait à éplucher la presse.

— J'ai quand même l'impression qu'on parle plus de toi que de moi. Il faudra le signaler à nos avocats pour obtenir un traitement équitable de l'information.

Sacha plongea sous l'eau pour ne pas avoir à répondre.

Le soir de la première au Chinese Theatre, le 21 juin 1989, l'apparition de Sacha Volcan en robe haute couture rouge vif descendant d'une limousine la main dans celle de Ralph Curtis, splendide dans son smoking étincelant, déclencha des hurlements hystériques dans la foule venue les admirer. Le *Hollywood Reporter* avait dépêché un journaliste pour suivre chacun de leurs mouvements. Les photographes criaient dans leur direction pour obtenir un cliché. Ils s'arrêtèrent un moment sous la pluie des flashs, les yeux dans les yeux, dans une tension amoureuse palpable. Amy Heckerling jubilait.

Quelques jours après la projection, une séance photo fut organisée. Le couple fit la couverture de nombreux magazines et les photos furent même vendues à la presse internationale. Dès la première semaine, *En corps et encore* battit des records d'affluence et se classa d'emblée parmi les comédies romantiques les plus mythiques de la décennie, à égalité avec *Daisy Blue*, *Working Girl* et *Quand Harry rencontre Sally*.

En septembre, quand le film débarqua en France, Sacha et Ralph firent la couverture de *Paris Match* avec pour titre « le plus beau couple de Hollywood » et le coup de fil que Sacha attendait arriva.

— Bravo pour ce nouveau film, dit Max sans parler de la photo.

— Merci, répondit-elle en se demandant s'il avait bien vu la une.

Elle s'était pourtant assurée que le numéro bénéficierait d'une campagne d'affichage sur les kiosques à journaux.

— Je sais que ça n'a pas été évident pour toi de te remettre sur les rails après ton année à Paris.

— En effet.

À l'autre bout du fil, Max se racla la gorge.

— Tu me manques, Sacha…

Elle sentit les larmes lui monter aux yeux. Il lui manquait aussi horriblement.

— Si tu veux que je te dise que la couverture m'a fait mal, j'avoue : elle me brise le cœur, mais moins que de ne pas te voir.

— Bien fait, murmura-t-elle.

Et elle raccrocha.

61

Comme une roulette de dentiste sur ses nerfs à vif

Ils ne se revirent pas pendant plus d'un an. La deuxième paternité de Max fut pour Sacha une blessure profonde qui ne cicatrisa jamais tout à fait. L'existence de la petite Doria la renvoyait à tout ce qu'elle considérait comme « pas normal » en elle, et réveilla des cassures intimes, si douloureuses qu'elle n'avait même pas la force d'en parler.

Elle n'avait donc pas été « capable » de faire un enfant avec l'homme qu'elle aimait. Pourtant, s'il y avait une femme qui aurait dû être la mère des enfants de Max, c'était elle, Sacha Volcan, et personne d'autre. Parfois elle s'était imaginée enceinte, tout son corps s'était révulsé à cette idée. Elle n'éprouvait pas le besoin d'être mère, c'était aussi simple que cela. L'idée d'être totalement responsable de la survie, du bonheur et de l'équilibre émotionnel d'un être humain la paralysait et l'étouffait.

Or, elle le savait, Max avait été prêt à fonder une famille et à vivre avec elle, jour après jour, nuit après nuit. Là encore, elle n'avait pu réaliser ce rêve somme toute banal, qui représentait un accomplissement pour la majorité des êtres humains. L'ancrage, la domestication la terrorisaient.

Sacha aimait vivre seule à Los Angeles, elle aimait l'engagement total que réclamait sa carrière, elle aimait vivre pour et par son métier. Elle avait conscience que la présence de Max dans sa vie était le point d'équilibre sans lequel elle n'aurait rien pu accomplir. Son amour inconditionnel la portait, la rassurait, la galvanisait. Elle pouvait tout risquer car il était là, prêt à la rattraper en cas de chute.

Au fond, Max était le fils de Doria, c'était un homme d'amour. Elle était la fille de Léon Volkowski et Odette Durieux. Un peintre alcoolique et une mère abandonnante.

Peut-être, s'il avait accepté de venir vivre aux États-Unis, les choses auraient pu être différentes. Mais cela ne serait jamais arrivé. Si elle se sentait à l'étroit à Paris, Max ne respirait bien que sur le bitume des grands boulevards. Elle aimait les combats idéalistes et les défis vertigineux, il était un fêtard hédoniste qui ne goûtait que les plaisirs sensuels de la vie et les joies de l'amitié. Il était également un séducteur compulsif qui, même si elle lui avait offert tout ce dont il rêvait, l'aurait trompée sans remords. Ainsi, la petite Doria fut comme du sel sur les plaies ouvertes de Sacha. Le rappel de ce qui ne serait jamais. Ils ressemblaient à deux skieurs qui avaient cherché dans le brouillard un chemin non balisé pour se construire un bonheur hors-piste et qui s'étaient plantés.

Jeudi 24 janvier 1991

Sacha ne revint à Paris que pour un événement de la plus haute importance : une rétrospective des œuvres de Léon Volkowski à Beaubourg. Cette exposition était l'aboutissement du travail de longue haleine qu'elle avait mené avec Jean Clary... et Max. Seul représentant officiel du peintre, le galeriste avait contacté tous les possesseurs de Volkowski à travers le monde. Des tableaux avaient été rapatriés d'Amérique, d'Europe et même de Russie. Max avait sorti les derniers spécimens restants de la cave qui seraient révélés au public pour l'occasion. Sacha s'était déplacée avec son staff, Leah Bronstein, sa styliste, sa maquilleuse et Emily, son assistante personnelle. Tout le monde logeait à l'hôtel George V près des Champs-Élysées. Seule Maddy était restée à Malibu. Les jours précédents, travaillant avec Jean pour les derniers préparatifs, elle s'était arrangée pour ne pas croiser Max, mais elle ne put l'éviter le soir de l'événement.

Sacha était en train de poser pour les photographes quand elle le vit arriver. Tout de suite, son cœur s'emballa. Elle se força à rester calme face aux objectifs qui la mitraillaient. Elle avait tenu à faire venir la presse, sachant que sa présence déplacerait plus de journalistes qu'une simple exposition, fût-elle à Beaubourg. Si elle devait utiliser sa notoriété pour que son père ait sa place au panthéon des peintres du XXe siècle, comme elle se l'était juré tant d'années auparavant, ce n'était pas un problème. Max l'avait aperçue et lui fit un signe de la main sans se déplacer vers elle.

Ils n'avaient pas totalement coupé les ponts. Elle en avait été incapable, car Max représentait à lui seul la totalité de son univers émotionnel. Même s'il n'était plus l'amant chéri, il restait toujours le seul et unique membre de la famille qu'elle n'avait pas. Ils avaient continué à se téléphoner sans se revoir, et leurs conversations, bien que toujours complices, n'avaient plus revêtu de caractère amoureux. Aussi Sacha s'était-elle convaincue que leur relation était revenue à cette amitié un peu trop exclusive de leur jeunesse. Les battements précipités de son cœur lui prouvèrent en une fraction de seconde qu'il n'en était rien. L'amour était toujours là. La rancœur et la douleur aussi.

Leah Bronstein indiqua aux photographes que le shooting était terminé et les orienta vers les tableaux. Libérée, Sacha chercha Jean Clary pour le remercier. Il y avait maintenant un monde fou déambulant devant les cimaises. Un serveur lui proposa une coupe de champagne dont elle but quelques gorgées rafraîchissantes. Elle trouva Clary grignotant une verrine près du buffet.

— Jean, merci ! Le catalogue de l'exposition est remarquable !

Une biographie du peintre expliquait son parcours ainsi que ses influences, illustrée par de nombreuses photos de jeunesse et des portraits de famille où l'on pouvait découvrir Léon en compagnie de son ex-femme et de sa fille.

— Vous pouvez également remercier Max qui a beaucoup travaillé sur ce catalogue, précisa Jean. Ayant bien connu votre père, il m'a donné de nombreux détails passionnants, en particulier avec Soutine.

Sacha fronça les sourcils, se demandant pourquoi Max tenait à divulguer des informations qu'elle aurait préféré taire de peur que le lien puisse être fait avec le faux tableau. D'autant plus qu'il n'avait jamais connu son père...

— Je lui dirai, murmura-t-elle.

— Eh bien justement, le voilà. Je vous laisse, il faut absolument que j'aille parler à ce collectionneur.

À peine fut-il devant elle qu'elle eut l'impression de ne l'avoir jamais quitté, œil de velours et sourire charmeur compris. Son élégant costume croisé, large d'épaules et pantalon effilé, lui donnait une présence solide et virile qui la troubla. Elle se demanda si c'était la veste où s'il n'avait pas un peu forci depuis leur dernière conversation sur la plage.

— Tu es superbe !

Sacha portait une robe bustier noire signée Azzedine Alaïa qui semblait avoir été cousue sur elle. Sa styliste était allée la chercher au showroom du couturier rue de Moussy l'après-midi même, car rien de ce qu'elle avait apporté des États-Unis ne la satisfaisait. Elle comprit qu'elle avait voulu cette robe pour lui. Pour l'entendre prononcer ces mots et voir briller ses yeux, même si au fond, ça ne changeait rien.

— Pourquoi as-tu parlé de Soutine dans le catalogue ?

— Merci de me le demander. Je vais très bien, et toi ?

Mais Sacha cessa subitement de l'écouter. Au fond de la salle, derrière Max, une grande femme blonde, avec un port de tête de danseuse, était plantée devant un portrait de sa mère. La ressemblance entre le portrait et la femme était troublante. Le trait de Léon Volkowski était torturé, distordu. Il allait au-delà des apparences et révélait l'âme du sujet. Bien que la femme du portrait fût censée être plus jeune que celle qui se tenait devant, Sacha eut l'impression que c'étaient deux jumelles qui se faisaient face. Abasourdie, elle réalisa que sa mère se trouvait là, dans la même pièce, à quelques mètres d'elle. D'après ses calculs, elle devait avoir environ soixante-dix ans. Cela faisait trente-deux ans qu'elle ne l'avait pas revue.

— Sacha ? Tu vas bien ? demanda Max.

Sa voix lui parvenait à travers un brouillard cotonneux. Il se retourna pour regarder dans la même direction. Comme appelée par les deux regards posés sur elle, la femme se retourna et se mit à marcher lentement vers eux. Tétanisée, Sacha agrippa le bras de Max pour ne pas tomber. Sa mère, comme un fantôme, se trouvait devant elle.

— Bonjour Alexandra, tu as l'air en forme, dit-elle comme si elles s'étaient quittées la veille.

— Qu'est-ce que tu fais là ?

Odette eut un mouvement de recul, comme choquée par la sécheresse du ton de Sacha.

— Eh bien, comme tout le monde, je viens admirer l'œuvre de ce cher Léon.

La décontraction de sa mère agit comme une roulette de dentiste sur ses nerfs à vif. Elle eut envie de hurler de douleur, de lui arracher les cheveux, de lui éclater la tête contre le mur, mais de longues années d'apparition en public l'empêchèrent de provoquer un scandale. Max lui serra la main de toutes ses forces pour lui donner du courage.

— Tu es venue de loin pour cela ?

Elle vit sa mère pâlir. Les doigts qui tenaient une coupe de champagne tremblèrent contre le verre froid. La question était moins innocente qu'elle n'en avait l'air.

— De Bordeaux, où je vis depuis plus de trente ans.

— Je vois... dit Sacha.

Bordeaux, en France, à quelques heures de Paris et de la rue Le Peletier.

— Et toi de Hollywood ! s'exclama Odette comme si elle venait d'apprendre une nouvelle merveilleuse.

— Tu as eu d'autres enfants ? demanda Sacha d'une voix blanche.

Le regard de sa mère fut soudain traversé par une lueur de pitié. Elle hésita avant de répondre.

— Oui, répond-elle finalement. Trois. Ils vivent aussi à Bordeaux, près de nous.

Chaque mot, chaque syllabe, la blessait comme si sa mère la frappait physiquement. Sacha tenta de reprendre son souffle car elle s'était arrêtée de respirer après avoir posé la question.

— Qu'êtes-vous venue faire à Paris ? intervint Max. Réclamer de l'argent à Sacha ? Je vous informe tout de suite qu'elle est la seule légataire testamentaire de Léon Volkowski.

La femme se redressa, comme piquée à vif.

— Pour qui me prenez-vous, monsieur ? N'ai-je pas le droit de vouloir simplement revoir ma fille ?

— Pourquoi m'as-tu abandonnée ? demanda Sacha.

Elle lui posait des questions qui allaient droit au but. Toutes les questions qui la hantaient depuis trente-deux ans. Peu lui importait le reste. Ce que cette femme avait fait de sa vie, comment elle se portait, si elle avait travaillé ou si elle avait un hobby quelconque. Elle voulait des réponses.

— Je ne t'ai pas abandonnée. Ton père m'a chassée de la maison quand il a appris que je l'avais trompé. Il m'a frappée et foutue dehors.

Sacha tressaillit. Ça ressemblait bien à Léon.

— Pourquoi tu ne m'as pas emmenée avec toi ? Pourquoi tu n'as jamais cherché à me retrouver ?

La voix de Sacha à ce moment précis était celle d'une enfant en mal d'amour. Une gamine qui n'avait jamais compris pourquoi sa mère ne l'avait pas assez aimée pour l'emmener avec elle. Odette posa à nouveau sur elle ce regard teinté de pitié qui lui donnait envie de mourir.

— Je sais que je me suis comportée de manière épouvantable. J'aurais dû revenir te chercher. Je le voulais. Mais mon futur mari n'avait pas envie de s'encombrer d'une fille de douze ans.

— Onze ans, corrigea Sacha.

Sa mère afficha un sourire douloureux. Elle avait beau se tenir droite, elle avait été faible, lâche et soumise.

— Je me suis si souvent réveillée la nuit en me demandant comment j'avais pu être ce monstre. Mais le lendemain matin, la vie reprenait, le boulot, le mari, les enfants, les courses à faire, les choses à organiser, et maintenant mes petits-enfants...

Ces mots réduisirent les dernières résistances de Sacha en charpie. Elle sentit une sueur glacée la recouvrir de la tête aux pieds.

— Tu es mariée ? demanda sa mère en regardant Max. En tout cas, bravo pour ta carrière. J'ai vu tous tes films. Je suis très fière de toi.

— Vous êtes un monstre, gronda celui-ci.

Odette ébaucha un vague sourire d'excuse.

— Mon psy m'a appris à regarder ma face noire en face et à vivre avec, sinon je n'avais plus qu'à me flinguer. J'ai fait ce qui m'a semblé le mieux pour moi à l'époque. Je savais que ton père t'aimait. Je me suis dit que tu serais plus heureuse avec lui.

— Allez-vous-en ou je vous assassine, hurla Max.

Odette regarda encore sa fille qui, anesthésiée par le choc, n'était plus qu'un bloc de glace. Elle glissa une petite carte de visite dans sa main rigide.

— Au cas où tu aurais envie de me parler... Au revoir, Alexandra, je suis désolée, dit-elle doucement avant de tourner les talons et s'éloigner, la nuque raide.

62

Un pays merveilleux qu'ils n'auraient jamais dû quitter

Un mois après le retour de Sacha à Los Angeles, Max, inquiet, prit l'avion et débarqua à Malibu. Quand il lui téléphonait, elle répondait par monosyllabes. Le jour où elle l'informa qu'elle venait de refuser un film sans véritable raison, il déclara qu'il arrivait. Elle n'eut pas la force de l'en dissuader. La vérité était qu'elle avait besoin de lui pour digérer le choc.

Tout au long de sa vie, Sacha avait imaginé mille et une scènes de retrouvailles avec sa mère. Dans tous ses scénarios, il y avait toujours un moment où Odette se jetait à ses genoux pour implorer son pardon et invoquait une excuse en béton armé pour expliquer son abandon. Elle avait été détenue dans une cellule, obligée de se cacher poursuivie par la mafia, était devenue aveugle et paralysée, avait été enlevée et envoyée dans un autre pays d'où elle ne pouvait revenir faute d'argent et pleurait toutes les nuits sa fille perdue. Jamais au grand jamais, Sacha n'avait imaginé qu'elle était heureuse, mariée, mère de trois autres enfants et vivait à seulement 578 kilomètres de Paris (elle avait vérifié). Ces rêves éveillés l'avaient aidée à vivre, à tenir debout, à avancer. Aujourd'hui il n'y avait plus de rêve, plus d'illusion, seulement une réalité impossible à accepter. Et Sacha s'était brisée.

Depuis son retour à Malibu, elle n'arrivait plus à marcher, ses jambes ne la portaient plus. Un matin, elle s'était réveillée incapable de faire un pas. Plusieurs médecins s'étaient succédé à son chevet, l'un avait diagnostiqué une possible phlébite, l'autre une crise des crampes, un troisième avait évoqué un début de sclérose en plaques. Son ami Peter, lui, était formel : c'était le choc qui l'empêchait de marcher. Il avait parfois vu cela avec des animaux abandonnés ou en deuil de leur maître. Le traumatisme leur avait coupé les pattes. Il fallait beaucoup d'amour pour réparer les dommages, un retour de la confiance et, dans le cas de Sacha, une bonne thérapie.

Quand Max arriva, elle était comme chaque jour allongée sur son lit, un livre ouvert posé à côté d'elle, les yeux fixés sur l'océan. Maddy, sa chienne, somnolait sur la courtepointe.

— Tu peux prendre une des chambres d'amis, je les ai fait préparer toutes les deux.

— Pas de problème, dit-il.

Mais le soir même, il vint se glisser dans son lit.

— Ne t'inquiète pas, je n'ai aucune pensée déplacée. N'oublie pas que je suis ton meilleur ami. Comme l'a chanté notre copine Carole King : *you've got a friend* !

Il ouvrit son bras, elle retrouva sa place, la tête posée sur son épaule et le nez dans le creux de son cou, respirant Vétiver de Guerlain.

L'arrivée de Max bouscula le morne quotidien de Sacha. Il passa des coups de téléphone, discuta avec Peter et Miranda, contacta Leah Bronstein pour faire un point sur ses obligations professionnelles, s'enquit du psychologue le plus discret et le plus compétent et prit des rendez-vous. Chaque matin, suivi par Maddy qui adorait s'éclater dans les vagues, il la portait jusqu'à la plage et trempait ses pieds dans l'eau fraîche pour réveiller sa circulation sanguine. Ensuite, il la conduisait chez le docteur Rosenthal et attendait la fin de la séance pour la ramener chez elle. Ils déjeunaient léger sur la terrasse, puis montaient faire la sieste ou regarder des films. En fin d'après-midi, Miranda venait pour une séance de yoga destinée à réparer doucement son corps. Avec douceur et amitié, elle tentait aussi de guérir son âme en lui parlant de karma, d'énergie cosmique et d'ouverture de chakras, tout un langage auquel Max ne comprenait goutte mais que Sacha parlait couramment. Peu à peu, ce travail sur elle lui permit d'identifier des croyances sur lesquelles elle s'était construite, puis de s'en libérer pour appréhender les faits avec d'autres points de vue.

— Le docteur Rosenthal dit que ma mère m'a sans doute aimée. Pas de la manière dont je l'aurais souhaité, mais à sa manière à elle... qu'est-ce que tu en penses ? demanda-t-elle alors qu'il conduisait sa Corvette blanche pour rentrer à Malibu.

Max écoutait avec attention, sans jamais porter de jugement.

— Et toi, qu'est-ce que tu en penses ?

— Les choses étaient moins simples pour les femmes dans les années 1950. La majorité d'entre elles dépendaient totalement de leurs maris. Elle est passée de la tutelle de mon père à celle d'un autre homme qui n'a pas voulu de moi... Elle ne pouvait rien faire d'autre vu que mon père l'avait mise dehors.

— C'est vrai que se replacer dans le contexte de l'époque remet les choses en perspective.

— C'est encore la faute du patriarcat !

— C'est la première fois que je te vois sourire depuis que je suis arrivé.

Elle vit qu'il était ému aux larmes et tourna la tête pour regarder défiler les hauts palmiers par la fenêtre.

Quelques jours plus tard, afin qu'elle renoue en douceur avec la vie sociale, Max invita Peter et Miranda à dîner et cuisina pour eux une recette de sa mère : des aubergines sautées accompagnées d'un riz à la tomate fraîche. Toujours fan du Grateful Dead, Peter quittait parfois Hollywood pour suivre le groupe en tournée et se ressourcer auprès de la communauté des Deadheads. Ils se racontèrent des souvenirs des jours heureux de San Francisco, puis évoquèrent Jay le mage qui venait de mourir du SIDA, victime supplémentaire de l'épidémie qui avait causé une véritable hécatombe à San Francisco. C'était donc cela vieillir, se dit Sacha qui avait eu quarante-deux ans en décembre dernier, passer du rire aux larmes dans la même conversation car plus le temps passait et plus on perdait ceux qu'on avait aimés. Ils fumèrent quelques pétards en écoutant des vieux albums du Dead et de Janis Joplin. Pour Sacha, ce fut une soirée paisible et mélancolique. L'amour perdu de sa mère ne viendrait jamais, et le fleuve des souvenirs charriait autant de bons que de mauvais moments.

— Pourquoi tu restes encore avec moi ? demanda Sacha à Max alors qu'ils faisaient la sieste sur le grand lit face à la mer.

Cela faisait un mois qu'il était là et ne parlait pas de repartir. Elle avait peur qu'il se force à demeurer à côté d'elle par pitié.

— Parce que je t'aime.

Au bout du lit, Maddy remua la queue. Sacha poussa un soupir désabusé.

— Comment tu peux m'aimer ? Je suis complètement déglinguée, un vrai cas social.

— Ce n'est pas comme ça que je te vois.

— Comment tu me vois ?

— Comme la personne la plus fascinante que je connaisse. Courageuse, déterminée, généreuse, loyale. Et aussi comme une grande actrice.

— Pff... J'ai eu de la chance.

— Je t'interdis de parler comme ça de toi-même !

— Pourquoi ?

— Parce que tu entends tout !

Il avait réussi à la faire sourire. Max continuait à la fixer intensément. Du bout du doigt, il fit le tour de son visage. Elle sentit encore les larmes inonder ses yeux mais les laissa couler. Elle pleurait tellement ces derniers temps qu'elle ne les essuyait même plus.

— Pourquoi tu n'as jamais voulu venir vivre en Amérique avec moi ? C'est vraiment à cause de Doria ?

Max posa ses lèvres sur son front, le seul genre de baiser qu'il se permettait depuis son arrivée.

— J'y ai souvent réfléchi tu sais. Joe m'a tellement souvent engueulé, Maurice me l'a reproché… Bien sûr, je ne voulais pas laisser ma mère, mais même elle me poussait parfois à venir te rejoindre.

— Ça alors !

— En fait, c'est plutôt le syndrome du déraciné. J'ai déjà quitté un pays, et cet arrachement m'a marqué plus que je ne le pensais. Quand on est arrivés à Paris avec ma mère, j'ai consacré toute mon énergie à me faire une place, à perdre mon accent, à m'intégrer, me faire des copains, construire un réseau, à devenir un vrai Parisien. Encore aujourd'hui, je me sens parfois un étranger en France. Alors recommencer tout ce boulot dans une ville terrible comme Los Angeles, franchement je n'en avais pas la force… Tu vois, moi aussi je suis un cas social.

— Mais j'étais là.

— Toi, tu es totalement dans ton élément à Hollywood. Mon monde, c'est Paris. Je m'y suis construit une vie à moi, où j'ai le premier rôle ! C'est mon job, mes amis, mon poker, mon appart… Ici, j'aurais juste été ton *plus one*. Et puis j'aime qu'on soit toujours là l'un pour l'autre, mais pas toujours collés l'un à l'autre.

— Tu avais juré qu'on irait en Amérique ensemble.

— Oui, mais l'Amérique de mes rêves était un mirage. Les cow-boys des westerns de notre jeunesse n'étaient pas des héros mais des assassins, les Indiens n'étaient pas les méchants mais des gens à qui on a volé leur terre, les rockers blancs ont copié la musique des Noirs. Tout ce qui m'attirait ici est bâti sur la violence et les mensonges. Ce n'est pas pour moi. Je préfère la France où on se plaint tout le temps mais où il fait si bon vivre.

Sacha réfléchissait intensément. Cette période d'introspection était parfois épuisante, mais elle lui permettait de vivre des moments d'un bonheur profond car elle n'était que dans la vérité, loin du jeu de dupes de son métier. Parfois il lui semblait que les écailles lui étaient enfin tombées des yeux et qu'elle vivait une série de révélations, comme une extralucide. Ses échanges avec Max, avec sa psy ou avec Miranda étaient marqués du sceau d'une sincérité totale qui les rendait intenses et précieux. Elle pensa à sa mère qui avait caché son existence à ses frères et sœurs.

— À cause d'elle, je ne suis pas une femme normale, murmura-t-elle.

— C'est quoi ça, être normal ?

— Tu sais, se marier, avoir des enfants, vivre à deux...

— La normalité n'existe pas. Et puis, si tu vas par là, je ne suis pas un homme normal non plus. Moi aussi au fond, le quotidien me fait peur, la terrible routine de la vie domestique qui te donne l'impression d'être domestiqué... Nous avons inventé notre propre façon de vivre. Pour moi c'est la plus belle, la plus grande des preuves d'amour.

Elle se sentit soudain soulagée, déchargée du poids de ses remords. Les mots de Max où elle sentait vibrer un amour profond, venu de très loin, étaient comme un pansement sur ses blessures, une réparation sur ses doutes.

— C'est vrai ? Même si je ne connais pas tes filles ?

— Mes filles sont à moi et ont chacune une mère formidable. Ça ne sert à rien de les embrouiller avec notre histoire.

— Merci.

— Et puis qui sait, un jour, tu les rencontreras peut-être.

Elle en doutait fortement mais garda le silence et se blottit plus étroitement contre lui. Il l'entoura de ses bras. Le nœud qu'elle avait à la gorge se desserra un peu. Ils s'endormirent comme chaque soir calés l'un contre l'autre, la chienne à leurs pieds. Le lendemain, Sacha se remit à marcher.

Elle continuait à se rendre chaque jour chez le docteur Rosenthal mais était désormais capable de conduire elle-même. Max retournait parfois jouer dans la *poker room* du Casino où il avait ses habitudes à chacun de ses séjours. Il revint un soir de l'argent plein les poches.

— C'est Hollywood, Sacha ! Enjoy ! dit-il en faisant pleuvoir les billets verts sur le lit.

— Bravo Pacha ! applaudit-elle en riant.
— Ce soir c'est moi qui régale ! Je t'emmène où tu veux !

Elle enroula ses bras autour de son cou et l'embrassa avec gourmandise.

— Je veux que tu m'emmènes au septième ciel, murmura-t-elle.

— Tes désirs sont des ordres, dit Max en lui rendant passionnément son baiser.

Ils tombèrent lentement sur le lit et firent l'amour sur un matelas de dollars, renouant avec ces gestes familiers mille fois partagés, reconnaissant la peau, le parfum, la voix, le corps de l'autre comme un pays merveilleux qu'ils n'auraient jamais dû quitter.

Leah Bronstein appelait régulièrement pour prendre des nouvelles de Sacha. Au fil du temps, elles avaient développé une sorte d'amitié professionnelle, même si, échaudée par sa relation avec son premier agent, Sacha restait méfiante. Elle n'avait pas encore réussi à déterminer si Leah la traitait avec égards parce qu'elle était une star, ou si elle était véritablement plus humaine. À Hollywood, on ne pouvait être sûr de rien. Son agente lui fit porter la cassette vidéo d'un film, inspiré d'un livre, qui avait défrayé la chronique depuis sa sortie en janvier : *Jamais sans ma fille* avec Sally Field dans le rôle principal, d'après le récit autobiographique de Betty Mahmoody. Or, Sally Field avait exactement le même âge que Sacha. L'envoi de la cassette était un message d'encouragement, un petit rappel qu'elle avait encore de grandes choses à faire pour le cinéma.

Le soir même, ils regardèrent le film dans la salle de projection avec Max. Très vite, Sacha oublia les contingences professionnelles et se retrouva complètement happée par l'histoire.

— Tu te rends compte ce que cette femme a fait pour sa fille ? dit-elle à Max quand le générique se mit à défiler. Elle ne l'a jamais lâchée, elle s'est laissée maltraiter pour ne pas l'abandonner, elle a traversé le Kurdistan à pied et à cheval. Ma mère n'a même pas été capable de faire Bordeaux-Paris pour moi.

Elle arrêta le magnétoscope et plongea dans un douloureux silence. Pourquoi certaines mères étaient-elles capables des gestes les plus héroïques ? Qu'avaient leurs enfants de plus qu'elle ? Pourquoi, n'avait-elle pas été capable de se faire aimer de la sienne ? La voix de Max la tira du lac noir dans lequel elle était en train de sombrer.

— Chaque histoire est différente. Et tu l'as dit toi-même, quand ta mère s'est séparée de ton père dans les années 1950, elle dépendait financièrement de lui, puis de celui pour lequel elle l'avait quitté. À cette époque, dans la situation dans laquelle elle se trouvait, elle n'a pas eu voix au chapitre.

— C'est vrai, mais je n'arrive toujours pas à la comprendre.

— Et si tu écrivais l'histoire de ta mère, de son point de vue ? Tu pourrais peut-être découvrir et accepter les raisons de son choix.

— Tu veux que j'écrive un film ?

— Pas forcément... Juste te mettre dans la peau de ta mère pour mieux la comprendre.

— Et je jouerais son rôle ! Mais c'est une idée de génie.

— Ça pourrait te servir de thérapie.

Le lendemain, Sacha appela son agente pour lui dire qu'elle tenait le rôle de sa vie. Une femme qui abandonne sa fille. Le contre-pied de Betty Mahmoody. Il lui restait simplement à l'écrire.

Cela prit du temps. Le sujet dérangeait. Le film manqua ne pas se faire. Elle changea de réalisatrice en cours de route. Le producteur voulut tourner en studio mais Sacha insista pour que ce soit filmé à Paris. Elle obtint gain de cause et se réinstalla pour quelques mois boulevard Montmartre. Toute la presse déclara qu'elle était absolument sublime et poignante dans ce rôle de monstre élégant en tenue des années 1950.

Le film lui valut un Oscar.
Sacha ne rappela jamais sa mère.

MAX

Vendredi 9 juillet 2021, 18 h 12

Après un dernier tour de manège, Max décréta qu'il était l'heure de rentrer. Elias montrait des signes de fatigue et lui-même serait content de se poser sur son canapé. Il espérait juste que Sacha aurait foutu le camp, mais il ne l'imaginait quand même pas avoir squatté sur son palier pendant des heures. Il se demanda pourquoi elle était venue le voir après toutes ces années. S'était-il passé quelque chose ? Était-elle en bonne santé ? Les questions qu'il avait réussi à refouler pendant son après-midi avec son petit-fils revenaient par vagues déchaînées. Ce matin, elles avaient la forme d'un ressac tranquille, un va-et-vient calme entre passé et présent, mais au fil de la journée sa mémoire s'était réveillée et la houle s'était levée au rythme de ses souvenirs, avec des vagues hautes comme le bonheur et des creux de trente mètres. En ce moment même, la tempête faisait rage, son cœur frappait contre sa poitrine, son cerveau tourbillonnait dans un cyclone infernal.

— On se fait un backgammon en rentrant ? demanda Elias.

Il se força à rester calme et attentif envers son petit-fils.

— D'accord, mais pour une seule partie. Sinon ta mère va se fâcher.

— Tu m'apprendras à jouer au poker ?

— Je t'ai déjà dit que tu es trop petit.

Quand il tourna la clef dans la serrure, Max eut la surprise de voir qu'elle n'était pas fermée à double tour. Il avait dû oublier de le faire en partant. En avançant vers le salon, il entendit des voix féminines et son cœur fit un bond dans sa poitrine. Elle était là, il le sentait. En un éclair, il imagina la scène qui s'était jouée quelques heures plus tôt : Doria croisant Sacha dans l'immeuble, la reconnaissant. Curieuse comme elle était, elle avait dû lui demander si elle cherchait quelqu'un... Max eut la tentation de faire demi-tour, puis se trouva ridicule. Il se demanda depuis combien de temps exactement elles étaient là, ce qu'elles avaient bien pu se raconter. Avançant à pas de loup vers le salon, il ne put s'empêcher d'écouter leur conversation avant de faire connaître sa présence.

— Avec Max nous avons réussi le plus fou des paris, préserver une relation exceptionnelle pendant plus de quarante ans, racontait Sacha de sa voix harmonieuse, Nous avons été follement heureux et fait mentir toutes les prévisions. Mais tout a explosé en 2008.

— Que s'est-il passé en 2008 ? demanda Doria.

Ça suffisait comme ça ! Il redressa les épaules, coiffa ses cheveux en arrière et entra dans l'arène, décidé à faire cesser ces confidences sur-le-champ.

Sur la table basse, il découvrit les traces de nombreux grignotages, vodka, pistaches, chocolat et même des restes de son riz aux aubergines ! Puis il leva les yeux et la vit. Devant lui. Sacha. Elle s'était mise debout et tentait de lui sourire. Leurs regards se croisèrent une fraction de seconde et se détournèrent aussitôt. Ses cheveux étaient blancs. Blancs comme la neige. Le choc. Cela faisait donc si longtemps ? Mais elle avait si souvent changé de couleur de cheveux au cours de sa vie qu'il préféra imaginer qu'il s'agissait d'une nouvelle lubie et non du symbole éclatant de son âge. Sa peau de Californienne était toujours dorée, mais un ton plus pâle, marquée par quelques flétrissures. Il fut choqué de constater qu'elle était toujours extraordinairement belle. Soudain, Elias débaula dans la pièce comme un lutin farceur, apportant de l'oxygène à l'atmosphère saturée. Il se précipita vers sa mère.

— Maman, Max m'a emmené à la fête foraine des Tuileries ! On a mangé des churros et fait tous les manèges. C'était génial !

— Ma parole, Max est devenu sa mère ! murmura Sacha.

Sa voix, ses intonations moqueuses, son mépris... Soudain, tout cela était trop pour lui. Sacha de retour boulevard Montmartre, évoquant sa mère devant sa fille. Le passé lui explosa au visage, la blessure mal cicatrisée recommença à saigner. Tout se mit à tourner et il sentit qu'il était en train de faire un malaise. Il aurait l'air malin s'il s'évanouissait au milieu du salon.

— Est-ce que vous pourriez partir et me laisser tranquille ? demanda-t-il aussi froidement qu'il put.

— Mais Max, le backgammon ?

— Je suis désolé, Elias, on jouera demain.

— Papa, t'es hyper mal élevé, tu pourrais au moins dire bonjour à Sacha.

— Au revoir.

Il se dirigea vers sa chambre, claqua la porte et s'adossa contre la cloison pour reprendre son souffle. Il entendit un remue-ménage puis la voix de Doria demander : « Dites-moi vite ! Que s'est-il passé en 2008 ? » La porte claqua et le silence revint.

63

Un événement légèrement pire que la mort

Jeudi 11 décembre 2008

La nouvelle maison de Miranda était une hacienda du Old Hollywood, perchée sur les hauteurs de Malibu. Près de la piscine éclairée comme un diamant bleu, un dais nuptial d'un rouge chatoyant et couvert de fleurs multicolores avait été dressé pour accueillir les futurs mariés. Dans le ciel sans nuage de Los Angeles, les étoiles étincelaient et de nombreuses bougies avaient été disposées sur les pelouses, reproduisant les formes des constellations, comme si le ciel se reflétait sur la terre. Assis sur des chaises de jardin aux dossiers fleuris, les invités attendaient. Un moine bouddhiste en robe safran emprunta l'allée centrale composée de tapis traditionnels tibétains et s'installa en tailleur sous le dais. Assis à côté de Sacha au premier rang, Max ne pouvait s'empêcher d'être ému pour Miranda. Un beau jour, quatre ans plus tôt, Peter lui avait annoncé, la mort dans l'âme, qu'il était tombé désespérément amoureux d'une autre femme, au point d'être contraint de la quitter pour vivre pleinement ce nouvel amour. Dévastée, Miranda avait mis longtemps à se remettre de la mort de son couple, longtemps à accepter la fin de ses longues années de bonheur. Pour Sacha et Max aussi, la page avait été difficile à tourner. Peter et Miranda étaient leurs plus vieux amis californiens et incarnaient une fidélité aux idéaux de leur jeunesse. Heureusement, l'ancien couple, toujours assez proche, ne leur avait pas demandé de choisir entre eux, et ils continuaient à les fréquenter individuellement.

Deux ans et un lifting plus tard, Miranda s'était relevée, toujours souple et solaire, toujours bienveillante, mais avec une tristesse dans le regard qui la rendait encore plus touchante. Et puis un jour, au détour d'un détartrage chez un chirurgien-dentiste de Bel Air qui faisaient les dents les plus blanches de Hollywood, c'était arrivé : l'amour ! Si un spécialiste de la jaquette dentaire était bien le dernier homme avec lequel ils auraient pu imaginer Miranda, la réalité était là : ce soir elle marcherait à son bras vers l'autel, son nouveau sourire lavabo éclatant de bonheur ! Un gong retentit. Une mélopée orientale s'éleva dans la nuit californienne. En voyant son amie passer devant elle, radieuse au bras de son futur mari, Sacha, la main dans la main de Max, écrasa ses larmes dans un mouchoir.

— Je suis si heureuse pour elle ! Elle le mérite tellement.

— Je suis heureux aussi.

— Tu te rends compte, se marier à soixante ans ? C'est vraiment magnifique !

Les clochettes tibétaines tintèrent comme un petit signal pour Max. Peut-être celui qu'il attendait. Si, pour chaque être humain, aborder le rivage de la soixantaine sonnait comme une déflagration, pour une actrice hollywoodienne, c'était un événement légèrement pire que la mort. Max savait que l'approche de cet anniversaire angoissait terriblement Sacha, il voulait la rassurer et la préserver de ces peurs inutiles. À ses yeux, elle était toujours aussi fascinante et son étoile brillait au firmament. Ses fidèles amies, les réalisatrices Nora Ephron et Nancy Meyers, les reines de la comédie romantique, lui avaient offert des rôles, non pas de jeune première, mais de quinquagénaire amoureuse, renouvelant audacieusement le genre. Parfois aussi, elle jouait des personnages dramatiques ou déjantés dans des films indépendants. Son aura était intacte. Sa publiciste, une jeune femme brillante sortie de Harvard, avait su se servir de l'engagement de Sacha dans le féminisme, l'écologie ou la lutte contre l'élevage intensif, pour la maintenir sur le devant de la scène.

Adepte du yoga et des philosophies orientales depuis des décennies, Miranda avait souhaité une cérémonie bouddhiste. Les futurs mariés s'installèrent à genoux face au moine qui les accueillit avec un sourire chaleureux pour leur donner ses bénédictions. Ils posèrent leurs mains jointes sur des coussins de tissu doré. En tant que témoin, Sacha se leva pour déposer des couronnes et des colliers de jasmin sur la tête des mariées. Max la contempla avec amour à travers les fumées d'encens qui s'élevaient vers le ciel en répandant des parfums prenants de myrte et de patchouli.

Le temps avait été indulgent avec sa beauté. Sa chevelure brillait toujours de ce blond californien doré comme le soleil, ses yeux d'aigue-marine pétillaient sous ses sourcils en accent circonflexe régulièrement dessinés par le meilleur *eyebrow designer* de Beverly Hills, son visage avait conservé le galbe de ses pommettes slaves. Son corps sculpté par des années de yoga était toujours aussi désirable aux yeux de Max, et même si l'élan était un peu moins brûlant qu'autrefois, ils s'offraient toujours de belles flambées de plaisir. Pour lui, leur relation était basée sur un lien unique, bien plus puissant que le désir. Les tempêtes traversées paraissaient désormais loin derrière eux. Depuis vingt ans, ils s'étaient construit un équilibre à leur façon, qui les rendait heureux. Mais il se demanda s'il n'était pas temps de faire évoluer leur relation.

Le prêtre noua les mains du couple d'un fil de coton rouge, symbole d'une union éternelle, puis récita des prières et aspergera les mariés d'eau bénite parfumée pour leur souhaiter bonheur et longévité. Le gong retentit. Miranda et Steve s'embrassèrent. Les invités se levèrent pour les applaudir. Ils étaient mariés.

Le DJ jouait « Bad Romance » de Lady Gaga. Assis à une table ronde près de la piscine, Max discutait avec son ami Peter qui lui expliquait combien il était soulagé pour Miranda. Quelques tables plus loin, son ex-femme dansait avec son nouveau mari. Sacha était allée s'asseoir à une table voisine, à côté de Leah Bronstein. À soixante-dix ans passés, celle-ci n'était plus agente mais elles étaient restées amies, ou plutôt, d'après Sacha, elles étaient enfin devenues amies. Leurs regards se croisèrent et s'accrochèrent l'un à l'autre, elle lui envoya un baiser par-dessus les bouquets de fleurs et les bouteilles de champagne. Le cœur de Max se mit à battre un peu trop vite. Il s'était décidé et bientôt, juste avant la pièce montée, ce serait à lui.

Sacha revint s'asseoir à côté de lui et vida sa coupe d'un trait.

— Tu es heureuse ? demanda-t-il.

— Très ! Il n'y a que des gens que j'aime. Mais ça fait tellement bizarre d'avoir soixante ans dans quelques jours !

— Je suis passé par là il y a deux ans. On s'y fait très bien. Il suffit de ne pas y penser.

Il avait choisi « Love Me Tender » pour l'accompagner dans son projet. Aussi, quand il entendit les premières notes de la plus belle chanson d'amour d'Elvis, il se leva pour se diriger vers le micro à pied que Miranda venait de faire installer pour lui près de la piscine. Il avait conscience de se comporter comme un vieux romantique, mais c'était peut-être ce qu'il était, après tout.

— Merci, Steve et Miranda, de donner un peu de votre temps pour faire une déclaration à la femme de ma vie.

— Ooooh ! s'exclamèrent les invités attendris et curieux.

— Sacha, reprit-il, plus je passe du temps avec toi, moins j'ai envie de te quitter.

Sa voix enfla et résonna sous les étoiles. Sacha s'était mise debout et lui souriait.

— Cela fait quarante ans que tu es ma meilleure amie, mon amante, ma confidente, ma famille…

Comme dans les plus belles comédies romantiques dont elle avait si souvent été l'héroïne, Sacha s'avança vers lui en souriant, merveilleuse dans sa robe blanche de hippie chic, ce qu'elle n'avait finalement jamais cessé d'être.

— … le premier rôle féminin de ma vie, continua Max.

Quand ils se rejoignirent et s'embrassèrent, une vague d'applaudissements se leva parmi les invités. C'était Hollywood, on savait apprécier le show. Max prit la main de Sacha et la baisa.

— Ce soir, nous avons célébré Miranda et Steve, et inspiré par leur bonheur, j'aimerais que nous ouvrions nous aussi, un tout nouveau chapitre de notre histoire… Sacha, veux-tu m'épouser ?

Il la vit tressaillir de surprise, puis se reprendre et sourire avec tendresse. Elle s'approcha du micro.

— Max, mon amour, nous avons traversé le temps, les océans, les continents, et nous sommes toujours ensemble. Nous avons réussi ce pari insensé en étant libres d'être nous-mêmes et de suivre nos propres règles du jeu. Je ne veux pas risquer de détruire l'équilibre que nous avons patiemment construit. Alors non, je ne veux pas t'épouser, seulement t'aimer.

Il entendit l'assistance s'exclamer de stupeur. Puis un silence glacé s'installa. Il vit la gêne, puis la pitié briller dans les regards. Max comprit que certains Américains n'étaient même pas étonnés. Le *Frenchie*, le petit marchand de tapis, avait vu trop grand, il avait voulu épouser la star et, bien sûr, elle avait refusé. Elle pouvait le faire venir à sa convenance pour s'amuser, mais partager vraiment sa vie, ça, Sacha Volcan ne l'avait jamais voulu. L'étoile avait besoin de briller loin de lui. Profondément humilié, Max oubliait toute la beauté, l'unicité de leur amour, il oubliait les épreuves traversées, les moments de gloire, les moments de grâce. Cet affront public le brûlait, le transperçait de honte. Il se sentit ridiculisé, rejeté, mal aimé, et s'empara du micro d'une main tremblante.

— Où avais-je la tête ? Bien sûr que tu ne peux pas m'épouser. Tu n'aimes que toi ! Tu n'as jamais aimé que toi. J'ai oublié un instant que tu es la personne la plus égoïste que j'aie jamais connue. Tu n'as pas été capable d'être une mère. Tu n'as même pas assumé ton rôle de belle-mère auprès de mes filles. Elles ont grandi et sont devenues adultes sans rien savoir de toi, de nous. Alors je te dis simplement : merci de m'avoir enfin ouvert les yeux ce soir sur qui tu es vraiment !

Sacha se figea, horrifiée. Il lâcha le micro pendant que le DJ se dépêchait de lancer la musique des « Chariots de Feu » pour faire venir la pièce montée. Max fit appeler sa voiture et quitta la villa au moment où le gigantesque gâteau arrivait, surmonté d'un couple d'amoureux en carton-pâte.

Aucun des deux amants ne rappela jamais l'autre.

SACHA

Vendredi 9 juillet 2021, 19 h 32

Sacha n'avait pas quitté l'appartement. Elle attendait Max, immobile, silencieuse, assise sur le canapé.

Son regard parcourut une nouvelle fois cette pièce où elle avait passé tant de temps. Les murs étaient désormais d'un blanc éclatant. Les tapis d'Orient avaient disparu, révélant un parquet en pointe aux belles lames vernies. Le bar Art Déco, qui avait abreuvé tant de fêtes, n'était plus ; et un tas de nouveaux objets avaient fait leur apparition. Sur une commode des années 1960 aux pieds compas était posée la photo en noir et blanc de Max et sa mère. Un très beau siège africain faisait face au canapé Art Déco recouvert de coussins de soie vintage. Aux murs, quelques tableaux contemporains côtoyaient des œuvres XIXe de Jean Béraud, le peintre des grands boulevards que Max adorait.

Il avait toujours eu un œil très sûr pour dénicher de belles pièces. Il aimait que les objets du passé continuent leur histoire ailleurs. Dans la salle à manger qu'elle distinguait par la double porte ouverte, le tapis vert de poker recouvrait la table ronde. Le temps passait. Max ne ressortait pas. Elle se demanda s'il avait deviné sa présence, ou bien s'il s'était endormi. Un très ancien réflexe lui fit tendre la main vers les verres, les tasses et les assiettes abandonnés par Doria au moment de son départ pour les apporter dans la cuisine. Elle laissa retomber son bras. Par la fenêtre, le soleil couchant dardait ses rayons rouges dans une ambiance d'apocalypse.

La porte de la chambre de Max s'ouvrit enfin. Il était pieds nus, vêtu d'un jean et d'une chemise en lin noire. Ses cheveux étaient devenus totalement blancs, mais son visage peu marqué était toujours magnifique, et son regard sombre toujours expressif. Elle fut prise de vertige face au temps passé loin de lui.

Il sursauta en la découvrant assise et porta la main à son cœur en poussant un râle de terreur qui la fit presque rire. Profitant de l'effet de surprise, elle se leva et prit la parole avant qu'il ne réagisse.

— Je suis dans une situation très compliquée, et j'ai besoin de ton aide.

— Tu es malade ?

— Non.

C'était logique. S'il avait débarqué chez elle aujourd'hui sans crier gare, elle aurait aussi pensé qu'il voulait la revoir avant de crever. La base des grandes histoires d'amour au cinéma. Sauf qu'ils n'étaient pas au cinéma.

— Laisse-moi juste parler sans m'interrompre, et ensuite je partirai.

— Je t'écoute.

— On peut s'asseoir ?

Elle reprit sa place sur le canapé. Il s'installa dans son fauteuil Eames dont le cuir commençait à être un peu usé et pivota vers elle.

— Vas-y.

— Tu te souviens du faux tableau peint par mon père ?

Il leva les yeux au ciel.

— Évidemment, enfin !

— Son propriétaire, le type qui l'avait acheté à l'époque, vient de mourir. Les héritiers ont décidé de le vendre et l'ont fait expertiser. Ils ont découvert que ce tableau était déjà répertorié. Il se trouve actuellement au MOMA à New York. Les experts leur ont bien sûr appris que le leur est un faux. Et comme mon nom apparaît sur le certificat de vente…

— Ils t'ont contactée et accusée de leur avoir vendu une copie.

— Oui. Mais il y a pire.

Elle se passa la main sur le front, découragée d'avance. Cette histoire maudite la poursuivrait jusqu'au bout. Elle n'en finissait pas de payer pour cette faute.

— Comme j'avais dix-huit ans et pas un sou quand j'ai vendu ce tableau, ils en ont conclu qu'il a été peint par mon père. Ils sont sur le point de révéler que Léon Volkowski était un faussaire.

— Ah, ça se gâte, dit Max. Tu leur as proposé de racheter le tableau, au prix d'un Soutine ?

— Ça ne les intéresse pas. Ils trouvent beaucoup plus amusant de révéler un scandale artistique, raconter leur histoire dans la presse, passer à la télé, salir le nom de mon père et le mien. Ils m'accusent d'escroquerie et veulent me dénoncer à la police.

Max siffla pour exprimer à quel point elle était dans la merde.

— Et pourquoi as-tu pensé que je pourrais t'aider ?

Elle fronça les sourcils, vexée par sa réaction. Douze ans de séparation avaient donc suffi à lui faire tout oublier ?

— Je te rappelle que nous nous étions juré d'être toujours ensemble dans cette histoire.

— Oh tu sais, les serments…

— Quand nous étions au musée de Los Angeles, on avait vu l'original du tableau… Tu te souviens de ça ?

— Oui.

— J'avais eu peur qu'on ne découvre la vérité. Tu m'avais dit de ne pas m'inquiéter… parce que tu avais un plan.

Max se leva pour aller se servir un whisky. Elle attendit, anxieuse, en se demandant comment elle avait pu croire en cette solution de la dernière chance. Elle était sortie de sa vie. Il se fichait complètement de ses problèmes.

— Pourquoi ils n'ont pas encore balancé l'histoire à la presse ? Qu'est-ce qu'ils attendent ? demanda Max.

— Je leur ai dit que j'avais la preuve que le tableau était un original et que je la leur donnerais quand je serais à Paris.

— Tu es complètement folle !

Il secoua la tête, comme affligé. Ils restèrent silencieux. Des milliers de souvenirs grouillant entre eux comme des morts-vivants en train de se réveiller rendaient l'atmosphère irrespirable. Douze ans après s'être mutuellement blessés à mort, détruisant en quelques mots assassins des décennies d'amour fou, ils se retrouvaient pour la première fois l'un en face de l'autre. Pour Sacha, cette confrontation était émotionnellement insupportable. Revoir Max était beaucoup plus bouleversant qu'elle ne se l'était imaginé. Déjà cette après-midi auprès de sa fille, qui avait réussi à lui en faire dire beaucoup plus que prévu, avait été éprouvante. Personne ne ressortait indemne d'une plongée abrupte dans son passé. La mémoire humaine était une machine encore plus subtile qu'un disque dur, il suffisait du bon mot de passe et tout ressurgissait, non pas intact, mais teinté des couleurs pâlies de la nostalgie et des regrets.

— Tu imagines, si cette histoire de faux éclate, le nom de mon père sera sali à jamais !

— Je croyais que la carrière de ton père ne t'intéressait plus. Tu n'es même pas venue à l'enterrement de Jean. Après tout ce qu'il a fait pour toi.

Elle se mordit les lèvres pour ne pas pleurer au souvenir de ces journées terribles.

— J'étais à l'hôpital.

— Oui c'est ça, tu t'étais cassé la jambe ou bien ta grand-mère était en train de mourir. La bonne excuse comme à l'école !

— Non, pas ma grand-mère. Leah !

Pourquoi ces deux personnes qui avaient tant compté dans sa vie étaient-elles parties presque en même temps ? Sauf que Leah était toujours vivante au moment où elle avait appris la mort de Jean. Elle n'avait pas eu le cœur de lui lâcher la main au dernier moment pour s'envoler à Paris. Son amie avait fermé les yeux quelques jours après l'enterrement.

— Tu as fait ton choix. Le cinéma avant tout.

— Si tu le dis, murmura-t-elle d'une voix lasse.

Max posa son verre sur la table basse.

— Il n'y avait pas de plan. J'avais dit ça pour te rassurer, déclara-t-il.

Ainsi tout était fini. Le scandale allait éclater. La réputation de son père, qu'elle avait passé une vie à construire, serait détruite. Et la sienne aussi. Hollywood, toujours friand d'une affaire, ne ferait qu'une bouchée de sa star déchue. Les réseaux sociaux s'acharneraient pendant quelques semaines, comme des fourmis dévorant une charogne, ne laissant plus rien d'elle que les os blanchis. Sacha se leva avec difficulté. La journée avait été longue et très chargée en émotions. Elle posa sa carte de visite à côté du verre de Max.

— Je reste à Paris encore quelque temps pour essayer de régler cette histoire. Si tu veux qu'on se voie, mon numéro est là.

Il la laissa partir sans la retenir.

MAX

Vendredi 9 juillet 2021, 21 h 30

La nuit était tombée. Max était toujours assis sur son fauteuil, la tête dans les mains, quand on sonna à la porte. Il se leva pour ouvrir, se demandant si Sacha n'était pas revenue, et découvrit trois têtes blanches sur son palier. On était vendredi soir, Gégé, Joe et Maurice venaient jouer au poker.

— Alors, tu l'as vue ? demanda Joe en passant devant lui sans même dire bonjour.

— Elle a passé la journée ici même avec Doria.

— *Oï va voï* ! lança Maurice.

Ils se dirigèrent vers la salle à manger et s'installèrent à la table de jeu chacun à la même place depuis la nuit des temps. Max avait préparé et distribué les caves avec ses jetons de pro. D'un geste instinctif, Gégé distribua les cartes qui glissèrent de main en main avec fluidité. Ils avaient arrêté de fumer le cigare pendant les parties en solidarité avec Joe qui n'y avait plus droit depuis ses problèmes d'hypertension, mais Maurice vapotait compulsivement et Max s'autorisait un pétard de temps en temps. Joe ouvrit avec une mise de 50. Max et Maurice suivirent. Gégé passa.

— Alors, qu'est-ce qu'elle voulait ? demanda-t-il en parlant de Sacha.

— Deux cartes, demanda Joe.

— Une, dit Maurice.

— Trois, ajouta Max.

Gégé donna les cartes. Max chaussa ses lunettes.

— L'histoire de ce putain de tableau qui remonte à la surface. Les héritiers ont découvert que c'est un faux peint par Volkowski, ils veulent tout balancer à la presse et accuser Sacha d'escroquerie.

— Nooooon ! Incroyable, après toutes ces années ! Faut attaquer ton premier boss, c'était lui, l'escroc, non ?

Ils consultèrent leur jeu en silence, les yeux plissés derrière leurs lunettes.

— Il est mort depuis longtemps, répondit Max. C'est le nom de Sacha sur l'acte de vente.

— 100, dit Joe en posant deux jetons sur la table.

— 300, relança Maurice.

— 300 plus 500, déclara Max.

— 500 plus 500, renchérit Joe.

Ils se regardèrent en chien de faïence, tentant de déterminer qui bluffait ou non.

— Ton plan est prévu depuis des années, c'est le moment de l'utiliser, conseilla Gégé qui, ne jouant pas ce tour, se sentait libre de faire la conversation.

Joe lui lança un regard noir, le soupçonnant de faire exprès de discuter pour le déconcentrer.

— Justement, avec la presse et tout, j'ai peur que ce soit trop risqué, répondit Max.

— Si tu ne tentes pas, ça veut dire que tu te couches sans même avoir joué, dit Gégé. Appelle-la et discutez-en ensemble.

— Bon, on joue ou quoi ? s'impatienta Joe.

— Tapis ! dit Max.

— Tu bluffes ! dit Joe en dévoilant son jeu, j'ai un carré de neuf.

— Ahaha, dit Max, c'est un carré qui n'est pas suffisant, j'ai un carré d'as ! J'ai gagné !

Il empocha la mise en souriant. Dégoûté, Joe alluma une cigarette. Les autres la lui arrachèrent des mains en disant qu'il exagérait.

— C'est un signe ! lança Maurice à Max. Appelle-la.

— Oui, mais plus tard. Là, on rejoue. Et cette fois, on se concentre !

Max se coucha avec ces interrogations en tête. Après tout, était-ce encore son problème ? Devait-il lui téléphoner ou la laisser se démerder ? Tenter le plan ou pas ? Évoquer le passé ou pas ? C'était tellement étrange de l'avoir revue, et aussi tellement normal ! Comme si les années avaient été abolies d'un trait de plume à partir du moment où il l'avait découverte dans le salon. Elle faisait partie de sa vie. Pire, elle faisait partie de lui. Il s'était souvent demandé pourquoi ni l'un ni l'autre n'avaient rappelé après leur rupture, et en avait conclu qu'ils étaient tout simplement arrivés au bout de l'histoire, un point de non-retour dans leurs divergences. Mais elle s'était assise en face de lui et tout cela lui semblait maintenant vain et sans objet. Quelle folie l'avait pris ? Quelle mouche l'avait piqué ? Ils étaient vieux, voulait-il vraiment passer le reste de sa vie sans la voir ?

Il l'appela le lendemain matin. Elle débarqua une heure plus tard. Elle s'était soigneusement maquillée, les yeux de chat, la bouche pulpeuse. Peut-être même avait-elle fait venir une *make-up artist* pour être à son avantage ? Il se demanda si cela voulait dire qu'il comptait toujours pour elle. Mais ce n'était pas le sujet du jour.

— Tu veux un café ? proposa-t-il.
— Je préférerais un thé si tu en as.
— Mais oui, où avais-je la tête ? répondit-il, honteux d'avoir oublié.

Elle le suivit dans la cuisine pendant qu'il mettait l'eau à chauffer.

— Tu as fait des travaux ici ? C'est sympa, ces chaises Napoléon III avec la table bistrot.
— Merci, dit-il en lui servant une tasse de thé vert.

Elle serra ses mains autour du mug et souffla sur la boisson chaude. Il remarqua qu'elle portait l'aigue-marine de sa mère au doigt. L'avait-elle la veille ? Il ne s'en souvenait pas. Était-ce un message subliminal ? Un signal de paix ? Une tentative de séduction ? Son cœur s'emballa. Il voulut se faire un café, mais inséra mal la capsule et se prit un jet de vapeur brûlante sur la main.

— Merde !

Sacha se mit à rire. Elle prit une nouvelle capsule et fit couler un expresso court, comme il aimait, ajouta un sucre.

— Tu voulais me parler ? demanda-t-elle.

— Oui... dit-il en touillant son café. À propos de ce plan... Il existe. Mais je ne suis pas sûr que ça suffise.

— Dis toujours.

Assis face à face à la table de la cuisine, il lui raconta que, des années auparavant, il avait lancé une rumeur qui s'était peu à peu transformée en vérité. Tout d'abord, il avait fait savoir à tous les experts en peinture de sa connaissance que Léon Volkowski était un disciple de Soutine. Les photos du jeune Léon à La Ruche à l'époque de son arrivée à Paris avaient servi à confirmer ses dires et à poser les bases pour la suite de l'histoire... Max avait ainsi révélé que plus tard, quand Soutine était sorti de la misère et possédait un atelier rue Joseph-Bara, il avait pris Volkowski comme assistant. Celui-ci préparait ses toiles, ses couleurs. Le trouvant doué, Soutine avait décidé de le former. Pour lui montrer les secrets de sa technique, il avait peint par deux fois la femme en bleu : une fois seul, et la seconde fois sous le regard de Volkowski. Les deux tableaux étaient de Soutine. Le maître avait ensuite offert la toile à son disciple.

— J'ai raconté partout avoir entendu cette histoire de la bouche même de Volkowski, ajouta Max.

— Et les gens t'ont cru ? demanda Sacha.

— Oui, car j'avais la caution de Jean qui était très respecté dans le métier. Il était persuadé que j'avais connu ton père dans les années 1960 par ton intermédiaire. Le pauvre, je ne l'ai jamais contredit. Mais il y a quelques années, j'ai fini par lui avouer la vérité, et c'est grâce à lui que cette histoire est vraiment devenue réelle.

— Jean ? s'étrangla Sacha, très émue.

Max lui confia que, par amitié, Jean avait accepté de divulguer cette histoire. Racontée de la bouche d'un galeriste aussi reconnu que lui, elle était devenue totalement réelle. Grâce à lui, cette théorie des deux tableaux peints avec l'assistance de Volkowski avait été reprise dans différentes revues d'art. Elle était désormais communément admise dans les milieux bien informés. Max posa sur la table de la cuisine les magazines avec les différents articles reprenant la théorie des deux tableaux. En les présentant aux héritiers, elle pourrait leur prouver qu'ils détenaient bien un Soutine.

— C'est incroyable ! s'exclama Sacha en feuilletant les revues. Jean ne m'en a jamais parlé, et pourtant il est venu plusieurs fois à Malibu.

— Je sais. Mais à l'époque, les articles n'existaient pas encore, et puis le problème ne se posait pas.

Les yeux pleins de larmes, Sacha ne pouvait plus parler. Il savait qu'elle pensait à Jean qui avait tant fait pour Léon. C'était un être délicieux, cultivé, un « honnête homme » comme on disait au XVIIe siècle, et ils avaient eu la chance incroyable d'avoir été ses amis.

— Avec ça, je pense que tu pourras leur clouer le bec, dit Max. Mais je te conseille quand même de leur acheter ce tableau. Il vaut mieux le sortir de la circulation et le faire oublier.

— Oui. Sauf que prix d'un Soutine de cette époque est exorbitant. Il faudra que je vende ma maison pour l'acheter. J'espère qu'ils me laisseront le temps de le faire.

— Tu n'as plus ton compte avec l'argent des tableaux de ton père ?

— Quel compte ?

— Le compte ouvert à la Banque Générale pour l'argent des tableaux vendus en France. Jean virait toujours ta part sur ce compte.

— Mon Dieu ! Je ne sais plus du tout ce qu'il y a dessus ! Il faut que je demande à ma comptable de vérifier !

Max rangea les tasses dans le lave-vaisselle et passa un coup d'éponge sur la table. La sonnette de la porte d'entrée retentit.

— Ce doit être Doria qui vient me dire au revoir. Ils partent en vacances ce matin. Reste ici si tu veux. J'en ai pour deux minutes.

— Non, je viens avec toi.

Il se dit que le sort était parfois bien ironique. Sacha qui n'avait jamais rencontré Doria la voyait maintenant deux jours de suite. Il ouvrit la porte. Sa fille cadette, son gendre et son petit-fils se tenaient devant lui.

— C'est elle, ton amoureuse ? Comment elle s'appelle ? demanda Elias.

— Je m'appelle Sacha, et toi ? dit-elle avant que Max ait eu le temps de trouver une réponse adéquate.

— Elias. T'es trop belle ! ajouta le petit.

— Tu sais parler aux femmes, toi, comme ton grand-père !

Il se demanda s'il avait rêvé ou si c'était bien une petite pique à l'ancienne qu'elle venait de lui lancer. Doria l'embrassa.

— Au revoir, papa ! À cause de vous, ajouta-t-elle à l'intention de Sacha, j'ai fait ma valise jusqu'à 2 heures du matin !

Il leva les yeux au ciel et la serra contre lui.

— Au revoir Max, ajouta Léo.

— Soyez prudent sur la route, appelez-moi quand vous arrivez.

Il referma la porte et sourit à Sacha, cherchant quelque chose à dire pour la retenir encore un peu. Ce fut elle qui prit la parole.

— Merci de me sauver la mise encore une fois ! J'ai eu raison d'écouter mon instinct et de venir te voir.

— C'est seulement pour le tableau que tu es revenue ? ne put-il s'empêcher de demander.

À peine avait-il prononcé ces mots qu'il le regretta et se mordit les lèvres.

— J'ai trouvé que c'était aussi une bonne occasion de reparler de ce qui s'était passé au mariage de Miranda… murmura Sacha.

Il se dirigea vers le salon et s'assit, l'invitant à s'installer en face de lui.

— Effectivement, ce n'est pas une mauvaise idée.

Les fenêtres grandes ouvertes laissaient entrer le bruit de la circulation, il se releva nerveusement pour les fermer.

— Qu'est-ce qui t'avais pris de faire une demande en public ? Sans m'en parler avant ? Tu voulais me coincer ?

— Pas du tout ! Comme tu t'étais mise à pleurer d'émotion quand Miranda avait eu la bague au doigt, je m'étais dit que ça te ferait plaisir. J'ai agi sous le coup de l'impulsion, genre comédie romantique !

— Mauvaise idée.

— Je ne comprends toujours pas pourquoi tu as dit non.

— Ça faisait vingt ans que tout marchait comme sur des roulettes pour nous. On avait trouvé un équilibre fabuleux qui nous rendait heureux tous les deux. J'ai eu peur que ça nous porte malheur. On voit souvent des couples rester ensemble pendant des années, puis tout à coup ils décident de se marier et tout se déglingue.

Il secoua tristement la tête.

— Peut-être que je n'étais plus si heureux que ça...

— Que veux-tu dire ?

— Je crois que j'avais envie de plus... À soixante ans, on fait quand même moins la bringue qu'à cinquante. J'avais envie de te voir, de passer des soirées tranquilles avec toi sans forcément sortir tous les soirs, ce que je m'obligeais à faire à Paris pour ne pas rester tout seul.

— Tu veux dire que tu avais moins de succès avec les femmes ? demanda-t-elle vertement.

Il sourit, heureux de déceler une pointe de jalousie dans sa vivacité.

— Je n'ai jamais eu ce genre de problème... Les femmes m'adorent, tu le sais bien.

— Moi aussi les femmes m'adorent, répliqua-t-elle.

Il éclata de rire. Elle l'avait toujours fait rire.

— C'est avec *toi* que j'avais envie d'être. Personne d'autre.

— Tu aurais dû m'en parler avant.

— Oui, je sais que c'était une belle connerie, ce grand geste romantique de mon cul. Mais tu aurais pu éviter de m'humilier en public en me refusant devant tout le monde. Tu aurais pu m'embrasser sans répondre, et on aurait réglé ça à la maison.

— J'étais sous le coup de la surprise. Et puis je ne voulais pas voler son moment à Miranda. C'est difficile d'être la meilleure amie d'une star. On l'aurait éclipsée en un clin d'œil.

— C'est vrai, murmura-t-il. Je n'y avais pas pensé. Pourquoi ne m'as-tu jamais rappelé pour me le dire ?

Elle se redressa, et le fantôme de sa fureur passée lui balaya le visage.

— Après toutes les horreurs que tu m'avais dites ! Que je n'avais pas été capable d'être mère, que je n'avais pas assumé tes filles… alors que nous étions tous les deux d'accord pour ne pas les mêler à notre histoire ! Je pensais que *tu* allais m'appeler pour t'excuser !

— Pas après que tu m'avais publiquement repoussé et humilié…

Ils soupirèrent tous deux, douloureusement conscients du gâchis et des années perdues. Max avait une grosse boule dans la gorge. Décidément, il était insortable. Il se leva d'un bond, en proie à une émotion qui le faisait trembler.

— Bref, heureusement que ce tableau est réapparu, sinon on n'allait jamais se revoir.

Sacha s'était levée aussi. Elle le regarda, les yeux brillants de larmes.

— Réfléchis, j'aurais pu simplement t'appeler ou t'envoyer un mail. Le tableau n'a été qu'un prétexte. Il m'a renvoyée à mon passé, à nous, à tout ce que nous avons traversé. Au monde qui devient fou, au temps qui passe, au temps qui reste. Enfermée toute seule à Malibu pendant ces mois de confinement, j'ai compris quelque chose de très important.

— Quoi ? demanda-t-il.

— Je ne veux plus vivre une seule seconde de ma vie loin de toi.

— Moi non plus, je n'ai pas envie de vivre une minute loin de toi, dit-il en lui ouvrant les bras.

Elle se jeta contre lui en pleurant.

ÉPILOGUE

Dimanche 26 septembre 2021

Il était là, accroché sur le mur de la salle à manger. De retour entre les mains d'une Volkowski après toutes ces années. Sacha ne pouvait pas s'arrêter de le contempler. Le tableau exerçait sur elle une attraction-répulsion incontrôlable. La femme en bleu la contemplait de ses yeux brûlants. Chaque trace de pinceau la renvoyait à son père, peignant nuit après nuit, seul dans sa chambre de bonne, avec son vieux poêle à charbon et sa bouteille de vodka. Sauf le soir où il avait voulu aller voir *James Bond* avec elle… et son destin avait basculé. Que se serait-il passé si elle n'avait pas eu l'idée de le voler ? Si Max avait refusé ? Si son père n'avait pas voulu aller au cinéma ?

— Arrête de le regarder, tu vas l'user ! dit Max dans son dos.

Elle se tourna vers lui, glissa son nez dans son cou. Sa place.

— J'ai cru qu'on n'y arriverait jamais !

Les héritiers avaient eu du mal à faire le deuil de leur quart d'heure de gloire. Ils se voyaient déjà raconter leur mésaventure à la télévision. La perspective d'un gros chèque, au moment où la cote de Soutine baissait sur le marché de l'art, avait fait pencher la balance en leur faveur, mais c'était les selfies avec Sacha qui avaient eu raison de leurs réticences. La fille de la famille avait gagné plus de mille abonnés sur son compte Instagram avec les hashtags #sachavolcan #icone #animallover.

Sacha avait racheté le faux Soutine avec l'argent de tous les vrais Volkowski. Le compte bancaire ouvert trente ans plus tôt pour recevoir l'argent des ventes de tableaux avait été clôturé. Un contrat de confidentialité avait été signé par les deux parties. Les compteurs avaient été mis à zéro, la boucle était bouclée et cette histoire enfin terminée... Enfin, elle l'espérait. Bientôt tout le monde aurait oublié l'histoire du double tableau de Soutine. La dernière copie réalisée par son père était en sécurité entre leurs mains. Combien d'autres étaient en circulation ? Ils ne le sauraient jamais, mais désormais plus personne ne pourrait faire le lien entre Léon le faussaire et Volkowski le peintre. Sacha se sentait allégée d'un poids qui avait pesé sur elle toute sa vie, prête à tourner la page et à aller de l'avant.

On sonna à la porte. Max s'écarta d'elle pour aller ouvrir. Sacha sourit. Il y avait un va-et-vient incroyable dans cet appartement, à croire que personne ne pouvait lâcher Max d'une semelle.

Quand ce n'était pas sa famille, c'était la totalité du 19 bis boulevard Montmartre qui défilait dans l'appartement : Mira la gardienne, Félix du deuxième étage, Amanda et Jonathan les voisins du cinquième, Karim le patron du café ou Manuela qui vendait des sex-toys au fond de la cour. Sans oublier les potes de toujours, les clients de Max... Bref, Sacha avait hâte de l'emmener à Malibu pour l'avoir un peu pour elle toute seule. Elle entendit un brouhaha dans l'entrée et se décida à les accueillir. Ce soir, pour les soixante-quinze ans de Max, ils invitaient la famille à dîner : Doria et Léo, Alice, le bébé de sa jeunesse, qui était maintenant une jolie femme de quarante-huit ans, son fils Simon qui en avait vingt-six et le petit Elias, le chouchou de Max. Tout le monde parlait en même temps. Elle songea avec nostalgie qu'on n'entendait plus un seul mot de turc ou de ladino, comme au temps des grandes fêtes de famille d'autrefois. Qu'étaient devenues les cousines de Max ? La tante Lina ? L'oncle Salomon ? Elle pensa à Doria qui aurait été si heureuse de les voir tous réunis et entendit sa voix chantante murmurer à son oreille : « Ce n'est pas grave, *cherika*, même Moïse n'a pas vu la terre promise. » Max, sentant, que son esprit était parti ailleurs, lui prit la main pour la ramener parmi eux.

Quand ils passèrent à table, Sacha, assise à côté de Max, se dit que ce n'était pas si difficile, finalement, d'être avec eux. Ils n'étaient pas ses enfants, mais le sang de Max coulait dans leurs veines. Il suffisait peut-être simplement de se laisser porter par l'amour. Il suffisait de ne pas avoir peur, de lâcher les regrets, lâcher les vieux rêves pour en vivre de nouveaux. Doria lui passa le plat de frites, Max lui servit un verre de vin.

— Sacha et moi avons une annonce à vous faire, déclara-t-il.

— Vous allez vous marier ? demanda Alice.

— Non ! Dieu nous garde. Nous avons juste décidé de ne plus nous quitter.

— Mais alors... où allez-vous vivre ? s'exclama Doria.

T'aimer follement

Mardi 21 juin 1960

L'indicatif de l'émission *Salut les copains* surgit du transistor posé sur le buffet du salon. Il est 17 heures. Dans un instant, les filles du lycée Lamartine sortiront de classe, Max se mettra à la fenêtre pour les regarder se déverser sur la rue du Faubourg-Poissonnière, le point culminant de sa journée.

Planté devant le grand miroir de l'armoire, il sort un peigne de sa poche pour parfaire l'arrondi de sa banane, cette mèche frontale qu'il fait tenir à grand renfort de brillantine. Ses cheveux noirs luisent comme une carrosserie américaine. Il cale une Marlboro au coin des lèvres, fronce les sourcils pour se donner un air dur et relève le col de son cuir, comme ses idoles, Elvis Presley et Chuck Berry. Aux yeux de Max, les rockers sont la catégorie humaine la plus extraordinaire de l'univers. Il rêve de leur ressembler. Ainsi vêtu, il estime qu'on pourrait facilement lui donner seize ans et non quatorze. Ce blouson, c'est sa carapace, sa seconde peau, son armure pour se donner du courage. Malheureusement, sa mère n'aime pas trop qu'il le porte dans la rue, de crainte qu'on le prenne pour un voyou. Ici, à Paris, les gens ont peur des blousons noirs qui mettent le bazar au square des Batignolles ou de La Trinité. Alors, pour l'instant il ne le revêt qu'à la maison.

Sa mère lui a offert ce blouson fabuleux, réplique exacte de celui de Marlon Brando dans *L'Équipée sauvage*, le jour où elle lui a annoncé qu'ils partaient s'installer à Paris. Pour amortir le choc, en quelque sorte. Effectivement, les premiers temps, Max se voyait déambuler dans les rues de la ville inconnue, cuir sur le dos, lunettes de soleil sur le nez, mains dans les poches. Il aurait la classe américaine, tout le monde se retournerait sur lui, il se ferait un tas d'amis.

Pourtant, le jour où ils ont tout quitté – l'appartement où il est né, ses amis d'enfance, sa famille, la tombe fraîche de son père, le bleu du Bosphore et les collines d'Istanbul – Max aurait facilement échangé dix cuirs contre une seule journée supplémentaire dans sa ville natale. Le temps de dire ouf, il sanglotait dans l'avion, sa main dans celle de sa mère qui lui promettait une vie merveilleuse au paradis français.

Pour l'instant, l'Éden annoncé a des allures d'enfer. Leur vaste appartement stambouliote s'est transformé en un petit trois pièces parisien délabré rue du Faubourg-Poissonnière. Sa chambre minuscule donne sur une cour aux murs grisâtres et l'immeuble n'a pas reçu un coup de peinture depuis au moins cent ans. Dans la rue, les commerçants le regardent d'un air méprisant et font semblant de ne pas comprendre ce qu'il dit à cause de son accent. Bien qu'ayant passé sa scolarité dans un lycée français d'Istanbul, Max a découvert qu'il ne parlait pas la même langue que les Parisiens. Ses *r* roulent comme un vélomoteur, ses intonations chantantes sont celles des Juifs de Turquie, qui mélangent le turc, le judéo-espagnol et le français dans une même phrase.

Il s'interdit de penser à ce que serait sa vie si son père n'était pas mort quelques mois plus tôt. Sa mère jure que ça ne sert à rien. Ils sont à Paris désormais. La plus belle ville du monde leur ouvre les bras.

Alors que Max dépérit, seul dans l'appartement, Doria, sa mère, revit. Elle a abandonné ses robes noires de veuve pour des tenues dernier cri qu'elle crée elle-même. Toute la journée, elle travaille à l'atelier, pique et coud les fourrures et les peaux que son frère, Salomon Toledo, importe de Turquie pour les transformer en vestes, paletots, manteaux ou blousons. Après son veuvage, elle s'est décidée à rejoindre ce frère aîné qui vit à Paris depuis cinq ans. « C'était ça ou mourir de faim dans la rue, mangés par les chats », dit-elle avec ce sens de la mesure qui la caractérise.

À Paris, Max s'ennuie et se sent seul. Débarqué en fin d'année scolaire, il ne démarrera les cours qu'à la rentrée de septembre. Alors il écoute la radio. Europe n° 1 l'accompagne du matin au soir. Il s'est fixé pour objectif de ne plus avoir une once d'accent quand il entrera à l'école. Pour s'aider dans cette entreprise, il imite les voix des journalistes, Louis Merlin, Maurice Siegel et surtout son favori, Daniel Filipacchi, qui présente « Salut les copains ».

« Bonjour à vous tous. Pour commencer notre programme, nous allons écouter une très jolie chanson de Johnny qui s'appelle : "T'aimer follement"… »

Max répète consciencieusement chaque mot, prenant soin de copier le phrasé élégant du journaliste.

Le brouhaha soudain qui monte de la rue lui indique que c'est l'heure : elles sortent de cours. Il ouvre la haute fenêtre dont la crémone se déglingue et s'accoude à la rambarde de bois. L'intégralité des élèves, de la sixième à la terminale, envahit bruyamment le faubourg. Du haut de son balcon, Max observe la façon dont ces jeunes Parisiennes sont habillées, dont elles bougent, dont elles rient. Les « grandes », surtout, le fascinent.

Et puis, il y a cette petite, en cinquième ou en quatrième, qui attire régulièrement son attention. Peut-être parce qu'elle a l'air triste et seule comme lui. Vêtue d'une blouse élimée, elle se tient très droite et ne parle à personne. Elle attend simplement que son père vienne la chercher comme chaque jour dans son vieux taxi. Il arrive souvent en retard, alors Max a tout le loisir de l'observer. Elle a des nattes ébouriffées couleur de miel foncé et des chaussettes qui tire-bouchonnent sur ses jambes maigrelettes. Il ne sait pas pourquoi cette gamine inconnue l'intrigue et lui serre le cœur.

Ce jour-là, il se passe quelque chose d'extraordinaire. Comme attirée par un aimant, la fille lève les yeux vers lui et son regard croise le sien. Elle a des yeux bleu pâle, de la teinte exacte de la bague que sa mère porte au doigt : une aigue-marine. Ce regard le brûle. L'électrifie. Le terrifie. Max fait précipitamment un pas en arrière et referme la fenêtre, le cœur battant.

Note de l'autrice

La comédie romantique est un genre qui ne cesse de m'inspirer et m'interpeller. Ce roman est une déclaration d'amour aux grandes comédies romantiques hollywoodiennes et aux femmes, réalisatrices, scénaristes, productrices et actrices, qui les ont fait entrer dans la mémoire collective. Au fil du texte, vous avez croisé ces génies du cinéma que sont :

Nora Ephron, journaliste, romancière, scénariste, réalisatrice et productrice américaine, considérée comme la reine de la comédie romantique. On lui doit le scénario de *Quand Harry rencontre Sally*. Elle a réalisé entre autres *Vous avez un message* ou encore *Nuits blanches à Seattle*.

Nancy Meyers, scénariste, productrice et réalisatrice américaine à qui on doit de nombreuses comédies romantiques, comme *Baby Boom, Ce que veulent les femmes, Tout peut arriver, Pas si simple* ou encore le célèbre *The Holiday*. Dans les années 1980, elle a écrit plusieurs comédies pour l'actrice Goldie Hawn.

Amy Heckerling, réalisatrice, scénariste, productrice et actrice américaine à qui on doit, entre autres, *Allô Maman, ici bébé, Allô maman c'est encore moi* ou encore le délicieux *Clueless* (adapté du roman *Emma,* de Jane Austen).

Lexique Ladino

Ah Dio Santo ! : Ah Dieu Saint ! (Se prononce *Atio !* comme un éternuement)
La novia : La fiancée
Preciada : Précieuse
Luzia : Lumière (une beauté)
Esta Luzia : C'est une beauté
Pacha por ijo : Avoir un pacha pour fils
Börekitas : Recette judéo-espagnole de petits *böreks* (délicieux)
Se avieron los cielos : Les cieux s'ouvrent (quand il pleut des cordes)
Aspana : Insolente
Cherika : Petite chérie
Bovo : Idiot
Ijika : Petite fille
Hanumika : Petite princesse

Remerciements

Avant de nous quitter...

Merci de m'avoir lue ! Pour une romancière comme moi, qui vit la moitié du temps dans le monde parallèle où se déroulent mes histoires, il n'y a pas plus belle récompense que d'avoir réussi à vous embarquer pour quelques heures dans mon imaginaire. J'espère que vous avez passé un bon moment en compagnie de Sacha, Max et les autres.

Merci à toutes les personnes grâce à qui ce nouveau roman, le septième, existe.

Karine Bailly de Robien, Pierre-Benoît de Veron et toute l'équipe des éditions Charleston : Danaé Tourrand-Viciana et Alice Bercker qui m'ont renouvelé leur confiance, Caroline Obringer, Valentine Baud, Émeline Loysier, Laure Paradis, Virginie

Lancia et Stefania Zuin. Et Manon Malais pour le travail éditorial.

Aurélie Gibaru et Slàvka Miklusova grâce à qui je ne suis plus seule à faire briller mes histoires.

Ma #TeamRomCom, Isabelle Alexis, Adèle Bréau, Sophie Rouvier et Marie Vareille sans qui mes aventures littéraires n'auraient pas la même saveur, et en particulier Marie Vareille pour ta relecture toujours attentive et tes conseils.

Mes précieuses et précieux libraires : Samantha Abitboul, Aurélie Barlet, Coralie Chevillon, Sandrine Dantard, Thierry Fayolle, Corinne Gabriele, Brigitte Gharbi, Delphine Menez, Virginie Platel, Stanislas Rigot, Julie Vandamme, Jean-Claude Wierzba, Lydie Zannini, qui m'invitent et mettent mes livres en avant.

Mes géniales lectrices-test Vanessa Ganancia, Cécile Tesseyre, Annie Gibaru, pour cette aventure d'écriture au jour le jour qui m'aide tellement.

Toutes les bloggeuses et bloggeurs, instagrammeuses et instagrammeurs qui parlent de mes romans. Merci pour la belle visibilité que vous m'apportez depuis des années.

En bonne ex-journaliste, j'aime que tout ce que je raconte soit véridique et c'est pourquoi j'effectue toujours des recherches poussées pour chacun de mes romans. Un merci particulier à celles et ceux qui ont pris le temps de répondre à mes questions.

Pour le Golf-Drouot et les grands boulevards dans les années 1960, Jean Gérard Didierre. Pour Mai 68, la nuit chez Castel et la vie des playboys, Bertrand Djian. Pour les parties de poker de Max, Lucien Berrebi et mon père, évidemment. Pour San Francisco et le Haight-Ashbury, Maxime Le Forestier et sa maison bleue. Pour les ficelles de Drouot, les marchands d'art Samir Chalabi et Loïc Stavrides. Pour le rite du deuil juif, David Soussan. Pour les infos sur Hollywood et Los Angeles, Hugo Berson, Aurélie Gibaru, Emmanuel Itier, Laurence Lustyk, Emmanuelle Schreder et Jean Veber. Pour le Bus Palladium et la phrase sur Max et Maurice, Josy Foichat, *my queeen of the night*.

Pour les mots en ladino et les plats judéo-espagnols, ma mère, mon père, ma sœur, Lina Kaneti la spécialiste, et toute ma famille grâce à qui j'ai baigné dans cette langue si douce, issue d'un monde qui n'existe plus.

Merci mes amours Laurent, Charlotte, Ilana et Benjamin, ma tribu qui avez vécu au rythme de l'écriture de Max et Sacha, qui m'avez écoutée, conseillée, supportée et soutenue. Vous êtes les meilleurs, je vous aime plus que tout.

Enfin, un immense merci à mes lectrices et lecteurs, de toujours et d'aujourd'hui, à celles et ceux qui me suivent sur les réseaux sociaux, qui m'écrivent, me soutiennent, m'encouragent. Vous êtes géniaux. N'hésitez pas à parler de mes romans autour de vous. Vous n'imaginez pas comme cela peut m'aider !

Bibliographie

Biskind, Peter, *Le Nouvel Hollywood*, Le Cherche-Midi, 2002.

Dister, Alain, *Oh, Hippie days ! Carnets américain 1966-1969*, Fayard, 2001.

Hoskyns, Barney, *San Francisco : 1965-1970, les années psychédéliques*, Le Castor Astral, 2006.

Leproux, Henri, *Golf-Drouot : le temple du rock*, Éditions Robert Laffont, 1992.

Maupin, Armistead, *Les Chroniques de San Francisco*, 10/18, 2000.

La saga grands boulevards

On n'empêche pas une étoile de briller fait partie de la saga Grands boulevards. Il s'agit de plusieurs romans et nouvelles qui ont pour cadre le 19 bis, boulevard Montmartre, un immeuble imaginaire situé sur les grands boulevards. Chaque histoire peut se lire séparément, tout en retrouvant les personnages d'un livre à l'autre :

Grands boulevards, JC Lattès, 2013
Si tu m'oublies, Charleston 2019
La Chanson du Rayon de lune, Charleston, 2021
On n'empêche pas une étoile de briller, Charleston, 2022
Une folle envie de liberté, Charleston, 2023

Et aussi
« Sept jours et une vie », dans *Noël Actually*, de la #TeamRomCom, Charleston, 2020
« Rose Centifolia », dans *Si Maman si*, de la #TeamRomCom, Charleston, 2022

« L'enfer n'existe pas pour les animaux, ils y sont déjà »

Victor Hugo

Comme Sacha Volcan, j'essaie d'apporter ma voix à ceux qui n'en ont pas pour se défendre. Pour aider à mettre fin au calvaire que vivent les animaux dans l'élevage intensif, vous pouvez signer les pétitions ci-dessous. Merci pour eux !

https://stop-elevage-intensif.com

https://www.referendumpourlesanimaux.fr

La communauté Charleston a aimé !

Chez Charleston, nous sommes convaincus que, loin d'être une aventure solitaire, la lecture est une invitation au partage. Nous échangeons constamment avec nos lecteurs et lectrices, et nous sommes fiers de la belle communauté d'amoureux des livres que nous formons tous ensemble. Chaque année, nous choisissons au sein de cette communauté vingt lectrices et lecteurs qui nous accompagnent tout au long de l'année, et découvrent nos romans en avant-première. Voici leurs avis !

« Une intrigue rythmée et passionnante. L'héroïne est inspirante, forte, et courageuse. Je l'ai beaucoup admirée. C'est une très belle découverte. »

@lecturedepetiteplume

« La musique, l'art, le cinéma… ce livre regorge de références et c'est passionnant à lire ! Tonie Behar nous guide à travers les événements et les époques grâce à la douceur de sa plume. »

@lectio.academias

« Ce roman parle d'amour, de féminisme, d'attachement. Il est merveilleusement bien écrit, un véritable page-turner. »

@mme_chacha_lit

« Un roman aux notes de célébrité, d'amour, d'amitié, de féminisme et de rock'n'roll ! J'ai été transportée du début à la fin par l'univers de ce roman. »

@readingbook__

« Coup de cœur pour cette incroyable histoire d'amour, qui a su traverser les années, les difficultés et les océans. La plume de Tonie Behar nous fait voyager de Paris à Malibu et vivre au rythme de Max et Sacha, auxquels on s'attache passionnément. »

@ducafeetdeslivres

« C'est une magnifique histoire d'amitié et d'amour, pleine de rebondissements, que Tonie Behar nous offre. Il est très difficile de quitter Sacha et Max une fois qu'on les a rencontrés. »

@manonlitaussi

« On ne peut que savourer cette jolie histoire pleine de douceur, d'espoir et d'amour où la magie d'Hollywood n'est jamais loin. »

@leatouchbook

DE LA MÊME AUTRICE

La vie d'Alice Lambert est en vrac. Après avoir quitté son mari, sa maison et tous ses repères, elle se voit obligée de s'installer à Paris chez son père, avec qui elle est en conflit depuis toujours. À l'aube de ses cinquante ans, elle doit réinventer sa vie et repartir à zéro, mais ce nouveau défi lui semble insurmontable…

Par les fenêtres de ce grand appartement désert, elle voit le monde tourner sans elle et revisite son passé entre deux verres de whisky : son enfance chez ses grands-parents italiens, son adolescence rock'n'roll, ses blessures familiales mal cicatrisées… Quels choix a-t-elle faits pour en arriver là ?

Mais Alice n'est pas aussi seule qu'elle le croit. Soutenue par la fougueuse sororité des femmes du 19 bis, boulevard Montmartre, elle va enfin oser se lancer dans de nouvelles expériences et peut-être même s'autoriser à vivre l'histoire d'amour qu'elle s'est toujours interdite… Car dans son cœur palpite une folle envie de liberté.

19 €
368 pages

« Vingt ans plus tard, tu en es toujours là : te perdre à retrouver Joachim ! »

Il suffit parfois d'un simple coup de sonnette pour que tout s'emballe.

Violette mène une vie calme et rangée entre son métier d'ophtalmologue et ses jumeaux. Elle a soigneusement posé un couvercle hermétique sur son passé, les blessures, la passion. Jusqu'au jour où Joachim Calderon sonne à sa porte, après de longues années d'absence, pour lui demander de cacher cinq millions d'euros en petites coupures. D'où vient cet argent ? Dans quel jeu dangereux son grand amour d'adolescence est-il impliqué ? Contre toute raison, Violette accepte de l'aider. Et les ennuis commencent.

Quand elle comprend, quelques jours plus tard, que Joachim a de nouveau disparu sans laisser d'adresse, Violette décide de partir à sa recherche. Car si Joachim cache un secret… elle aussi !

18 €
352 pages

1860. Joséphine est une grisette, courageuse et mutine, une de ces milliers de petites mains mal payées des coulisses de la mode.

2020. Amanda est une entrepreneuse moderne, qui développe son entreprise de bijoux grâce aux réseaux sociaux.

Un jour, Amanda trouve dans sa cheminée une merveilleuse bague en opale, le Rayon de lune, ainsi qu'un paquet de lettres jaunies qui révèlent la vie mouvementée de la grisette. Fascinée, elle se sent liée à l'émouvante Joséphine par mille fils invisibles et surtout par cette bague, chargée de souvenirs. Mais voilà que le Rayon de lune disparaît dans des circonstances dramatiques…

Séparées par plus d'un siècle, mais réunies par l'immeuble parisien et le métier qu'elles partagent, ces deux héroïnes vont tout faire pour réaliser leurs rêves. Un roman poignant, traversé par des passions amoureuses qui défient le temps.

8,90 €
480 pages

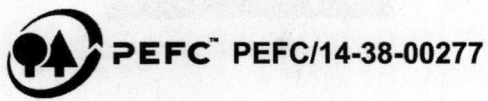

Cet ouvrage est composé de matériaux issus de forêts gérées durablement certifiées PEFC™.
Le Programme de reconnaissance des certifications forestières (PEFC™) est le plus grand organisme mondial indépendant de contrôle pour une gestion durable des forêts. Pour en savoir plus, consultez le site www.pefc-france.org

Achevé d'imprimer en juillet 2023
par Novoprint
Dépôt légal : août 2023
Imprimé en Slovaquie